#19
R.L. STEVENSON BRANCH LIBRARY
803 SPENCE STREET
LOS ANGELES, CA 90023

D1283526

# ENCICLOPEDIA ILUSTRADA DE MITOLOGÍA

Dioses, héroes, mitos y leyendas

Marisa Belmonte Carmona
Margarita Burgueño Gallego



LIBSA

San Rafael, 4
28108 Alcobendas. Madrid
Tel. (34) 91 657 25 80
Fax (34) 91 657 25 83
e-mail: libsa@libsa.es
www.libsa.es

COLABORACIÓN EN TEXTOS:
Marisa Belmonte Carmona (Capítulos 3, 4, 5 y 6)
Margarita Burgueño Gallego (Capítulos 1 y 2)
y equipo editorial Libsa
EDICIÓN: equipo editorial Libsa
DISEÑO DE CUBIERTA: equipo de diseño Libsa
MAQUETACIÓN: Diseño gráfico y equipo de maquetación Libsa
IMÁGENES: Thinkstock.com, Shutterstock Images, 123 RF y archivo Libsa

CRÉDITOS EDITORIALES
Dr Ajay Kumar Singh / Shutterstock.com, pag. 189; Witoon Mitarnun / Shutterstock.com, pag. 191;
Radiokafka / Shutterstock.com, pag. 201; Zzvet / Shutterstock.com, pag. 201

ISBN: 978-84-662-3309-5



DL: M 33334-2015

# CONTENIDO

# PRÓLOGO

*La palabra del origen es el mito: primer nombre del hogar, los antepasados y las tumbas. Es la palabra de la permanencia. La palabra del movimiento es la épica que nos arroja al mundo, al viaje, al otro.*
Carlos Fuentes

La mitología, ¿qué es y qué buscamos en ella? Desde las culturas más primitivas hasta la actualidad, el hombre ha intentado buscar respuesta a todas aquellas preguntas a las que su entorno más cotidiano no daba una solución. Así, la muerte, el amor, la belleza, el odio, la amistad, las guerras, la enfermedad, etc., aparecen reflejadas en los mitos y leyendas mitológicas, de no importa qué parte del mundo.

Temas que en la actualidad siguen presentes en la mente colectiva. ¿Es una herejía comparar a Gilgamesh, con Heracles, con San Jorge o con Supermán? Quizá para los eruditos sí lo sea, sin embargo para la mente profana un héroe es un héroe, aunque en la cultura occidental actual los héroes procedan del mundo del cine o del mundo del cómic.

Pero no han sido solo los héroes o las leyendas de lo que nos hemos ocupado en la presente obra, ya que hemos incluido diversos dioses de diferentes culturas, algunas ya extintas, caso de la griega o la nórdica, pero de otras en activo, como las de algunas regiones de África o Asia. Con lo que aparecen definiciones de dioses de origen africano u oriental cuyo culto aún es respetado, por esto esperamos que nadie se pueda sentir ofendido al tratar como «mito» el pilar de su creencia.

Con esta premisa intentar escribir un libro sobre mitología en el mundo da, en principio, para mucho más que un único volumen, incluso así hemos intentado que las mitologías más extendidas tuvieran presencia, junto a las menos conocidas, en la presente obra. Por tanto, las culturas que aparecen más representadas deben su tratamiento a que quizá tuvieron una mayor influencia sobre el devenir de la historia, o porque sus descendientes han cuidado y respetado sus tradiciones.

Por último queremos dar las gracias a nuestras familias que han soportado nuestras ausencias en las reuniones y eventos señalados. Y a nuestros amigos que han sufrido nuestro ocasional mal humor, las continuas alusiones a nuestro trabajo, sin dejar de aportarnos sus conocimientos. A todos de verdad, ¡muchas gracias!

# PRESENTACIÓN

En esta obra se encuentran representados los dioses principales de las religiones y culturas más importantes. Su conocimiento nos aporta una visión completa de las diferentes visiones cosmogónicas, nos permite comprender cómo cada cultura explica el mundo que le rodea y cómo existen conceptos universales. Aunque cada cultura lo explica de un modo diferente, existen constantes como cuándo se creó el mundo, el hombre o acontecimientos como la presencia de un diluvio universal presente en todas las tradiciones.

Además de los dioses, existen otro tipo de relatos, a caballo entre la leyenda y el cuento popular, que nos transmiten los valores de las distintas sociedades donde se dan, pero todas tienen en común la enseñanza moral, ya que siempre castiga al hombre malo y se premia al bueno.

También se han incorporado un número considerable de definiciones en las que se relaciona el origen del sustento como el fuego, el maíz, el mate, el café... Con un nacimiento de origen fabuloso, pero siempre como agradecimiento a los dioses.

Para facilitar la lectura, la obra se ha estructurado en seis capítulos:

- Grecia y Roma.
- Dioses celtas y nórdicos.
- Egipto y Oriente próximo.
- Lejano Oriente.
- América.
- Otras culturas.

Cada bloque, a su vez, está dividido en dos secciones, una primera donde se recoge un repertorio de los mitos más importantes y una segunda donde se reproducen las leyendas fabulosas más conocidas. Además cada capítulo por independiente, cuenta con multitud de referencias cruzadas dentro del propio capítulo, que aparecen remarcadas en negrita y que pueden pertenecer tanto al mito como a la leyenda, ya que llegado un punto se confunden, porque existe un indiscutible nexo de unión entre la tradición religiosa y la tradición popular, cuyo resultado es una explicación del mundo que nos rodea.

Tanto las definiciones como las leyendas cuentan además con unas bandas laterales explicativas, en las que aparece una información curiosa o complementaria al cuerpo central de obra.

GRECIA Y ROMA

La pervivencia de la cultura clásica y el latín fraguaron una cultura paneuropea que sigue presente y constituye una parte importante de nuestro acervo cultural.

DIOSES CELTAS Y NÓRDICOS

Mitología menos conocida, en la primera predominan los contenidos relacionados con el mundo guerrero y en la segunda adquiere protagonismo la fauna.

EGIPTO Y ORIENTE PRÓXIMO

Quizá sea la mitología más esotérica, ya que sus leyendas han tenido que ser interpretadas a partir de lenguajes cifrados y coloristas jeroglíficos.

LEJANO ORIENTE

China, India y Japón son los países que acaparan la atención y la influencia de las grandes religiones orientales: budismo, hinduismo y sintoísmo.

AMÉRICA

Se divide en tres bloques, Norteamérica, Centroamérica y Sudámerica que dan cuenta de la gran riqueza y variedad cultural y ritual existente en el Nuevo Mundo.

OTRAS CULTURAS

Se presenta en dos bloques, por un lado África y por otro Polinesia y Australia, que tiene como principal protagonista a los pueblos aborígenes.

# GRECIA Y ROMA

*El nacimiento de Venus,* Alexandre Cabanel. *1863.*
Óleo, 225 x 130 cm. Museo de Orsay, París.

## LOS DIOSES DEL OLIMPO

### AFRODITA / VENUS

Cuando **Crono** mutiló a su padre Urano y sus órganos genitales cayeron al mar, estos produjeron una espuma blanca en el agua de la cual nació Afrodita, la diosa del Amor. Apareció sobre la isla de Citerea, una doncella de una belleza nunca antes presenciada sobre la faz de la Tierra; las **Horas**, que la recogieron del agua, la llevaron hasta el Olimpo. Todos los dioses al verla quedaron deslumbrados por tanta belleza y solicitaron a **Zeus** desposarla, pero el supremo dios solo le concedió esta dicha a su hijo **Hefesto**.

Afrodita cumplió el mandato de **Zeus** y se casó con **Hefesto**, aunque amaba a **Ares**, con quien mantenía amores en secreto. Una mañana en que **Ares** y Afrodita dormían juntos fueron descubiertos por **Helios** –el que todo lo ve–, que se lo contó al marido.

Este ideó en secreto una trampa para descubrirlos juntos, así que creó una red mágica, prácticamente invisible, que solo él podía accionar. Una noche en que Ares estaba junto a Afrodita, Hefesto cerró la red sobre ellos y llamó iracundo a todos los dioses del Olimpo. La diosa huyó avergonzada a la isla de Chipre mientras que Ares se retiró a la Tracia. A pesar de la vergüenza, no por ello Afrodita renunció a las aventuras con Ares y otros mortales. De los amores que mantuvo con Ares nacieron Deimo, Fobo, Harmonía, Anteros y Eros; este último se convirtió en su favorito y se hacía acompañar por él en la mayoría de sus visitas a los humanos.

Otros amantes de la diosa más hermosa fueron Adonis, que murió en las garras de un jabalí que Ares incitó contra él movido por los celos, y el troyano Anquises al que dio un hijo, Eneas, que tras la caída de Troya huyó de la ciudad y portando el fuego sagrado del hogar, se estableció en el Lacio, en donde más tarde sería fundada la ciudad de Roma. Por esto los habitantes del Lacio, en general, y la familia Julia, en particular, presumieron de tener antecedentes divinos.

AFRODITA

Diosa griega del Amor y de la Belleza, que ha inspirado a una infinidad de artistas y, especialmente, a escultores como Calímaco, Lisipo y Praxíteles.

APOLO

Apolo es representado como un joven imberbe, con una lira y con una corona de laurel ceñida la frente. Siempre recorre los cielos en un carro dorado tirado por cuatro caballos blancos.

## APOLO / FEBO

Apolo es considerado el dios de la Música y la Poesía, así como de las Artes Adivinatorias. Hermano gemelo de **Ártemis**, sus padres eran Zeus, soberano de los dioses, y Leto, hija de dos Titanes.

Cuando **Leto** estaba encinta de los gemelos, la celosa **Hera** había prohibido que se le ofreciese asilo, debido a esto Leto andaba errante. Pero finalmente Delos, que hasta entonces había sido una isla flotante y estéril, consintió en darle acogida.

Los dolores de parto se prolongaron durante nueve días y nueve noches, todas las diosas acudieron a su lado, salvo **Hera** y su hija **Ilitia**. Ante los gritos desgarradores que profería la parturienta, el resto de las diosas prometieron a **Hera** un collar de oro y ámbar de nueve codos de longitud, si **Ilitia** podía ayudar a **Leto** durante el parto. Al final, Hera permitió que su hija llegara hasta la isla de Delos y auxiliara a la joven. La pri-

*Apolo persiguiendo a Dafne,* Cornelis de Vos. 1836-1638. Óleo, 193 x 207 cm. Museo del Prado, Madrid.

mera en venir al mundo fue **Ártemis**, que tan pronto como nació ayudó al alumbramiento de su hermano Apolo.

Apolo, quizás siguiendo la estela paterna, tuvo amores con multitud de **ninfas** y mortales. En cierta ocasión, en la que atravesaba el país de los tesalios, siguiendo una partida de caza, divisó en las orillas del río Peneo a una joven extremadamente hermosa, que respondía al nombre de **Dafne**. Esta muchacha era en realidad una **ninfa** que se entretenía en vagar por aquellos solitarios parajes y abatir a las fieras con sus flechas, cubriéndose con sus vistosas pieles.

La vista de aquella joven y esquiva hermosura conmovió el corazón del dios, pero en cuanto trató de acercarse a ella, **Dafne** huyó presurosa. Cuando el joven dios estaba a punto de dar alcance a la ninfa, esta exclamó, dejándose caer sobre el suelo: «¡Oh, tierra, acógeme en tu seno, sálvame!».

Al terminar su invocación, sus miembros se distendieron con la rigidez de la muerte, sus cabellos se convirtieron en hojarasca y sus brazos en largas ramas, de sus pies brotaron raíces y su cabeza se convirtió en la frondosa copa de un árbol. Apolo se refugió bajo el gran laurel en que se había convertido la **ninfa**, mientras pensaba: «**Dafne**, tu serás de ahora en adelante mi árbol, el árbol del dios Apolo. Tus hojas coronarán mi cabeza y serán el adorno de los valientes guerreros y de los triunfadores atletas, poetas y cantores».

*Marte desarmado por Venus y las Gracias*, Jacques-Louis David.1824. Óleo, 308x 265 cm. Museo Real de Bellas Artes, Bruselas.

## ARES / MARTE

Sobre su nacimiento existen varias tradiciones. Una de ellas le hace hijo legítimo de **Zeus** y **Hera**; sin embargo, hay otra especialmente curiosa que relata el nacimiento de este dios de la siguiente manera: tras el nacimiento de **Atenea**, la diosa de la Razón y de la Inteligencia, la gran diosa **Hera**, celosa de todo lo que tuviera que ver con su marido y en lo que ella no estuviera implicada, decidió desaparecer por un tiempo del Olimpo, buscando refugio en el templo de una de las diosas más sencillas, la dulce **Cloris**, diosa de las Flores y de los Jardines.

Como agradecimiento, **Cloris** le concedió el don del nacimiento de

Ares a la todopoderosa **Hera**, este ocurrió de la siguiente forma, una vez que **Hera** se encontraba en el interior del templo de **Cloris**, la diosa de las Flores, le pidió que recogiera una flor especialmente hermosa del campo de Oleno, uno de los jardines consagrado a la diosa. Al realizar dicho mandato, **Hera** observó asombrada cómo de la flor que ella había recogido nacía un hermoso niño, el que sería declarado como el todopoderoso dios de la Guerra, Ares.

La educación del joven dios fue encargada a uno de los titanes, hermano de Prometeo y Epimeteo, que le introdujo en las artes del ejercicio corporal y la danza.

Poseedor de un carácter violento y brutal, su apostura le propició multitud de amantes, tanto humanas como divinas sucumbieron a los «encantos» del dios, aunque su relación más importante fue sin lugar a dudas la que tuvo después de postrarse ante los pies de **Afrodita**, la diosa del Amor y la más bella de todas. Aunque también fue la más desgraciada, porque al ser descubierto por **Hefesto**, esposo de su amante, cuando mantenía relaciones con ella, tuvo que someterse al juicio de los dioses que le desterraron temporalmente del Olimpo.

Ares se encargó de regular las normas imperantes en la guerra, así se comenzó a usar el hierro para la fabricación de armas, a la vez que empezó a crear las tácticas y reglas necesarias para el ataque y la defensa, normas que ideó durante su cautiverio. A pesar de toda su bravura, Ares estuvo preso durante año y medio, encerrado en una vasija por Aloos, Oto y Efialtes –gigantes con los que lucharon los dioses olímpicos–, hasta que **Hermes** consiguió liberarle.

A pesar de la importancia de este dios, cuenta con una tradición bastante limitada, puesto que un pueblo como el griego, que se ufanaba de su carácter pacífico, prefería los relatos en los que Ares era derrotado por alguno de los otros dioses, principalmente por **Atenea**, ya que creían que estos dos dioses componían una dualidad, en la que por un lado hay que entender la razón y por otro la fuerza.

Sin embargo, lo que para los griegos constituía un rechazo, para los romanos se convirtió en fuente de admiración. Un mundo como el romano, preocupado fundamentalmente por la expansión guerrera, asimiló perfectamente el Ares griego a una deidad antiquísima a la que se rendía culto en el Lacio. Dicho dios era Mars, lo que propició que el Ares griego se convirtiera en el Marte romano.

De hecho, en Roma, ya convertido en Marte, tenía un cuerpo de sacerdotes, los salios palatinos, dedicados al cuidado del templo y las fiestas instauradas en su honor, que se celebraban en el mes de marzo, consagrado al dios de la Guerra. Durante la celebración de estas festividades, los sacerdotes realizaban diferentes danzas con escudos y espadas en honor del dios. Además de tener dedicadas las tradicionales fiestas de Quinquatrus, el Tubilistrium y los Equirria, que consistían en desfiles de caballos y carreras de carros de guerra.

## APOLO

Ares era representado como un hombre joven y fuerte, montado en un gran carro con fogosos corceles, y con una lanza y un escudo en sus manos, además de un gallo a sus pies. Entre sus compañeras habituales estaban su hermana Enio y la diosa de la Discordia, Eris. A menudo también le acompañaban Deimo y Fobo, dioses que representan el miedo y el terror.

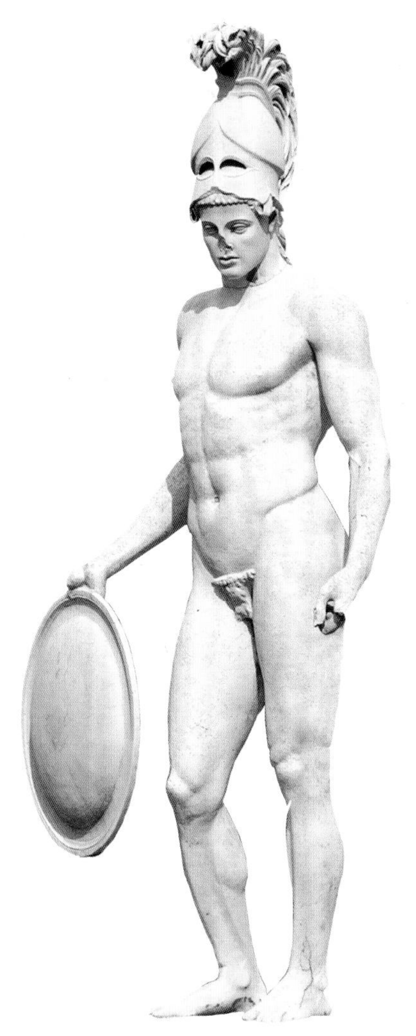

Representación del dios griego Ares.

*Diana cazadora,*
Gaston Casimir Saint-Pierre.
Óleo, 196 × 129,5 cm.
Colección privada.

## ÁRTEMIS / ARTEMISA / DIANA

La diosa de la Caza, de las Fieras y de la Naturaleza salvaje. Su nacimiento tuvo lugar poco antes que el de su gemelo, **Apolo**, por lo que es hija de **Zeus**, el gran dios, y la titánide **Leto**, nada más nacer dio muestras de su resolución y fuerza al ayudar a su madre durante el nacimiento de su hermano.

Con la interrelación entre las diversas tradiciones de las ciudades-estado griegas, Ártemis podía aparecer como una dulce y casta doncella, como una feroz criatura asociada siempre al oso o como una diosa de las Cosechas, llegando a recibir en ofrenda los primeros frutos recolectados de la tierra, por lo que puede aparecer asociada a la gran diosa madre, **Ceres**, o incluso a **Selene**, por su carácter de protectora de la luz lunar. La asociación entre Selene y Ártemis corría paralela a la que se produjo en diversos momentos entre su hermano gemelo, **Apolo**, y el dios **Helios**.

A causa de ser fundamentalmente una diosa considerada virgen, era la protectora de las jóvenes, aunque en ocasiones solicitó el sacrificio de alguna para aplacar su furia, tal fue el caso de Ifigenia, que debía ser sacrificada por los griegos si querían que sus barcos pudieran partir hacia Troya. En favor de Ártemis hay que decir que Ifigenia fue rescatada por la misma diosa y llevada con ella.

Su virginidad no la impidió aparecer como una deidad protectora en los partos, tanto en Grecia como en Roma se realizaban ofrendas de flores a la diosa por parte de las jóvenes que iban a ser madres, para solicitar su ayuda durante el difícil momento del alumbramiento y para que pudiera proporcionarles una muerte dulce, en el caso de que esta se produjera.

Pese a sus propósitos de mantenerse casta y virgen, la diosa cazadora no dejó de sentir en más de una ocasión el arrebato del amor.

Según nos relatan los antiguos, en una ocasión fue un joven cazador el causante, se llamaba **Orión**, dotado de una espléndida belleza y fuerza. Su hermano **Apolo** intentó disuadirla de sus propósitos, quizá a causa de los celos, ya que supondría perder el amor exclusivo de Ártemis, o porque le consideraba indigno del ilustre linaje de su familia, ya que **Apolo** era tremendamente orgulloso.

Como no consiguiera su propósito y Ártemis porfiara en su empeño, Apolo ideó una cruel estratagema para dar muerte al amante de su her-

### ÁRTEMIS

La diosa portaba siempre un carcaj y un arco, y estaba acompañada de una jauría que tapaba sus desnudas piernas. Lleva una media luna en la frente e iba vestida de cazadora. Ártemis destacaba por su altura entre las ninfas que siempre la acompañaban. Además, muchas veces se la representa con el pelo recogido y un pecho descubierto.

mana. Un día en que **Orión** estaba nadando, tan adentrado en las olas marinas que apenas si se vislumbraba una mota desde la orilla, **Apolo** hizo como que dudaba de la puntería de su hermana en el tiro al arco y la invitó a tirar sobre aquel punto. Ártemis, incitada por su amor propio, cogió una de sus flechas, tensó el arco y disparó contra el blanco. Cuando descubrió contra quien había disparado cayó en una profunda desesperación. Sus lágrimas enternecieron al propio **Zeus**, quien atendió a su ruego para que **Orión** fuese convertido en constelación. Desde entonces Orión continúa en el cielo con sus partidas de caza y a veces pueden escucharse los ladridos de su jauría.

Las venganzas de Ártemis fueron legendarias, llegando a límites insospechados para reparar las ofensas que sufrió ella y alguien querido por la diosa. Tal fue el caso de **Níobe**, cuyos hijos, seis muchachos y seis muchachas de una gracia y belleza sin par, fueron abatidos por las flechas de las diosa y su hermano. El motivo fue la ofensa que recibió **Leto** por parte de **Níobe**, al jactarse esta de su gran capacidad como madre, ya que había tenido doce vástagos, a cual más hermoso, mientras que la titánide tuvo que conformarse con dos.

### ASCLEPIO

Se le representa como un hombre barbudo con un palo con una serpiente enroscada y va acompañado de un gallo a sus pies, símbolo de vigilancia. Sus hijos Podaliro y Macaonte también fueron grandes médicos, a la par que bravos soldados.

## ASCLEPIO / ESCULAPIO

El dios de la Medicina y de la Curación, protector de todos los sanadores y curanderos, además de los grandes médicos de la Grecia clásica. La tradición le hace hijo de **Apolo** y de un mortal, Corónide, que a pesar de ser la elegida por un dios, cometió el pecado de serle infiel. Cuando **Apolo** descubrió la traición de la mortal, la mató arrastrado por la furia, por lo que entregó al recién nacido a los cuidados del famoso centauro Quirón.

Quirón lo acogió como un hijo y se encargó no solo de criarlo, sino también de educarlo en todas las formas de la sanación, por medio de hierbas y medicamentos. La inteligencia de Asclepio fue tan de-sarrollada que llegó un momento en el que el discípulo sobrepasó en conocimientos al maestro. Llegado este punto, el joven decidió abandonar el hogar que conocía y unirse a una de las epopeyas más formidables de la antigüedad, la búsqueda del **vellocino de oro** por parte de **Jasón** y sus argonautas.

Durante la expedición de búsqueda del vellocino llegó un momento en el que se sintió por encima de los dioses. Esto ocurrió cuando Asclepio descubrió la manera de resucitar a los muertos, lo que provocó el enfurecimiento de **Hades**, puesto que estaba dejando el mundo de los muertos totalmente vacío.

**Hades** suplicó a su hermano **Zeus** que interviniera antes de que su reino desapareciera. **Zeus** decidió acabar con la vida del médico al que fulminó con uno de sus rayos. Con su muerte consiguió, tras los ruegos de **Apolo**, que se convirtiera en el dios de la Medicina.

Estatua del dios griego de la medicina Asclepio.

ATENEA
Es una de las diosas más importantes de la mitología griega, que siempre fue virgen. Su padre fue Zeus y nació de su frente sin necesidad de pasar por la infancia, es decir, siendo ya adulta, cuando Hefesto abrió el cráneo de su dios-rey para aliviar sus fuertes dolores de cabeza. Sus atributos más habituales eran el escudo de anfitrión.

## ATENEA / MINERVA

Cuando el gran arquitecto Crecops construyó una gran ciudad en el centro del Ática, Atenea y **Poseidón** se disputaron su protección, por lo que se sometieron al juicio del resto de los dioses entregando cada uno de ellos algo que favorecería el desarrollo de la urbe.

**Poseidón**, golpeando el suelo con su tridente, hizo brotar un caballo representante de la guerra, mientras que Atenea hizo aparecer el olivo, como símbolo de la paz; los dioses consideraron que la ofrenda de la diosa era más necesaria para una ciudad como Atenas, convirtiéndola en la diosa epónima de la capital de Grecia clásica.

Atenea, como la mayoría de la diosas, se caracterizaba por ejercer una venganza rápida sobre los que la ofendían; así, destruyó gran parte de la flota griega que debía de regresar de la guerra de Troya, porque el contingente griego había osado profanar uno de sus santuarios, escondiendo allí a **Casandra**. Además acabó con alguna de las mortales que desafiaron sus habilidades, como **Aracne**.

La diosa recibía tributo bajo diferentes formas: Atenea Niké, como diosa victoriosa de las guerras protagonizadas por los atenienses o asociada a las batallas, Palas Atenea, nombre que surgiría después de que la diosa venciera y desollara a uno de los gigantes, Palas, con los que se enfrentaron los dioses del Olimpo.

*Circe ofreciendo la copa a Ulises,* John William Waterhouse. 1891. Óleo, 92 × 149 cm. Colección privada.

## CIRCE

Circe nació de los amores que mantuvieron el dios del Sol, Helios y una nereida, Perseis. Circe demostró desde pequeña su afición por las plantas venenosas, las raíces y los restos animales que eran necesarios para preparar todo tipo de ungüentos y pócimas, que ella misma realizaba siempre por la noche y en el más absoluto de los secretos.

Gracias a su afición descubrió desde bebedizos que anulaban la voluntad de los hombres, hasta formas de encantamiento que metamorfoseaban a las personas en animales o plantas.

A pesar de su alma negra, Circe poseía una belleza encantadora, por lo que consiguió casarse con el rey de los sármatas, que había quedado prendado de su hermosura. Ella decidió asesinarlo para poder reinar sola, pero su pueblo no lo consintió y fue expulsada de la ciudad. Tras su huida de este país, Circe se refugió en la zona de Etruria, en la península Itálica, y desde allí participó en algunas de las sagas epopéyicas más importantes de la Antigüedad, ya que le gustaba atraer a los marineros hasta su costa para hechizarlos y convertirlos en animales que conservaban la razón humana.

Sin embargo, también Circe cayó presa del las garras del amor. Cuando **Odiseo/Ulises**, en el periplo de vuelta a su hogar tras la guerra troyana, llegó a las costas de Etruria, observó como su tripulación se convertía en cerdos, mientras él se salvaba gracias a los consejos de **Hermes**. Cuando el héroe se enfrentó a la maga exigiendo la vuelta a la normalidad de sus hombres, Circe decidió que **Ulises** sería el hombre que debía reinar junto a ella, por lo que consiguió retenerle junto a sí durante un año, gracias a unas pócimas que hacían que él olvidara todo lo referente a su vida anterior. Pero pasado un tiempo, después de averiguar la manera de resucitar a **Tiresias** para que le guiara en su viaje, **Ulises** consiguió eludir los bebedizos y el influjo de la hechicera, reemprendiendo el largo camino a casa.

### CIRCE
Circe era una semidiosa que protegía a los hechiceros.

### CLORIS
Se representa como una doncella con una corona y un vestido de flores.

## CLORIS / FLORA

Recibió culto en el mundo griego y especialmente en el romano, donde se celebraban multitud de fiestas en su honor, con mujeres jóvenes danzando por las calles.

La diosa de las Flores y de los Jardines, eternamente joven, fue raptada por el dios de los Vientos, Céfiro, que decidió convertirla en su esposa obnubilado por su belleza. Fue la diosa que ayudó a **Hera** cuando la esposa de **Zeus** huyó del Olimpo, tras el nacimiento de **Atenea**, ofreciéndole refugio en uno de sus templos y le rogó que cogiera la flor más hermosa de su jardín, flor que al arrancar del suelo se transformó en **Ares**, el gran dios guerrero.

*Flora y Céfiro,*
William-Adolphe Bouguereau. 1875.
Óleo, 185 cm.
Museo de Bellas Artes, Mulhouse.

*Saturno cortando las alas a Cupido,*
Ivan Akimovich Akimov. 1802.
Óleo, 44,5 × 36,6 cm.
Tretyakov Gallery, Moscú.

## Crono / Saturno

Si **Zeus** debió vencer a su padre Crono para poder llegar a reinar sobre los dioses, este había hecho lo mismo con el suyo, Urano. Crono es uno de los dioses preolímpicos, generación anterior a los dioses del Olimpo, y el hijo menor de Urano y de **Gea**, las personificaciones del cielo y de la tierra. Tuvo muchos hermanos, entre ellos los tres hecatonquiros, los monstruos de cien manos y cincuenta cabezas a los que su padre había apresado y encerrado en un lugar secreto. El dolor que esto provocaba en su madre, **Gea**, hizo que Urano se rebelara contra su padre y lo derrotara en solitario, ya que ni los titanes ni los cíclopes, hermanos suyos, quisieron ayudarle. Su madre, en agradecimiento, decidió que Crono debía convertirse en el regidor del universo, por lo que suplicó a su primogénito Titán que cediera su lugar a su hermano. Titán accedió, pero con la condición de que Crono matase a su propia descendencia para que un día Titán volviese a reinar.

Crono y su esposa-hermana **Rea** se convirtieron en los padres de muchos de los dioses olímpicos, **Poseidón, Hades, Hera, Zeus** y Deméter, y terminó siendo expulsado del Olimpo por uno de ellos, **Zeus**. Cuando **Zeus** lo desterró de la morada de los dioses, Crono vagó por el mundo hasta recibir el cobijo de **Jano**, un rey de la zona del Lacio, que decidió acoger al dios expulsado a cambio de que su pueblo recibiera las enseñanzas del anciano.

### Crono

Como imagen o símbolo del tiempo aparece frecuentemente representado como un viejo, triste y abatido, que puede portar diferentes instrumentos, desde un reloj de arena hasta una hoz, como símbolo de que el tiempo lo destruye todo. Su imagen más famosa es devorando a sus hijos, lo que significa que el tiempo arrasa con todo.

## Deimo

Guiando el carro de su padre **Ares**, Deimo aparecía en las batallas para provocar el miedo más paralizante, el terror en su estado puro. Junto con su hermano **Fobo** eran fruto de las relaciones que mantuvieron la diosa de la Belleza, **Afrodita**, y su amante el dios de la Guerra, **Ares**.

## Deméter / Ceres

Diosa de la generación de los olímpicos, hija de **Crono** y **Rea** y hermana de **Zeus, Hera, Hades**, etc. Deméter era la diosa protectora de las estaciones, los cereales y, en general, de la naturaleza, ca-

racterísticas que compartía con su hija Perséfone/Proserpina, la cual había nacido de la unión de Deméter y **Zeus**. Su representación más habitual era la de una matrona, familiar y compresiva, que portaba un manojo de espigas.

Esta diosa tenía una hija, una muchacha joven y hermosa que vivía rodeada de **ninfas**, junto a sus hermanastras **Atenea** y **Artemisa**. Sin embargo, Perséfone había llamado la atención de su tío **Hades**, que decidió convertirla en su esposa, después de conseguir la aprobación de **Zeus**. Un día que Perséfone paseaba sola, divisó una flor de gran belleza, cuando se paró para observarla, el suelo se abrió surgiendo un carro de gran tamaño y conducido por **Hades**, que raptó a la sorprendida muchacha.

*Venecia, Hércules y Ceres (detalle)*,
Paolo Veronese. 1575.
Óleo, 309 × 328 cm.
Galería de la Academia, Venecia.

Cuando Deméter descubrió el rapto de su hija, decidió permanecer en la tierra hasta que esta le fuera devuelta, renunciando a sus atribuciones divinas, puesto que ninguno de los dioses quiso ayudarla, por temor a enemistarse con **Hades**, ella tampoco encontraba razones para seguir ejerciendo sus funciones de diosa.

Deméter comenzó a vagar por el mundo de forma desesperada, sin dormir, sin comer, disfrazada como una anciana y lamentándose continuamente por la desaparición de su hija. Después de mucho caminar encontró refugio en Eleusis, un pequeño pueblo de la región Ática, en donde comenzó a trabajar cuidando al vástago de una de las grandes familias de la ciudad.

Sin embargo, su salida del Olimpo provocó que las estaciones se alteraran, quedando sumida la tierra en un invierno permanente, con lo que los cereales no crecían y los hombres comenzaba a morir de hambre, ante esto **Zeus** ordenó a **Hades** la inmediata liberación de Perséfone.

**Hades**, iracundo, obligó a su amada a comer una granada del mundo subterráneo, ya que si un alma comía en el reino de **Hades**, debía permanecer en él para siempre. De esta manera estaba obligada a seguir a su lado. **Zeus**, para intentar contentar a ambas partes, tomó la salomónica decisión de repartir el tiempo de Perséfone, durante dos tercios del año estaría con su madre y el resto del año con su esposo.

La alegría que Deméter sintió en ese momento provocó que a su paso empezaran a florecer los campos, los cereales fueran dando su fruto y los árboles comenzaran a florecer.

*Baco y Ariadna,*
Antoine-Jean Gros. 1821.
Óleo, 90,8 × 105,7 cm.
National Gallery of Canada,
Ottawa.

DIONISO

Su singular educación le dotó de sus características divinas, convirtiéndose en el dios del Vino y de la Vegetación, enseñando a los mortales cómo cultivar la vid y cómo hacer vino, ya que hasta la llegada de Dioniso, los hombres se conformaban con las bebidas derivadas de los cereales; en adelante serían consideradas propias de bárbaros. También influía en las estaciones, ya que según algunas tradiciones Dionisio moría cada invierno para renacer en la primavera.

## DIONISIO / DIONISO / BACO

Es el dios que nació dos veces. Dionisio era hijo de **Zeus** y de Sémele, esta joven mortal estaba prendada del dios y obsesionada con su magnificencia, por eso, una noche, cuando se encontraba recostada con él, rogó y suplicó para que apareciera con todos sus atributos divinos. **Zeus**, decidió complacerla, no sin antes advertirla de la distancia que debería mantener con él cuando llegara ante ella, ya que el dios era consciente del peligro que suponía para su amante su apariencia divina. Cuando el dios apareció en toda su plenitud, Sémele olvidó la advertencia que había realizado y corrió hacia los brazos de su amante, cayendo fulminada en ese mismo momento y provocando su muerte por carbonización.

**Zeus** corrió en su auxilio, pero para la madre era tarde, sin embargo su pequeño, que estaba en el sexto mes de gestación, sobrevivió. Este decidió coserse al pequeño bebé en su muslo hasta completar su formación. Así, cuando llegó el momento del nacimiento, Dionisio salió del muslo de su padre perfectamente formado. Tras el nacimiento, **Zeus** encargó a **Hermes** que encontrara un lugar para esconder al pequeño, ya que los celos atávicos de **Hera** ponían su existencia en peligro.

**Hermes** encargó la crianza del pequeño al rey de Orcomeno. Pero aun así, **Hera** encontró al pequeño y enloqueció a la nodriza del bebé. **Zeus** decidió trasladar al niño y se llevó a Dioniso lejos de Grecia, viajando por diversos lugares, pero ninguno parecía apropiado para dejar al pequeño; sin embargo, finalmente llegó a Nisa, en donde le dejó para

que lo criaran y educaran. En esta pequeña ciudad de Asia Menor un grupo de ninfas, ayudadas por el pequeño **Sileno** y por los sátiros del bosque, se encargaron de darle protección.

El culto de Dioniso en Grecia y Roma estaba muy difundido, desarrollando unas fiestas específicas en las que participaban generalmente mujeres y que en Roma recibieron el nombre de bacantes. Las mujeres abandonaban sus hogares durante las festividades y en las procesiones en honor al dios danzaban de forma descontrolada por las calles de las ciudades. Durante estas fiestas también se representaban obras de teatro, lo que contribuyó a la asociación del teatro griego con Dioniso, que llegó a ser considerado protector de la dramaturgia griega.

## ENIO / BELONA

Enio era la compañera perfecta de **Ares**: si uno era el dios de la Guerra, la otra era la diosa de las Batallas, de hecho se consideraba que **Ares** y Enio eran hermanos y que frecuentemente acudían juntos a la guerra, con Enio encargada de preparar la máquina de guerra para Ares, su carro.

Tanto **Ares** como Enio recibieron un culto muy arraigado y profundo en Roma, tanto en la ciudad como en el Imperio, recibiendo un tributo similar a la diosa Belona, cuyo templo en Roma servía para mantener las reuniones de los senadores con emisarios extranjeros, como muestra del peligro que todo lo foráneo podía provocar. Además era el lugar donde los feciales, casta militar de sacerdotes, estaban autorizados a declarar la guerra contra los enemigos.

Las fiestas en honor de esta divinidad estaban controladas por estos sacerdotes y en ellas participaban fundamentalmente hombres, que en las procesiones recorrían las ciudades autolesionándose, para conseguir los favores de la diosa.

## EOLO

Era el dios de los Vientos y vivía en una pequeña isla que podía moverse libremente por el mar cerca de la costa de Eolia. Allí residía con sus hijos, siendo el responsable del control de las tempestades, ya que **Zeus** le había dado el poder de aplacar y provocar los vientos.

Los dioses solían acudir a su isla solicitando su ayuda para destruir a algún enemigo, como cuando **Hera** intentó impedir que Eneas desembarcase en Troya, o **Atenea** cuando destruyó la mitad de la flota griega por la afrenta de **Casandra**. También algunos héroes intentaron recabar su favor, así **Odiseo** le visitó para solicitarle ayuda en sus expediciones. Eolo encontró muy agradable al pobre **Odiseo** que llevaba tantos años vagando e intentando regresar a su hogar, por eso cuando partieron le regaló un brisa favorable y un odre que contenía todos los vientos, que debía ser usado con mucho cuidado. Sin embargo, la tri-

### ENIO

Esta diosa aparecía representada como una mujer fuerte, valerosa, generalmente en actitud de combate. En algunos relieves aparece luchando, siempre dando ánimos y primando el coraje de sus compañeros de lucha.

*El nacimiento de Venus (detalle del Dios Eolo),*
Sandro Botticelli. 1484.
Témpera, 278, 5 × 172,5 cm.
Galería Uffizi, Florencia.

### EOLO

Las representaciones más comunes de este dios nos lo muestran como un hombre maduro, con un gran cetro que le dotaba de autoridad y rodeado de grandes remolinos, los vientos, que a su vez eran dioses.

### Eos

A menudo se la representaba de forma similar a Apolo, montada sobre un carro con cuatro caballos blancos y con un traje amarillo. Era una joven muy bella.

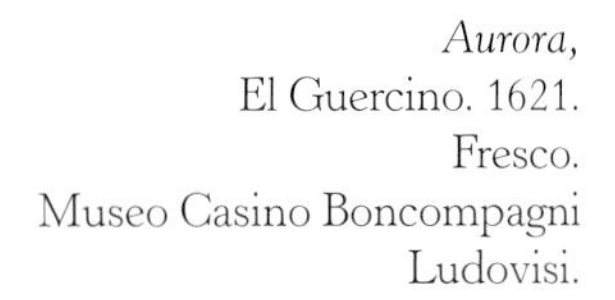

*Aurora*,
El Guercino. 1621.
Fresco.
Museo Casino Boncompagni Ludovisi.

pulación abrió el odre en un descuido de **Ulises** y los vientos le devolvieron a Eolia, en donde el dios se negó a ayudarlo de nuevo.

## Eos / Aurora

Una joven hermosa y melancólica, mensajera de **Helios**, eran los rasgos más comunes presentes en las representaciones de esta diosa. Era la diosa ante la que escapaban los dioses y diosas de la noche y los sueños, desde Hipnos a Morfeo, ya que ella era la que precedía al día, la diosa que abría las puestas del Este en donde se ocultaba el sol, haciendo brotar el rocío y floreciendo las plantas.

Eos era hermana de **Helios**, dios del Sol, y de **Selene**, diosa de la Luna, y sus padres fueron Titán y **Gea**. Fue una de las diosas preolímpicas que siguió manteniendo su vigencia durante la época de los dioses olímpicos.

Su gran amor fue Titón, uno de los hermanos de Príamo. Cuando Eos posó su vista sobre la joven, cayó prendada de su belleza y dulzura, por lo que rogó a **Zeus** que le concediera el don de la inmortalidad. **Zeus** accedió a los ruegos de Eos y Titón se convirtió en inmortal, pero siguió envejeciendo, a la diosa se la olvidó solicitar también la juventud eterna para su amante. Cuando Titón llegó a tal grado de decrepitud, la propia Eos lo convirtió en saltamontes, liberándolo de tan pesada carga.

Sin embargo, pronto rehízo su maltrecho corazón junto a **Ares**, con el que mantuvo relaciones mientras este, a su vez, tenía un apasionado romance con **Afrodita**. Cuando la diosa del Amor descubrió a su rival la condenó al enamoramiento constante, así la dulce Eos estaba siempre buscando el amor que encontró en multitud de amantes, entre los que destacan nombres como: **Ganímedes**, Céfalo, Deucalión, Astreo, etc.

*Aurora y Titón*.
Pintura en una vasija griega.

## ERINIAS / FURIAS O EUMÉNIDES

Los griegos y romanos vivieron atemorizados por el poder de las Erinias, tres diosas hijas de **Gea** y Urano que habitaban en el **Hades**, el reino inferior y del que únicamente salían para castigar los ultrajes que los humanos cometían en su vida, tales como el perjurio, los robos o los delitos de sangre.

Su sola mención, Tisífone, Megera y Alecto, provocaba un profundo terror, además de su aspecto, ya que su pelo estaba formado por serpientes y de sus ojos brotaba sangre, mientras perseguían a los culpables hasta provocarles la locura, sin atender a justificación alguna.

Estuvieron implicadas en la tortura de **Orestes**, el héroe tebano que asesinó a su madre, **Clitemnestra**, después de que esta hubiese acabado con la vida de su esposo y padre de sus hijos, Agamenón. Cuando **Orestes** descubrió el delito cometido por su madre, acabó con su vida, siguiendo las indicaciones de **Apolo**. Sin embargo, para las Erinias era un crimen que había que vengar y atormentaron a **Orestes** hasta que **Atenea** intercedió en su favor.

### ERINIAS

El aspecto de las tres diosas hijas de Gea y Urano era aterrador, pues tenían el pelo cubierto por serpientes y la sangre brotaba de sus ojos.

*Orestes perseguido por las Erinias,* William-Adolphe Bouguereau. 1862.
Óleo, 227 × 278 cm.
Museo Chrysler, Norfolk.

## ERIS O ÉRIDE / LA DISCORDIA

A Eris le gustaba provocar incidentes, era feliz cuando dos o más dioses se enzarzaban en un riña feroz. Como hija de **Hera**, los dioses tuvieron muchas dificultades para expulsarla del Olimpo, pero por los múltiples problemas que ocasionó terminó siendo desterrada.

Cuando se celebró la boda entre la diosa **Tetis** y el mortal Peleo, ella no fue invitada para evitar que ese día terminara con una disputa, sin embargo la diosa se enteró, por lo que se presentó en el banquete y arrojando una manzana con la inscripción: «A la más bella», consiguió que las diosas terminaran peleándose. En realidad, esta disputa fue la que dio origen a la guerra de Troya, ya que se recurrió a **Paris** para dirimir quién era la diosa más bella.

Generalmente, se la representaba con serpientes en lugar de cabellos y portando una antorcha en una mano y una culebra en la otra.

### Eros

Se le representa como un joven alado, ligero, bello, con los ojos vendados, y con un arco y flechas de plata con los que iba enamorando a los dioses y humanos con los que se topaba. Los romanos lo transformaron en un niño, pero con los mismos atributos y se dedicaba a hacer una travesura tras otra alrededor de los dioses del Olimpo.

## Eros / Cupido

De los amores de **Afrodita** con **Ares** nacieron varios hijos, pero el que llegó a alcanzar mayor reconocimiento fue Eros, dios del Amor; si **Afrodita** era la diosa de la Belleza y del Amor, Eros era el encargado de provocar el enamoramiento. El mayorreconocimiento lo obtuvo en la época romana, en donde aparece representado como un joven, casi un niño, que porta un arco y un carcaj en donde lleva las flechas que harán a los mortales sucumbir al amor. Con un aspecto juguetón y travieso, ya que a sus flechas sucumbieron dioses y mortales.

Según la tradición, las flechas que Eros portaba las fabricó el mismo siendo un niño. El dios se había criado en lo más profundo de los bosques al cuidado de las fieras salvajes, ya que cuando nació, su madre se vio a obligado a esconderlo de **Zeus**. Cuando creció construyó un arco de fresno y con madera de ciprés, hizo sus peligrosas flechas entrenándose mientras disparaba a los animales.

*El rapto de Psique,*
William-Adolphe Bouguereau. 1895.
Óleo, 209 × 120 cm.
Colección privada.

## Fobo

Como hijo de **Ares** y de **Afrodita** compartía por un lado la extrema belleza de sus progenitores y por otro, el gusto por la batalla de su padre. Fobo representó para el mundo antiguo sentimientos muy negativos pues, junto con su hermano **Deimo**, significaba el miedo, el terror en estado puro y el pánico. Solía acudir a las batallas acompañado de su padre o de su hermano, con el que disfrutaba atormentando al enemigo sin piedad alguna.

## Gaya o Gea

La gran madre Tierra, la diosa más primitiva presente en la mayoría de las culturas antiguas. Según la tradición, Gaya era hija de Caos y por sí sola alumbró a Urano, el cielo, las montañas y el mar, cuya personificación es el Ponto.

Para crear al resto de las criaturas se unió a uno de sus hijos, Urano, y así nacieron los cíclopes, los gigantes y los titanes. Sin

*Alma Parens (una visión de la diosa Gea o Madre Tierra),* William-Adolphe Bouguereau. 1883. Óleo, 230,5 × 139,7 cm. Colección privada.

embargo, tanto alumbramiento agotó a Gea que, al ver cómo Urano encerraba a los gigantes en una sima abismal, suplicó a su hijo **Crono** que acabara con él. **Crono** usó una hoz para mutilar los genitales de su padre, los expulsó del cielo y de ellos nació **Afrodita**.

## GENIOS

Pequeñas divinidades protectoras, que estaban ligadas a los seres humanos desde su nacimiento. Nadie se libraba de su propio genio y podían llegar a influir en el modo de actuar de cada uno; de hecho, en Roma cada persona tenía dos genios ligados a su ser, uno de carácter amable y otro más inclinado a la perversión.

Pero los genios no se limitaban a proteger y vigilar exclusivamente a los humanos, pues cada elemento de la civilización o de la naturaleza tenía su propio genio protector.

### GENIO

El genio bueno se representaba como un joven alado con una corona de flores y el cuerno de la abundancia, mientras que el malo era un anciano con barba larga y pelo corto que iba acompañado de un búho, símbolo de mal agüero. La forma de serpiente era a menudo adoptada para representar a los genios de poblaciones. Los genios femeninos eran a menudo confundidos con la diosa Hera.

*La Armonía (Las tres gracias)*, Hans Baldung Grien. 1541-1544. Óleo, 151 × 61 cm. Museo del Prado, Madrid.

Al ser considerado una divinidad protectora, se le debía rendir tributo en todas aquellas fechas que fueran señaladas para su protegido, ya fuera nacimiento, casamiento o deceso, los descendientes debían rendir tributo a los genios y espíritus de los antepasados, a través de los lares y penates. Así se les ofrecían plantas, alimentos y pequeños sacrificios exentos de sangre.

Los genios podían aparecer representados de muchas maneras, aunque la más habitual era una pareja formada por un joven con una corona de flores o el cuerno de la abundancia, junto a un anciano acompañado de un búho.

## Las tres Gracias o Cárites

Hijas de Zeus y la ninfa Eurinome, hija del titán **Océano**. Sus nombres eran Áglae o Aglaya, Eufrosine y Talía. Estas diosas estaban obligadas a representar todo aquello que fuera agradable, atractivo o placentero en el mundo. Cada una representaba una cualidad de este tipo como podían ser la alegría, la belleza o el encanto.

En muchas ocasiones, sus cualidades aparecen mimetizadas con las de las **musas**, con las que compartían juegos y bailes, ya que estas provocaban la inspiración divina y aquellas otorgaban alegría, sabiduría y, en ocasiones, la capacidad para que los humanos desarrollaran un talento artístico excepcional, apoyadas, sin duda alguna, por los **genios**.

Vivían en el Olimpo en donde solían frecuentar la compañía de las **musas, Afrodita, Apolo** o **Eros**. La representación más habitual de las gracias era la de tres jóvenes de excepcional belleza que danzan al son de la flauta de **Apolo**, aunque en ocasiones pueden aparecer con faunos y sátiros, como contraste entre la belleza de unas y la fealdad de otros.

Las gracias no aparecían nunca de forma individual, siempre conformaban una tríada.

### Las tres gracias

Aunque a principios de la civilización griega iban cubiertas con una túnica fina, después siempre aparecieron desnudas. A veces han aparecido entre los sátiros más horrendos para señalar que no se puede juzgar a las personas por su apariencia y que los defectos del rostro pueden ser corregidos con un buen espíritu.

## Hades / Plutón

Dios del Inframundo, del Mundo Subterráneo y de los Muertos, hijo de **Crono** y **Rea**, y hermano de **Zeus** y **Poseidón**. Mundo del que se hizo dueño cuando, junto a sus hermanos, expulsó a su padre del Olimpo y decidieron repartirse el Universo. Así **Zeus** se quedó con la tierra, **Poseidón** con el mar y Hades con el inframundo.

Dios oscuro y poco presente en la mitología griega, participó en la desesperación de **Deméter** al raptar a su hija Perséfone, ya que era la única manera de conseguir una esposa que compartiera su reino, que recibía el mismo nombre que el dios, Hades, aunque se encontraba dividido en dos zonas: Tártaro o las profundidades abisales, morada

## HADES

Era el dios de los Muertos, hijo de Crono y de Rea, y hermano de Zeus y Poseidón.

*El rapto de Proserpina (Perséfone)*,
Nicolás Mignard. 1651.
Óleo, 116 × 141 cm.
Colección privada.

de los titanes; y el Erebo, primer lugar al que llegaban los muertos al fallecer.

Para llegar al Hades había que cruzar varios ríos, este oficio era ejercido por un anciano, Caronte, que cobraba siempre una moneda por sus servicios, de ahí la tradición griega de enterrar a sus difuntos con una moneda. A continuación se llegaba a las puertas del Erebo, custodiadas por Cerbero un perro de tres cabezas y cola de serpiente al que **Hércules** consiguió capturar.

Una vez que se adentraba en el Hades, aparecía el palacio del dios y su esposa, un lugar oscuro y tétrico con multitud de puertas y ventanas por las que entraban y salían constantemente almas, después de ser juzgadas y, una vez analizada la actuación de los muertos, se decidía su destino, el Elíseo para las buenas almas y el Tártaro para las almas oscuras.

*Hebe dando de beber al águila de Júpiter*,
Gavin Hamilton. 1767.
Óleo, 127 × 94 cm.
Museo de Stanford.

## HEBE

Diosa de la Juventud, hija de **Zeus** y **Hera**, era la encargada de evitar que los dioses del Olimpo tuvieran sed, a base de distribuir su bebida preferida, la ambrosía.

Esta función la abandonó después de su boda con **Hércules**, el héroe que tras su muerte alcanzó la categoría de dios, a pesar de la oposición de **Hera**. Las funciones de repartir el néctar y la ambrosía entre los dioses olímpicos lo ocupó un príncipe troyano, **Ganímedes**, que fue raptado por el propio **Zeus** transformado en águila.

## HEBE

Hebe es representada como una muchacha bella, sencilla y comedida.

### HÉCATE

Hécate, que tenía mucho poder en el Hades, es representada con tres cuerpos o tres cabezas para una sola cabeza o un solo cuerpo, respectivamente, y con serpientes enrolladas en su cuello.

### HEFESTO

El dios del Fuego y de la Metalurgia –herrero, protector de las artes del trabajo del metal y artesano por excelencia– aparece siempre representado como un hombre tremendamente fornido, sudoroso, con una pierna débil y trabajando en una fragua.

Su madre presidía todos los matrimonios. Se la consideraba el modelo a que toda mujer en edad de casarse debía aspirar y se representa como una joven con la mirada alegre, bella y muy sencilla.

## HÉCATE / TRIVIA

Diosa de la Oscuridad, siempre de negro con serpientes enrolladas en su cuello y rodeada por una jauría con el ceño adusto y la mirada penetrante, esta era la representación más habitual de Hécate, la hija de los titanes Perses y Asteria. Hécate era la diosa de las Encrucijadas, en las que aparecía con su horrible jauría de perros aulladores ante los viajeros que por allí se cruzaran.

Los magos y brujos le rendían tributo con perros y corderos negros sacrificados, aunque la diosa de los Hechizos era Circe, ya que existía una gran asociación entre la oscuridad y las encrucijadas, y los encantamientos y los bebedizos.

Los asimilación entre Hécate y su equivalente romana Trivia, aunque se produjo, no fue tan simbiótica como en otros casos de la mitología antigua.

## HEFESTO / VULCANO

Existían varias tradiciones sobre su nacimiento, una lo hacía hijo de **Hera** en solitario, al igual que **Ares**, pero la más extendida lo emparentaban con **Zeus** y **Hera**, que al nacer y verlo lo arrojó desde el Olimpo para alejarse de su deformidad, ya que nació muy feo y con una cojera irreversible. Tras su expulsión del Olimpo se refugió en la isla de Lemnos, donde demostró una gran capacidad de trabajo. Fabricaba productos de artesanía para los dioses (armaduras, armas y joyas) y tenía su taller bajo el volcán Etna, en Sicilia.

*La fragua de Vulcano,* Diego Velázquez. 1630. Óleo, 223 × 290 cm. Museo del Prado, Madrid.

Para conseguir su regreso al Olimpo fabricó un trono de oro con unas cadenas invisibles que dejaban al que se sentara en él atado de forma permanente. Una vez construido, lo envió al monte Olimpo con indicaciones de que fuera entregado a su madre. **Hera**, al ver tan magnífico trabajo, se precipitó a sentarse en él. Una vez que lo hubo hecho, las cadenas la sujetaron de tal manera, que ninguno de los dioses encontraba la manera de liberarla.

Nadie conocía el modo de hacerlo salvo Hefesto, por lo que los dioses se vieron en la necesidad de llamarlo para liberarla. Se le encargó la tarea a **Dioniso**, que gozaba de la confianza del dios, el cual para convencerlo lo embriagó. Hefesto hizo su entrada en el Olimpo montado en un asno y completamente borracho; sin embargo, desató a su madre y el resto de los dioses le pidieron que permaneciera junto a ellos.

Cuando la diosa **Afrodita** hizo su aparición entre el panteón olímpico, Hefesto suplicó de tal manera a **Zeus** que se la diera por esposa que el principal entre los dioses aceptó y se la entregó. Lo que demostró una vez más que la belleza de **Afrodita** había cegado a otros ojos sin dejar apreciar el resto de sus cualidades o defectos. La diosa de la Belleza provocó multitud de problemas a Hefesto, además de abandonarle en múltiples ocasiones por diferentes amantes.

*Helios como personificación del mediodía,*
Anton Rafael Mengs. 1765.
Óleo, 192 × 180 cm.
Palacio de La Moncloa, Madrid.

## Helios

Figuración del sol desde época preolímpica. Hijo de los titanes Hiperión y Tía, hermano de **Selene** y de **Eos**, y, por lo tanto, un titán. Este puesto fue a veces otorgado a **Apolo**, pero lo más habitual fue que Helios conservara su preminencia como divinidad solar. Dada la importancia de su atribución, el control del sol era fundamental para la naturaleza. Una vez que se produjo la lucha de los dioses contra los titanes, **Zeus** conservó a Helios como uno de los dioses que habitaran en el monte Olimpo, pero una vez que **Zeus** y sus hermanos se repartieron la totalidad del mundo, Helios decidió instalarse en una pequeña isla, Rodas, donde reinar sin injerencias externas; esta isla siempre apareció bajo la protección del dios del Sol. Posteriormente, también logró bajo su tutela Sicilia y la acrópolis de Corinto, aumentando su reconocimiento en el mundo helénico.

### Helios

Se le representa como un joven atlético y guiando un hermoso carro del que tiran cuatro magníficos corceles: Flegonte, Aetón, Pirois y Éoo.

Allí se asentó uniéndose a la **ninfa** Rode, con la que tuvo varios hijos dotados de una gran sabiduría, los Helíadas. A pesar de esta unión, Helios no se caracterizó por ser fiel a su amante, ya que tuvo multitud de aventuras, fundamentalmente con **ninfas** y un enorme número de hijos como **Pasifae**, **C**alipso o **Circe**.

La **ninfa Clitia** se ganó el odio eterno de Helios, ya que esta se vengó del abandono de este dios inconstante con una nueva amante, denunciando al padre de la joven los amores que su hija mantenía con Helios. Esta joven era Leucótoe y su estricto padre, al enterarse, decidió encerrarla en una cueva profunda, donde ni el sol podía llegar, lo que provocó que Leucótoe pereciera de pena y que **Clitia** fuera desterrada por Helios, como venganza por su delación.

*Juno ardiente,*
Lord Frederick Leighton. 1895.
Óleo, 120, 6 × 120, 6 cm.
Museo de Arte, Ponce.

HERA

Suele aparecer representada como una mujer hermosa, sentada en un trono, tocada con una corona y portando un cetro, con un pavo real a sus pies o en un carro tirado por pavos reales seguida por Iris.

Los dioses del Olimpo en ocasiones acudían a él, considerado un dios justo y que podía verlo todo, siempre fue apoyado por su hermana **Selene**. Así, por ejemplo, Hefesto le suplicó en muchas ocasiones que espiara a su esposa **Afrodita**, para confirmar sus continuas sospechas, que siempre fueron corroboradas.

## HERA / JUNO

Hija de **Crono** y **Rea**, hermana y esposa de **Zeus**, y diosa superior del Olimpo. Junto a **Zeus** fue madre de **Hebe**, Hefesto e **Ilitía**, y en solitario de **Ares**. Si hubo un rasgo que caracterizó a esta diosa fueron sus celos y las venganzas múltiples contra las mortales, diosas, **ninfas**... amantes de su marido. Este odio desaforado se extendía a los hijos que el dios tuvo fuera de su matrimonio. Este rasgo, nada aceptado por su marido, provocó que en más de una ocasión **Zeus** decidiera castigarla, para poner fin a sus gritos y reclamaciones. El dios del Rayo llegó a atar a su esposa a un yunque colgándola del firmamento, hasta que Hefesto se apiadó de su madre y la liberó. Después de semejante humillación, Hera aumentó su maldad y no hubo hijo o amante del dios que no sufriera las consecuencias de su furia.

En otras ocasiones, su cólera fue provocada por otros motivos, así los troyanos se ganaron su odio eterno, lo que contribuyó a su destrucción, porque **Paris** no la eligió como la más bella de las diosas.

Una muestra de su venganza más atroz fue cuando dejó ciego a **Tiresias**, porque se atrevió a llevarle la contraria. Estaban en una ocasión **Zeus** y Hera discutiendo cuál de los dos sexos gozaba más con las rela-

ciones sexuales, los hombres o las mujeres. **Zeus** era de la creencia de que las mujeres obtenían más placer, mientras que Hera declaraba fervientemente que eran los hombres. Como no llegaban a ningún acuerdo decidieron consultar con **Tiresias**, que había sido alternativamente hombre y mujer. **Tiresias**, sin dudarlo, afirmó que eran las mujeres. Hera, al ser contrariada, privó de la vista a **Tiresias**, aunque, más tarde, le concedió el don de la adivinación.

## Hermes / Mercurio

Era hijo de **Zeus** y de Maya, e hija del titán **Atlas**. Recorrió el mundo buscando el éxito en todas las labores que hacía y fue considerado por el pueblo dios de los Atletas, de la Sabiduría, de las Artes, de la Escritura, de los Pastores y de muchas otras cosas, aunque nunca ocupó de forma completa ninguno de estos puestos, pues muchas de las actividades que él protegía tenían su propia deidad.

Gracias a su sabiduría e inteligencia fue llamado al Olimpo. Su principal labor era la de ser mensajero de los dioses y **Zeus** le concedió por sus servicios un sombrero y sandalias aladas, así como un caduceo de oro o varita mágica con serpientes enrolladas y alas en la parte superior. También conducía a las almas muertas al **Hades** o submundo.

Era el responsable de la buena suerte y de la abundancia, pero no es muy aconsejable fiarse de él, porque también era un gran enemigo y muy mentiroso, pues era el dios de los Ladrones. Hermes es, pues, el dios mensajero, el dios de la Elocuencia y de los Comerciantes, y el dios de la Enseñanza.

Nada más nacer se vio tan fuerte y hermoso que, henchido de orgullo, le puso la zancadilla a **Eros** y le robó su carcaj. Animado por las felicitaciones de los divertidos dioses, robó en un momento la espada de **Ares**, el tridente de **Poseidón**, el ceñidor de **Afrodita**, el cetro de **Zeus** y a punto estuvo de robar también su rayo.

Cuando fue joven le robó el rebaño a su hermano **Apolo**, pero se reconciliaron cuando Hermes le regaló la lira que acababa de inventar. En cualquier caso, Hermes siempre negó haber robado nada. Ambos vivían entonces como pastores en Tesalia, pues habían sido expulsados del Olimpo por su mal comportamiento.

## Hestia / Vesta

Era la diosa del Hogar, aunque debido a que en todos sus ritos y representaciones había abundantes antorchas con fuego, se la considera también diosa de este elemento. Fue la primera hija de **Crono** y de **Rea**.

Pese a ser cortejada por **Apolo** y **Poseidón**, obtuvo de **Zeus** la gracia de guardar eternamente su virginidad. Además, **Zeus** le concedió honores excepcionales: los de ser objeto de culto en todas las casas de

### Hermes

Hermes es representado como un hombre mozo y risueño con todo su cuerpo cubierto de simpáticas «alas» y con un caduceo, emblema de sus plenos poderes como ejecutor de las decisiones de Zeus y símbolo de su carácter conciliador.

### Hestia

Tanto Hestia como Vesta aparecen en muy pocos mitos. Hestia es representada con una larga túnica y la cabeza cubierta por un velo. En las manos sostiene una lámpara o una antorcha, pero también puede empuñar un dardo o llevar el cuerno de la abundancia.

los hombres y en los templos de cualquier divinidad. Mientras los demás dioses van y vienen por el mundo, Hestia permanece inmóvil en el Olimpo, así como el hogar doméstico es el centro religioso de la morada, Hestia es el centro de la mansión divina.

La versión romana de esta diosa, Vesta, ha sido más famosa que su correspondiente griega, debido al culto que se le impartía a través de las vestales. Todos los dioses tenían a su disposición una casta propia de sacerdotes que se encargaban del cuidado de sus respectivos templos. Sin duda, uno de los grupos de sacerdotisas más destacado fue el de las vestales, jóvenes consagradas a la diosa Vesta, conocida en Grecia como Hestia.

La selección de las vestales, cuyo número pasó de cuatro a seis, correspondía en un principio a los reyes, pero después esa atribución sería responsabilidad de los pontífices. Las vestales debían ser niñas de entre seis y diez años pertenecientes a una clase social libre y no podían tener ningún defecto físico. Cuando eran aceptadas, se les cortaba el cabello y se las vestía con una gran túnica blanca llevando en sus quehaceres diversos tipos de velos.

*Vestal con una guirnalda de* hiedra (representación de Hestia), Carl Friedrich Deckler. c. 1870. Óleo.

Las vestales debían cuidar de que jamás se apagase el fuego eterno del templo de Vesta, porque este representaba el porvenir del Imperio. Si alguna vez el fuego se extinguía, las vestales recibían severas palizas y todo el mundo entraba en profunda depresión y pánico ante lo que pudiera suceder, hasta que los sacerdotes reavivaban de nuevo el fuego usando directamente los rayos del sol.

Las vestales debían guardar el celibato total y tanto las adúlteras como los hombres que abusaran de ellas eran castigados con la pena de muerte. La muerte de estas mujeres no era, sin embargo, igual a la del resto: en medio de espantosas ceremonias en las que se recordaba a las divinidades más malignas, la vestal castigada debía bajar a su propia tumba, donde se la encerraba con una lamparilla, algo de aceite, un pan, agua y leche. Así pues, la infortunada moría de inanición.

A pesar de todos estos horrores, las vestales que cumplían su deber recibían múltiples honores. Todos los magistrados y, por supuesto, las personas de menor clase les cedían el paso. Su palabra era digna de crédito por sí sola en los juicios y si se encontraba por la calle un reo, solo con afirmar que el encuentro fue fortuito, este quedaba en libertad. Todos los secretos del estado les eran confiados y también se les reservaba el mejor sitio en el circo. Además, todos sus gastos eran responsabilidad del estado de por vida.

Después de treinta años consagradas a esta labor, podían abandonar sus funciones y casarse, pero perdida su juventud, la mayoría se quedaba al cuidado de las novicias que allí ingresaban.

## HIMENEO

HIMENEO
Himeneo es representado como un joven muy bello, bien vestido, con una corona de rosas y flores de arrayán, y portando una antorcha y una flauta.

Era la divinidad de las bodas, por lo que presidía todas las ceremonias nupciales. Himeneo era hijo de **Apolo** o **Dionisio** y de **Afrodita** o la **musa** Calíope, según las fuentes. Etimológicamente, la palabra himeneo significaba «cántico nupcial», antes de su conversión en dios. Posteriormente, el término ha sido utilizado como sinónimo de «boda», sobre todo en castellano antiguo.

Cuando se celebraba una boda, se entonaban diversos cánticos en los que se repetía a modo de estribillo su nombre («¡Himeneo!, ¡Himeneo!»). Al parecer estos cánticos son una tradición iniciada por un grupo de jóvenes en agradecimiento al dios porque las liberó deun ataque pirata.

En las ceremonias que se ofrecían en su honor, se tenía la precaución de no sacar la hiel de las entrañas de los animales sacrificados, queriendo indicar a los esposos que deben controlar los insultos y lo más oscuro de sus pensamientos, puesto que todo ello rompe la paz del matrimonio y del hogar. Según algunos mitos, Himeneo fue resucitado por **Asclepio** tras su muerte el día de su boda o, según otra leyenda, cuando participaba en la de **Dionisio** y **Ariadna**. También hay otro relato que afirma que fue raptado por unos piratas junto a unas muchachas porque había sido confundido con una de ellas debido a su belleza.

HIPNOS
Es representado como un joven que duerme sosteniendo en una mano una amapola.

## HIPNOS / SOMNUS

Era el dios del Sueño, hijo de **Nix** y hermano de **Tánato**, dios de la Muerte. Hipnos vivía en un palacio construido dentro de una gran cueva del lejano oeste donde el sol no llegaba jamás, como tampoco lo hacían el gallo, que despertaba al resto del mundo, los gansos o los perros, de forma que Hipnos vivía siempre sumergido en la tranquilidad, la paz y el silencio.

Las horas

Son representadas como jóvenes bellas y hermosas, ya que gozaban del don de la juventud eterna, sujetando en la mano una lacia túnica mientras bailan las tres juntas, razón por la cual a veces se las confunde con las tres Gracias.

Por un extremo de este curioso lugar pasaba Lete, el río del olvido, y a sus orillas crecían amapolas y otras plantas narcóticas que ayudaban, junto con el suave murmullo de las lánguidas aguas del río, en la tarea de atrapar el sueño. En medio del palacio se encontraba un hermoso lecho de ébano rodeado de cortinas negras en el que reposaba Hipnos, sobre blandas plumas, con un sueño apacible plagado de historias. Su hijo **Morfeo** cuidaba de que nadie lo despertara.

Hipnos también tuvo otros dos hijos llamados **Iquelo** y **Fantaso**. Hipnos podía dominar tanto a los dioses como a los mortales. Hipnos era el dios del Sueño, actividad de dormir, pero no de los ensueños; las historias que pasan por nuestra mente al dormir están gobernadas por **Morfeo**.

*Las Horas rodeando a Apolo,* Friedrich Kersting. 1822. Óleo, 96 × 69 cm. Stadtmuseum, Güstrow.

## Las Horas

Existen diferentes leyendas acerca de las Horas, algunas de las cuales son contradictorias. Se las considera hijas de **Zeus** y de **Temis**, la diosa de la Justicia divina, y personificaban tres estaciones del año, aunque luego pasaron a ejercer este mismo papel pero en relación con las horas del día. Existen versiones que afirman que también representaban las diferentes temperaturas.

Las Horas en su conjunto desarrollaban labores menores relacionadas en cierta medida con la fecundidad y la fertilidad, pero también tuvieron otras funciones como enganchar los caballos al carro del Sol, criar a **Hera** cuando era una niña, acompañar a **Afrodita** cuando apareció en el mar, pasear en el séquito de **Dionisio**, **Pan** o **Perséfone** y, sobre todo, disipar o reunir las nubes situadas en el Olimpo y custodiar su entrada.

Las Horas eran tres: **Irene**, la paz; Diké, la justicia; y Eunomía, el orden. Sin embargo, los atenienses las llamaron, en un primer momento de la historia: Talo, tallo; Auxo, que referido a una raíz significa «crecer»; y Carpo, fruto, denominaciones muy relacionadas con la fertilidad.

## Ilitía

Era la diosa que presidía los alumbramientos. Hija de **Zeus** y de **Hera** y hermana de **Hebe** (esposa de Heracles), **Ares** y Hefesto. Fiel criada de su madre, era también la servidora de sus odios. Así trató de impedir el parto de **Leto**, para evitar el nacimiento de **Apolo** y **Ártemis**, o el de Alcmena, otro de los amores de **Zeus** y madre de **Hércules**.

En ocasiones, los poetas hablan de las Ilitías, concibiéndolas como una pluralidad de genios que protegen los alumbramientos.

## IRENE O EIRENE / CONCORDIA O PAZ

Irene es una de las tres **Horas**, junto a Diké y Eunomía, y es hija de **Zeus** y de **Temis**. El culto a esta diosa de la Paz, como su propio nombre indica, se practicó en Grecia y en Roma.

En Grecia fue especialmente venerada, porque la cultura helénica tenía muy idealizado el concepto de la paz y de la concordia. En muchas ocasiones, las palomas de **Afrodita**, se han utilizado como símbolo para representarla.

En Roma, bajo el mandato de Agripina, se construyó uno de los edificios más emblemáticos de todo el Imperio, el templo de la Paz, situado en un lugar privilegiado de la ciudad, la vía Sacra. Parece ser que fue decorado con un gusto exquisito, con los tesoros obtenidos en el expolio del templo de Jerusalén.

Representación escultórica de la diosa Irene y Pluto.
Gliptoteca de Múnich.

## IRIS

En algunas fuentes, esta diosa aparece como hija del titán Taumante y de Electra, una oceánida, y en otras se afirma que su madre fue **Hera**, ya que ejercía las funciones de mensajera de la principal diosa del Olimpo.

Iris era capaz de viajar a la velocidad del viento, pudiendo atravesar todas las regiones del mundo, además de las profundidades marinas y los mundos subterráneos. Siempre estaba en contacto con **Hera**, independientemente del lugar donde se encontrara.

### IRENE

Se la identifica por sus atributos: una corona de flores, y en las manos lleva una rama de olivo y el cuerno de la abundancia.

*Iris y Júpiter,*
Michel Corneille, el Viejo. 1701.
Palacio de Versalles.

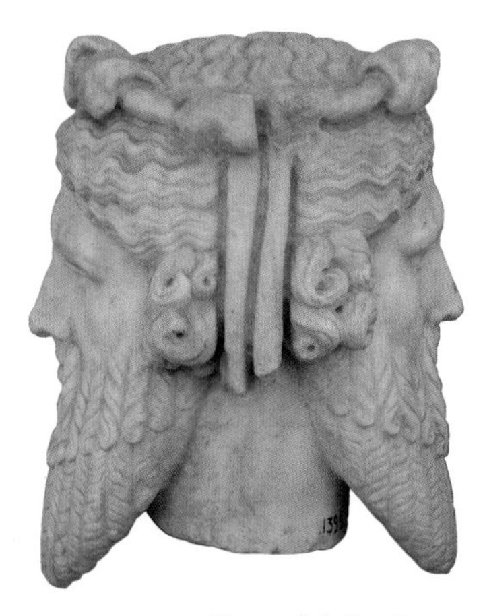

Busto del dios Jano.
Museos Vaticanos.

## JANO

Dios de origen netamente romano. Estaba encargado de la vigilancia de las puertas y también de los comienzos, cuya bonanza, según los romanos, eran un garantía para los buenos finales. No existía ninguna correspondencia con dios griego alguno.

Jano era el rey más antiguo del Lacio. Cuando **Crono** fue expulsado de su trono, Jano le dio cobijo y a cambio recibió de este la capacidad de controlar el tiempo, conociendo el pasado, el presente y el futuro de todas las cosas.

## MOMO

Era hijo de **Hipnos** y de **Nix** o de **Eris**. Momo era el dios de las Burlas, de los Chistes y de las Bromas. Se encargaba de corregir con sus críticas, aunque sarcásticas, a los hombres, y también a los dioses. Se le consideró especial protector de los escritores y los poetas.

Una vez, bromeó acerca de unos inventos que habían creado **Poseidón, Hefesto** y **Atenea**. **Poseidón** había creado al toro y Momo se rió de él por haberlo hecho con los cuernos mal colocados. De **Hefesto** se mofó porque a su obra, el hombre, le faltaba una ventanilla en el corazón para poder conocer sus intenciones y pensamientos secretos. A **Atenea** la criticó sardónicamente porque la casa que había construido era demasiado pesada, si el propietario quería trasladarse a causa de unos molestos vecinos.

*Morfeo e Iris*,
Pierre-Narcisse Guérin. 1811.
Óleo.
Museo del Hermitage, San Petersburgo.

Estas mofas de los dioses fueron las últimas que toleraron a Momo, que rápidamente fue expulsado del Olimpo. También se cuenta que se burló de **Afrodita** porque hablaba mucho y porque sus sandalias hacían mucho ruido al andar.

## MORFEO

Morfeo se encargaba de construir los sueños de cada persona y de dar apariencia humana a las personas que en ellos aparecen. Además, velaba porque nadie despertara a su padre, **Hipnos**, de su letargo.

## LAS MUSAS

Eran nueve diosas hijas de **Zeus** y de **Mnemosine** que protegían las artes, las ciencias y las letras. Nacieron en la cumbre del Piero, pero vivieron sucesivamente en Dilicón, en Beocia y en Macedonia. Cada una de las nueve musas estaba especializada en un tema diferente:

*Las musas Clío, Euterpe y Talía,*
Eustache Le Sueur. 1652.
Óleo, 130 × 130 cm.
Museo del Louvre, París.

- Calíope defendía la poesía épica, por lo que solía tener entre manos obras como la Odisea, la Iliada o la Eneida.
- Clío presidía la historia, analizando las hazañas del mundo, se la representa con un rollo de escritura en las manos.
- Erato inspiraba la poesía lírica y amorosa. En algunas ocasiones se la representaba con un laúd, como a **Eros**, y en otras con una corona de rosas y mirto.
- Euterpe estaba especializada en música y siempre se representa acompañada de su flauta.
- Melpómene inspiraba la tragedia e iba vestida de forma muy austera y con una máscara, como las grandes actrices, y con una maza como recordatorio de las exigencias de un género difícil que requiere de un talento privilegiado.
- Polimnia es la más reflexiva y con su actitud pensativa defiende el cultivo de la poesía sagrada y el arte de la mímica.
- Talía se caracterizaba por sus extravagantes atuendos, pensados para provocar la risa, pues era la musa de la comedia.
- Terpsícore era la musa de la danza, siempre ligada a las musas entregadas a la música.
- Urania, musa de la astronomía, iba acompañada de un globo terráqueo y de un compás para conocer sus proporciones.

En muchas ocasiones, sus elevadas facultades artísticas les costaron la afrenta, luchando para ser libres, o se vieron retadas a poner a prueba su talento.

La primera persecución fue de la mano de Pireneo, rey de la Fócida, que aprovechando que las musas paseaban solas muy alejadas de sus

## MUSAS

Eran representadas como muchachas jóvenes y bellas, sentadas en círculo bajo palmeras o laureles. Las nueve musas eran:

- Calíope, musa de la poesía heroica.
- Clío, musa de la historia. Érato, musa de la poesía lírica.
- Euterpe, musa de la música.
- Melpómene, musa de la tragedia.
- Polimnia, musa de la poesía sagrada.
- Talía, musa de la comedia.
- Terpsícore, musa de la danza.
- Urania, musa de la astronomía.

*Erato, Musa de la poesía,*
Sir Edward John Poynter. 1870.
Acuarela.
Colección privada.

moradas y en pleno vendaval, les ofreció asilo y cuando estas aceptaron, las encerró en su palacio. Sin embargo, antes de que el tirano pudiese consumar ninguna de sus fechorías, las nueve muchachas se proveyeron de alas y lograron escapar, provocando la muerte de Pireneo mientras las perseguía.

Las hijas de Piero, rey de Macedonia, creyendo poseer más talento que las musas, apostaron diversos territorios en un concurso de canto y poesía. Llegado el día del concurso, las hijas de Piero trataron sobre las luchas entre **Zeus** y los titanes, pero sin ritmo ni concordancia. Las musas, por su parte, abordaron el tema del poder de **Zeus** y la desesperación de **Deméter**. Finalmente, las **ninfas**, que eran el jurado, las proclamaron vencedoras. Entonces, las hijas de Piero se abalanzaron sobre ellas para vengarse, pero al momento se convirtieron en urracas, conservando bajo esa forma su temperamento y charlatanería.

### NÉMESIS

Sus alas indican la rapidez con la que llega el castigo a los criminales. Se la representa con un velo, que recuerda que la venganza de los cielos es impenetrable y llega de forma inesperada a los asesinos. Sus atributos son una lanza y una copa con un licor para fortalecer las virtudes.

### NIX

Nix se representaba coronada de adormideras, envuelta en un velo negro con estrellas y en actitud de recorrer los cielos, montada en un carro.

## NÉMESIS O ADRASTEA / LA VENGANZA

Era hija de **Nix**. Némesis era la deidad vengadora y ejecutora de la llamada justicia divina. Némesis no debe confundirse con las **Erinias**, las tres deidades vengadoras. La diferencia entre ambas parece difusa, aunque se puede considerar que las **Erinias** vengaban todos aquellos actos criminales mediante el castigo de sus autores, mientras que Némesis se vengaba en nombre de los dioses de todas aquellas personas que no hubieran recibido castigo por parte de la justicia humana.

Némesis era más bien una mensajera divina que atacaba en su nombre a los pecadores de soberbia y altivez, y a los transgresores de las leyes.

## NIX / LA NOCHE

El hijo o la hija del Caos, según se considere, y la madre de las **Parcas**, de **Hipnos**, dios del Sueño, y de **Tánato**, dios de la Muerte, es decir, algunas de las deidades más perversas del mundo griego.

*La noche,*
William-Adolphe Bouguereau.
1883.
Óleo, 208 x 107 cm.
Hillwood Museum, Washington D.C.

Igual que a las **Erinias** y a las **Parcas** se le hacían rituales de consagración con ovejas negras y con gallos porque su canto perturba la calma de las noches.

## OCÉANO

Era uno de los dioses más importantes de la etapa preolímpica, considerado por Homero como el iniciador de todas las cosas. Sus padres fueron Urano y **Gea**. El océano era un enorme y profundo río que rodeaba todas las tierras del planeta, que se consideraba plano. En clara alusión a que el horizonte terminaba en él, se decía que de su seno nacían el Sol y la Luna. Se casó con **Tetis**, diosa de las Aguas y tuvo con ella tres mil hijos, que eran todos los ríos del mundo y otras tres mil hijas, las oceánidas, que eran las ninfas de ese gran río y diosas de todas las fuentes. Perdió su poder durante la guerra entre **Zeus**, **Crono** y los titanes, y su puesto fue ocupado por **Poseidón**.

Durante estas luchas, Rea le encargó que custodiase a **Hera**.

### OCÉANO

Se le representa como un viejo sentado sobre las olas, que ostenta en su mano una pica y que tiene a sus pies a un animal fabuloso, presumiblemente un dragón. Sus atributos son el cuerno de la abundancia, el cetro y la red.

### PAN

Se le representa con piernas y patas de macho cabrío, cabeza con dos cuernos, nariz aplastada, y pelo y barba desordenados.

## PAN

Nació en la Arcadia de la unión de **Hermes** y una **ninfa**. Recibe el mismo nombre tanto en la mitología griega como en la latina. Pan era un ser mitad humano y mitad animal, pues tenía los cuernos, las patas y las orejas de un macho cabrío, lo que le confería una gran robustez, pero también una gran fealdad, razón esta por la que era rechazado por todas las ninfas. Sus lugares preferidos eran las montañas, las cuevas y los parajes agrestes.

Era un músico excelente y acompañaba a las ninfas por el bosque y los campos cuando estas cantaban tocando su flauta. Dicho instrumento fue inventado por él, un día que perseguía a la **ninfa** Siringa y la transformó en un lecho de cañas para que no pudiera huir de él, y con estas creó un instrumento musical con las cañas de diferente tamaño.

## PANACEA

Diosa de la Salud, hija de **Asclepio** y de Epione. De ella se contaba que tenía la capacidad de curar todos los males con sus hierbas y ungüentos; así pues, siguió la tradición de su padre, dios de la Medicina, y de su abuelo **Apolo**, también relacionado con estas actividades. De hecho, los tres son nombrados en el juramento hipocrático.

*Ninfas y sátiro*,
William-Adolphe Bouguereau. 1873.
Óleo, 260 × 180 cm.
Instituto de Arte Clark,
Williamstown.

PARCAS
Son representadas como viejas severas o melancólicas doncellas tejiendo con una pobre luz.

## LAS PARCAS / LAS MOIRAS

Eran tres diosas que determinaban la vida y el destino humanos. Algunos expertos no las consideran diosas, sino las ejecutoras de las decisiones del dios del **Destino** –hijo del **Caos** y de **Nix**–, que lleva en sus manos la urna fatal con la suerte de los mortales. Son hijas de **Temis** y sus nombres son Cloto, Laquesis y Atropos, todas ellas vivían en el **Hades**. Asignaban a cada persona una parte del bien y del mal que cargaría con ella, aunque el mal podía crecer por la torpe actuación de cada persona.

Ninguna de sus decisiones podía ser revocada, ni siquiera por los propios dioses, cuyo destino también quedaba marcado por ellas.

- Cloto era la más joven y llevaba consigo telas e hilos, cuya tipología variaba según el destino de cada persona. Los de seda y oro eran para los hombres felices, mientras que los desgraciados eran de lana y cáñamo.
- Laquesis era la que movía la rueca en la que se preparaban los hilos que le daba Cloto.
- Atropos, la mayor, se encargaba, con unas tijeras muy largas, de cortar el hilo de la vida de improviso.

POMONA
Se la representa sentada junto a una cesta con frutas y flores o de pie portando dicha cesta, a menudo con manzanas, en la mano o en el regazo.

## POMONA

Considerada la diosa de los Frutos, su vida siempre estuvo vinculada a la vida del campo y vivió consagrada a las tareas propias de él, tanto relacionadas con la agricultura, como las labores propias de la ganadería. Siempre fue conocida por su independencia, ya que a pesar de que muchos dioses quisieron desposarla, ella se construyó un muro alrededor de su casa para que nadie pudiera traspasarlo.

*Vertumno y Pomona,* Peter Paul Rubens. 1617-1619. Óleo, 120 × 200 cm. Colección privada.

Solo la haría cambiar la perseverancia de Vertumno, que después de adoptar infinidad de apariencias relacionadas con su mundo (pastor, agricultor, segador, etc.) y de recibir una negativa detrás de otra, un día se convirtió en una anciana que le habló de las virtudes de vivir en familia y, finalmente, cuando ella mostró su consentimiento, Vertumno recuperó su apariencia normal.

### Poseidón o Posidón / Neptuno

Sus padres fueron **Crono** y **Rea**. Siendo joven intentó conspirar contra **Zeus**, por lo que este le expulsó del Olimpo y le convirtió en simple mortal. En esa época Poseidón trabajó para levantar enormes diques que contuvieran las olas que llegaban hasta Troya a las órdenes de Laomedonte. Poco tiempo después se reconcilió con **Zeus** y trabajó incansablemente por la ordenación del mundo submarino que le había sido confiado.

Poseidón era dios del Mar, pero también de los ríos, lagos y fuentes y de las islas que las rodeaban. Además, su poder llegaba a todos los confines de la tierra.

En su búsqueda de esposa se fijó en **Anfitrite**, hermosa **ninfa** hija de **Océano**, pero esta se negó a casarse con alguien de quien no estaba enamorada, aunque Poseidón siempre se mostrara amable y correcto. Sin embargo, la tristeza de Poseidón fue resuelta por un jovial delfín que convenció a Anfitrite de la gloria y riquezas que obtendría si se casaba con el dios del Mar y esta, finalmente, aceptó.

Su esposa muy pronto le dio un hijo, **Tritón**. También fueron descendientes suyos, el gigante **Orión** y el cíclope **Polifemo**, famoso por su salvajismo y crueldad, y que nacieron de sus aventuras con ninfas de fuentes y manantiales. Además, a su relación con la gorgona **Medusa** se debe la aparición de **Pegaso**, el famoso caballo alado. También mantuvo relaciones sentimentales con **Afrodita**, coincidiendo con el agradecimiento a esta por la defensa frente a **Hefesto**.

Poseidón desempeña un papel importante en muchos mitos griegos, como el relato mitológico de la disputa con la diosa **Atenea** por el control de Atenas. También ayudó junto a **Apolo** a construir la muralla de la ciudad de Troya en defensa del rey Laomedonte, pero se negó a pagarles el salario convenido y Poseidón envió a Troya un terrible monstruo marino que devastó la ciudad, extendiendo su odio hasta la guerra de Troya, cuando tomó partido por los griegos.

#### Poseidón

Poseidón es representado con barba y una figura majestuosa. Va acompañado de un tridente y un delfín. Puede ir montado en un brioso carro tirado por extraños seres marinos y rodeado por los tritones, que anuncian su llegada con un instrumento musical de sonido estruendoso.

## REA, CIBELES U OPS

Era conocida como la madre de los dioses por haber dado a luz a las divinidades principales del Olimpo. Era una titánide hija de Urano y de **Gea**, además de hermana y mujer del temible **Crono**. Cuando este fue arrojado del cielo por **Zeus**, que consiguió derrotarle, Rea le siguió.

Las fiestas que se organizaban en su honor eran de las más histriónicas que se celebraban y se desarrollaron en memoria de Atis. Atis fue un pastor frigio al que Rea le tenía una especial benevolencia, por lo que le encargó el control de su culto bajo la promesa de que jamás se casaría. Sin embargo, cuando Atis se casó con Sangaride, Rea le castigó con la muerte de la **ninfa** y con un conjuro que le obligaba a moverse sin parar y a autolesionarse con frenesí. En uno de estos momentos, Atis estuvo a punto de clavarse una espada, lo que conmovió a Rea, quien lo convirtió en un pino estático. Desde entonces dicho árbol está consagrado a Rea.

CIBELES
La imagen que de ella se tenía era de una mujer lozana y fuerte que se solía encontrar encima de un carro tirado en unas ocasiones por leones y en otras por caballos.

## SELENE

Fue la diosa de la Luna, aunque desempeñó este papel solo hasta el nacimiento de **Artemisa**, quien lo detentó durante el período de los dioses olímpicos.

La procedencia de Selene es bastante confusa y como posibles progenitores suyos se encontraban los titanes Hiperión y Tía, Palas y **Helios**, quien en otras versiones era considerado su hermano.

Selene fue considerada la amante de **Pan**, aunque es mucho más famosa su relación con Endimión, con quien tuvo cincuenta hijas que se suponen representan las cincuenta lunas que se suceden entre cada una de las celebraciones de los juegos de Olimpia.

SELENE
Selene es representada conduciendo un carro tirado por dos caballos o dos bueyes.

## SILENO

Era un dios campestre hijo de **Hermes** o **Pan** y de una **ninfa** o **Gea**, según las diferentes versiones. Otra leyenda afirma que nació de la sangre derramada por Urano cuando luchó con **Crono**, de la misma forma que lo hizo **Afrodita**, aunque esta versión es la menos extendida.

Al parecer, Sileno era originario de Nisa o de Malea y protegió a **Dionisio** durante su infancia, cuidándole y enseñándole todo lo que sabía. Además, cuando el dios del Vino creció, Sileno lo fue acompañando en todas las expediciones que realizaba. Una vez Sileno fue acogido por **Midas**, rey de un estado de Asia menor, muy amablemente y con gran cordialidad, y **Dionisio** le recompensó con la capacidad de convertir en oro todo lo que tocaba.

Al volver con **Dionisio** de India, Sileno se asentó definitivamente en la Arcadia, donde fue bien acogido por todos los campesinos debido

SILENO
Es representado como un viejo rechoncho, bajito, con orejas grandes, calvo y coronado con laurel. Sus atributos fueron el asno, el odre, el cántaro y la pantera.

*El triunfo de Sileno,*
Anton Van Dick. 1617.
Gemäldegalerie Alte Meister
Staatliche Kunstanmmlungen,
Dresde.

a su carácter jovial. Sileno era un ser deforme y muy feo, que casi siempre iba montado en un asno en el que a duras penas se sostenía y rodeado de sátiros.

Participó en el bando de los dioses olímpicos durante la guerra con los gigantes, matando a Encelado. Además, su burro fue muy eficaz porque sus estridentes rebuznos aterrorizaron a los gigantes. Sileno estaba casi siempre borracho, pero se hallaba dotado de un gran genio, inteligencia y sabiduría, siendo un invitado perfecto en los festines de los dioses, a pesar de que todos se asqueaban con su aspecto, porque les entretenía enormemente su lúcida ironía y les deleitaba con sus grandes conocimientos.

Sileno dominaba el arte de la adivinación porque conocía el pasado y el futuro, y los sueños de todos los que le rodeaban. Sin embargo, no gustaba de ejercer tales capacidades y solo se dedicaba a ellas cuando estaba borracho, solo si lo capturaban y lo obligaban. Sileno amaba los placeres sensuales, el canto y los ritos dionisiacos.

## TÁNATO / LA MUERTE

Hijo de **Nix** que moraba en el Tártaro, la oscura región del Hades. En Grecia fue considerado un dios, pero jamás se le dedicó ningún templo ni tuvo nunca sacerdotes, aunque se le consagraban el ciprés y el tejo.

### TÁNATO

Tánato era representado como un esqueleto con un manto negro que portaba una espada o una hoz en una mano y una clepsidra, un curioso instrumento para medir el tiempo con el agua, en la mano izquierda. A su alrededor aparecía revoloteando una mariposa como símbolo de la vida futura.

*Sueño y su hermanastro Tánato,*
John W. Waterhouse. 1874.
Óleo, 70 x 91 cm.
Colección privada.

## TEMIS / LA JUSTICIA

TEMIS

Temis empuña una espada con una mano mientras que con la otra sostiene una balanza. Lleva una venda que le tapa los ojos, queriendo indicar que la justicia no entiende de rango, riquezas o intereses particulares. Además, se la sitúa sobre un león para denotar que la justicia debe estar acompañada de la fuerza.

Nació de la unión entre los dioses Urano y Gea y, a su vez, fue madre de las tres terribles parcas y de las cuatro estaciones. Vivió casi siempre en la tierra, pero durante la Edad de Hierro, llena del espanto que le causaron los grandes crímenes que se cometían en aquella época, trasladó su residencia al cielo donde ocupó el lugar del zodiaco llamado Virgo.

Astrea, una de sus hijas, se confunde muchas veces con la propia Temis, pero juntas forman una sola y única divinidad. También fueron hijas suyas Irene y Diké, dos de las Horas. Diké también está relacionada con la representación de la divinidad de la Justicia. Temis era la diosa de la Justicia divina, cumplidora de los dictámenes de los dioses.

## TETIS

Diosa de las Aguas, hija de Urano y de **Gea** y hermana y también esposa del gran titán **Océano**. Tetis estaba designada a ser la madre de todos los ríos del mundo y de todas las ninfas del mar. Se le suele representar llevando un cetro en la mano o bien sosteniendo en sus rodillas al pequeño dios Palemón, y siempre viajando en un hermoso carro de caballos tirado por los tritones.

*Boda de Tetis y Peleo,* Jan Sadeler. 1550-1600. Óleo, 24 × 33,5 cm.

## ZEUS / JÚPITER

Era el dios del Cielo y soberano de los dioses olímpicos, en definitiva, el dios supremo. Se le consideraba también el padre de todos los dioses y los hombres, aunque en el sentido de protector y no de creador directo. Como se ha dicho, era el señor del cielo y de la lluvia, y el creador de las nubes que controlaba con su temible rayo desde su trono dorado, una de las armas más poderosas del Olimpo. Su arma principal era la égida, que entregó a **Atenea**, su ave era el águila y sus árboles, el roble y la encina, ambos símbolos de fortaleza. También fue llamado Zooganios porque podía prolongar la vida de los animales a su antojo.

Los padres de Zeus fueron el titán **Crono** y la titánide **Rea**, y tuvo muchos hermanos importantes como **Poseidón**, **Hades**, **Hestia**, **Deméter** y **Hera**.

Zeus inició la generación de los llamados dioses olímpicos instaurando toda la corte de dioses y de diosas que en él habitaban. Su poder también fue disputado por los gigantes y por los Aloadas pero, finalmente, la lucha siempre se decantaba del bando de los olímpicos. Durante uno de esos primeros intentos, llamado Gigantomaquia, su gobierno fue disputado por los gigantes, hombres de colosal tamaño, como su propio nombre indica, con cincuenta cabezas y piernas y que eran sus enemigos.

Se organizó una guerra entre dichos gigantes y los dioses del Olimpo y los primeros lograron la supremacía durante mucho tiempo, pero, con grandes esfuerzos, los dioses abandonaron la guarida en Egipto a la que habían huido, salvo **Dionisio**, y con la ayuda de Hércules –no el **Hércules** heroico que todos conocemos– vencieron a los Gigantes.

Sin embargo, se inició una época de crímenes en el mundo en el que tiranos y reyes ejercían todo su poder de una forma injusta. Como castigo, Zeus decidió enviar un diluvio para acabar con el género humano, y solo se salvaron Deucalión y su mujer, quienes pudieron crearlo de nuevo.

El nacimiento de Zeus es uno de los episodios más destacados y conocidos de la mitología griega y ha sido muchas veces representado en la historia del arte. Su padre temía ser destronado por uno de sus hijos, a quienes devoraba según nacían. Sin embargo, **Rea**, cansada de tanta muerte, cuando nació Zeus, envolvió una piedra entre pañales y se la entregó a Crono, quien vomitó a sus hermanos y la piedra. Así, Zeus y sus cinco hermanos y hermanas ganaron la guerra que se originó frente a los titanes que fueron expulsados a los abismos del Tártaro, en lo más profundo del submundo. Desde entonces, Zeus, **Poseidón** y **Hades** se repartieron el dominio del mundo.

ZEUS
Normalmente se le representa sentado en un trono de oro, con el rayo en una mano y un cetro en la otra, y a sus pies un águila con las alas desplegadas.

GALATEA
Cervantes escribió una novela pastoril con este título «para enseñorearse del artificio de la elocuencia».

# HÉROES Y SUCESOS ASOMBROSOS

## ACIS Y GALATEA

Galatea, una dulce nereida, había desarrollado un enorme afecto por Acis, un pastor que vivía cerca de ella, siendo fuertemente correspondida. Sin embargo, **Polifemo**, uno de los más horribles gigantes, también estaba enamorado de ella y le hacía constantes regalos y agasajos con los métodos más sublimes que podía llevar a cabo. Un día, Acis y Galatea se encontraban paseando por el mar, cuando vieron que se acercaba **Polifemo**, quien gimió de desesperación.

Galatea, para no provocar la ira del gigante, se escondió bajo el agua, mientras su amado Acis huía y se ocultaba entre unas cañas. **Polifemo**, poseído por la ira, encontró a su rival y decidió, en un arrebato, dar muerte a Acis lanzándole una piedra, que le golpeó en la cabeza. Galatea, al descubrir lo sucedido, se llenó de tristeza, y **Zeus**, para evitar que su sufrimiento continuara por más tiempo, decidió convertirla en una fuente, y a su amado, en un río, que sigue aún fluyendo en la región de Sicilia, en Italia, como muestra de la perseverancia de su amor por Galatea.

*El triunfo de Galatea,*
Rafael Sanzio. 1511.
Fresco, 297 × 225 cm.
Villa Farnesina, Roma.

## ACONCIO Y CÍDIPE

Aconcio era un joven muy bello, pero sobre todo muy astuto, que se quedó totalmente prendado de una muchacha llamada Cídipe, que, sin embargo, por pertenecer a una clase social muy superior a la suya, no podía ni siquiera acercarse a él.

Un día que Cídipe estaba en el templo de **Ártemis** con su nodriza, Aconcio le lanzó una manzana con una inscripción, típico regalo amoroso, que vino a definir el destino de Cídipe cuando esta la leyó. El texto decía: «Juro por **Ártemis** que no me casaré con nadie más que con Aconcio». Al pronunciar tales palabras en un lugar tan sagrado, indefectiblemente, tenían que cumplirse, a pesar de que Cídipe lanzó el fruto un tanto desinteresadamente.

Unas semanas más tarde, el padre de Cídipe inició los preparativos de la boda de su hija, que había sido concertada en su niñez, sin embargo tuvo que ser interrumpida hasta tres veces porque cuando se acercaba el momento de la ceremonia, Cídipe contraía una grave enfermedad,

ACONCIO Y CÍDIPE
La historia de Aconcio podría ser una versión mitológica de la de Romeo y Julieta de Shakespeare, aunque con un desenlace más particular.

que no se curaba hasta que la boda era cancelada. Alterada la familia de la joven ante tales hechos, consultaron al oráculo de Delfos, en donde les fue revelado la causa de la enfermedad de la joven.

Mientras tanto, Aconcio había acudido a Atenas, donde residía esta familia, enterado de tales sucesos que habían adquirido una gran trascendencia. Finalmente, el padre de Cídipe decidió que, aunque la familia de Aconcio no era de su clase social ni tenía bienes, era digna y que, por lo tanto, la boda podía celebrarse, desarrollándose un feliz matrimonio.

## ACTEÓN

Hijo de Aristeo y de Autónoe. Era un gran cazador, virtud que obtuvo de las enseñanzas del **centauro** Quirón, pero tuvo una muerte temprana. **Ártemis** lo metamorfoseó en ciervo y luego fue despedazado por sus propios perros. Este hecho ocurrió como castigo a que Acteón vio bañarse desnuda a la diosa por accidente, mientras intentaba descansar en los bosques de su jornada de caza.

Parece ser que **Artemisa** lo transformó arrojándole un poco de agua del bello riachuelo mientras le decía: «Intenta, si puedes, decir que me has visto desnuda». También es posible que deseara tener relaciones amorosas con ella o con algún miembro de su séquito. Se apunta, asimismo, que se jactó de ser mejor cazador que Ártemis, algo que esta no toleraba de modo alguno.

*Diana y Acteón*,
Giuseppe Cesari. 1602-1603.
Óleo, 50 × 69 cm.
Museo de Bellas Artes,
Budapest.

## ADONIS

Adonis nació, fruto de los amores de **Mirra** con su propio padre, Tías, a causa de un castigo impuesto por **Afrodita**. Adonis fue entregado en una caja a **Perséfone** por la propia diosa, que se sentía responsable de haber provocado su nacimiento.

Cuando **Perséfone** descubrió la caja, pues **Afrodita** no se molestó en darle mayores explicaciones, encontró un hermoso bebé y se prestó a cuidarlo durante su infancia. Cuando Adonis creció se convirtió en un atractivo muchacho y, tan pronto como le llegó la edad fértil, se convirtió en el amante de **Perséfone**.

### ADONIS

En honor de Adonis fueron instituidas las fiestas llamadas Adonias, que duraban ocho días: en los cuatro primeros se celebraban ceremonias fúnebres, mientras que los cuatro siguientes se pasaban entre festejos, conmemorando así la muerte y la apoteosis del amado de Afrodita.

*La muerte de Adonis (detalle de La creación del hombre),*
Luca Giordano. 1684-1686.
Fresco.
Palacio Medici Riccardi,
Florencia.

Sin embargo, **Afrodita**, también deseaba la compañía amorosa de Adonis, porque se había enamorado al verlo dormir desnudo, y fue a pedirle a **Zeus** que la ayudase para arrebatárselo a **Perséfone**. Sin embargo, **Zeus** se dio cuenta de las superficiales intenciones de **Afrodita** y se desentendió del asunto, encargando a la musa Calíope que decidiera.

Esta tomó la determinación de que Adonis debería pasar un tercio del año con **Afrodita**, porque ella le había salvado la vida; otro tercio con **Perséfone**, porque le había cuidado en su infancia; y el resto del año tendría libertad para estar con quien quisiera, separado de ambas mujeres.

Así pasó el tiempo, pero cuando llegó el turno libre de Adonis, **Afrodita** utilizó sus poderes para engatusarle y enamorarle, con lo que Adonis se quedó en ese tiempo con **Afrodita. Perséfone**, que sentía muchos celos, y veía con desagrado el incumplimiento del acuerdo, buscó a **Ares**, que, por aquel entonces, se encontraba algo alejado de allí y le contó todo lo ocurrido. **Ares**, lleno de ira, ya que fue amante de **Afrodita** durante mucho tiempo, se transformó en jabalí. Un día que Adonis estaba cazando, le arrolló y despedazó, en presencia de **Afrodita**, quien intentó rescatarlo, pero no pudo llegar a tiempo, porque se arañó con unas plantas y cayó al suelo.

*Venus y Adonis,*
Peter Paul Rubens. 1610.
2'760 × 1'830 mm
Museum Kunstpalast
Düsseldorf (Alemania).

Muerto ya Adonis, le correspondió estar para siempre en el inframundo, y, como ese era el reino de **Perséfone**, estaría todo el año en su compañía. Entonces, **Afrodita** fue nuevamente a suplicar a **Zeus** su ayuda, quien ya esta vez sí se encargó de dar una solución al problema: Adonis debería pasar medio año, en la etapa veraniega, con **Afrodita** y el resto del tiempo con **Perséfone**. Antes de su muerte Adonis tuvo varios hijos llamados Golgo, Istaspe, Zariadre y Beroe.

La leyenda indica, por último, que de la sangre que brotó de **Afrodita** durante el intento de salvar a Adonis se mancharon unas rosas, dando origen desde entonces a las rosas rojas y, que, por su parte, los efluvios corporales de Adonis dieron lugar a las anémonas.

## ALCESTES Y ADMETO

Alcestes era la bella hija de Pelias, rey de Yolco, en Tesalia, y tenía muchos pretendientes que la pedían en matrimonio sin cesar. Su padre, para evitar los quebraderos de cabeza propios de la situación, juró que solo entregaría la mano de su hija a aquel que fuera capaz de montar en un carro tirado por dos bestias de diferente especie.

Admeto, rey de Feras, logró con la ayuda de **Apolo**, a quien antes había protegido, domesticar un león y un jabalí con los que cumplió la voluntad de Pelias y montó en el carro a Alcestes, quien se casó con él sin ningún pesar.

Poco tiempo después de la feliz boda, Admeto cayó gravemente enfermo, pero el oráculo afirmó que salvaría su vida si otra persona moría en su lugar. Alcestes, terriblemente enamorada, hizo acopio de todo su valor y bebió un peligroso veneno como único método para salvar la vida de su esposo. Efectivamente, Admeto se recuperó y ese mismo día llegó a la región **Heracles**, a quien Admeto dio grandes tributos y atendió con toda la cortesía y hospitalidad. **Heracles**, en agradecimiento, enterado de lo ocurrido, bajó a los infiernos y allí, luchando con todos los dioses del **Hades**, pudo rescatar a Alcestes, quien regresó junto a su marido.

LAS AMAZONAS

Las amazonas se deshacían de sus hijos varones, mientras que educaban a sus hijas en las artes de la guerra.

## LAS AMAZONAS

Las amazonas eran un grupo de mujeres guerreras, supuestamente hijas de **Ares**, dios de la Guerra, siendo su madre en la mayoría de los casos, **Harmonía**. Se gobernaban, en su reino situado a las orillas del río Termodonte, en Capadocia, sin la presencia de varón alguno, teniendo como poder máximo una reina elegida periódicamente entre ellas. Sus territorios se extendían en la zona del río Tanis, en la actualidad el río Don, pero **Afrodita**, disgustada por sus rudas actitudes, las obligó a trasladarse a Capadocia.

Solo se reunían una vez al año con hombres extranjeros con el objetivo de perpetuar su comunidad. Si los bebés nacidos eran varones, los mataban o, en muy pocos casos, los entregaban a sus respectivos padres. Parece ser que a las niñas, cuando se desarrollaban, se les cortaba o quemaba un pecho para que pudieran manejar mejor el arco. Esta creencia se basa en el hecho de que, en griego, su nombre significa «sin senos».

*Combate de las Amazonas,*
Peter Paul Rubens. 1616-1618.
Óleo, 121 × 165 cm.
Alte Pinakothek, Múnich.

ANDRÓMEDA

En los esponsales de Andrómeda y Perseo, Fineo, tío y a la vez amante de Andrómeda, provocó una pelea que casi impidió celebrar el matrimonio.

Las amazonas, cuya existencia parece tener fundamentos históricos, rendían un culto especial a la diosa **Ártemis**, pues la consideraban su afín, al ser esta cazadora y virgen.

Existen varios acontecimientos en los que se cree participaron las amazonas: la invasión de Licia, siendo rechazadas por **Belerofonte**; la invasión de Frigia; la lucha contra **Heracles** por el cinturón de Hipólita, reina de la tribu; la ayuda a Príamo en la guerra de Troya siendo reina Pentesilea y una expedición a la isla de Leuce, entre otras aventuras. Según algunas versiones fueron las fundadoras de ciudades como Cime, Éfeso, Esmirna y Pafos.

*Perseo y Andrómeda*, Tiziano. 1556. Óleo, 183 × 199 cm. Wallace Collection.

## ANDRÓMEDA

Hija de Cefeo, rey de Etiopía, y de Casiopea o Casíope. Su madre se vanaglorió de ser más hermosa que todas las **nereidas**, aun siendo una de ellas, y esto motivó el enfado de **Poseidón** que asoló la región con terribles inundaciones y envió un monstruo desde el mar que los atacaba incesantemente.

Los reyes consultaron el oráculo de Ammon y este estableció que solo se librarían de tales males si exponían a Andrómeda al terrible monstruo. Sus padres se negaron, pero viendo la desdicha de su pueblo, no tuvieron más remedio que aceptar, y decidieron atar a Andrómeda con cadenas a unos peñascos cercanos a la costa.

Sin embargo, justo cuando Andrómeda estaba a punto de ser atacada por la bestia, el héroe **Perseo**, que regresaba a su patria tras su aventura contra Medusa, la divisó y, ante su belleza, prometió a sus padres liberarla y deshacerse del monstruo a cambio de que le entregasen la mano de su hija. Cefeo y Casiopea aceptaron sin dudarlo y, finalmente, se celebró la boda. Andrómeda y **Perseo** fueron muy felices juntos y, tras su muerte, se convirtieron en constelaciones por mediación de **Atenea**.

ANFIARAO

Para consultar el oráculo de Anfiarao, se debía ayunar veinticuatro horas antes y no beber vino durante tres días. Tras inmolar un carnero, se extendía la piel sobre el suelo y se dormía sobre ella. En el transcurso del sueño, se recibía la respuesta del dios.

## ANFIARAO

Fue un gran combatiente, adivino y general del ejército, que formó parte de la expedición conocida como «Los siete contra Tebas» invitado por Adrasto.

Anfiarao no quería partir a dicha guerra, porque estaba convencido de que moriría frente a los muros de la ciudad enemiga y se ocultó de los militares que organizaban la lucha. Sin embargo, Polinice, personaje especialmente interesado en que la guerra tuviera éxito, ofreció a Erifile, mujer de Anfiarao, un magnífico collar de oro y diamantes a cambio de que revelara el lugar donde se encontraba escondido su marido. Su avariciosa mujer reveló a los habitantes de Argos el lugar donde se encontraba y Anfiarao no tuvo más remedio que partir. Sin embargo, tuvo tiempo antes de hacer asegurar a su hijo Alcmeón que nada más conocer su muerte debía matar a su madre, Erifile.

Así ocurrió, pues Anfiarao murió al iniciarse la expedición a causa de un rayo de **Zeus** que le precipitó a lo más profundo de las entrañas de la tierra. La sangre de Erifile sirvió para rendir tributo a Alcmeón. Desde entonces Anfiarao fue tratado como un héroe divino y se le consagró un templo con un oráculo tan importante como el de Delfos que se encuentra en Ática.

## ANTÍGONA

Fue la hija mayor de **Edipo** y Yocasta, reyes de Tebas, y la única que permaneció junto a su padre cuando este se quedó y huyó al exilio, del que regresó cuando murió.

Muerto **Edipo**, dejó el trono a sus hijos Eteocles y Polinice. Eteocles se hizo con el trono en solitario estableciéndose en el poder, mientras su hermano Polinice decidió enfrentarse con su hermano liderando la conocida expedición de «Los siete contra Tebas».

En el transcurso de las múltiples batallas, ambos hermanos resultaron muertos, por lo que el codiciado trono terminó en manos de Creonte, hermano de Yocasta. El nuevo rey ofició en honor a Eteocles un gran funeral, mientras que a Polinice, por traidor, le negó la sepultura, ordenando que dejarán su cuerpo sobre la tierra en el mismo lugar donde había caído.

Durante varios días la orden del nuevo rey fue cumplida, sin embargo Antígona decidió incumplir el mandato real, para propiciar que su hermano consiguiera la bendición de los dioses, así que le recogió, le embalsamó y le dio sepultura.

Por este delito, el rey Creonte la condenó a ser enterrada viva en el panteón familiar, pero ella decidió terminar con su vida ahorcándose, mientras su apesumbrado amor, Haemón, hijo de Creonte, se suicidó.

ANTÍGONA
La tragedia de Antígona inspiró al poeta trágico Sófocles, así como a numerosos autores modernos.

*Antígona,*
Frederic Leighton. 1882.
Óleo, 58,5 × 50 cm.
Colección privada.

AQUILES

La conocida expresión «talón de Aquiles» tiene su origen en la muerte del héroe de la Ilíada.

Vasija griega que representa a Aquiles y Áyax, héroe griego que era primo de Aquiles.

## AQUILES

Miembro de la expedición griega que marchó a la conquista de Troya, hijo de un mortal (Peleo) y una nereida (**Tetis**). Su madre, al nacer, le zambulló en las aguas de la laguna Estigia, para conseguir su invulnerabilidad; solo el talón por el que lo sujetaba su madre quedó fuera del agua, careciendo esa parte de su cuerpo de este atributo.

Se crió con el **centauro** Quirón en las laderas del monte Pelión y con él aprendió las artes de la guerra y de la caza, así como la música y las propiedades curativas de las plantas.

Cuando tenía nueve años, el adivino Calcas profetizó que los griegos no podrían tomar la ciudad de Troya sin la participación de Aquiles, pero que este perecería ante los muros de dicha ciudad. Entonces su madre los escondió entre las hijas del rey de Esciros, Licomedes, para intentar apartarlo de su destino. Pero los griegos, ya a punto de partir hacia Troya, enviaron a Ulises para descubrirlo.

Como Licomedes negase que estuviese en palacio, el astuto **Ulises** llevó a las hijas del rey adornos y joyas, que despertaron su admiración, pero también llevó un escudo y una lanza, al presentar estos instrumentos bélicos y hacer sonar al mismo tiempo un agudo clarín. Aquiles, sin poder contenerse, se abalanzó sobre las armas poniéndose al descubierto. Entonces el hijo de Peleo prometió su ayuda a los griegos, a cuyas filas se incorporó.

Durante el curso de la guerra contra Troya, Aquiles estuvo siempre en la vanguardia de la lucha, y se dice que doce ciudades enemigas fueron destruidas por él desde tierra y once por mar. Tras el saqueo de Lirnesa le correspondió como botín una joven cautiva, de nombre Briseida, que compartía la tienda del héroe. Más tarde, el rey Agamenón (jefe de la expedición griega) recibió también, después del saqueo de Crisa, a una joven sacerdotisa del templo de **Apolo**, Criseida. Ofendido el dios **Apolo**, por la injuria cometida contra su sacerdotisa, desencadenó sobre el ejército una nube de flechas y gran número de soldados cayeron moribundos sin posibilidad de atajar el daño.

Para congraciarse de nuevo con el dios, Aquiles propuso devolver a la sacerdotisa con la anuencia del resto de sus compañeros de expedición. Agamenón se resistió, pero ante la insistencia de los demás reyes y jefes que integraban el viaje a Troya decidió complacerlos, aunque para mantener su autoridad exigió que le fuera entregada la esclava que per-

Estatua de Aquiles en el palacio de Achilleion, en Corfú.

tenecía a Aquiles. Este a su vez no tuvo más remedio que aceptar, pero herido en su honor, anunció su negativa a volver a luchar hasta que su orgullo no se viera restablecido.

La ausencia del campo de batalla del bravo guerrero envalentonó a los troyanos, que comenzaron a arrinconar a sus sitiadores obligándolos a replegarse cada vez más. Por más que los griegos rogaron a Aquiles su vuelta a la lucha, este se negó, incluso cuando Agamenón accedió a devolverle a Briseida.

Sin embargo, la muerte de su querido amigo **Patroclo** a manos del héroe troyano Héctor, cuando portaba su armadura, provocó un inmenso dolor en Aquiles, que decidió regresar a la batalla para vengar la muerte de este. Aquiles luchó con la fuerza de diez hombres y la furia de un ejército, consiguió arrinconar a Héctor que, aunque intentó huir del griego, fue abatido por la lanza de su enemigo. Aquiles arrastró el cuerpo abatido de Héctor, durante varios días, en torno a la muralla de Troya y se negaba a devolver el cadáver a su atribulada familia para que procediera a su sepultura. Solo la intervención de los dioses, que estaban claramente disgustados con Aquiles, consiguieron que reconociera su falta de respeto a los caídos y entregara los restos de Héctor, a cambio de un cuantioso rescate, a su padre, para proceder a su entierro.

*Tetis entregando la armadura a Aquiles,*
Benjamin West. 1804.
Óleo, 68,6 × 27 cm.
County Museum of Art, Los Ángeles.

Sin embargo, Aquiles disfrutó poco tiempo de las riquezas obtenidas tras la muerte de Héctor. En una lucha de las múltiples que se desarrollaban en los alrededores de Troya se enfrentaron Aquiles y **Paris**. Este, que seguía bajo la protección de Afrodita, supo como enfrentarse al héroe, así que disparó una flecha al lugar que sabía vulnerable del heleno. La flecha, dirigida por el dios **Apolo**, celoso de la admiración que despertaba Aquiles, siguió un rumbo inalterable alcanzando al griego en el único punto donde podía causarle daño: el talón.

La herida acabó con la vida de uno de los héroes más valerosos y arrojados que recuerda la tradición griega.

## Aracne

Vivía en Colofón y allí era una famosa trabajadora de las labores del bordado, de tal forma que recibía encargos de todas partes del mundo y muchas visitas que contemplaban llenos de placer sus primorosas obras. Aracne por joven era insensata y poco precavida, y un día lanzó un desafío a la propia **Atenea**, quien aceptó competir con ella por el puesto de la mejor tejedora.

Terminado el trabajo pudo observarse cómo la creación de la diosa era bastante perfecta, pero también la de Aracne era de una belleza sin par. Esta había representado diversos episodios de la mitología y era especialmente hermosa la representación de **Zeus** y la lluvia de oro que le acompañaba.

**Atenea**, que había representado el esplendor de los dioses y diosas del Olimpo, no pudo encontrar imperfección alguna en la obra y llena de envidia, la destruyó por completo. Posteriormente, según algunas fuentes, Aracne quedó presa en los hilos y estuvo a punto de morir estrangulada.

Según otra leyenda, fue la propia Aracne la que intentó suicidarse llena de dolor por la destrucción de su magnífica pieza. En ambos casos, **Atenea** se apiadaba de ella y la convertía en araña, forma en la que desde entonces se dedica a hilar.

LAS ARPÍAS

Hay quien ha visto en ellas los piratas que con frecuencia hacían incursiones por las costas del mar Jónico.

*La persecución de las arpías*, Jon Erasmus Quellinus. 1630. Óleo, 99 x 98 cm. Museo del Prado, Madrid.

## LAS ARPÍAS O HARPÍAS

Son las hijas de **Poseidón** según algunas versiones y de Taumante, hijo de Ponto y **Gea**, según otras. Las arpías eran tres horribles monstruos alados con cabeza y pecho de mujeres envejecidas y con cuerpo y alas de garras de presa, en concreto, buitres. Las arpías eran repugnantes, emanaban unos asquerosos efluvios y corrompían todos aquellos alimentos que tocaban. Existía una gran cantidad de arpías aunque no todas son conocidas. Entre ellas cabe nombrar a Aelo, que significa «borrasca» y que se caracterizaba por su vuelo veloz; a Celeno, oscura como las nubes de las tormentas y la más malvada de todas; y a Ocípete, la que poseía la mayor furia.

La localización geográfica de la residencia de las arpías es difusa, se pensaba que podían vivir en las islas Estrofiades, también llamadas islas del Regreso, dentro del mar Jónico, o en pasadizos subterráneos de Creta. Cuando las arpías volaban eran tremendamente veloces; este hecho, unido a los males que portaban, provocó que se las considerara similares a los vientos tormentosos.

Las arpías fueron confundidas en algunos momentos de su historia con las **sirenas**, con las gorgonas y con las grayas, relaciones todas ellas que vienen dadas por su maldad y deformidad, y por moverse en tríadas.

El origen histórico de las arpías es también complejo. Existen algunas fuentes que consideran que se las identificó con una plaga de langosta que arrasó toda Asia menor, y después Grecia causando grandes pérdidas humanas y problemas de desnutrición.

*Hipómenes y Atalanta,*
Jacob Peter Gowy. 1636-1637.
Óleo, 195 × 180 cm.
Museo del Prado, Madrid.

## ATALANTA E HIPÓMENES

Atalanta era hija de Clímene y de Yaso o Esqueneo, según las diferentes versiones que existen sobre la leyenda. De pequeña fue abandonada por su padre en las montañas porque este quería un varón, siendo cuidada por unos cazadores de la zona y amamantada por una osa. Esto propició que se educara en un ambiente natural, en el que las habilidades físicas eran muy importantes. Así, la joven Atalanta, desarrolló pronto una gran velocidad corriendo y era, además, muy hábil para la caza. Ambas aptitudes le permitieron, de hecho, huir de los centauros que querían atraparla, y herir al jabalí de Calidón antes que ninguna otra persona.

Cuando se fue adentrando en la edad núbil, muchos pretendientes intentaron conquistarla, pero ella no estaba del todo interesada en los fines matrimoniales. Además, estaba muy asustada porque un oráculo había predicho que algo malo le ocurriría si se casaba. No obstante, bajo presiones de su padre, se decidió que aquel joven que pudiera ganarla en una carrera, se quedaría con su mano. Ella, que estaba segura de que obtendría la victoria, aceptó sin reparos. El problema era que el padre de Atalanta había prometido que todo aquel que corriese para ganar a su hija, y no lo consiguiese, moriría. Muchos jóvenes murieron por aquella causa, y esto amedrentó a otros cuantos.

No obstante, un joven ingenioso, Hipómenes, descendiente de **Poseidón**, muy interesado en desposarla, ideó una estrategia para vencer. Ayudado por **Afrodita**, que apoyaba su causa, logró tres manzanas de oro del jardín de las Hespérides. Cuando inició la carrera con Atalanta

### ATALANTA E HIPÓMENES

Los leones que tiran del carro de la famosa estatua de la Cibeles de Madrid, son los célebres amantes Atalanta e Hipómenes, quienes, como castigo a su impiedad, están condenados a darse la espalda para no verse.

ATLAS
La figura de Atlas, arrodillado y con gesto esforzado, se hizo muy común y apareció mucho tiempo en las portadas de las primeras colecciones de mapas, por lo que estas adquirieron ese nombre.

—a la que, por cierto, acudió mucho público—, cada vez que esta le obtenía cierta ventaja, Hipómenes le arrojaba una de las manzanas y, mientras ella paraba a recogerla, asombrada por su encanto, el joven lograba adelantarla. Habiendo llevado a cabo esta estratagema tres veces, Hipómenes consiguió ganar la competición. Así, la mano de la joven Atalanta tuvo que ser para él, quien, en todo caso, se entregó encantada, porque le había encandilado la gran inteligencia de Hipómenes.

De la unión nació su hijo Parténope. Al poco tiempo de producirse su matrimonio, un día se unieron carnalmente en el templo de **Zeus** o, según otra leyenda, en el de **Deméter**. **Zeus**, cumpliendo el augurio, o Deméter, como castigo, el caso es que ambos fueron convertidos en leones, serían obligados para la eternidad a arrastrar el carro de **Deméter**, diosa de la Agricultura.

## ATLAS

Era hijo del titán Jápeto y de la **ninfa** Clímene, y hermano de **Prometeo**. Atlas fue un gran gigante que luchó al lado de los titanes en la guerra con los dioses olímpicos. Cuando estos ganaron la disputa Atlas fue condenado a llevar sobre sus espaldas el peso de la Tierra y el firmamento, que le aplastaron durante toda su vida. Uno de los episodios más famosos en los que participó fue cuando ayudó a **Heracles** a conseguir las manzanas de oro del jardín de las Hespérides, sus sobrinas o hijas según otras versiones. Fue el padre de las Pléyades y de las Híadas.

Posteriormente, Atlas fue convertido en montaña al ver la cabeza de Medusa, cortada por **Perseo** y que este le mostró ante su falta de hospitalidad.

Como curiosidad, el término «atlantes», plural de Atlas, designa en la arquitectura clásica a las columnas esculpidas en forma de hombre.

## BATO

Era un pastor que trabajaba en los bosques del rey Neleo. Cuando **Hermes**, siendo joven, robó el rebaño a **Apolo**, Bato fue el único testigo de tal suceso. Debido a ello, **Hermes**, temeroso de que le denunciase, le ofreció un ternero a cambio de su silencio, y Bato aceptó gustoso el trato.

Sin embargo, **Hermes**, que era sumamente cuidadoso y muy prudente, sospechó que el pastor no le sería muy fiel, así que adoptó otra forma humana y se acercó a Bato ofreciéndole un buey y un vestido completo a cambio de que le indicase lo sucedido y el lugar exacto donde **Hermes** había escondido los rebaños.

Bato no tardó en contarlo todo. Hermes, sumamente indignado por lo ocurrido, lo convirtió en piedra de toque, in-

discreta como Bato y que no sabe ocultar nada porque pone de manifiesto la naturaleza de los metales al frotarlos con su superficie.

### BELEROFONTE

A raíz de la carta que Preto envió a Yóbates pidiendo que matara a Belerofonte, las cartas que esconden un contratiempo para aquel que las lleva se llaman cartas de Belerofonte.

## BELEROFONTE

Era hijo de **Poseidón** y de Eurinome, hija del rey de Megara. Su nombre auténtico fue Iponoo, aunque fue más conocido como Belerefonte, famoso héroe, cuya deshonra le impregnó incluso el nombre.

Había un rey en Corinto llamado Belero y fue asesinado en circunstancias desconocidas, pero el crimen le fue imputado a Iponoo y de ahí su sobrenombre Belerofonte, que significa «asesino de Belero». Muy pronto se vería arrastrado por el deshonor y decidió emigrar y establecercerse en el reino de Tirinto.

Los problemas, lejos de apartarse de su camino, siguieron complicando su vida. Establecido ya en Tirinto y gobernando Preto, unido a Antea, esta intentó seducir al héroe, pero Belefonte respetaba la figura del rey y su amor no era correspondido. Ella, para vengarse, le acusó ante su marido de las tretas que ella misma había creado para conquistarle.

El engañado marido, también decidió emprender la venganza y envió a Belerofonte a cumplir una misión a Asia menor, en concreto al palacio de Yóbates, el padre de Antea. Belerofonte, con la decisión que le caracterizaba, no tuvo problema alguno en prestar su colaboración y Preto le entregó una carta, que no era otra cosa que su sentencia de muerte, ya que le informaba a Yóbates, de que este hombre había querido deshonrar a su hija.

El rey Yóbates le recibió con la hospitalidad característica de los pueblos asiáticos y le agasajó con todo tipo de presentes durante nueve largos días y nueve noches, hasta que, finalmente, decidió leer la misiva que le enviaba su yerno. Estupefacto por el contenido, no tuvo el valor necesario para vengarse, sino que decidió acabar con su vida entregándole a la imposible tarea de matar a la Quimera, un terrible monstruo, que les hacía la vida imposible, con

*Belerofonte es enviado a la campaña contra Quimera,* Alexander Andreyevich Ivanov. 1829.

cabeza de león, los lomos de un dragón, la barriga de una cabra recubierta de escamas y que con su aliento quemaba a quien se acercaba, acabando con su vida. Ante tanta injustica, muy pronto los dioses del Olimpo se volcarían en prestarle su ayuda. La diosa **Afrodita** le facilitó las riendas de **Pegaso**, dotado con un freno de oro. Con su caballo, algunas armas blancas y su infinito valor se enfrentó a la terrible bestia, que tras asestarle varias cuchilladas, le metió un trozo de plomo por la boca y al licuarse con el calor, el líquido le abrasó las entrañas. Le cortó la cabeza y la cola, que serían entregadas al rey como trofeo.

Yóbates, debatiéndose entre el odio y la admiración, siguió poniéndole trampas: un enfretamiento con los violentos sólimos, una batalla con las amazonas y una lucha sin cuartel con los seres más forzudos de su reinado. Pero todos los obstáculos fueron superados por Belerofonte, consiguiendo el respeto de Yóbates, que pensó que todas estas victorias no se podían conseguir si los dioses no estuviesen de su parte. El rey, en reconocimiento, le entregó a su hija Filónoe y le nombró rey de Licia.

Representación de la Quimera, monstruo con cabeza de león, cuerpo de dragón y de cabra.

Belerofonte, que tanto éxitos había cosechado, recuperado su honor guerrero y personal, pecó de soberbia, ya que sirviéndose de **Pegaso** decidió visitar el Olimpo. **Zeus** le castigó. Un tábano picó a su caballo, este se desbocó y Belerofonte fue estrellado contra una zarza, quedándose ciego y prácticamente paralizado. En cualquiera de los casos, alejado de los dioses y de los humanos. Antea, arrepentida por su falsa acusación y muerta de remordimiento, decidió quitarse la vida.

*Paris y Helena*, Jacques-Louis David. 1788. Óleo, 144 × 180 cm. Museo de Artes Decorativas, París.

## El caballo de Troya

Tras varios años de asedio por parte de los griegos, Troya seguía sin poder ser tomada. A pesar de los esfuerzos y muertes que se habían sucedido en las innumerables batallas, los griegos solo conseguían imponerse en pequeñas escaramuzas que no les reportaban más que triunfos parciales.

Ante estos hechos, **Ulises**, ya cansado de los años que llevaba fuera de su hogar, ideó una estratagema que permitiría a los helenos obtener el triunfo tan anhelado. Se trataba de construir un gigantesco caballo de madera en cuyo interior se encerrarían los más valerosos soldados griegos. El resto se haría a la mar con su flota después de haber incendiado las tiendas, aunque solo fueron hasta la isla de Tenedos, donde vararon sus barcos y esperaron.

Esta retirada provocó que los troyanos salieran a la llanura, en la creencia de la definitiva deserción de sus enemigos. Allí encontraron el gigantesco caballo y a un único griego, Sinón, que les relató sus desdichas. Este les contó cómo sus compañeros intentaron convertirle en la víctima de un sacrificio para conseguir los favores de **Atenea** y que esta favoreciera su viaje de regreso a sus hogares. Sin embargo, había conseguido escapar de su destino refugiándose en el inviolable asilo del caballo, consagrado a la diosa.

El relato conmovió a los troyanos que en ningún momento dudaron de la veracidad del griego y, a pesar de los ruegos de algunos adivinos para que celaran del regalo heleno, decidieron introducir el caballo dentro de las murallas de la ciudad. Una vez que llegó la noche, el bravo Sinón ascendió hasta una torre y desde allí, con una antorcha, hizo la señal que las naves de Tenedos esperaban para emprender el regreso, luego descendió hasta la plaza donde se encontraba el caballo y golpeó sobre él, dando el aviso para que sus compatriotas salierande él.

Cuando los griegos del interior del caballo salieron, abatieron a los centinelas de las puertas de la ciudad, lo que permitió a sus compañeros caer sobre Troya, ciudad que fue presa de la furia y el rencor, provocado por tan larga guerra. Así, Troya fue saqueada, sus mujeres violadas o asesinadas, los hombres y niños masacrados y, finalmente, fue pasto de las llamas. Solo sobrevivieron algunas mujeres, entre ellas Helena que no tardó en volver a gozar de los favores de su esposo Menelao, y Eneas, que bajo la protección de **Afrodita** consiguió huir de la ciudad junto a su padre y su hijo.

## Cástor y Pólux

Eran dos hermanos gemelos, hijos de Leda, la esposa de Tíndaro, rey de Esparta, y hermanos de Helena y de **Clitemnestra**. Se les llamó los Dioscuros, que en griego significa «hijo de dios», por ser hijos de **Zeus**.

En el nacimiento de Cástor y Pólux había una cierta confusión. Zeus amaba a Leda y se transformó en cisne para poseerla, pero el mismo día Leda había sido poseída por Tíndaro. Más tarde, Leda, puso dos huevos y de uno salieron Pólux y Helena, hijos de **Zeus**, y del otro Cástor y **Clitemnestra**, hijos de Tíndaro.

### El caballo de Troya

Es famosa la exclamación que Laoconte, gran sacerdote de Neptuno de la ciudad de Troya, realizó al ver el caballo de madera, y que recoge el poeta latino Virgilio en la Eneida: Timeo Danaos, ut dona ferentis. «Temo a los griegos, aunque hagan regalos».

### Cástor y Pólux

Los Gemelos forman dos constelaciones que jamás se encuentran juntas, pues cuando nace una, desaparece la otra.

*Rapto de las hijas de Leucipo, por Cástor y Pólux,*
Peter Paul Rubens. 1616-1618.
Óleo, 222 × 209 cm.
Alte Pinakothek, Múnich.

**CARIBDIS**
Históricamente, Caribdis existe, aunque no como monstruo, sino como un peligroso accidente geográfico de la costa, lugar donde se inventó esta espeluznante leyenda.

En otras versiones puso un único huevo, del que salieron Cástor, Pólux y Helena, los tres hijos de **Zeus**; y **Clitemnestra**, mientras, sería la única hija de Tíndaro.

Cástor y Pólux, con poco mito propio, participaron en otros mitos, como el de los argonautas, de cuya expedición formaron parte. Los dos llegaron a ascender al firmamento convertidos en estrellas de primera magnitud, las dos estrellas de la constelación zodiacal Géminis o los Gemelos.

*Glauco y Escila*,
Laurent de la Hyre. 1640.
Óleo, 57 × 14 cm.
The J. Paul Getty Museum, Los Ángeles.

## CARIBDIS

Horrible monstruo marino que habitaba junto con **Escila** en el estrecho de Mesina, paso entre Sicilia y la península Itálica. Vivía bajo unas rocas de la isla y tres veces al día tragaba enormes cantidades de agua, llevándose con ella barcos, marineros, peces... Otras tantas veces la devolvía formando un veloz remolino en el que todos perecían, pues no era posible advertir su presencia porque se ocultaba detrás de una espesa niebla. Solo el legendario héroe **Odiseo** consiguió sortear sus horribles fauces, en dos ocasiones.

Caribdis, no obstante, no siempre fue un monstruo. En sus orígenes fue una mujer, hija de **Poseidón** y de **Gea**, a quien **Zeus** castigó convirtiéndola en esa horrible y malvada figura, porque trató de robar a **Heracles** una parte de los rebaños de Gerión.

## CASANDRA

Era una de las hijas de Príamo y Hécuba, reyes de Troya. Poseía el don de predecir el porvenir, dicha facultad le había sido concedida por el dios **Apolo**, que se había enamorado de la bella joven; esta,ante sus requerimientos amorosos, solicitó al dios semejante cualidad antes de entregarle su amor.

Una vez que Casandra comprobó que era capaz de adivinar el porvenir, renegó de su amor por **Apolo**, que en su cólera maldijo a la muchacha: podría adivinar los sucesos futuros, pero nadie creería ninguna de sus predicciones.

**CASANDRA**
Casandra intentó impedir, junto con Laoconte, que los troyanos introdujeran el famoso caballo de madera dentro de las murallas de la ciudad.

Casandra advirtió a los troyanos de muchas desgracias, desde el comienzo de la guerra, la muerte de Laoconte y hasta de la maldad contenida en el caballo de madera con el cual los griegos asediaron la ciudad; sin embargo, todas y cada una de sus predicciones fueron descartadas y ella tomada por lunática.

Después de la caída de Troya se refugió en el templo de **Atenea**; allí la encontró Áyax que la hizo prisionera llevándola hasta el campamento de los griegos. Una vez allí, cuando los trofeos de guerra fueron divididos, Casandra fue otorgada al rey Agamenón como botín de guerra, convirtiéndose en su esclava y amante.

Casandra le profetizó que sería asesinado si regresaba a Grecia, pero el orgulloso rey no hizo caso de sus palabras y se encaminó hacia su patria, pero a su llegada a Micenas, ella y Agamenón fueron asesinados por **Clitemnestra**.

## CLITEMNESTRA

Mujer de Agamenón, hija de Tíndaro, rey de Esparta, y su esposa Leda, hermana de Helena, Cástor y Pólux, según algunas tradiciones la única mortal de los cuatro hermanos.

En un principio fue entregada en matrimonio a Tántalo con el que tuvo un hijo, pero el rey micénico Agamenón se había fijado en ella y no tuvo ningún reparo en asesinar al rey Tántalo y al hijo de ambos para poder casarse con ella.

Con Agamenón tuvo cuatro hijos: Ifigencia, Electra, **Orestes** y Crisotemis.

Cuando la expedición griega que se dirigía a Troya, comenzó su viaje, una calma absoluta llegó sobre toda Grecia, esta ausencia de vientos impedía la marcha de los barcos helenos. Ante este impedimento, Melenao decidió consultar con el oráculo de Delfos, el cual declaró que el único modo de conseguir la aquiescencia de los dioses era sacrificando a la primogénita del rey Agamenón.

Este en principio se resistió, pero al final terminó cediendo a los ruegos de sus compañeros de batalla. Clitemnestra no perdonó este sacrificio (ya que ella no sabía que la joven fue salvada en el último momento por la diosa Ártemis y entregada como sacerdotisa en uno de sus templos) y mientras Agamenón luchaba contra los troyanos se convirtió en amante de Egisto.

*Arriba, Casandra,* Evelyn de Morgan. 1898.
Abajo, *Clitemnestra y Egisto a punto de matar a Agamenón,* Pierre-Narcisse Guérin. 1817.
Museo del Louvre. París.

Cuando Agamenón regresó a su patria, Clitemnestra, con la ayuda de Egisto, le asesinó junto a **Casandra,** hija de Príamo y amante de Agamenón. De esta manera era libre de casarse con Egisto, pero no contaba con la venganza de sus hijos; así, **Orestes**, hijo de Clitemnestra y Agamenón, terminó asesinando a su madre y al que había colaborado con ella en la muerte de su padre.

### DÁNAE

Dánae era una bella joven hija de Eurídice (no la Eurídice que se desposó con **Orfeo**) y del rey de Argos llamado Acrisio. Este había sido advertido en un oráculo que el bebé que concibiera su hija le causaría la muerte. Para evitarlo, Acrisio encerró a su hija en una gran torre con grandes puertas y candados de bronce. Sin embargo, el gran dios **Zeus** se encaprichó de ella y, para poder acceder a la torre, se transformó en fina lluvia de oro, atravesando con esta forma líquida los ladrillos de la construcción y tomándola carnalmente, lo que tuvo como resultado el embarazo de la joven.

Cuando Acrisio se enteró, no creyó la versión narrada por su hija, y sabiendo que Preto, hermano gemelo de Acrisio y con el que venía luchando desde el seno materno, había sido pretendiente suyo, creyó que él se las había ingeniado para entrar a la morada de su hija donde la poseyó.

En todo caso, Acrisio tomó a su hija y al bebé una vez que hubo nacido –el propio **Perseo**–, y los encerró en un arca arrojándolos después al mar, con la esperanza de que murieran. Sin embargo, ambos llegaron sanos y salvos a la isla de Sérifos, donde fueron recogidos por un pescador llamado Dictis. Tal suerte se obtuvo gracias a la ayuda de **Zeus** que mostró así su agradecimiento hacia la joven Dánae.

El pescador los llevó a presencia del rey Polidectes o Polidecto, que, desde entonces, trató a ambos con cortesía y respeto en un principio, pero que posteriormente, trató de seducir a Dánae, siendo esta defendida por su hijo **Perseo**.

DÁNAE

Según otra versión del mito de Dánae, uno de los príncipes que la habían solicitado en matrimonio, llamado Júpiter, prodigó entre los soldados que custodiaban a Dánae en su torre cantidades ingentesde oro, con el fin de sobornarlos, raptar a la muchacha y poder desposarla.

*Dánae,*
Jan Gossaert. 1527.
Óleo, 95 × 114 cm.
Alte Pinakothek, Múnich.

### DEUCALIÓN Y PIRRA

Deucalión, hijo del titán Prometeo, era rey de Pitia en Tesalia cuando **Zeus**, a causa del mal comportamiento, los crímenes y la depravación de la raza humana, castigó a los hombres con un gran diluvio.

Durante nueve días y nueve noches **Zeus** envió raudales de lluvia, y solo Deucalión y su mujer Pirra sobrevivieron a la inundación, porque eran los únicos seres de la faz de la tierra que actuaban rectamente y respetaban las leyes de los dioses. Ambos habían construido una barca con la que pudieron llegar a la cima del monte Parnaso. El oráculo de Delfos les ordenó que arrojaran los huesos de sus madres por encima de los hombros; en principio se negaron, puesto que realizar tal acción sería considerado un sacrilegio con los antepasados, pero después de pensar detenidamente, obedecieron cuando se dieron cuenta de que los huesos significaban las piedras de la tierra, origen de toda vida.

De cada una de las piedras que arrojó Deucalión surgió un hombre y de las que lanzó su esposa apareció una mujer, creándose una nueva raza humana.

### DEUCALIÓN Y PIRRA

A pesar de que el mito del diluvio aparece en la tradición griega, en la azteca, en la mesopotámica y en la hebrea (Noé), parece ser que cada relato tiene una base histórica diferente.

## EDIPO

Fue un desventurado príncipe tebano, hijo de Layo y de Yocasta. Poco antes de que ambos se casaran el oráculo de Delfos les advirtió de que el hijo que tuvieran llegaría a ser asesino de su padre y esposo de su madre.

*Edipo y la Esfinge,*
François Xavier Fabre. c. 1800.

Layo, nada más nacer su primogénito, encargó a un íntimo conocido que matase al niño, pero dicha persona, dubitativa entre la lealtad al rey y el horror que le producía la orden encomendada, perforó los pies del bebé y lo colgó con una correa en un árbol situado en el monte Citerón.

Forbas, un pastor de los rebaños del rey de Corintio, escuchó los horribles lamentos y lloros del bebé, y lo recogió entregándoselo para su cuidado a Polibio, cuya esposa Peribea se mostró encantada con el bebé y lo acogió amorosamente en su seno, dándole por nombre Edipo, que significa «el de los pies hinchados».

El joven Edipo tenía catorce años cuando se mostró enormemente ágil en todos los juegos gimnásticos, levantando la admiración de muchos oficiales del ejército, que veían en él a un futuro soldado. Uno de sus compañeros de juegos, corroído por la envidia que le producían las capacidades de Edipo, le echó en cara, para insultarle, que no era más que un hijo adoptivo sin honra alguna. Ante tal hecho, Edipo, atormentado por las dudas, a menudo preguntaba a su madre por su proceden-

### EDIPO

Freud descubrió el complejo de Edipo (1897-1902): amor por el padre del mismo sexo y odio al padre del sexo opuesto, aunque ambas formas pueden combinarse de distintas maneras.

cia. Pero Peribea, que sentía que la verdad podía llegar a ser muy dolorosa, siempre se esforzó en persuadir a Edipo de que ella era su auténtica madre.

Edipo, sin embargo, no estaba contento con sus respuestas y acudió al oráculo de Delfos, quien le pronosticó aquello mismo que ya había dicho a los reyes de Tebas, aconsejándole además, que nunca volviese al lugar que le había visto nacer.

Al oír esas palabras, Edipo prometió no volver jamás a su tierra, Corinto, y emprendió camino hacia la Fócida. Durante el camino sufrió dos percances, el primero le ocurrió en un cruce, donde se enfrentó al pasajero de un carruaje, causándole la muerte de manera accidental. (Lo que Edipo no sabía es que se trataba de su verdadero padre, Layo.) A continuación se encontró a un horrible monstruo, la Esfinge.

La Esfinge tenía cabeza, cara y manos de doncella, voz de hombre, cuerpo de perro, cola de serpiente, alas de pájaro y garras de león y desde lo alto de una colina detenía a todo aquel que osase pasar junto a ella, haciéndole una compleja pregunta cuya ignorancia provocaba la muerte a manos suyas.

*Edipo en Colono,*
Fulchran-Jean Harriet. 1798.
Óleo, 157 × 134 cm.
Mueso de Arte, Cleveland.

Los desgraciados eran ya miles. Creonte, hermano de Yocasta, y nuevo rey, prometió dar la mano de su hermana y, por lo tanto, el trono de Tebas, a aquel que consiguiese descifrar el enigma de la Esfinge. Dicho enigma era: «¿cuál es el animal que por la mañana tiene cuatro pies, dos al mediodía y tres a la tarde?».

Edipo, que deseaba la gloria más que nada y que disponía de una sagacidad sin límites, dio respuesta al misterio de la Esfinge diciendo: «el hombre que en su infancia anda sobre sus manos y sus pies, en la edad viril solamente sobre sus pies y en su vejez ayudándose de un bastón como si fuera un tercer pie». La Esfinge, enormemente furiosa porque alguien hubiera desvelado el secreto, se suicidó abriéndose la cabeza contra una roca.

Edipo, se casó pues con Yocasta y vivieron felices durante muchos años teniendo por hijos a Etéocles, Polinice, **Antígona** e Irmene. Sin embargo, llegó el día en que una peste comenzó a arrasar toda la región, sin que tuviera remedio alguno, y el oráculo de Delfos informó de que tal calamidad solo desaparecería cuando el asesino de Layo fuese descubierto y expulsado de Tebas. Edipo animó concienzudamente las investigaciones como buen rey que era, pero estas descubrieron lo que realmente había ocurrido: había matado a Layo, su padre y se había casado con Yocasta, su madre.

Yocasta después de este descubrimiento, se suicidó y Edipo, abrumado por la gran tragedia, creyó no merecer más ver la luz del día y se sacó los ojos con su espada. Sus dos hijos le expulsaron de Tebas y Edipo se fue a Ática, donde vivió de la mendicidad y como un pordiosero, durmiendo sobre las piedras.

Con él viajaba **Antígona**, que le facilitaba la tarea de encontrar alimento y le daba el cariño que requería. Una vez, cerca de Atenas, llegaron a Colono, santuario y bosque dedicado a las **Erinias**, que estaba prohibido a los profanos. Los habitantes de la zona lo identificaron e intentaron matarlo, pero las hermosas palabras de **Antígona** pudieron salvar su vida.

Edipo pasó el resto de sus días en casa de **Teseo**, quien le acogió misericordiosamente. Otra versión afirma que murió en el propio santuario, pero antes de expirar, **Apolo** le prometió que ese lugar sería sagrado y estaría consagrado a él y sería extremadamente provechoso para todo el pueblo de Atenas.

## ESCILA

Monstruo del mar con cabeza y torso de mujer, y el resto del cuerpo terminado en forma de pez. Sus padres fueron **Hécate** y Forcis, o bien Equidna y Tifón.

De sus extremidades inferiores salían cabezas de perros, cuyos ladridos eran tan leves como los de un cachorro, pero no así su voracidad. Escila tenía doce pies para sostenerse. Poseía tres cabezas (o tal vez seis), todas ellas con tres hileras de puntiagudos colmillos. Vivía en el estrecho de Mesina, junto a Caribdis, y fue transformada por los dioses, con el tiempo, en una roca, aún existente, que suponía graves peligros para los navegantes.

Escila no siempre había sido un monstruo, sino que fue una hermosa doncella, plena de dulzura.

Un día que jugaba alegremente en la playa, el dios marino Glauco la observó, sentada en una umbría caleta, lavándose los bellos pies en las cristalinas aguas. Después de haber admirado su belleza desde lejos, nadó hasta ella y le habló cortésmente para intentar conquistarla. Pero a Escila le causaba temor la gran cola de pez del dios, que no tenía piernas y sentía aversión por su cabello lleno de cizañas. Quizá aborreciera más que nada su aire engreído; porque Glauco se había envanecido mucho desde que comió una hierba mágica que lo convirtió de un simple pescador en dios.

### ESCILA

Escila personifica un escollo del estrecho de Messina (que separa Sicilia del sur de Italia y que comunica los mares Tirreno y Jónico), situado enfrente del torbellino Caribdis.

*Escila y Glauco,*
Bartholomeus Spranger.
1580-1582.
Óleo, 110 × 81 cm.
Kunsthistorisches Museum, Viena.

Glauco, que no estaba dispuesto a tolerar tal desdén, acudió a la maga **Circe**, para lograr el amor de Escila por artimañas de brujería. Sin embargo, **Circe** no estaba dispuesta a ayudar a Glauco porque también estaba enamorada de él, y aunque intentó convencerle de que dedicase su amor a alguien más digno de él, se vio obligada por sus abundantes presiones, a ayudarle a conseguir sus propósitos. Para ello, le entregó una pócima, dándole una serie de instrucciones sobre su uso. Haciendo caso de **Circe**, Glauco vertió tal líquido en la caleta de mar donde Escila solía bañarse.

Un día que esta acudió alegremente a darse un chapuzón, observó de repente cómo una jauría de perros empezaba a atacarla. Asustada, trató de defenderse, pero pronto observó horrorizada que esos perros partían de su cintura. Glauco, que vigilaba desde la distancia, al ver lo ocurrido, perdió todo el interés por ella y se marchó.

EUROPA

Una explicación más lógica al mito de Europa dice que unos comerciantes de Creta, desplazados a Fenicia por cuestiones comerciales, habiendo visto a la joven y bella Europa, la raptaron para ofrecerla a su rey Júpiter. Como su nave llevaba a proa un toro blanco, se divulgó la leyenda de que el dios Júpiter se había metamorfoseado en toro para apoderarse de ella.

## EUROPA

Era hija de Agenor, rey de Tiro, y de Telefasa o Argíope, aunque también pasó por hija de Fénix, siempre según las diferentes versiones. Europa poseía una belleza excepcional rebosante de armonía. Su piel era de un color blanquísimo (lo que algunos expertos han querido relacionar con el color de la piel de los habitantes de este continente, aunque ni siquiera está demostrado que esta fémina diera origen al nombre de esta zona del mundo) y siempre iba muy bien acicalada pues usaba los cosméticos de la propia **Hera**.

*El rapto de Europa*, Peter Paul Rubens. 1628-1629. Óleo. 182,5 x 201,5 cm. Museo del Prado, Madrid.

Por aquellos tiempos y casi como siempre, **Zeus** paseaba por el mundo en busca de doncellas a las que conquistar. Sin embargo, el gran dios, mucho más refinado que otros compañeros suyos dedicados a la misma tarea como **Ares**, empleaba el engaño para conquistar a toda mujer que se le antojaba, pero era paciente y prefería que sus conquistas se entregaran por sí solas a sus encantamientos.

Un día, **Zeus** vio a Europa jugando con la arena de la playa en candorosa desnudez. Enseguida, se sintió enormemente atraído por ella y sintió un desbordante deseo carnal. Para lograr su interés, decidió convertirse en un animal, tal y como había hecho otras veces, y adoptó la forma de un toro blanco de gran belleza, forma esta en la que se le acercó.

**Zeus** se había dirigido a las praderas donde Europa estaba jugando con sus amigas tras el baño. Al verlo, todas sus compañeras salieron despavoridas, pero, por el contrario, Europa esperó allí extremadamente tranquila, como si estuviera hipnotizada por el encanto y la mansedumbre del toro y se acercó a él maravillada acariciándole la testuz y poniéndole luego una guirnalda de flores en el cuello. En ese momento, **Zeus** se agachó y le ofreció su lomo que ella tomó encantada, sentándose sobre él.

*El rapto de Europa*,
Antonio Carracci.
Óleo.
Pinacoteca Nacional, Bolonia.

Al instante se lanzó al mar y comenzó a cabalgar a enorme velocidad, aunque la muchacha no tuvo miedo porque **Zeus** lo hacía con enorme suavidad. Cuando llegaron a la isla de Creta, cerca de la ciudad de Gortina, en la orilla opuesta, **Zeus** se mostró ya como el dios que era y Europa no tuvo reparos en entregarse pasionalmente a él, asombrada de que el gran dios de dioses se hubiese sentido atraído por ella. Se cobijaron a la sombra de un árbol, al parecer, un platanero o un sauce, cerca de un arroyo, que se volvió de hoja perenne para la eternidad.

Mientras tanto, enterados sus familiares del rapto, el padre de Europa ordenó a sus otros hijos: Cadmo, Fénix, Cilix y Taso que fueran en su busca. Estos se dividieron en varias direcciones pero no pudieron encontrarla y terminaron convirtiéndose en gobernantes de los lugares a los que se habían dirigido. **Zeus** y Europa tuvieron tres hijos: **Minos**, Radamantis y Sarpedón.

Al poco de su unión, **Zeus** casó legalmente a Europa con Asterión, rey de Creta, haciéndole tres regalos: Talos, un autómata de bronce construido por **Dédalo**; una jabalina que siempre daba en el blanco; y un perro que nunca dejaba escapar a su caza. Asterión acogió a los hijos anteriores de Europa, como si fueran suyos y, a su muerte, **Minos** ocupó el trono de su país.

Parece ser que, tras su muerte, Europa fue convertida en una diosa con el nombre de Hellotis o Hellotia, aunque esta leyenda no está muy extendida, y el toro en el que **Zeus** se había convertido fue transformado en la constelación de Tauro que contiene la nebulosa del Cangrejo.

*La caída de Faetón,*
Johan Michael Franz.
Fresco.
Eichstätt.

### FAETÓN

Fue por la aventura de Faetón por la que, según la mitología, África perdió toda su vegetación y se convirtió en desierto y el color de piel de sus habitantes se tornó negro. Y también es este mito la justificación de la creación de la vía Láctea a causa de los incendios en el cielo.

## FAETÓN

Era hijo de **Apolo** y de Clímene, según unas leyendas, de **Helios** (por su confusión con **Apolo**), según otras, y de **Eos** y Céfalo, en otras versiones.

Se dice que era uno de los jóvenes favoritos de **Afrodita**. Un día, Faetón tuvo una disputa muy grave con Epafo, hijo de **Zeus** y se intercambiaron el uno al otro graves insultos. Epafo llegó a reprocharle que no era hijo de **Apolo**, diciéndole: «Tu origen nos es desconocido. Tu frágil madre ha fingido unos amores divinos para legitimar mejor su desarreglada conducta». El contrariado Faetón acudió rápidamente a casa de su madre y le pidió consejo para perpetrar una venganza o hallar algún modo de recuperar el honor perdido.

Clímene aconsejó a su hijo que solicitara el permiso del Sol para conducir su carro aunque solo fuera por un día, para así demostrar a todo el mundo la verdad de su nacimiento.

Faetón solicitó presto ayuda a su padre, quien, enternecido por lo ocurrido, le juró por la laguna Estigia (lo que convertía el juramento en irrevocable) que no dejaría ninguna de sus súplicas sin desatender. Sin embargo, **Apolo**, al tiempo que debía ayudar a su hijo en la venganza de la afrenta ocurrida, temía horriblemente por lo peligroso de la petición que le había hecho. Intentó disuadirle, pues, de tales requerimientos, pero como no lo consiguió, dispuso la preparación de su carro dorado.

Cuando Faetón había montado, y antes de que emprendiera el vuelo, **Apolo** le aconsejó que no se acercara demasiado al cielo, pero que tampoco estuviera muy cerca de la tierra, pues ambas cosas resultarían muy peligrosas. Sin embargo, Faetón no le hizo mucho caso y, como además, los

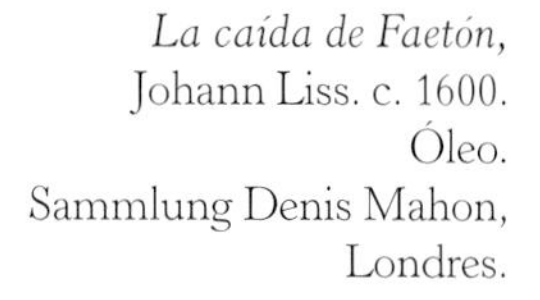

*La caída de Faetón,*
Johann Liss. c. 1600.
Óleo.
Sammlung Denis Mahon,
Londres.

veloces corceles blancos enganchados al carro no estaban acostumbrados al mando que ahora los llevaba, subían al cielo y bajaban a la tierra sin control. Además, Faetón se asustaba de los signos del zodiaco cada vez que surcaba la bóveda celeste y eso le impedía serenarse.

Así, debido a sus imprudencias, tan pronto se quemaba el cielo como se evaporaban los ríos. La tierra gimió de desesperación y pidió a **Zeus** que detuviera tal tormento. Este mandó la muerte a Faetón, que cayó hecho un torbellino en el Erídano (el actual río Po, al norte de Italia). Ante el dolor de su muerte su amigo, Cicno quedó convertido en cisne. Sus hermanas, las Helíadas, recogieron su cuerpo, le rindieron honores fúnebres y lo enterraron. Sumidas en la tristeza, sus lágrimas constituyeron el ámbar que se encuentra aún en ese río y después, fueron metamorfoseadas en álamos.

Representación del dios Zeus.

## FILEMÓN Y BAUCIS

Filemón y Baucis fueron una pareja desdichada que vivía en la zona de Frigia. **Zeus** había observado que, por aquellos territorios, existía un gran número de familias que vivían en humildes chozas y que eran poco acogedoras con los visitantes que por allí pasaban. Enojado por la falta de amabilidad de tales habitantes, decidió investigar un poco. Se disfrazó, junto con **Hermes**, su ayudante en esta empresa, con unos horribles harapos, para dar un aspecto lo más pobre posible, y así fue visitando todas y cada una de las casas, obteniendo siempre un trato desagradable, excepto en una de las chozas, la de Filemón y Baucis.

### FILEMÓN Y BAUCIS

Esta pareja, cuya leyenda Ovidio narra en las Metamorfosis, simboliza el amor conyugal.

Ellos acogieron lo más amablemente posible a esos harapientos que llamaron a su puerta. Les dieron agua para lavarse y el banquete más suntuoso que podían ofrecerles: vino, miel, queso, huevos y otros modestos alimentos. Mientras la comida se desarrollaba, los esposos observaron con admiración cómo las provisiones de que disponían nunca se acababan, por más que escanciaran vino en las copas de sus huéspedes. Entonces, la pareja dedujo que sus visitantes, eran, en realidad, dioses inmortales.

*Júpiter y Mercurio en casa de Filemón y Baucis,*
Adam Elsheimer. 1609-1610.
Óleo, 16,5 × 22,5 cm.
Gemäldegalerie Alte Meister, Dresde.

Después del ágape, **Zeus** y **Hermes** se mostraron con su auténtico aspecto y condujeron al matrimonio a lo más alto de una colina, desde la que se divisaba toda la región. Desde allí, pudieron ver cómo su choza se había transformado en un gran palacio, que serviría de templo los dio-

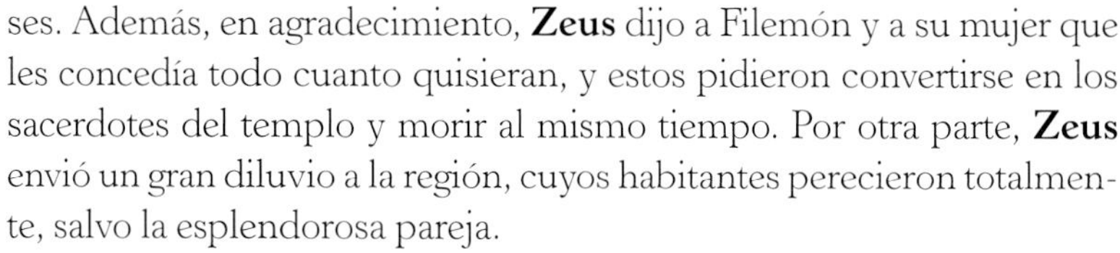
ses. Además, en agradecimiento, **Zeus** dijo a Filemón y a su mujer que les concedía todo cuanto quisieran, y estos pidieron convertirse en los sacerdotes del templo y morir al mismo tiempo. Por otra parte, **Zeus** envió un gran diluvio a la región, cuyos habitantes perecieron totalmente, salvo la esplendorosa pareja.

Al cuidado del templo vivieron durante mucho tiempo y, cuando les llegó el momento de la muerte, **Zeus**, haciendo cumplir su deseo, los transformó a la vez en árboles: en un roble a Filemón y en un tilo a Baucis. Desde entonces, ambos permanecieron juntos para siempre con las ramas entrelazadas.

**FRIXO Y HELE**

El mar donde Hele se ahogó en la huida con su hermano Frixo fue llamado Helesponto (ponto, significa «mar») en su honor, y es el actual mar del Mármara.

*El rapto de Ganímedes*, Antonio Allegri da Correggio. 1531-1532. Óleo, 163,5 × 70,5 cm. Kunsthistorisches Museum, Viena.

## FRIXO

Era hijo de Atamante, rey de Orcómeno, y de Néfele. La reina Néfele murió y la nueva esposa de Atamante, Ino, odiaba a los hijos que su marido había tenido con la anterior reina (el propio Frixo y su hermana Hele). Un día que toda la familia se encontraba de celebración en casa del tío de Frixo, Creteto, Ino intentó seducirle, pero Frixo la rechazó. Entonces, ella, despechada, lo denunció de habérsele insinuado.

De inmediato surgió una horrible epidemia y un oráculo predijo que la muerte de los dos hermanos era necesaria para acabar con ella. Sea como fuere, justo cuando Frixo y Hele iban a morir, el dios **Zeus** o, según otras versiones, la propia Néfele envió un carnero alado, montado en una nube, por la mediación de **Hermes**, que se los llevó por los aires para salvarlos. Hele, cayó al mar y la muchacha murió. Sin embargo, Frixo llegó indemne hasta la Cólquide donde le recibió el rey Eetes. Después, lo casó con su hija Yofasa. Los cinco hijos de la pareja, llamados Presbón, Argo, Melas, Calcíope y Citisoro volvieron después a Orcómeno a vengar la traición de su padre y recuperaron el trono.

## GANÍMEDES

Era un joven muchacho descendiente de Tros y Calírroe, según unas versiones, y de Laomedonte, según otras, perteneciente a la casa real de Troya. Hermanos suyos fueron Ilo, Asáraco y Cleopatra. Ganímedes era todavía un niño; es decir, no había pasado la pubertad, y se ocupaba de cuidar los rebaños de su padre en los alrededores de su residencia habitual.

Ganímedes era el mortal más bello de todos los hombres que cubrían la faz de la tierra. Un día, **Zeus**, que había conocido de su existencia, se fijó en él, y como estaba un poco aburrido de mantener siempre relaciones con mujeres, y, además, era un dios sumamente pasional, decidió probar a relacionarse sexualmente con el joven.

Entonces, **Zeus** se metamorfoseó en águila y un día que el joven estaba cazando en un monte poco seguro, pasó volando y se lo llevó entre sus garras para siempre, teniendo a menudo relaciones con él.

Como compensación por el rapto, su padre recibió unos caballos divinos o una copa de oro realizada por el gran **Hefesto**. En el Olimpo Ganímedes fue inmortalizado de manera infantil para siempre y jamás creció, ocupándose, además de lo que **Zeus** dispusiese, de escanciar las copas en las largas veladas y encuentros de los dioses olímpicos, cargo este sumamente honorífico.

### Ganímedes

Ganímedes no solo era el hombre más bello de la tierra, sino que sus costumbres también hacían honor a su aspecto, pues vivía alejado de las diversiones mundanas.

### Helena

Helena era, en aquel entonces, la mujer más bella del mundo, el objeto de deseo de todos los príncipes griegos.

## Helena de Troya

Sus padres fueron **Zeus** y Leda, mujer del rey Tíndaro de Esparta, y tuvo tres hermanos: **Cástor**, **Pólux** y **Clitemnestra**. Helena de Troya nació de uno de los huevos que puso Leda cuando fue seducida por **Zeus**. De pequeña fue raptada por el héroe **Teseo** que quería casarse con ella, pero sus hermanos la rescataron.

Helena provocó el inicio de la guerra de Troya al acompañar a **Paris**, príncipe de dicha nación, a su patria. **Paris** la obtuvo gracias a **Afrodita**, en contraprestación por haber elegido a esta como la diosa más bella. Ante su huida con **Paris**, Menelao, su marido, llamó a todos los reyes de Grecia, que se unieron a él para resarcir con una guerra la afrenta de que había sido objeto por parte de los troyanos.

No está totalmente claro el papel que tuvo Helena durante la guerra. Parece ser que se pasaba el día en la torre del palacio de Troya donde tenía un telar con el que tejía todas sus desdichas, mientras se lamentaba del instante en que había tenido la debilidad de dar oídos a un extranjero y marcharse con él. Cuando **Paris** murió, se casó con Deífobo, que también era hijo de Príamo como **Paris**. Pero cuando Troya fue tomada, Helena entregó a Deífobo de la manera más indigna a los griegos, que lo apuñalaron. De esta forma Helena pretendía reconciliarse con Menelao, y así fue. El hijo de este, Atreo, la llevó a Grecia junto a él en un viaje complicado, porque los dioses provocaron varias tormentas que les hicieron pasar por Chipre y Egipto.

Ya en Esparta, fueron muy felices hasta la pronta muerte de Menelao. Entonces, fue expulsada del Peloponeso por indigna y acudió a Rodas, donde la recibió la reina Polyxo, que la colmó de atenciones a su llegada, pero al día siguiente ordenó su ahogamiento en el baño y que, ya muerta, fuese colgada de una horca.

*Helena de Troya,*
Evelyn de Morgan. 1898.

HÉRCULES

El famoso héroe, dotado de poderes sobrenaturales, pero también con debilidades propias de los humanos, representaba lo sobrehumano, lo grande.

## LOS TRABAJOS DE HÉRCULES (HERACLES)

Hércules contrajo matrimonio con Megara, hija del rey de Tebas. De su unión nacieron numerosos hijos, sin embargo, todos perecieron a manos de su padre, que los mató a flechazos en un ataque de locura junto con su esposa. Hércules, arrepentido de tan horrible crimen, marchó a Delfos a consultar el oráculo del dios **Apolo**, lo que debía hacer para expiar su crimen. El oráculo le dijo que partiera hacia Tirinto, donde se pondría al servicio del rey Euristeo. Este, asustado ante la imponente presencia de Hércules y temeroso de que algún día quisiera arrebatarle el trono, decidió deshacerse de él, para lo cual le impuso la realización de doce trabajos, cada uno más difícil que el anterior.

La primera tarea que le impuso fue la consecución de *la piel del león de Nemea*, un fiero animal que tenía aterrorizado a la Argólida. Hércules marchó hacia el animal y le disparó todas sus flechas, algo inútil, puesto que su piel era invulnerable. En vista de esto, Hércules se lanzó contra el león blandiendo su maza; ante la fuerza del ataque, la maza se partió en dos y la bestia quedó malherida, pero dueña aún de su fuerza. Hércules se enzarzó en una lucha cuerpo a cuerpo con la fiera, consiguiendo ahogarla entre sus brazos. Una vez muerto, desolló al animal y se cubrió con su piel, lo que le sirvió de coraza.

*Hércules haciendo un sacrificio a Júpiter,*
Noël Coypel. 1700.
Óleo.
Castillo de Versalles, París.

El siguiente trabajo que Eristeo encargó al semidios fue la muerte de *la hidra de Lerna*. Había en la laguna de Lerna una hidra, serpiente de agua gigantesca con numerosas cabezas, que se dedicaba a asolar los campos circundantes y a devorar a los seres vivos que pasaban por la comarca, de sus fauces se desprendía un hálito mortal y si se intentaba cortar una de sus cabezas, en su lugar nacían dos. Ante tamaña dificultad, Hércules se hizo acompañar de su sobrino Yolao que, mientras Hércules iba cortando las cabezas de la hidra, cauterizaba los muñones para evitar que nacieran nuevas testas en el animal. En el momento en que solo quedó una cabeza, Hércules acabó con el animal. Una vez realizada la hazaña, empapó sus flechas en la sangre de la hidra dotándolas de un fuerte veneno, que ni los sabios centauros sabían contrarrestar.

*Hércules y la hidra de Lerna,*
Antonio Pollaivola. 1475.
Galería Ufizzi, Florencia.

A continuación Euristeo encargó a Hércules que le trajera viva *la cierva que moraba en el monte Cerineo,* esta cierva estaba consagrada a **Ártemis** y poseía astas de oro y pezuñas de bronce. Su gran velocidad había impedido que fuera cazada, Hércules estuvo persiguiéndola de manera infatigable durante un año, extendiendo la caza al país de los Hiperbóreos. Tan fatigado llegó a estar el animal que, al cruzar el vado de un río, la alcanzó consiguiendo reducirla sin apenas resistencia.

Una vez que el animal fue presentado ante el rey Euristeo, este solicitó a Hércules l*a captura del jabalí de Erimanto,* una fiera de tamaño descomunal que estaba diezmando los campos de Arcadia. Hasta allí se desplazó Hércules para conseguir realizar su siguiente tarea. Persiguiendo al jabalí incansablemente, consiguió encerrarlo en un desfiladero sin salida, en donde por su superior fuerza consiguió dominarlo.

Cuando Hércules se presentó en la corte de Euristeo portando el pavoroso jabalí, el rey se escondió en una tinaja y desde allí le encargó la siguiente tarea consistente en la exterminación de l*os pájaros de la laguna Estinfalia,* de pico y alas de bronce que se alimentaban de carne humana. Estos animales se refugiaban entre los juncos y la maleza que rodeaban la laguna. Para conseguir acabar con ellos Hércules primero los espantó con el ruido de unos címbalos y, una vez que las aves estuvieron en el aire, las abatió a flechazos.

Con el siguiente trabajo, Hércules no tuvo que enfrentarse a ninguna fiera peligrosa o salvaje, sino que tuvo que encargarse de *limpiar los establos de Augias,* el rey de la Elide. Hacía más de treinta años que los establos de dicho rey no se limpiaban, en estos se recogían la mayoría de los bueyes de la comarca, lo que provocaba que el hedor llegara hasta las zonas vecinas. Hércules decidió desviar el curso del río Alfeo y hacerlo pasar por los establos, que quedaron limpios con sus aguas.

Los siguientes trabajos que Euristeo encargó al héroe fueron cada vez más lejos del Peloponeso. Así le pidió que llevase a su presencia el *toro de Creta,* animal que estaba destinado al sacrificio en honor de **Poseidón** y que **Minos**, el legendario rey de Creta, decidió sustituir por otro animal. Una vez que Hércules llegó a la isla consiguió doblegar a la bestia, a la que envolvió en una red para poder trasladarla a Tirinto. Una vez que Euristeo la vio, soltó al animal, que moriría más tarde a manos de **Teseo** en Maratón.

Después, Euristeo le encargó llevar ante su real presencia las *yeguas de Diomedes,* estas yeguas eran famosas por su salvajismo, ya que su cruel amo las alimentaba en ocasiones con carne humana. Hércules consiguió amansarlas dándoles de comer la carne de su amo. Una vez que los animales se comportaron dócilmente las trasladó ante Euristeo, que no dudó en encargar inmediatamente otra tarea a nuestro héroe.

Su siguiente trabajo lo trasladó hasta el reino de las **amazonas**, en donde tendría que conseguir el *cinturón de su reina*, Hipólita. Hércules se trasladó hasta las orillas del mar Negro y entabló relaciones con la bella reina, que transigió en entregarle su hermoso cinturón. Sin embargo, **Hera** se inmiscuyó una vez más en la vida de Hércules e hizo correr el rumor de que el héroe en realidad lo que pretendía era secuestrar a la reina, lo que provocó la ira de sus súbditas y que estas se alzasen en armas contra Hércules y el ejército que le acompañó. Nuestro héroe consiguió el famoso cinturón, pero a costa de numerosas vidas, entre ellas la de la hermosa Hipólita.

Euristeo planteó a Hércules en su décima prueba que le llevara *los toros rojos de Gerión*. El rebaño de este gigante habitaba en una isla más allá de los confines de la tierra, además el monstruoso gigante estaba dotado de tres cuernos y para resguardar sus animales se ayudaba de un pastor feroz, Euritión, y de un perro de dos cabezas y cola de serpiente llamado Orto (hermano de Cerbero, el can que guardaba la entrada al **Hades**). Hércules consiguió llegar hasta la isla de Gerión, gracias a la copa que **Helios** usaba para desplazarse por el firmamento y que prestó de buena gana al hijo de **Zeus**, una vez allí acabó con Euritión y Orto rápidamente; sin embargo, la batalla que estableció con Gerión fue bastante prolongada, hasta que usando una de sus flechas acabó con él. Usando la copa de **Helios**, se trasladó con los animales y tras superar diversas dificultades, consiguió llevar parte de los toros rojos ante la corte de Euristeo.

Hércules lucha contra Anteo. Hofburg. Viena, Austria.

A continuación el rey le solicitó que le llevara *las manzanas que crecían en el jardín de las Hespérides*, estas frutas eran de oro y constituían la fuente de la eterna juventud de los dioses. Este maravilloso jardín se situaba en las comarcas por donde el sol desaparece, y en él habitaban las Hespérides, las ninfas que se encargaban de protegerlas, junto con una serpiente inmensa; sin embargo, el emplazamiento exacto del jardín era un enigma. Hércules vagó durante mucho tiempo intentando encontrarlo, hasta que a instancias de las **ninfas** fue a consultar a Nereo, el que conoce los secretos. Cuando Hércules encontró a Nereo, lo encadenó, obligándole a rebelarle la situación del refugio de las Hespérides, con lo que Hércules terminó trasladándose hasta más allá, donde

*Hércules mata al dragón del huerto de las Hespérides,*
Peter Paul Rubens. 1639-1640.
Óleo. 64,3 × 103,5 cm.
Museo del Prado, Madrid.

el poderoso **Atlas** sostenía la bóveda celeste sobre sus espaldas. El gigante se ofreció a ayudar a Hércules, matando la serpiente que custodiaba el jardín en su lugar si él se ocupaba de sostener el cielo. El héroe accedió a cambiar de posición con **Atlas** y, mientras este conseguía las manzanas y regresaba, él sostuvo sobre su descomunal espalda la bóveda celeste.

Como último trabajo, Euristeo decidió que Hércules debía de enfrentarse a lo que provocaba mayor pavor entre los humanos: la muerte, y le pidió que le llevara a su presencia a *Cerbero*, el perro de tres cabezas y cola de serpiente que custodiaba la entrada al **Hades**, el reino de los muertos. Como condición le impuso que el animal debía ser reducido sin la ayuda de ninguna arma, solo con su fuerza. Con lo que rey de Tirinto no contaba fue que Hércules tenía numerosos amigos entre los humanos y los dioses. Lo que hizo, con la ayuda de **Hermes**, fue bajar hasta el **Hades** y pedir a **Perséfone** y al mismo **Hades** que le prestaran a su perro guardián. Los dioses accedieron y le entregaron la temible bestia que Hércules presentó ante un aterrorizado Euristeo, que decidió conceder la libertad al hijo de **Zeus**.

## LA VIDA DE HÉRCULES (HERACLES)

Fue un héroe tebano hijo de **Zeus** y de Alcmena, mujer del general Anfitrión. Para engendrarlo, puesto que **Zeus** deseaba fervientemente que su madre fuera Alcmena, **Zeus** se convirtió en la figura de su marido y se unió a ella en su lecho la misma noche que Anfitrión, volviendo de una expedición, concibió junto a su mujer a Ificles, que nació al mismo tiempo que Heracles.

**Hera**, decidida a matar al hijo de su infiel marido, y mucho más enfurecida por el hecho de que **Zeus** se jactaba de su hazaña entre los

*Hércules en la pira,*
Luca Giordano.
Museo del Prado, Madrid.

Mosaico que representa el séptimo trabajo de Hércules. Volubilis. Marruecos.

otros dioses, poco después del nacimiento de Heracles, envió dos grandes serpientes para que acabaran con él. El niño era aún muy pequeño, pero estranguló a las serpientes. Sin embargo, su madre le abandonó temiendo la ira de **Hera** y el bebé fue recogido por **Hermes**, quien engañó a **Hera** de tal modo que esta dio de amamantar a Heracles convirtiéndolo en inmortal.

El héroe conquistó de joven a una tribu que exigía a Tebas el pago de un tributo y como recompensa pudo casarse con la princesa tebana Megara, con quien tuvo tres hijos. Toda esta fuerza y capacidades se debieron, en parte, a la educación que recibió de Quirón, de forma que llegó a ser el hombre más famoso y valiente de su tiempo. Sin embargo, también fue educado por otros grandes maestros como Lino, **Cástor** y Radamante.

Heracles tuvo muchas amantes, y lograr sus atenciones le costó muchos problemas: para conquistar a Onfale debió despojarse de todo aquello que siempre había sido suyo, y el amor de Deyanira le supuso un nuevo enfrentamiento y asesinato, esta vez de Aqueloo.

*Hércules y Cacus*, Hendrick Goltzius. 1613. Óleo, 207 × 142,5 cm.

La muerte de Heracles vino directamente causada por la propia Deyanira. Un día, cuando ambos viajaban juntos, Heracles confió su esposa al centauro Neso para que la cruzara de una parte a otra del río, mientras él recorría otra parte más intricada del mismo, pero más interesante para sus propósitos. Sin embargo, Neso intentó poseer a Deyanira y Heracles acudió para matarlo, lo que consiguió, a pesar de su velocidad, lanzándole una flecha. Sin embargo, antes de morir, Neso le dio a Deyanira una túnica que, según él, servía para avivar el amor de los maridos infieles.

Mucho tiempo después, cuando Heracles estaba de viaje y junto a la bella Iole en Eubea, Deyanira le envió la túnica y en cuanto Heracles, gozoso, la abrió, empezó a sufrir un fuerte dolor provocado por el intenso veneno que había consumido. Heracles, viendo que iba a morir, hizo una gigantesca pira con troncos de árboles, se tumbó en ella e hizo que Filoctetes la encendiera. Heracles murió de esta forma, pero pronto fue sacado del **Hades** por los dioses que, en agradecimiento a su comportamiento, lo subieron al Olimpo, lo convirtieron en dios y lo desposaron con **Hebe**.

## HERO Y LEANDRO

Hero fue una hermosa joven que vivía dedicada al cuidado de uno de los templos que Afrodita tenía en Grecia. Su belleza y encanto eran tan sublimes que incluso Apolo y Eros la deseaban para ellos. Sin embargo, Hero se había enamorado de un joven muchacho, llamado Leandro, que por allí pasaba de cuando en cuando a cortejarla y entretenerla con sus halagos.

Leandro vivía cerca de la residencia de Hero, pero entre sus poblaciones se situaba un pequeño estrecho de mar, que había que superar en cada visita. Los padres de ambos jóvenes se opusieron a que ambos se casaran y un día hartos de sus encuentros, que existían, les prohibieron terminantemente cualquier contacto.

*Plato de Hero y Leandro,* Francesco Xanto Avelli de Rovigo. 1532. Esmaltado. 26,67 cm de diámetro. William Randolph Hearst Collection.

Los jóvenes no tuvieron más remedio que acceder ante sus padres a las peticiones que les hacían, pero idearon un plan para verse en secreto. Cada noche, Hero encendía una linterna en una ventana de su casa, y esta servía de guía para que Leandro, en la orilla opuesta, cruzase con su barco o a nado el mar hasta alcanzar a su amada. Así pasaron juntos muchas noches, no sin cierto temor a ser descubiertos, lo que obligaba a Leandro a volver muy temprano, desolado por la marcha, pero feliz por la llegada del próximo encuentro.

Una noche, sin embargo, hubo un fuerte vendaval que apagó la linterna encendida por Hero, y Leandro, que ya estaba cruzando el corto camino, por más que se esforzó en llegar a su meta, fue tragado por las horribles aguas. La asustada Hero corrió a la mañana siguiente a la playa para obtener cualquier indicio y, cuando estaba atisbando el horizonte, el cuerpo muerto de Leandro fue depositado en la orilla. Horrorizada, Hero se lanzó a las aguas aún turbulentas, en busca del alma de su único amado.

## HIPÓLITO

Su padre fue el héroe Teseo, y su madre, dependiendo de cada una de las versiones existentes, Hipólita, una amazona, Antíope o Melanipa. Cuando su padre se casó con Fedra, con quien tuvo dos hijos, Hipólito fue enviado a la región de Trecén donde le acogió hospitalariamente el rey Piteo, que le nombró su heredero.

Al joven le gustaba mucho la caza y la vida en la naturaleza, por lo que siempre estaba realizando ofrendas a Artemisa y despreciaba los amores femeninos, lo que enfadó a Afrodita. Entonces, para vengarse,

### HIPÓLITO

Otra versión de la leyenda afirma que Asclepio lo resucitó tras su muerte y que Artemisa lo convirtió en un dios menor, llamado Virbio (que significa «hombre dos veces»), en un santuario italiano, cambiándole el nombre y prohibiendo la presencia de caballos en la zona para que no recordase su pasado. Tal vez allí estuvo al cuidado de la ninfa Egeria.

*Hero y Leandro*,
William Etty. 1829.
Óleo, 77 × 95 cm.
Colección privada.

**Afrodita** promovió en Fedra un apasionado amor por su hijastro Hipólito, de lo que este tuvo conocimiento en una carta que ella le envió. Hipólito se dirigió a su encuentro para convencerla de que ese era un amor imposible y que no podía engañar a su padre, y cuando la rechazó, Fedra, perdida por el amor que sentía, se ahorcó, no sin antes dejar escrita una nota para su marido en la que acusaba a Hipólito de querer seducirla. Cuando **Teseo** descubrió lo sucedido, pidió a **Poseidón** que diera muerte a su hijo.

Un día que Hipólito iba camino de su hogar en su carro de caballos por las costas de Trecén, un horrible monstruo emergió de las aguas, asustando a los caballos que, desbocados, terminaron lanzando el carro de Hipólito y a este hacia unos peñascos. Ocurrida tal desgracia, **Ártemis**, enojada por todo lo sucedido, buscó rauda a **Teseo**, diciéndole la verdad de todo lo sucedido, y este aún tuvo tiempo de encontrarse con su hijo, a punto de expirar, y pedirle perdón. **Artemisa**, entonces, aseguró que se vengaría de **Afrodita** (lo que llevó a cabo provocando la muerte de **Adonis**) y prometió fastuosas honras fúnebres y que las generaciones futuras sabrían a la perfección de su virtud, y del pecado de Fedra.

Tras su muerte, Hipólito fue honrado en la región como un héroe. Las jóvenes le ofrecían un bucle de sus cabellos antes de casarse y muchos creían que había sido convertido en la constelación del Cochero.

*Fedra e Hipólito*,
Pierre-Narcisse Guérin. 1802.
Óleo, 257 × 335 cm.
Museo del Louvre, París.

## ÍCARO Y DÉDALO

Dédalo era, según las tradiciones atenienses, hijo de Alcipe, que, a su vez, era hija de Crecops. La paternidad de Dédalo es más confusa y se atribuye a Eupálamo, a Palamaón o a Metión.

Dédalo era un magnífico escultor y arquitecto, protagonizando por estas virtudes diferentes leyendas de relevancia. Su sobrino Talos trabajó con él como discípulo, pero pronto resultó incluso más inteligente que el propio Dédalo, lo que demostró al inventar la sierra, una herramienta muy útil para sus labores, inspirándose en los dientes de las serpientes. Dédalo tenía mucha envidia de tal invento y lanzó a su sobrino desde lo alto de la acrópolis, provocándole la muerte. El tribunal del Aerópago le expulsó de la ciudad y tuvo que marcharse a Creta.

Dédalo encontró una gran acogida en el reino de **Minos**, que lo tomó en su corte para desarrollar diferentes trabajos de importancia. Destacó, por ejemplo, por la construcción de Talos, una enorme estatua de bronce, símbolo de la defensa militar de la ciudad.

Por petición del rey construyó un enorme y complejo laberinto en la ciudad en el que fue encerrado el Minotauro, una horrible bestia. Estaba formado por multitud de pasillos de los que era imposible hallar la salida y que, como únicos signos distintivos, tenía un tablado en la entrada para los coros de danzantes que participaban en las diferentes consagraciones al Minotauro. La salida solo era conocida por Dédalo y por Ariadna, hija de **Minos**, a quien el constructor le había transmitido el secreto.

Cuando el joven **Teseo** llegó a la ciudad para matar al Minotauro, Ariadna le ayudó a salir del laberinto gracias a los conocimientos aprendidos de Dédalo. Este, en otras ocasiones, también construyó una ternera, que, al parecer, sirvió para los divertimentos eróticos de **Pasifae**, esposa de **Minos**. Fuera por esto último o porque Dédalo hubiese permitido la victoria de **Teseo** sobre el Minotauro, el caso es que **Minos** decidió castigar a Dédalo por una de estas dos acciones y lo encerró en el laberinto junto con su hijo Ícaro.

Quedaron allí presos durante mucho tiempo hasta que Dédalo pudo por fin hallar, gracias a su enorme inteligencia, una forma de liberarse

### ÍCARO Y DÉDALO

En psicología, Ícaro simboliza al hombre que intenta huir de su neurosis (laberinto) a través de medios utópicos, que a veces se disfrazan con medios tecnológicos, como las alas de cera (fármacos).

*Lamento por Ícaro*,
Herbert James Draper. 1898.
Óleo, 182, 9 × 155,6 cm.
Tate Britain, Londres.

*Ícaro y Dédalo,*
Frederic Leighton. 1869.
Óleo, 138,2 × 106,5 cm.
Colección privada.

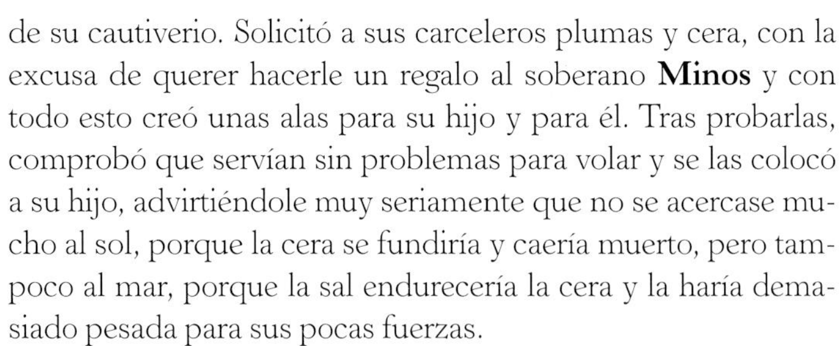

de su cautiverio. Solicitó a sus carceleros plumas y cera, con la excusa de querer hacerle un regalo al soberano **Minos** y con todo esto creó unas alas para su hijo y para él. Tras probarlas, comprobó que servían sin problemas para volar y se las colocó a su hijo, advirtiéndole muy seriamente que no se acercase mucho al sol, porque la cera se fundiría y caería muerto, pero tampoco al mar, porque la sal endurecería la cera y la haría demasiado pesada para sus pocas fuerzas.

Emprendieron el vuelo, y se mantuvieron siempre en una posición adecuada para sus necesidades, pero cuando Ícaro se confió más, empezó a subir en altura, admirado de todo cuanto le rodeaba, y se acercó tanto al sol que se desprendieron sus sujeciones, al derretirse la cera, las plumas se separaron cayendo Ícaro hacia el mar. Cuando Dédalo pudo oír sus gritos de espanto ya era tarde e Ícaro había muerto, dando nombre al mar Icario.

Según una leyenda, el propio **Heracles** se encargó de darle sepultura en la isla Doliquea. Dédalo, por su parte, llegó a Cumas, Italia, sin problemas y allí levantó un templo en honor de **Apolo**. Desde allí se fue a Sicilia, donde reinaba Cócalo, que le dio protección frente a **Minos**, que no luchaba más que por apresar al fugitivo, si bien no tuvo suerte y halló la muerte en tal empresa. Junto a Cócalo, Dédalo siguió dedicándose a la construcción, haciéndose cargo de un embalse en el río Alabón, unos baños en Selinunte, una fortaleza en Agrigento y una terraza para el templo de **Afrodita** en el monte Érix.

*La muerte de Jacinto,*
Jean Broc. 1801.
Óleo, 175 × 120 cm.
Musée Sainte-Croix, Poitiers.

## Jacinto

Era un bello espartano, hijo de Amiclas, pero su importancia reside por ser el amigo íntimo de **Apolo**, quien le había prometido enseñarle a tocar el laúd y lanzar el arco, como método para verle más a menudo, pues le apreciaba mucho.

Céfiro, dios del Viento del Oeste, también sentía gran estima por Jacinto, pero no era nunca correspondido, mientras que **Apolo** sí recibía continuas muestras de afecto y cariño por parte de Jacinto. Céfiro, atormentado por los celos, decidió dar muerte a Jacinto y un día que jugaba con él desvió el disco golpeando la sien del joven con tal violencia que logró su objetivo. **Apolo** intentó salvarlo con las plantas de mayor capacidad curativa, pero fue inútil y Jacinto murió convirtiéndose en una flor, pero no en el jacinto, sino en el lirio o en la espuela.

Otras leyendas también afirman que la muerte se debió a un disco, pero lanzado accidentalmente por **Apolo**. Por otra parte, a menudo se ha considerado que la relación entre los personajes implicados en este mito no eran de amistad sino de amor y deseo.

## JASÓN

Era hijo de Esón, rey de Yolcos, en la región de Tesalia, y nieto, por lo tanto, de **Eolo**. Su madre podría ser Alcímeda o Polímede, según versiones.

Esón había sido derrocado por su hermanastro Pelias y, ante tal traición, un oráculo había predicho a este que, más tarde o más temprano, uno de sus sobrinos lo mataría o derrocaría. Nada más nacer Jasón, y temiendo su madre la ira de Pelias, dijo que el niño se había puesto enfermo, y luego anunció su muerte. Se celebraron unos funerales con mucha pompa y dramatismo para darle una mayor credibilidad a tal hecho. Jasón, en realidad, estaba totalmente sano, y estaba siendo criado por el centauro Quirón, que le enseñó artes como la astronomía o la medicina.

*Mademoiselle Clairon en Medea,*
Charles-André Van Loo. 1760.
Óleo, 79 × 59 cm.
New Palace, Postdam.

Cuando Jasón cumplió veinte años, abandonó a su maestro y un oráculo le indicó que debía ir a Yolcos, semidesnudo con pieles de leopardo, el pie descalzo y dos lanzas. Al llegar a su ciudad natal, causó gran expectación y asombro y pudo hacerse oír. Anunció que era el hijo de Esón y que quería recuperar su trono.

Entonces Pelias, que temía tanto al joven como a un pueblo insatisfecho, ideó una estratagema para solucionar el problema que se le planteaba. Llamó a Jasón a su corte y le dijo que había tenido un sueño en el que un oráculo le decía que debía restablecer el honor de **Frixo**, un antepasado asesinado en la Cólquide, trayendo sus cenizas a su tierra. Además, le dijo que en aquel lugar, **Frixo** también había dejado un **vellocino de oro** que le colmaría de riquezas. Después le prometió que si hacía todo esto le restablecería en el trono.

Jasón era un joven fuerte y aguerrido y no dudó en acometer tal empresa, entonces reunió a un grupo de acompañantes, los argonautas, y emprendió la búsqueda del **vellocino de oro**. Para realizar tan notable hazaña mandó llamar a Argo y le encargó construir «Argos», que sirvió de medio de transporte para Jasón y los argonautas en su búsqueda. Argo era natural de Tespia e hijo de Arestor o **Frixo**, según versiones. La nave fue construida en Pagases, en Tesalia, la región en la que se encuentra el Olimpo, con ayuda de **Atenea**. La madera con la que se construyó la

### JASÓN

El relato del itinerario de la expedición de los argonautas (que ocurrió unos setenta años antes de la guerra de Troya) parece ser que, en realidad, responde a los viajes de los marinos griegos a través del Ponto Euxino y la correspondiente difusión del helenismo por las regiones que este mar bañaba.

*Jasón y Medea*, Gustave Moreau. 1865. Óleo, 204 × 121,5 cm. Museo de Orsay, París.

nave era de Pelión, pero la proa fue traída especialmente por la diosa de un roble sagrado en Dódona. Esta madera especial fue tallada cuidadosamente por la propia **Atenea** y después le dio el don de la palabra y la profecía.

Durante sus múltiples hazañas conoció a **Medea**, hija del rey de la Cólquide, que guardaba el vellocino, quien le ayudó a lograr el éxito. Por fin regresaron a Yolco con la misión cumplida. A partir de aquí existen múltiples versiones sobre lo ocurrido. En unas Jasón logra el trono y en otras simplemente se queda a vivir allí.

Además, **Medea** mató a Pelias, unas leyendas dicen que con el consentimiento de Jasón, y otras que sin él. Jasón y **Medea** tuvieron varios hijos, no hay acuerdo exacto en cuáles fueron, y entre ellos se incluyen a Medeo, Eriopis, Feres, Mérmero, Tésalo, Alcímenes y Tisandro. Tiempo después se fueron a Corinto, lo que pudo deberse a simple capricho o a su expulsión de Yolco por la muerte de Pelias. Allí fueron felices durante muchos años, pero el rey de Corinto, Creonte, quiso unir su estirpe a la de Jasón y le ofreció la mano de su hija Glauce, o Creúsa. Jasón aceptó sin dudarlo y rechazó a **Medea**, que tuvo que exiliarse. Sin embargo, antes de que esto ocurriera pudo preparar su venganza, que consumó con el asesinato de toda la corte real.

Tiempo después, y estando ya Jasón solo, se unió con Peleo para derrocar a los reyes de Yolco, Acasto y Astidamía, lo que logró de forma cruel. En cualquier caso, Jasón fue así, rey de Yolco hasta el final de sus días.

## LETO

Hija de Ceo y de Febe, fue una joven que se quedó embarazada de **Zeus. Hera**, su celosa mujer, prohibió a Leto dar a luz en cualquier lugar donde brillase el sol. Leto se vio entonces obligada a vagar por el mundo en busca de un lugar en el que poder alumbrar, siendo siempre atentamente vigilada por la propia **Hera**, y también por **Iris** y **Ares**.

Para poder escapar más fácilmente, **Zeus** la había convertido en codorniz, pero a pesar de esta discreta forma, no pudo liberarse de sus perseguidores. Finalmente, llegó a una isla errante llamada Ortigia, pero que desde entonces cambió su nombre por el de Delos, la brillante, donde **Poseidón**, para burlarse de **Hera**, construyó una enorme bóveda que permitiría cumplir la condición impuesta por la mujer del gran dios. Allí, Leto recobró su antigua forma y se dispuso para tener a sus hijos.

Todos los dioses salvo **Hera**, asistieron al parto, incluida **Ilitía**, diosa de los Alumbramientos, que no quería colaborar, pero que finalmente aceptó a cambio de importantes regalos. Leto dio a luz a dos gemelos, que luego se convertirían en importantes dioses olímpicos. Primero nació **Artemisa**, ayudando ella misma al nacimiento de su hermano **Apolo**, asistiendo así a los horrores del parto, lo que le hizo convertirse en una diosa virgen que despreciaba los amores masculinos.

Leto siempre fue protegida por sus hijos. **Apolo** mató a la serpiente Pitón cuando supo que había amenazado de muerte a su madre y al gigante Ticio, que pretendió violarla, instigado por **Hera**. Juntoa su hermana **Ártemis**, **Apolo** atacó a **Níobe** y a sus hijos porque habían humillado públicamente a su madre.

Un día que Leto, en su constante huida de **Hera**, le prometió odio eterno, llegó exhausta a la isla de Licia, pidió socorro a unos campesinos que descansaban cerca de una laguna, solicitándoles un poco de agua. Estos se negaron a entregársela, dominados por **Hera**, e, incluso, se atrevieron a enturbiarla. Entonces, **Zeus** acudió presto al lugar, ayudó a Leto, y convirtió a los malvados en ranas, animales que tienen en el barro su modo de vida.

Representación de Leto, hija de Ceo y Febe.

## LA ISLA DE LEÚCADE

Leúcade es una isla que se halla en el mar Jónico, cerca de Corfú. Es famosa porque posee un alto promontorio desde el cual se tiraban al mar los amantes heridos que querían olvidar sus penas y curar su pasión.

**Afrodita**, que no sabía cómo olvidar a **Adonis**, se lanzó desde este promontorio por consejo de **Apolo** y quedó muy sorprendida al observar cómo salía de las aguas sin daño alguno. Este hecho se hizo enormemente famoso y fueron muchos los que se dirigían al lugar para olvidar sus penas de amor.

La preparación consistía en una serie de ofrendas religiosas y actos de fe y todos los participantes se mostraban convencidos de que no sufrirían ningún percance gracias a la ayuda del dios de la Luz. Sin embargo, con el paso del tiempo la costumbre cayó en desuso debido a lo peligroso de tal acción y los sacerdotes del lugar idearon un sistema de redes para preservar a los saltadores de todo peligro, al tiempo que con barcas los recogían del agua.

### LA ISLA DE LEÚCADE

La costumbre –totalmente verídica– de tirarse por el acantilado, fue ejecutada por decenas de personas. No se conoce ninguna mujer que sobreviviera y entre los hombres, pocos lo consiguieron: entre ellos, el poeta Nicóstrato.

Pero, pasado más tiempo aún, también hubo muchas personas que se negaron a saltar de este modo y desde entonces el lanzamiento se sustituyó por tirar al mar un cofre lleno de plata, lo que resultaba igual de efectivo, siempre que los participantes pasaran antes por todos los rituales.

## MEDEA

Era una hechicera, hija de Eetes, rey de la Cólquide y de Idia. Era también familia de la maga Circe, de la que aprendió muchos de los trucos que conocía. Cuando **Jasón** acudió con los argonautas en busca del **vellocino de oro**, una flecha lanzada por **Eros** hizo que Medea se enamorara perdidamente de **Jasón** y le prometió ayudarle a conseguir sus propósitos si se casaba con ella y se la llevaba a Grecia. **Jasón** aceptó y Medea colaboró con él para lograr el **vellocino de oro**. Después, se casaron y llegaron a la tierra natal de Yolco. Allí, ante la llegada de **Jasón**, se realizaron enormes festines y Medea, para satisfacer a **Jasón**, rejuveneció con un hechizo a su padre, Esón.

*Medea*,
Frederick Sandys. 1868.
Óleo.
Colección privada.

MEDEA

Popularmente, las hechiceras de más renombre en Grecia procedían de Tesalia y, según la tradición, habían recibido de Medea sus conocimientos mágicos.

Las hijas de Pelias, rey de Yolco que había quitado el trono a su hermano Esón, solicitaron a Medea que también rejuveneciera a su padre. Delante de ellas, Medea cogió un carnero, lo descuartizó y lo arrojó a un caldero con una pócima preparada por ella. Entonces, salió un joven ternerillo y las hijas de Pelias, salvo **Alcestes**, entusiasmadas, se apresuraron a descuartizar a su padre, pero este no volvió a resucitar. Por lo que Medea y **Jasón** fueron expulsados a Corinto. Según otra versión, Pelias mató a Esón obligándole a suicidarse bebiendo sangre de toro envenenado, y **Jasón** solicitó la ayuda de Medea para vengarse.

Sea como fuere, se trasladaron a Corinto y allí vivieron felices hasta que **Jasón** rechazó a Medea para casarse con la hija del rey de Corinto. Entonces Medea fue desterrada, pero antes de irse se vengó de la familia real. Envió un vestido a la princesa, y cuando esta se lo probó, se incendió todo el traje, ella misma, su padre y todo el palacio. Los hijos que Medea tuvo con **Jasón** fueron lapidados por los corintos, según unas versiones, o sacrificados para **Hera** por Medea, según otras.

*Medea*,
Evelyn de Morgan. c. 1900.
Colección privada.

Medea se trasladó volando a Atenas en un carro que le había proporcionado **Helios**, allí se casó con Egeo, y cuando el héroe **Teseo**, hijo de Egeo sin saberlo, llegó a la ciudad, Medea trató de matarlo para no perder su poder, pero, enterados todos de lo sucedido, se marchó a Asia, donde se reconcilió con su familia por haberse ido con **Jasón**.

## MIDAS

Midas era un rey de Frigia que contaba con innumerables tesoros y riquezas en su poder. A pesar de esto, era ambicioso y muy codicioso, siempre estaba deseando más y más bienes materiales. Una vez, se encontró en un bosque a **Sileno**, dios campestre del cortejo de **Dionisio**.

Sileno, borracho, estaba perdido en el bosque y Midas, después de agasajarlo con guirnaldas de flores y exquisitos platos culinarios, le acompañó a la comitiva de **Dionisio**. El dios, encantado con la amabilidad de Midas, le premió con cualquier cosa que este pudiera pedir.

Midas no tardó mucho en pensar qué deseo podría solicitar, así rogó al dios que le diese la cualidad de convertir en oro todo aquello que tocase, y este se la concedió, mientras brindaba gozoso con su copa de vino.

Midas, ansioso por comprobar si su nuevo poder funcionaba realmente, fue rozando las ramitas del bosque, y estas se convirtieron en oro y cogió piedras del camino, que también se transformaron en pepitas de oro. En su viaje, sus sirvientes fueron recopilando todo aquello que transformaba en oro, pero pronto esta tarea se hizo muy pesada; el

caballo que transportaba a Midas se convirtió en una pesada estatua de metal y la cama donde Midas dormía adquirió el mismo carácter. El rey, no obstante, siguió igual de feliz que siempre.

Al llegar a palacio, pidió una suculenta comida y de nuevo quedó encantado de que todos sus cuencos y copas se tornasen en oro, aunque menos regocijo le produjo que lo que intentaba comer dejase de ser alimento alguno al contacto con sus labios. Tampoco podía beber, pues el agua era hielo, muy valioso, pero hielo, y el vino, oro líquido.

*La mesa del rey Midas*, Frans Francken II, el Joven. c. 1600. Óleo, 52,7 × 48,5 cm. Herzog Anton Ulrich-Museum, Braunschweig.

Pronto la presencia de tanto dorado en su casa dejó de resultarle gratificante. Ver como sus hijos se transformaban en oro al abrazarlos le produjo un gran tormento, y decidió tratar de acabar con su mágica capacidad. Midas fue a visitar a **Dionisio**, rogándole seriamente que le retirase el poder que antaño le había dado, el dios criticó el alocado sentir del rey, pero de nuevo le concedió el deseo, indicándole que, para liberarse del hechizo, debía bañarse en las limpias aguas de la fuente de Pactolo.

Midas se precipitó hacia allí, recorriendo un largo camino en el que todavía pueden verse sus huellas doradas. Al llegar a la fuente de heladas aguas, se lanzó en ella y también se tornó en oro, hasta que Midas zambulló todo su cuerpo, cabeza incluida, momento en que el hechizo desapareció y, Midas, por fin, pudo comer y beber y disfrutar de una vida jovial y sencilla como cualquier otro mortal.

*El juicio de Midas*, Hendrik De Clerck. c. 1620. Óleo, 43 × 62 cm. Rijksmuseum, Ámsterdam.

Sin embargo, demasiada había sido la bondad y suerte que Midas había obtenido de **Dionisio** y, para compensarla, pronto le ocurriría algo que trocaría su afortunado destino.

Un día, Midas se encontró en un bosque a **Pan** y **Apolo**, que discutían sobre qué instrumento era más agradable al oído, si la flauta de caña de **Pan** o el laúd de **Apolo**. Decidieron que Midas sería el juez en tan melodiosa disputa. Midas, que era un poco duro de oído, de-

cidió que **Pan** emitía la música más suave, y **Apolo** le castigó dotándole de unas enormes orejas de burro, que Midas pudo ver reflejándose en cada lago que encontraba. En su camino se escondía de los demás, avergonzado de su aspecto. Para esconder sus orejas, empleaba un largo turbante, no sabiendo nadie más que su barbero de lo que dicho turbante ocultaba.

El barbero de Midas sabía que no podía contar el secreto, o la ira del rey se descargaría sobre él en forma de muerte, tal y como Midas le había amenazado, pero no pudiendo resistir la tentación, cavó un hoyo en la tierra donde nadie podía oírle y susurró: «Midas tiene orejas de burro». En el hoyo nació pronto una mata de cañas que cuando el viento las mueve susurran: «Midas tiene orejas de burro».

MINOS

De los amores de Pasifae y el toro enviado por Poseidón a Minos, nació el Minotauro, monstruo con cuerpo de hombre y cabeza de toro.

## MINOS

Minos era hijo de **Zeus** y de **Europa** y entre sus hermanos estaban Radamanto y Sarpedón. Desde la ciudad de Cnosos, en la isla de Creta, colonizó multitud de islas del mar Egeo creando una próspera civilización. **Poseidón** le envió un toro blanco para que fuera sacrificado en su nombre, pero Minos se negó a realizar tal acto y entonces, por deseo del dios del Mar, la desgracia se cernió sobre su familia: su mujer, **Pasifae**, se enamoró de dicho toro; sus hijas Fedra y Ariadna sufrieron terribles males de amor; y otro de sus hijos, Androgeo, murió prematuramente.

Gracias a su enorme potencia militar, consiguió de Atenas la promesa de enviarle cada cierto tiempo siete mancebos y siete vírgenes para dar de comer al horrible Minotauro, lo que provocó su enfrentamiento y derrota frente a **Teseo**. También encerró a Dédalo y a su hijo en una isla y, cuando estos huyeron, Minos, lleno de ira, emprendió la persecución de tales personajes. Halló a Dédalo en los reinos de Cócalo y dispuso una enorme flota frente a sus costas amenazando con la guerra si no se lo entregaban.

Entonces, Cócalo ideó una estratagema para vencerle. Le invitó con grandes honores a sus posesiones y poco después le llevaron a una sala de baños de vapor, donde los esclavos de Cócalo le retuvieron durante tanto tiempo que se asfixió completamente. Otra versión afirma que Minos iba planteando en todos los lugares por los que pasaba un acertijo que sabía que solo Dédalo resolvería. Consistía en averiguar cómo enrollar un hilo a través de una concha de caracol. Cócalo pudo resolverlo con la ayuda de Dédalo, quien

Minos. Fresco del palacio de Cnosos en Creta. c. 2000 a. C.

ató una fina hebra a la pata de una hormiga e hizo que esta se moviera hasta el final de la concha. Debido al éxito de Cócalo en este enigma, Minos pudo saber que Dédalo se encontraba allí y se preparó para apresarlo, pero las hijas de Cócalo no querían desprenderse de su especial compañía y lo mataron con agua hirviendo, que vertieron sobre él mientras se bañaba gracias a un instrumento creado por el propio Dédalo.

NARCISO
En psicoanálisis, el mito de Narciso se recoge con el término «narcisismo», o amor morboso del individuo hacia sí mismo.

## MIRRA

Mirra era una bella joven hija de Tías, o bien Círiras. Su padre, o tal vez ella, se habían jactado de su hermosura, defendiendo que era mayor que la de la propia **Afrodita**, diosa de la Belleza. Enojada esta por tales afirmaciones, provocó en el corazón de Mirra un amor loco por su padre, y logró que Mirra, ayudada por su criada que había emborrachado a su padre, se uniera a él carnalmente durante once noches.

En la velada duodécima Tías descubrió el engaño y que su hija estaba embarazada y trató de matar a Mirra, pero no lo consiguió a causa de su estado ebrio. Esta logró huir, pero temiendo aún el peligro de la persecución de su padre, pidió ayuda a los dioses, que la convirtieron en el árbol de la mirra. Al cabo de diez meses desde que esa conversión ocurriera, un jabalí golpeó el árbol y, abriéndose su tronco, nació **Adonis**, de quien se ocupó **Afrodita**.

*Narciso*,
François Lemoyne. 1728.
Óleo, 90 × 72 cm.
Kunsthalle, Hamburgo.

## NARCISO

Era un joven muy bello, hijo del río Céfiso y de la **ninfa** Liríope. Debido a su gran belleza, todas las personas que le rodeaban, incluidos muchachos, se enamoraban de él, pero Narciso rechazaba a todos con idéntico desdén.

Una de las mujeres que sufrió su abandono fue **Eco**, quien se consumió en unas rocas intentando consolar su sufrimiento. A causa de los males que Narciso había provocado a **Eco**, la diosa de la Venganza divina, **Némesis**, castigó a Narciso haciendo que se enamorara de sí mismo, a través de su propia imagen reflejada en las aguas. Pasó el tiempo en esta posición, y sujeto por

su pasión, terminó tirándose a las aguas y muriendo ahogado. Donde su cuerpo cayó creció una bonita flor que hizo honor a su nombre y a su belleza.

## Las nereidas

Eran las cincuenta hijas de Nereo y de Doris, hija a su vez de **Océano**, consideradas las **ninfas** del mar. Aunque vivían en el fondo, subían a la superficie para ayudar a los viajeros, entre ellos los argonautas, a los que acompañaban montadas en unos animales marinos similares a los delfines. Para obtener su ayuda, se les dedicaban bosques sagrados, altares en las orillas de mares y acantilados, y se les ofrecía leche, aceite y miel. Representaban todo aquello que hubiese de hermoso en el mar.

Las más importantes fueron **Tetis**, mujer de Peleo y madre de **Aquiles**, **Galatea**, amante de **Acis** y que enamoró al cícople **Polifemo**, y Anfitrite, mujer del fabuloso **Poseidón**. Otras nereidas importantes fueron Casiopea, madre de **Andrómeda**; Calipso, reina de Ogigia; Glauca; Clicia; Aretusa; Cimotoe; Pánope; Espio; Cimoe y Clímene.

Eran representadas desnudas portando a veces coronas de coral, el tridente de **Poseidón** o pequeños peces de colores. En alguna ocasión se las representó con cola de pez.

*Las nereidas,*
Gaston Bussière. 1927.
Óleo, 89 × 116,2 cm.
Colección privada.

## Las ninfas Calisto, Clitia, Dafne y Eco

Calisto fue una **ninfa**, hija de Licaón, que pertenecía al cortejo de **Artemisa** y con la que esta tenía una especial relación. Un día Zeus intentó seducirla y para ello adoptó la figura de Artemisa, con lo que la **ninfa**, engañada, se entregó a **Zeus**, puesto que confiaba en su diosa.

Juntos tuvieron un hijo llamado Arcas. **Hera**, enormemente celosa y enojada, castigó a Calisto convirtiéndola en osa, y poco después **Artemisa** le dio caza, provocándole la muerte en castigo por haber roto su virginidad. **Zeus** decidió transformarla en constelación junto con su hijo: la Osa mayor y la Osa menor. Pero **Hera**, aún dolida por lo ocurrido, rogó a **Poseidón** que no permitiera que las dos constelaciones reposaran en el mar, y, por eso, en el hemisferio Norte, nunca se ven pasar el horizonte.

Clitia era una **ninfa** o también conocida como náyade del agua, hija de los dioses **Océano** y **Tetis**, que se enamoró perdidamente de **Apolo**,

### Las nereidas

Las nereidas eran felices y joviales muchachas que viajaban cabalgando en caballitos de mar o en delfines.

el dios del Sol. Todos los días, cuando este salía con su carro dorado, ella le seguía con la mirada en cualquier punto del cielo en el que se encontrase.

El dios no estaba interesado en ella, pero apiadado del dolor que esta debía padecer, decidió convertirla en flor para evitarle mayores sufrimientos. Sin embargo, la flor, al igual que hiciera la joven mujer que antes había sido, siguió dirigiéndose hacia el astro rey. Esa flor se llamó girasol.

*Júpiter y Calisto,* François Boucher. 1744. Óleo, 98 × 72 cm. Puschkin-Museum, Moscú.

**Dafne** era una **ninfa**, hija, según las diferentes versiones, de Ladón, Peneo o **Tiresias**. Su madre fue **Gea**. Dafne, cuyo nombre en griego significa «laurel», era una cazadora consagrada a **Ártemis** y, por lo tanto, rechazaba cualquier tipo de amor masculino y no quería casarse. Cuando **Apolo** venció a la serpiente Pitón, se enorgulleció enormemente por su hazaña y empezó a pavonearse entre los dioses, especialmente con **Eros**, dios del Amor, quien decidió darle una lección. **Eros** disparó una de sus flechas de punta de oro (las que infundían amor) contra **Apolo** y otra de punta plomo (que infundía desdén y odio) contra **Dafne**, sabiendo así que esta le rechazaría sin piedad.

A **Apolo**, como debía ser tras el lanzamiento de **Eros**, le sobrevino una violenta pasión por Dafne y comenzó a perseguirla sin cuartel. Esta corrió y corrió huyendo de él, pero llegó un momento en que desfallecía de cansancio, pidió ayuda a su padre, quien justo en el momento en que **Apolo** logró abrazarla, convirtió a Dafne en un árbol de laurel. Otra versión afirma que Dafne no fue convertida en laurel, sino que cuando pidió ayuda a **Gea**, la Tierra, quien se abrió en el lugar donde ella se encontraba, la recogió y puso en su lugar tal árbol.

Desde entonces, **Apolo** quedó prendado de este árbol, lo adoptó como símbolo suyo y cortando algunas ramas se hizo una corona de laurel, convirtiendo desde entonces este objeto en recompensa de poetas, artistas y guerreros. Otra leyenda habla de un tal Leucipo, hijo de

*Eco*,
Alexandre Cabanel. 1874.
Óleo, 97,8 × 66,7 cm.
Metropolitan Museum of Art, Nueva York.

Enómao, que también se enamoró de Dafne y se disfrazó de mujer para participar en sus juegos y divertimentos junto a todas sus amigas. Fue descubierto por **Apolo**, quien provocó su muerte a manos de esas mujeres que se entretenían con Dafne.

Eco era una **ninfa** de la montaña a quien **Zeus** convenció para que se dedicara a entretener con su charla a **Hera**, de tal forma que la celosa esposa del dios de dioses no pudiese dedicarse a espiar a sus amantes. Eco era sumamente elocuente y siempre desempeñó la labor encomendada sin problemas, pero llegó un momento en que **Hera** terminó por hartarse de tanta conversación y castigó a Eco con un hechizo que le quitaba la voz, salvo para repetir la última palabra que oyese.

Tiempo después, Eco se enamoró de **Narciso** y lo persiguió por todos lados: bosques, desiertos, mares o fuentes. Sin embargo, Eco no podía confesar su amor a **Narciso**, pero un día, cuando este se apartó del camino con el que paseaba con sus amigos y se internó en el bosque, Narciso empezó a llamar diciendo: «¿Hay alguien aquí?», y Eco respondía: «Aquí, aquí». **Narciso** contestó: «Ven», y Eco salió de entre los árboles con los brazos abiertos diciendo: «Ven, ven». **Narciso**, a pesar de todo, al verla, se negó a aceptar su amor con cruel desdén.

Eco, que se lamentaba de su desdicha, pero también de todos aquellos actos vergonzosos que había llevado a cabo en busca de la atención de **Narciso**, se escondió en la roca más profunda del bosque y allí se fue consumiendo hasta morir, aunque quedó su voz y sus huesos, que fueron transformados en peñascos.

## Níobe

Hija de **Tántalo** y la reina de Tebas. Su esposo, el rey Amfión, era hijo de **Zeus** y estaba reconocido como un gran músico. Níobe tuvo la fortuna de tener seis hijos y seis hijas, todos ellos dotados de una hermosura y gracia excepcionales. Este hecho la llenaba de alegría y colmaba su felicidad.

*Níobe desesperada por sus hijos,* Abraham Bloemaert. 1591. Óleo, 204 × 249,5 cm. Statens Museum for Kunst, Copenhague.

### NÍOBE

La leyenda de Níobe parece estar inspirada en acontecimientos reales. Durante el reinado de su marido Amfión se desencadenó una peste que asoló la ciudad de Tebas; la familia real sucumbió a causa de la epidemia, excepto Níobe, que vio expirar a todos sus hijos. Esta tragedia la sumió en tal estado de desesperación, que durante días y días permaneció inmóvil, llorando (como una roca azotada por el oleaje).

Sin embargo Níobe, aunque feliz, también era tremendamente arrogante, cualidad que había aprendido de su padre. Así, se jactaba siempre de las proezas que realizaban sus hijos e hijas, pero un día llegó demasiado lejos al burlarse de la diosa **Leto** y considerarse superior a ella, puesto que esta tenía solo dos hijos, mientras ella tenía doce.

La diosa escuchó sus palabras en el monte Olimpo y decidió castigarla, por lo que solicitó la ayuda de sus amorosos hijos, los dioses **Apolo** y **Ártemis**, que dispararon sus flechas contra los hijos de Níobe matándolos a todos. La apesadumbrada Níobe fue convertida en una piedra, la cual siempre estaba mojada con sus lágrimas.

## ODISEO / ULISES

Ulises fue uno de los héroes más populares en la antigua Grecia, en realidad, su nombre griego era Odiseo, ya que Ulises sería el nombre que le darían los latinos, posteriormente.

Era la encarnación del héroe, viajero por excelencia, cuyas aventuras se recordaban por tradición oral, y que han llegado hasta nuestros días en uno de los libros más universales y populares de todos los tiempos, *La Odisea*, escrita por Homero.

Ulises era hijo de Laertes, rey de Ítaca, una isla separada por un estrecho de la de Cefalonia. En la juventud de Ulises, cuando en Ítaca todavía reinaba Laertes, recibieron la visita de Eurito, un arquero consumado que poseía el arco más poderoso sobre la tierra, un regalo de **Apolo**, fundido al calor del sol y fraguado en las aguas de los mares.

*Ulises y las sirenas,*
Leon Belly. 1867.
Óleo.
Musée de l'hôtel Sandelin,
Saint-Omer.

Eurito regaló el arco a Ulises como agradecimiento por la hospitalidad de su padre, pero también porque no había encontrado a otro joven que tuviera la fuerza suficiente para manejarlo.

Ulises se casó con **Penélope**, con la que tuvo un único hijo, Telémaco. Al principio, Ulises rehusó ir a la guerra de Troya fingiendo locura, permaneció sembrando sal en sus campos, pero los griegos colocaron a su hijo Telémaco enfrente del arado y nuestro héroe se vio obligado a unirse a los griegos.

En la guerra de Troya, Ulises intervino más en acciones diplomáticas que en acciones guerreras, al contrario que **Aquiles** que representó en esta lucha el ardor guerrero y la fuerza física sin límites.

Destruida Troya, embarcó para su amada Ítaca, con lo que comenzó su verdadera aventura, ya que el retorno a su patria le costaría diez largos años.

Al embarcar, **Eolo**, dios de los Vientos, le había hecho entrega de un odre de cuero en donde estaban encerrados todos los vientos que podrían desviar la nave, para que así solo quedara libre el único viento favorable que le podía llevar a Ítaca. Sin embargo, los marineros, creyendo que el odre estaba lleno de vino, lo abrieron. Los vientos, escaparon y como venganza por su encierro se divirtieron zaran-deando la nave de Ulises de un sitio a otro.

Las aventuras del largo viaje de Ulises fueron bien conocidas: la forma en que venció al cíclope **Polifemo**; su estancia en la isla de **Circe**, con la que tuvo un hijo; los siete años que pasó en otra isla con la **ninfa** Calisto, con la que tuvo dos hijos; la forma de cómo consiguió hacerse invulnerable al canto de las **sirenas**; su llegada a la isla de los Feacios y su encuentro con Nausica; y, finalmente, su llegada a Ítaca, su lucha con los pretendientes de **Penélope** y su encuentro final con ella con la que volvió a reinar en la isla.

## Orestes

Era el hijo de Agamenón y **Clitemnestra**, hermano de Ifigencia y de Electra. Después de la guerra de Troya, Orestes mató a su madre y a Egisto, su amante; ayudado por Electra, en venganza de la muerte de su padre, a quien Egisto y **Clitemnestra** habían asesinado cuando él todavía era un muchacho.

Antes de que Orestes matara a su madre y a su amante, Electra que temía por la vida de su hermano, le envió a casa de su tío Estrofeo, rey

Escena de la tragedia «Andrómaca», de Eurípides, Orestes y Neoptólemo luchan por el amor de Hermíone. Triclinio de invierno de la casa de Lucrecio Frontón, Pompeya.

de Fosis. Allí creció con Pilades, hijo de Estrofeo, el cual fue su compañero de toda la vida. Después de alcanzar la madurez, Orestes, que tenía una deuda sagrada, la de vengar la muerte de su padre, regresó a Micenas con Pilades y consumó su venganza.

Después de esto fue perseguido por las **Furias** o **Erinias**, por muchas tierras y finalmente, siguiendo los dictados de **Apolo**, fue a Atenas a suplicar por su causa ante la diosa **Atenea** y un consejo de nobles atenienses sobre la colina del Areópago.

Las **Furias** fueron enjuiciadas y Orestes se defendió a sí mismo, una vez que **Atenea** y los otros jueces votaron, los votos se encontraron divididos en partes iguales, pero la diosa declaró que en este caso concreto el acusado debía ser declarado inocente.

Algunas **Furias** rechazaron el veredicto y continuaron a la caza de Orestes, este se vio en la obligación de desaparecer de nuevo hasta que llegó a Delfos, allí consultó al oráculo, el cual le indicó el modo de detener el ataque de tan persistentes perseguidoras.

Orestes se encaminó presuroso a cumplir los designios del oráculo, así fue como llegó a la tierra de Taurida para robar la sagrada imagen de **Ártemis**, que se encontraba en el interior del templo consagrado a la diosa. En el templo contó con la ayuda de Pilades y de su hermana Ifigencia, que estaba de consagrada como sacerdotista de ese mismo templo.

Con su ayuda robó la sagrada estatua y regresó con ella a Micenas. Después de esto, las **Furias** le dejaron vivir en paz. Se casó con Hermione, hija de Helena y Menelao, y murió en Arcadia por la mordedura de una víbora, y en algunas tradiciones se hablaba del lugar donde se encuentra su tumba.

## ORFEO

Existen diferentes versiones sobre la procedencia de este magnífico héroe civilizador, a la vez teólogo, reformador de la moral y las costumbres, poeta y músico célebre. Según unas versiones, sus padres fueron la musa Calíope y el dios **Apolo**, de ahí sus especiales encantos artísticos. Otras leyendas afirman que sus padres fueron Eagro, rey de Tracia, y la propia Calíope o, según diferentes mitos, **Apolo** y otra musa, esta vez Clío.

Parece ser que de **Apolo**, o de **Hermes**, recibió una lira, a la que sumó dos cuerdas hasta un total de siete con las que tocaba ingeniosas y excepcionales melodías. Toda la naturaleza y, por supuesto, todos los hombres y dioses, quedaban embelesados al oírlo cantar junto a sus instrumentos. Incluso las rocas se le acercaban para escucharle y los ríos retrocedían

su curso con el mismo fin. Amansaba las fieras que se reunían a su alrededor. Además, su gran capacidad musical le resultó muy útil en diversas ocasiones: acompañó a los argonautas en sus viajes y con ellos consiguió hazañas tales, mediante el empleo de su voz, como mover su barco desde la playa hasta el profundo mar, separar dos islas errantes que impedían el paso de los navíos, dormir al dragón que guardaba el **vellocino de oro** o liberar a los expedicionarios de los encantos mortales de las **sirenas**.

Sin embargo, el canto no era la ocupación favorita de Orfeo, pues este era un personaje muy erudito y con importantes inquietudes filosóficas, y por eso se dedicó a investigar el mundo que le rodeaba. Viajó a Egipto, y allí se unió a los grandes sacerdotes del lugar, que le enseñaron los misterios de Isis y Osiris. En sus investigaciones religiosas también viajó a Fenicia, Asia menor y Samotracia, y a su vuelta a Grecia enseñó a los suyos todo lo que había aprendido instituyendo una importante disciplina religiosa conocida como «orfismo». También instituyó algunos de los cultos a **Dionisio** y a **Deméter**.

Tantos eran, pues, sus encantos y sabiduría, que muchas mujeres y **ninfas** le pretendían en matrimonio, si bien, solamente Eurídice, modesta pero encantadora, llamó la atención de Orfeo, quien se casó con ella y fue tiernamente correspondido a lo largo de su vida.

Su unión fue extremadamente feliz, pero poco duradera. Un día Eurídice estaba huyendo de Aristeo, quien la perseguía para tomarla por la fuerza, y como Eurídice era mucho más veloz que él y más ágil e inteligente, consiguió alejarse de su raptor, pero en su carrera, según unas leyendas, o tras ocultarse en unos matorrales, según otras, fue mordida en el talón por una serpiente cuyo veneno le provocó la muerte súbita. Orfeo quedó enormemente desconsolado y se propuso devolverle la vida costase lo que costase. Imploró a los dioses de los cielos su devolución al mundo de los vivos, pero no tuvo ningún éxito, y se dispuso a descender a los infiernos, donde pretendía obtener la ayuda de **Hades** y de su esposa. Se dirigió a dicho lugar entonando canciones sobre su profunda tristeza; estas eran tan bellas que ablandaron los ánimos de **Hades,** quien le prometió de-

## ORFEO

Bajo el nombre de Orfeo se desarrolló un cuerpo religioso, el orfismo, que implicaba un sistema filosófico concerniente a cuestiones como el pecado y la purificación, así como con la vida después de la muerte.

*Orfeo y los animales,*
Alessandro Varotari. c. 1600.
Óleo, 167 × 109 cm.
Museo del Prado, Madrid.

*Orfeo,*
Mosaico romano.
Museo Arqueológico Regional,
Palermo.

volverle a Eurídice a cambio de que mientras subiera de nuevo al mundo de la luz no mirase hacia atrás.

Llegó Eurídice al sitio donde todos se hallaban y detrás de Orfeo comenzó el ascenso al mundo del que provenía. Sin embargo, la subida era lenta, pues Eurídice aún estaba herida. Cuando estaban a punto de llegar a la salida, Orfeo giró la cabeza ansioso, la vio por un momento e intentó abrazarla, pero en ese instante su amada Eurídice se desvaneció para siempre en el mundo de los muertos y Orfeo solo pudo alcanzar su vapor.

La desgracia le cegó e intentó de nuevo penetrar en el **Hades**, pero Caronte, el barquero, se negó a transportarle de nuevo. Orfeo se quedó en las puertas del infierno siete días más, pero, al ver que no obtendría lo que deseaba, se fue.

A partir de entonces, estuvo vagando por el desierto tocando su lira, encantando a piedras y animales, sin comer nada, y rechazando en todo momento la compañía humana. Terminó en una región de Tracia, donde muchas de las mujeres allí existentes intentaron desposarse con él, aunque sin éxito alguno. Después, en venganza por los rechazos que sufrían, estas mujeres, durante unas fiestas en honor de **Dionisio**, acallaron con sus griteríos la voz de Orfeo para que no perturbara sus deseos asesinos, rodearon al héroe y lo mataron, despedazándolo en muchos trozos. Según otra versión, estas mujeres actuaron así movidas por los dioses del Olimpo, que no podían permitir que un hombre vivo conociera los secretos del submundo. Sea como fuere, su cabeza fue arrojada al río Hebro, y cuando llegó a las costas de Lesbos, las **musas** la recogieron y la sepultaron. Durante todo este trayecto, Orfeo siguió llamando a Eurídice. Tras su muerte, la lira de Orfeo se transformó en la constelación Lira, que contiene a la estrella Vega, la más brillante de todas las que se pueden contemplar, desde el hemisferio Norte.

Recreación de la Constelación de Orión.

## ORIÓN

Era un hermoso gigante de colosal tamaño cuyos padres fueron **Poseidón** y Euríale, una de las gorgonas. Orión destacó entre todos los héroes existentes por su tamaño y su fuerza. Era tan grande que cuando se adentraba en los mares más profundos el agua no le llegaba más que hasta los hombros.

Orión se enamoró de Mérope, hija de Enopión, rey de Quíos e intentó casarse con ella, pero su padre denegaba tal permiso constantemente por lo que un día Orión intentó tomarla por la fuerza. Como castigo, Enopión consiguió, con ayuda

de **Dionisio**, adormecerlo y cegarlo. Orión acudió a un oráculo para curar su ceguera y este le dijo que lo lograría si viajando hacia el Este permitía que los rayos del sol le dieran directamente en los ojos.

Recobrada la vista, se trasladó a Creta. Allí, ya que era un magnífico cazador y de hecho perseguía a las bestias en el **Hades** y en los cielos, acompañado de su perro Sirio, comenzó a trabajar en el séquito de **Artemisa**, diosa de la Caza. A partir de este punto, existen múltiples y muy diferentes versiones sobre el final de la vida de Orión. Según una de ellas, Orión se convirtió en favorito de **Artemisa** y le dio múltiples atenciones. Orión, henchido de orgullo y protegido por la diosa, se atrevió a afirmar que ninguna de las grandes bestias y monstruos existentes en el mundo le daba miedo y que podía destruir a todas ellas. **Gea**, la diosa de la Tierra, se sintió herida ante tales afirmaciones y le envió un simple escorpión que le provocó la muerte.

Otra leyenda afirma que **Apolo**, hermano gemelo de **Artemisa**, estaba indignado de que su hermana amase a tal gigante y la desafió a que acertase con un arco y una flecha una pequeña figura, que sobresalía en un lugar muy alejado del que se encontraban, la isla de Ortigia, en mitad del mar. **Artemisa** acertó en el blanco como gran cazadora que era, pero ese blanco era Orión, quien murió al instante.

**Artemisa**, desconsolada por la pérdida, pidió a **Zeus** que fuera trasladado al cielo y convertido en constelación.

## ORIÓN

La constelación que lleva su nombre se encuentra en el ecuador celeste, cerca de Tauro, y es alargada con tres estrellas en línea cerca del centro, que representan su cinturón y otras tres más apagadas que constituyen su espada. Alpha Orionis, conocida como Betelgeuse, y Beta Orionis, llamada Rigel, son las dos estrellas más importantes de la constelación.

*Paisaje con Orión ciego buscando el sol*,
Nicolas Poussin. 1658.
Óleo, 119,1 × 182,9 cm.
Metropolitan Museum of Art, Nueva York.

PANDORA
A causa del mito, se llama «caja de Pandora» a todo aquello que, a pesar de su aparente belleza, puede causar toda clase de males.

## PANDORA

**Zeus**, gran señor del Olimpo, estaba enojado con el titán **Prometeo** por la osadía de este al crear un hombre con barro y dotar de vida a una masa inerte con una centella del carro del sol.

Por ello, ordenó a Hefesto que creara, a su vez, una mujer y se la diera a **Prometeo** por esposa. Este amasó la arcilla y modeló el cuerpo de una virgen en todo semejante a las diosas. Una vez terminada su figura, le prestó una chispa de su fuego como alma y la llamó Pandora.

Se abrieron sus ojos, el movimiento animó sus miembros y su boca comenzó a articular palabras. Cada dios le concedió una perfección. **Afrodita**, la hermosura; **Atenea**, la sabiduría; **Hermes**, la elocuencia; **Apolo**, el talento para la música; y **Zeus** añadió una caja extremadamente hermosa y cerrada que Pandora debía ofrecer a su esposo como regalo de boda.

De esta manera, tan extraordinaria mujer fue conducida ante Prometeo, a quien había sido destinada. Pero el titán, astuto por naturaleza, receló de los presentes de Zeus, ya que la enemistad entre ambos era manifiesta y nada soterrada, por lo que no quiso recibir ni a Pandora y mucho menos a la caja. Para evitar un enfrentamiento mayor con los dioses del Olimpo, que se desataría si rechazaba abiertamente presente tan «divino», decidió entregársela a su hermano Epimeteo, no sin antes advertirle de sus recelos y rogarle precaución.

A la izquierda, *Pandora,* Jules Joseph Lefebvre. 1882. Óleo, 96,5 × 74,9 cm. Colección privada.

Derecha, *Pandora,* John William Waterhouse. 1896. Óleo, 91 × 152 cm. Colección privada.

Pandora ofreció a su esposo el regalo de bodas que **Zeus** le había otorgado, Epimeteo, quizá obnubilado por la hermosura de su esposa, olvidó la promesa hecha a su hermano **Prometeo** y abrió la misteriosa caja. En ella se hallaban encerrados todos los males que pueden afligir a la raza humana (enfermedades, guerras, hambres...) que se extendieron por toda la tierra. Cuando cerró la caja quedó en el fondo la Esperanza cuya huida pudo evitar.

Por eso se ha dicho siempre que puede perderse todo, pero que la esperanza siempre prevalece en el espíritu de los hombres.

## Paris

Paris era hijo de Príamo y de Hécuba, reyes de Troya. Cuando Hécuba estaba embarazada, tuvo un sueño, después aclarado por un oráculo, en el que se afirmaba que el niño que llevaba en su seno destruiría su patria. Ante este hecho, Príamo ordenó a su oficial Arquelao que lo hiciera desaparecer, pero este, ante los ruegos de Hécuba, lo confió a unos pastores encargados de su educación.

Paris creció robusto, hermoso e inteligente, hasta tal punto que la bella **ninfa** Oenona, se casó con él. Además, alcanzó mucha fama cuando participó en los juegos de Troya y fue reconocido incluso en el Olimpo, donde **Hermes** le propuso como árbitro del problema en el que por aquel entonces se encontraban: decidir sobre la belleza de las diosas.

**Eris**, la diosa de la Discordia, la única no invitada a la boda del rey Peleo y de la nereida **Tetis**, apareció al final de la celebración envuelta en una nube y lanzó en el banquete una manzana de oro que decía estar destinada a la más hermosa. **Zeus** se negó a arrogar este título a una de las tres aspirantes: **Hera**, **Atenea** y **Afrodita**, por lo que estas, finalmente, pidieron a Paris, príncipe de Troya, que diera su veredicto.

Todas intentaron sobornarlo. **Hera** le ofreció ser un poderoso gobernante, **Atenea** una gran fama militar y **Afrodita** le prometió la mujer más hermosa de la tierra. Ganó **Afrodita** y esta tuvo que ayudarle a lograr a Helena, hija adoptiva de Tíndaro y esposa de Menelao, que vivía en Esparta.

Paris llegó allí con un gran bajel y fue atendido con todos los honores por el rey, pero no abandonó sus propósitos y se dedicó a agradar a Helena con las palabras más afectuosas y las atenciones más exquisitas. Al poco tiempo, Menelao tuvo que irse a Creta a resolver un asunto urgente y Paris aprovechó para abrir su corazón a Helena, quien abjuró de su patria y se fue con él. Entonces, Menelao, ofendido en lo más profundo de su ser, llamó a todos sus colaboradores y a sus ejércitos e inició la llamada guerra de Troya.

Durante esta guerra, Paris luchó cobardemente contra los griegos, tuvo que ser rescatado varias veces por **Afrodita** y finalmente fue herido por Filoctetes. Entonces, Paris volvió junto a Oenona, quien intentó curarlo compasiva y aún enamorada, pero no lo consiguió. Paris murió a los pocos días y junto a él fue enterrada Oenona, que falleció de tristeza. Helena, ahora ya, de Troya, sufrió múltiples calamidades, siendo castigada por sus acciones.

### Paris

A pesar de haber pasado a la historia como un hombre afeminado y envanecido de sí mismo, también es cierto que durante el asedio troyano se distinguió en el combate, hiriendo a Diomedes, Macaón, Antíloco y Palamedes; y, sobre todo, siendo el autor del disparo de flecha que acabó con la vida de Aquiles.

*El juicio de Paris*,
Lucas Cranach el Viejo. 1516-1518.
Óleo, 63,5 × 41,9 cm.
Art Museum, Seattle.

Aquiles vendando el brazo herido de Patroclo.

## PATROCLO

Caudillo griego en la guerra de Troya y amigo del alma de **Aquiles**. Durante el décimo año de la guerra, **Aquiles** retiró sus tropas, los mirmidones, porque discutió con Agamenón, el comandante de las fuerzas griegas. Sin **Aquiles**, los griegos perdieron muchos hombres contra los troyanos.

Finalmente, como los troyanos llegan a quemar los barcos griegos, Patroclo persuadió a **Aquiles** para que lo dejara dirigir a los mirmidones y así rescatar a los griegos que habían sido hechos prisioneros. Vestido con armadura de **Aquiles**, Patroclo hizo retirar a los troyanos hasta las murallas de su ciudad.

Héctor, en uno de los muchos combates que se desarrollaban a las puertas de la cuidad, consiguió herir de muerte a Patroclo y, este, ya moribundo, le profetizó su muerte a manos de **Aquiles**. La muerte de Patroclo le sumió en una tristeza profunda y decidió volver al combate para poder vengar la muerte de su amigo.

### PATROCLO

**Aquiles** organizó unos suntuosos juegos funerarios en honor de su fiel amigo Patroclo, en los que se celebraron carreras de carros y se luchó al pancracio (especie de lucha libre).

## PASIFAE

Era una hermosa mujer, casada con **Minos**, rey de Creta, que, sin embargo, tenía un defecto: estaba locamente enamorada de un toro, consagrado a **Poseidón**, y que era considerado animal sagrado en Creta. El origen de tal amor estaba en un conjuro provocado por **Afrodita** a esta reina, a petición de **Poseidón**, pues **Minos** se había negado a inmolar dicho toro al dios del Mar. Pasifae solicitó a Dédalo su ayuda para unirse a él y este moldeó una vaca de madera donde Pasifae y el toro pudieron ocultarse para consumar su unión, naciendo un horrible monstruo, el Minotauro. Los padres de Pasifae fueron **Helios** y Persé y de su unión con **Minos** nacieron Androge, **Deucalión**, Glauco, Catreo, Acalis, Ariadna y Fedra.

## PEGASO

Era un caballo alado que nació de **Poseidón** y de la gorgona Medusa, de cuyo cuello salió Pegaso cuando el héroe **Perseo** la venció y mató. Al poco tiempo de nacer, Pegaso dio una coz en el monte Helicón y en el acto empezó a fluir un manantial que parece ser la fuente de la inspiración divina y que se consagró a las **musas**.

Animados por este hecho y por el carácter mágico del magnífico caballo, fueron muchos los que intentaron atraparlo, aunque sin mucho éxito. Sin embargo, para **Belerofonte**, atrapar a Pegaso fue una obsesión. **Belerofonte**, que era príncipe de Corintio, pasó la noche en un

### PEGASO

En época tardía, el caballo alado se convirtió en el corcel de las musas, y de ahí pasó a ser símbolo de la inspiración poética.

templo de **Atenea** siguiendo el consejo de un adivino y esta se le presentó de madrugada con una brida de oro, indicándole que con ella podría atrapar a Pegaso, como así fue. El manso caballo se convirtió en una gran ayuda para Belerofonte, que lo empleó en sus muchas aventuras contra las **amazonas** y la **quimera**, monstruo horrendo.

Una vez, henchido de orgullo **Belerofonte**, intentó subir hasta el Olimpo, y allí, Pegaso, que no quería acercarse a los dioses, o porque **Zeus** quería castigar a Belerofonte, lo dejó caer, mientras este vagaba sin rumbo por el mundo, rechazado por los dioses. Pegaso se quedó en los establos del Olimpo y se convirtió en el medio de transporte del trueno y el rayo de **Zeus**. Luego se convirtió en la constelación que lleva su nombre con las cuatro brillantes estrellas que forman el cuadrado de Pegaso.

*Las cuatro musas y Pegaso en el Parnaso,*
Caesar Van Everdingen. c. 1650.
Óleo sobre lienzo, 340 × 230 cm.
Huis ten Bosch Palace, La Haya.

## Penélope

Esposa de **Odiseo**, rey de Ítaca, con el que tuvo un hijo, Telémaco. Cuando su esposo partió a la guerra contra Troya, sabía que permanecería muchos años sola, aun así confiaba en la fuerza de su amor para soportar tan larga ausencia.

Después de la guerra de Troya, **Ulises** tardó diez largos años en regresar a su patria, tan dilatado período provocó que hasta la isla llegara la falsa noticia de su muerte, por lo que Penélope comenzó a verse asediada por multitud de pretendientes, ya que esa boda suponía conseguir el trono de una de las tierras más ricas y prósperas de Grecia.

Penélope no creía que **Ulises** hubiera muerto por lo que se negaba a casarse con otro; así que ideó un sistema que prolongara la decisión sobre su futuro matrimonio. Empezó a tejer un sudario para Laertes, el padre de **Ulises**, que ya era muy viejo, mientras convencía a los aspirantes a su mano que no se decidiría por ninguno antes de haberlo terminado.

Ellos aceptaron este plazo y, mientras, Penélope deshacía por la noche el trozo que había tejido durante el día para ir ganando tiempo. Sin embargo, tal engaño no era posible mantenerlo por tiempo indefinido y al cabo de tres años, una criada descubrió la trampa, delatándola ante sus pretendientes, que decidieron obligarla a elegir.

### Penélope

La estrategema ideada por Penélope de tejer un velo por el día y deshacerlo por la noche, ha dado lugar a la conocida expresión «tela de Penélope», para indicar que un trabajo o una tarea no se termina jamás.

*Trabajo interrumpido*,
William-Adolphe Bouguereau.
1891.
Óleo sobre lienzo,
100 × 163,5 cm.
Mead Art Museum, Amherst
College, Amherst,
Massachusetts.

Justo en ese momento fue cuando **Odiseo** consiguió arribar a las costas de Ítaca; al llegar a palacio se disfrazó de mendigo y solicitó audiencia con la reina, que estaba atribulada, ya que debía elegir un nuevo marido.

Penélope, aconsejada por su hijo Telémaco, decidió que aquel de sus pretendientes que fuera capaz de doblar el famoso arco de **Ulises**, se convertiría en su nuevo esposo; uno tras otro todos intentaron dominar el arma de **Odiseo** y ninguno lo consiguió, salvo un mendigo que observaba la escena desde un rincón. Cuando la hazaña se había cumplido, **Ulises** se descubrió ante el temor de los hombres que habían asediado a su esposa, a los que masacró con la ayuda de su hijo Telémaco.

## Perseo

Hijo de **Zeus** y de **Dánae**, quien le había concebido tras haber sido tomada por la fuerza por **Zeus**, a pesar de los esfuerzos de Acrisio, padre de **Dánae**, para impedirlo, pues un oráculo había predicho que su nieto le mataría. Así pues, cuando nació Perseo, Acrisio los expulsó de la región, pero, con la ayuda de **Zeus**, arribaron en su barca a unas costas en las que los recibió Dictis, un pescador, que los llevó hasta Polidectes, rey de la región. Allí creció Perseo, con grandes atenciones, convirtiéndose en un aguerrido y atractivo varón.

Por aquel entonces, Polidectes empezó a experimentar gran atracción por **Dánae**, pero sabía que su hijo, Perseo, le impediría tener relaciones con ella. Entonces, Polidectes anunció su boda con Hipodamía y, como era tradicional, preguntó a los invitados qué pensaban regalarle. Todos indicaron que le llevarían como presente un caballo, pero Perseo, con toda su arrogancia, prometió entregarle la cabeza de Medusa, una de las **gorgonas**.

La peligrosa empresa, pues la horrible Medusa convertía en piedra a todo aquel que le mirara, supuso una enorme alegría para Polidectes, pues sabía que el proyecto supondría la marcha de Perseo durante largo tiempo y, en el mejor de los casos para el rey, la muerte del joven. Así, Polidectes podría tomar a **Dánae** sin peligro. Según otras versiones, Polidectes obligó a Perseo a realizar tal empresa bajo la amenaza de deshonrar a su madre.

Perseo, que admiraba por su valentía a los dioses, y puesto que, al fin y al cabo era hijo de **Zeus**, contó con múltiples ayudas para lograr su objetivo. **Hades** le entregó un casco que le volvería invisible, **Hermes** le prestó sus alas para poder volar velozmente, **Atenea** le dio un escudo plateado con el que poder ver a Medusa sin mirarla directamente y le aleccionó sobre los peligros de tal acción. Por último, Perseo consiguió de **Hefesto** una majestuosa y fornida espada llamada Harpe, fabricada en bronce y diamante. Otras versiones dicen que solo le ayudaron **Atenea** y **Hermes**, que le entregaron una hoz para cortar la cabeza. Según esta versión, Perseo habría obtenido las alas voladoras de unas **ninfas**, quienes también le entregaron un zurrón para guardar la cabeza de Medusa.

Para encontrar a las **gorgonas**, Perseo se dirigió primero en busca de sus hermanas, las Greas, que eran una versión horrible de los cíclopes en femenino, vírgenes, con un solo ojo y un solo diente, que ya nacían viejas. A todas ellas consiguió quitarles sus ojos y dientes, y les prometió que se los devolvería a cambio de que le indicasen el lugar donde se encontraban las **gorgonas**. Las Greas se opusieron radicalmente a decirle su paradero, pero la firmeza de las amenazas de Perseo le hicieron reconsiderar su opinión y, finalmente, le dieron noticia del lugar donde se encontraban. Perseo, como había prometido, les devolvió sus ojos y sus dientes.

Rápidamente se dirigió hacia la morada de las **gorgonas**. Con gran cuidado de no mirar a ninguna de ellas y, siguiendo el reflejo de Medusa, que se mostraba en el escudo que le había dado **Atenea**, usando la Harpe, de una sola estocada mortal asesinó a la gorgona. De la sangre que brotó de su cuerpo, nacieron **Pegaso** y el gigante Crisaor. Las otras dos gorgonas, que eran inmortales, trataron rápidamente de atrapar a Perseo, pero gracias al casco de **Hermes** consiguió escapar.

*Perseo vencedor de Medusa,*
Luca Giordano. c. 1698.

Lograda su hazaña, Perseo se dispuso para el regreso. En el viaje, pasó por la región de Mauritania, donde se encontraba el gigante **Atlas**. Perseo le pidió alojamiento, pero este le trató inhumanamente porque un antiguo oráculo le había dicho que un descendiente de **Zeus** le destronaría. Entonces, Perseo le mostró la cabeza de Medusa, convirtiéndolo en una enorme cordillera para la eternidad.

Después, sobrevoló Etiopía, y ya desde el cielo pudo observar la presencia de una hermosa mujer que estaba encadenada a las rocas. La joven, llamada **Andrómeda**, se encontraba allí para sacrificarse por su

A la derecha, bajorrelieve de la cabeza de Medusa.

Abajo, representación de Perseo con la cabeza de Medusa.

pueblo, pero Perseo prometió liberarla, a ella y a su nación, a cambio de su mano. Sus padres aceptaron y Perseo se enfrascó en una horrible lucha con el monstruo que asolaba la ciudad, venciéndole al cabo de poco tiempo de combate.

Llenos de felicidad, Perseo y **Andrómeda** celebraron su boda al cabo de un tiempo, pero, durante el banquete, se presentaron en el lugar Fineo, hermano de Cefeo, rey del lugar y padre de **Andrómeda**, reclamando el trono para sí, pues se había dispuesto tiempo atrás su boda con la joven. Venía acompañado de un nutrido grupo de hombres vestidos para la guerra y armados, pero Perseo no se amedrentó y, mostrándoles la cara de Medusa, los convirtió a todos en piedra.

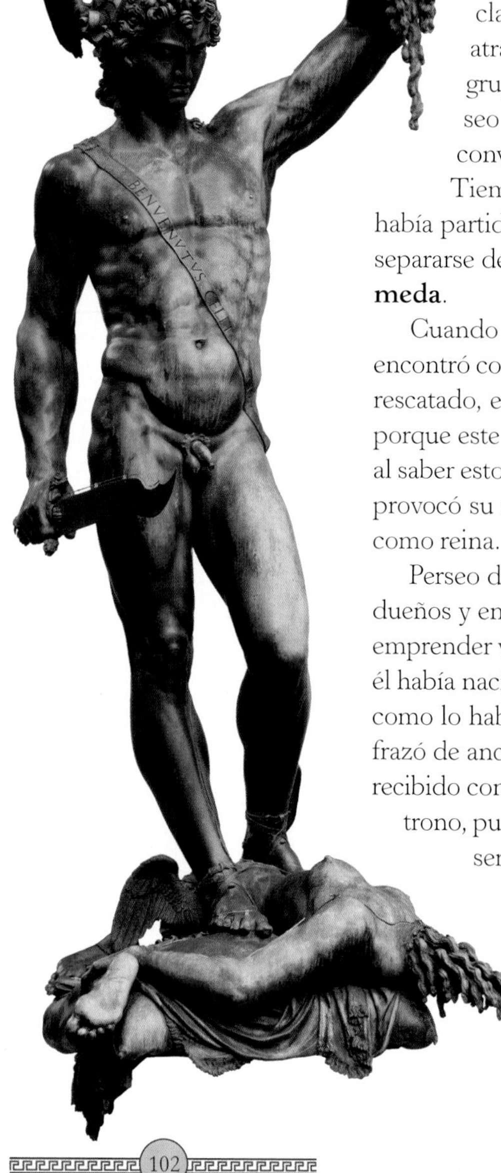


Tiempo después, Perseo decidió volver a Sérifos, lugar del que había partido, no sin la congoja de Cefeo y su esposa, que no querían separarse de tan buena compañía y, mucho menos, de su hija **Andrómeda**.

Cuando llegó a la ciudad, cuatro años más tarde de su partida, se encontró con que su madre, **Dánae**, y Dictis, el pescador que las había rescatado, estaban escondidos de Polidectes en el templo de **Atenea**, porque este se había dedicado a ejercer su voluntad de forma déspota; al saber esto, Perseo mostró el rostro de Medusa al dictador, con lo que provocó su muerte, dejando en el trono a Dictis como rey y a **Dánae** como reina.

Perseo devolvió entonces todos los dones divinos a sus respectivos dueños y entregó la cabeza de Medusa a **Atenea**. Por fin, se dispuso a emprender viaje hacia Argos, lugar del que procedía su madre, y donde él había nacido. Cuando Acrisio, su abuelo, temiendo por su vida, tal y como lo había predicho el oráculo, supo que Perseo regresaba, se disfrazó de anciano extranjero y se marchó a Tesalia. Al llegar, Perseo fue recibido con gran alegría por el pueblo, quien le convirtió en sucesor al trono, pues Acrisio se había marchado y Preto, su hermano, no podía ser localizado.

Un día Perseo participó en unos juegos deportivos en la categoría de lanzamiento de disco para demostrar su destreza, con tan mala suerte, que golpeó a un viejo, que resultó ser su abuelo. Horrorizado, Perseo rechazó el trono de Argos, como modo de expiar su pecado, y se lo cedió a Megapentes, hijo de Preto y tío suyo. Sin

embargo, este no podía hacerse cargo del trono, por lo que Perseo no tuvo más remedio que aceptar ser nombrado rey.

Perseo gobernó y junto a **Andrómeda**, que le dio robustos hijos, vivió felizmente. Estos hijos fueron Persés, Micenas, Alceo, Estenelo, Helio, Néstor, Electrión y Gorgófene, la única mujer. Entre sus descendientes se encuentra el gran héroe **Heracles**. Tras su muerte, se le rindieron honores divinos y se le situó en el cielo, formando la constelación con forma de campana, junto a su amada **Andrómeda**.

### PIGMALIÓN

Otra versión de la leyenda dice que Afrodita, compadecida del amor de un Pigmalión más joven, le ordenó besar a la estatua y, en ese momento, Galatea se convirtió en mujer, para mayor éxtasis de su creador.

## PIGMALIÓN

Pigmalión fue un importante rey de Chipre, que destacó siempre por su bondad y sabiduría a la hora de reinar. Cuando no ejercía las atribuciones propias de su cargo, su mayor entretenimiento lo constituía la escultura, actividad que le absorbía incluso el tiempo para buscar una esposa que garantizara los descendientes a la familia real. A pesar de la insistencia de amigos y familiares en la necesidad de encontrar una pareja, Pigmalión se dedicaba a su arte, trabajando en su taller hasta altas horas de la madrugada.

Un día pensó crear la figura de una hermosa mujer, la más hermosa que nunca hubiese sido esculpida, para lo que trabajó incansablemente hasta lograr su objetivo. En cuanto acabó, vistió la figura con las mejores galas y le puso el nombre de **Galatea**, aunque siguió retocándola hasta que fue absolutamente perfecta. Tan perfecta que su autor había terminado enamorándose de su obra.

Días más tarde, en unas fiestas celebradas en honor de **Afrodita**, Pigmalión sorprendió a todos los que les rodeaban suplicando a la diosa que transformara a **Galatea** en un ser humano, para que pudiese amarla como se merecía. Nada más realizar su petición, Pigmalión corrió a su taller, y allí pudo ver cómo su escultura iba adquiriendo los primeros colores e iniciaba un

*Pigmalión*,
Jean Raoux. 1717.
Óleo. 134 × 100 cm.
Museo Fabre, Montpellier.

*El origen de la escultura o Pigmalión y su estatua,* Jean-Baptiste Regnault. 1786. Óleo sobre lienzo, 120 × 140 cm. Castillo de Versalles, París.

lento movimiento, bajando del pedestal en el que se encontraba grácilmente y con una hermosa sonrisa dirigida a su creador. Pigmalión le pidió entonces que si quería ser la reina de Chipre, a lo que ella contestó que le bastaba con ser su esposa, por lo que a los pocos días se celebró la boda a la que asistió la misma **Afrodita** en forma de mortal.

La unión fue sumamente feliz y tuvieron varios hijos, entre ellos Pafo. El pueblo de Chipre fue, desde entonces, uno de los que más cuidó sus ofrendas a la diosa del Amor, que siempre recibió allí un buen trato.

## Polifemo

Enorme gigante con un único ojo hijo de **Zeus** y de Toosa, de aspecto temible y con un carácter acorde con su aspecto, ya que tenía la cara llena de arrugas, con una espesa barba entre la que se advertía una gran boca que llegaba casi hasta las orejas. Aunque su trabajo era el de pastor, su afición consistía en raptar o engañar a los hombres, a los que conducía hasta su cueva para allí alimentarse de ellos mientra aún estaban vivos.

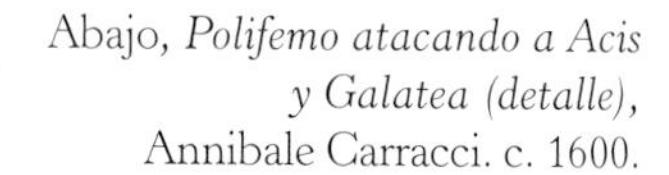

Abajo, *Polifemo atacando a Acis y Galatea (detalle),* Annibale Carracci. c. 1600.

**Odiseo/Ulises** fue el único capaz de engañarle. Cuando este, en su expedición, llegó a Sicilia, morada de los cíclopes y, por lo tanto, de Polifemo, fue encerrado por él durante varios días. El cíclope se alimentaba de sus compañeros, devorando dos cada noche. **Odiseo**, sin embargo, pudo hacerle beber un vino que le emborrachó; entonces, junto a sus hombres, le cegó clavándole un rama ardiente en su único ojo. Polifemo comenzó a gemir y chillar, y otros cíclopes acudieron en su ayuda. Ante sus lamentos le preguntaron si alguien le había hecho algún daño, a lo que el herido contestó: «Nadie», por lo que sus compañeros se marcharon, sin averiguar que Nadie había sido cómo **Odiseo** se había identificado ante Polifemo. A la mañana siguiente los supervivientes escaparon, escondiéndose bajo el lomo de las ovejas de Polifemo.

Enamorado de **Galatea** y no siendo correspondido su amor, Polifemo asesinó a **Acis**, que había sido el elegido para el lecho conyugal de **Galatea**.

## PROMETEO

Era uno de los titanes, hijo de Jápeto y de la **ninfa** del mar **Clímene** o, según otras versiones, **Temis**. Prometeo y su hermano **Epimeteo** recibieron el encargo de crear la humanidad y de proveer a los seres humanos y a los animales de todo lo necesario para vivir.

Epimeteo empezó con los animales dotándoles de características tales como el valor, la fuerza o la rapidez y proveyéndoles de todos los elementos necesarios para poder vivir en el mundo (plumas, patas, etc.). Sin embargo, Epimeteo debía crear un ser superior a todos los demás, pero no le quedaban más virtudes para ello y no tenía nada que conceder, así que le pidió ayuda a su hermano Prometeo.

Para que los seres humanos fueran superiores a los animales, Prometeo decidió darles una forma más noble y permitirles caminar erguidos. Como don les dio el fuego, que había obtenido de una chispa del carro del sol. El fuego era, sin duda, el don más valioso que Prometeo podía haber dado a la humanidad; sin embargo, este hecho provocó el enfurecimiento de **Zeus**, ya que para conseguir un bien para la humanidad había utilizado un elemento hasta entonces divino, el fuego. Por este motivo, ordenó a su hijo **Hefesto** que creara a partir de arcilla a la primera mujer, a la que llamó Pandora.

*Prometeo trayendo el fuego*,
Jan Cossiers. 1636-1638.
Óleo sobre lienzo, 182 × 113 cm.
Museo del Prado, Madrid.

Pandora fue colmada de atributos y valores, y le fue entregada a Prometeo para que la hiciera su esposa; sin embargo, este recelaba de un regalo de sus enemigos e ignoró totalmente a Pandora, algo que no hizo su hermano, trayendo la desgracia al mundo.

Prometeo quiso vengarse de **Zeus** y pagar su engaño con otro del mismo calibre, para eso sacrificó dos bueyes. En una pila dejó las partes comestibles del animal, incluidas las entrañas, y las recubrió con el vientre; mientras en otra dejó los huesos tapados con la piel del animal. A continuación dio a elegir a **Zeus** la parte que quería para sí, a lo que el dios respondió que la que tenía la piel. Cuando **Zeus** descubrió el engaño, ordenó a **Hermes** que encerrase a Prometeo en una cueva del Cáucaso, donde un águila le devoraría las entrañas durante treinta mil años, pero sin provocarle la muerte, porque estas se regeneraban cada cierto tiempo. Tamaño sufrimiento terminó cuando **Heracles** lo liberó y mató al ave torturadora.

### PROMETEO

El mito de Prometeo está relacionado con la creación del hombre y el nacimiento de la civilización.

Prometeo regaló a los hombres la capacidad de trabajar y construir enseñándoles a domesticar a los animales y a recoger frutos alimenticios, de ahí que en Grecia se creía que los olímpicos estaban celosos de Prometeo, por haber puesto al alcance de los humanos la capacidad de mantenerse y prosperar.

## PSIQUE O PSIQUIS

Psique, también conocida como Psiquis, era la menor de las tres hijas de un rey de Asia. Su hermosura no tenía comparación, pero su carácter era muy agrio, ya que había sido malcriada y nada le contentaba, incluso sus gustos eran tan volubles como el soplo de una brisa. Los pretendientes para Psique llegaban de todas partes, pero la princesa ni siquiera los recibía. En cierta ocasión llegó un apuesto e inteligente príncipe, que estaba enamorado de la joven, pero que igualmente fue rechazado. Era en realidad el dios **Eros**, que ideó un plan para conquistarla.

Arriba, *Psique y Cupido*, Francois Pascal Simon Gerard. 1798. Óleo. 186 × 132 cm. Museo de Louvre, París.

Había averiguado que lo único que hacía vulnerable a Psique era la curiosidad, así que cubrió todos sus actos de un gran misterio. Hizo construir un enorme y suntuoso palacio en el que introdujo todo aquello que pudiese ser considerado como placentero y hasta allí fue atraída Psique. Nada más cruzar las puertas, la princesa escuchó una voz que le decía que ella y nadie más era la señora de ese palacio, pudiendo ordenar lo que quisiera y ser inmediatamente obedecida. La joven no lo dudó un momento y empezó a solicitar diferentes presentes, quedando impresionada por las telas, perfumes o alimentos que comenzaron a llevarle una legión de criados.

De día, **Eros** permanecía oculto y por la noche corría entre la hierba, se acercaba a Psique, la observaba y le pedía que le prometiera que no se casaría con nadie más. Cuando el sol despuntaba en el horizonte, **Eros** desaparecía como había venido, sin que la joven alcanzara nunca a distinguir su faz y la curiosidad de Psique hacía que quisiera averiguar a quién debía agradecerle estos presentes. Preguntó a sus hermanas, que le dijeron que quizá se tratara de un monstruo que terminaría acabando con ella.

Por este motivo, una noche, Psique, aconsejada por su familia, acudió al bosque con una lámpara y un puñal, por si se trataba de un monstruo. Cuando **Eros**, descansaba plácidamente junto a su amada Psique, esta encendió la lámpara y acercándola a su amante descubrió quién era en realidad su pretendiente, el que estaba considerado como uno de los dioses más hermosos, no un monstruo horrible, sino **Eros** en su juventud más plena. En su alegría, Psique derramó cera de la lámpara en el rostro de **Eros**, quien se despertó y la contempló sobresaltado, mientras Psique intentaba apagar la lámpara, **Eros**, fríamente, le explicó que ya no podrían estar juntos, puesto que su unión solo era posible cuando ella no conociera su identidad. En ese momento el palacio desapareció y Psique quedó en un desierto desolado en el que solo se oía el rumor del agua de una fuente.

Psique intentó suicidarse allí, pero las aguas la depositaron en la orilla, entonces acudió al oráculo de **Afrodita**, madre de **Eros**, pero esta, que estaba muy disgustada porque había sido capaz de enamorar a su hijo, en lugar de ayudarla, le encargó realizar una serie de trabajos abyectos a los que la joven se dedicó con toda su energía para pagar su culpa.

*Psique y Pan,*
Ernst Klimt. 1892.
Óleo sobre lienzo, 121 × 88 cm.
Colección privada.

Su primera misión fue llenar un cántaro de agua cenagosa de una fuente guardada por cuatro dragones, después tuvo que cortar un poco de lana de unos carneros que estaban en la cima de una montaña; a continuación, se trasladó hasta el reino de **Hades** para pedirle a **Perséfone** un poco de su belleza, que debía guardar en una caja que no podía ser abierta. Psique consiguió lo que se le encargó, pero cuando, muerta de curiosidad, abrió la caja, su cara se llenó de una negra ceniza y un espejo le mostró su horrendo rostro, la joven cayó desmayada y fue llevada al altar de **Afrodita**, donde apareció **Eros**, ante el que, ya exhausta, solicitó su perdón. **Eros**, que aún estaba enamorado de la muchacha, devolviéndola su aspecto original, decidió desposarla, llegando a formar una unión que se convertiría en inmortal gracias al hacer de **Zeus**.

### PSIQUE

La historia de Psique, contada magistralmente por Apuleyo en El asno de oro, constituye un precedente muy importante en la mitología clásica, pues es la primera vez en la que un amor entre un dios y una mortal, lejos de basarse en la pasión, la sensualidad y el aspecto físico, tiene un trasfondo espiritual, pues Psique es la personificación del alma.

## QUIMERA

La hija de Tifón y de Equidna fue uno de los monstruos más horribles del mundo antiguo. Tenía tres cabezas: una de león; una de macho cabrío, que le salía del lomo; y otra, naciéndole de la cola, era de dragón; todas vomitaban fuego. El único héroe que consiguió derrotarla fue **Belerofonte**.

LAS SIRENAS

El cuerpo de las sirenas, a pesar de que vivían en los océanos y de lo que tradicionalmente se ha representado, estaba formado por un cuerpo de ave y un rostro de mujer, por tanto, no tenían aletas, sino alas.

## LAS SIRENAS

Las sirenas, personajes similares a las **ninfas**, residían en el mar, en la zona de Sicilia, cerca del cabo Pelore. Sus padres fueron Calíope y el río Aqueloo, según unas versiones y Forcis o **Gea**, según otras. El número de ellas varía según las versiones, ya que en ciertos relatos aparecen tres, en otros cinco e incluso aparecen ocho.

Las sirenas, a pesar de que vivían en los océanos, estaban formadas por un cuerpo de ave y un rostro de mujer, por lo tanto, no tenían aletas, sino alas. La principal cualidad de las sirenas era poseer una voz de inmensa dulzura y musicalidad con la que se prodigaban en cantos cada vez que un barco se les acercaba, los marineros quedaban tan encantados por sus sonidos que terminaban arrojándose al mar para oírlas mejor, pereciendo irremediablemente.

Sin embargo, si un hombre era capaz de oírlas sin sentirse atraído por ellas, una de las sirenas debería morir. Uno de los que lo consiguió fue **Odiseo** (Ulises). Cuando **Odiseo** estaba intentando regresar a su patria viajando en barco, se encontró con las sirenas pero, para evitar su influjo, ordenó a sus tripulantes, siguiendo el consejo de **Circe**, que se taparan los oídos con cera para no poder escucharlas, mientras que él se ató al mástil del barco con los oídos descubiertos.

*Una sirena*, John William Waterhouse. 1892-1900. Óleo sobre lienzo, 96,52 × 66,68 cm. Royal Academy of Arts (Burlington House), Londres.

De esta forma, ninguno de sus marineros sufrió daño porque no oyeron música alguna mientras que **Odiseo**, a pesar de que había implorado una y otra vez que lo soltaran, se mantuvo junto al poste y pudo deleitarse con su música sin peligro alguno, ya que sus marineros no oían sus súplicas y él estaba atrapado. En consecuencia, una de las sirenas tuvo que morir y la elegida fue Parténope.

Una vez muerta, las olas la lanzaron hasta la playa en donde fue enterrada con múltiples honores, instalando un templo en el lugar donde estaba sepultada. Alrededor del templo se alzó un pueblo que primero se llamó Parténope y más tarde fue conocido como Nápoles.

Otra leyenda afirmaba que los argonautas, consiguieron también sobrevivir a su influjo porque **Orfeo**, que les acompañaba, cantó de un modo tan maravilloso que anuló completamente la seductora y traicionera voz de las sirenas.

## SÍSIFO

Sísifo era hijo de **Eolo** y Enáreta, reinaba en la ciudad de Corinto, que había sido fundada por él, aunque con el nombre de Éfira. Su gran inteligencia le sirvió para obtener múltiples beneficios en todos los aspectos de la vida, pero la falta de ética en alguno de sus actos, le valió, en determinados momentos, la consideración de ladrón.

Sísifo tenía un vecino, Autólico, bastante envidioso de la prosperidad de la ciudad de Éfira y en una ocasión robó sus rebaños. Sísifo no pudo hacer nada para recuperarlos, pero, cuando tiempo después, volvió a sufrir la desaparición de parte de su ganado acudió a Autólico, acusándole de ladrón, para lo cual hizo traer el ganado que había en los establos de su vecino, y examinando una a una las ovejas aparecieron muchas en las que aparecía una leyenda: «Me ha robado Autólico», grabada en las pezuñas.

Admirado Autólico de la sagacidad de Sísifo le entregó la mano de su hija Anticlea, con el objetivo de tener una descendencia tan astuta como él, aunque primero tuvo que anular la boda que al día siguiente se iba a celebrar entre Anticlea y Laertes, el que, hasta el momento, había sido su pretendiente; de esta unión, nació el héroe griego paradigma de la inteligencia, **Odiseo**. No obstante, Sísifo también se casó con Mérope y tuvo cuatro hijos con ella: Glauco, Órnito, Tesandro y Halmo.

*Sísifo*,
Tiziano. 1548-1549.
Óleo sobre lienzo, 237 × 216 cm.
Museo del Prado, Madrid.

Sin embargo, el sagaz Sísifo consiguió atraerse la ira de **Zeus** de la siguiente manera: el dios estaba encaprichado de una **ninfa**, Egina, a la que decidió raptar para poseerla. Su padre, Asopo, pasó por Corinto, donde intentó que Sísifo le ayudara a encontrarla o al menos, le indicase alguna pista para localizarla, el corintio que había visto a **Zeus** escapar con Egina, indicó a Asopo que le diría el nombre del raptor de su hija a cambio de que hiciese nacer una fuente en su reino, lo que Asopo realizó ya que era un dios-río.

**Zeus**, ante la delación del rey, le condenó a muerte, enviándole a **Tánato**. Sin embargo, Sísifo

consiguió encadenarlo, logrando así no solo librarse de su propia defunción, sino evitando que, durante mucho tiempo, ningún hombre muriese, lo que ocasionó que fuese el mismo **Zeus** el que interviniera para liberar a **Tánato** y que, por fin, Sísifo recibiese la sentencia de muerte.

Pero el rey aún ideó una estratagema para librarse, así aleccionó a su mujer para que cuando muriese no llevase a cabo los cortejos fúnebres, por lo que cuando Sísifo llegó al infierno se quejó a **Hades** de lo que había hecho su familia y le pidió que le concediera volver a la tierra para enseñar a sus allegados sobre las exequias que debían llevar a cabo, el dios del inframundo le concedió tal deseo a condición de que volviese pronto. Sin embargo, Sísifo, se jactó en el mundo terrenal de la inocencia de los dioses y, estaba dispuesto a no regresar.

Finalmente, **Hermes** o, tal vez, **Teseo**, le devolvieron al inframundo, donde se le condenó a un castigo cruel: subir un enorme peñasco a una alta cima de este lugar, pero cuando casi estaba a punto de lograrlo, volvía a caérsele y tenía que subirla de nuevo. Tal tarea solo fue interrumpida cuando **Orfeo** intentó recuperar el alma de Eurídice, para continuar durante toda la eternidad.

**SÍSIFO**
Albert Camus se inspiró en el mito de Sísifo en su ensayo del mismo nombre, en el que analiza la angustia vital del hombre desde el punto de vista del absurdo.

## TESEO

El gran héroe de la ciudad de Atenas fue Teseo, hijo del rey Egeo, el rey de Atenas, y de Etra, princesa de Trecena en la Argólida. Criado por su madre en la corte de su abuelo, siendo adolescente sintió la necesidad de buscar a su padre y ante su insistencia, su madre, le relató los amores que tuvo con Egeo estando este ya casado, y llevándole al medio de un camino le pidió que levantara una piedra. Teseo cumplió las órdenes de su madre y cuando debajo de la enorme piedra descubrió una espada y calzado, que en su día pertenecieron a Egeo, prendas que dejó para que fueran reconocidas en un futuro por sus posibles hijos.

*Ariadna en Naxos*, Evelyn de Morgan. 1877. Óleo sobre lienzo, 60,3 × 99,7 cm. The De Morgan Centre, Londres.

*Teseo y su madre Etra*,
Laurent de La Hyre. c. 1635-1636.
Óleo sobre lienzo, 141 × 118,5 cm.
Museum of Fine Arts, Budapest.

Portando las armas que su padre había dejado para él, partió hacia Atenas para encontrar su destino. Enfrentándose a multitud de bandidos y monstruos que hicieron de su viaje toda una aventura, llegó Teseo a Atenas dispuesto a darse a conocer como hijo del rey. Sin embargo, el monarca se encontraba bajo el dominio de su segunda esposa, **Medea**, que había asegurado al rey que sería capaz de curarlo de su esterilidad. Cuando Teseo llegó a la capital del Ática solo **Medea** lo reconoció y, viendo en peligro su permanencia en el trono, decidió acabar con el joven envenenándolo durante el transcurso de un banquete. Sin embargo, Teseo durante la comida, antes de probar nada quiso cortar la carne con su espada, cuando Egeo lo vio y lo reconoció como a su hijo, y al ver la alegría de todos los presentes menos la de su esposa, sospechó de la traición y decidió desterrarla de la región.

Cuando Teseo se enteró del tributo que Atenas prodigaba al rey **Minos**, su cólera no fue pequeña. Atenas estaba obligada a entregar al rey cretense catorce jóvenes de las más nobles familias, siete muchachas y siete muchachos, como tributo de guerra, estos eran entregados al terrible Minotauro cuando llegaban a Creta. Teseo pidió conocer los motivos de tan bárbara imposición y así descubrió que tras la muerte del hijo del rey **Minos** en Atenas a manos de Egeo, la armada cretense llegó a las puertas de Atenas, en busca de venganza, sitiándola. Atenas se vio rápidamente asolada por el hambre y la peste, y la única manera de salvar la ciudad fue atendiendo a las peticiones del rey de Creta.

Una de las veces en que los emisarios cretenses llegaron para recoger a las víctimas de ese año, Teseo insistió en convertirse en uno de ellos, a pesar de los ruegos de su padre que estaba convencido de no volver a ver a su hijo, pero ante la insistencia de este, le suplicó que portaran dos pares de velas, para que las izaran a su regreso, unas blancas, si la empresa tenía éxito y conseguía volver, y otras negras, si el resultado era su muerte.

Kílix del pintor Aisón, en la que Teseo arrastra al Minotauro desde un laberinto parecido a un templo.
c. 425-410 a. C.
Museo Arqueológico Nacional, Madrid.

El heredero de Egeo llegó a Creta haciendo gala de la arrogancia propia de su estirpe y su juventud, ante la que sucumbió la hija menor de **Minos** y **Pasifae**, **Ariadna**. Cuando esta se enteró del objetivo de Teseo, solo pensó en ayudarlo, ya que pretendía introducirse el primero en el laberinto donde estaba encerrado el monstruo y acabar con él, y si el monstruo era peligroso, lograr la salida del laberinto parecía imposible, puesto que su diseño era muy complejo.

Sin embargo, él lo logró, entró en laberinto en que estaba el Minotauro portando un ovillo de hilo que fue desenredando desde la entrada.

Cuando, tras muchos rodeos, llegó frente al monstruo, no tenía arma alguna, salvo su ingenio, así empezó a correr obligando a la criatura a perseguirlo y cuando el monstruo estaba agotado, Teseo se enfrentó con las manos desnudas, logrando matarlo de un manotazo. A continuación salió del laberinto siguiendo el hilo que le había entregado su amada.

Teseo, los jóvenes atenienses que le acompañaban y **Ariadna** partieron de las costas cretenses sin perder tiempo. Pero una tormenta los apartó del camino y los hizo detenerse en la isla de Naxos, en donde **Ariadna**, que estaba indispuesta, desembarcó. Los vientos alejaron la nave de la isla, separando a los jóvenes, ya que el destino de **Ariadna** no estaba al lado de Teseo.

Cuando la expedición regresaba triunfante a Atenas, se olvidó de poner las velas blancas que anunciaba su triunfo. Egeo que no había dejado de otear el horizonte ni un solo día, al divisar las velas negras creyó que su hijo había muerto y desesperado se arrojó al mar. Cuando Teseo llegó a la costa se encontró con la celebración de los funerales por su padre y con su elevación al trono, ocupándose de gobernar su país, ya que logró la unión de doce pueblos hasta entonces dispersos en lo que sería el Estado ateniense.

*Tiresias aparece ante Odiseo durante el sacrificio,*
Johann Heinrich Füssli. 1870-1875.
Acuarela, témpera sobre cartón,
91,4 × 62,8 cm.
Albertina, Viena.

## TIRESIAS

Tiresias, nacido en Tebas, era hijo de la **ninfa** Cariclea, que vivía en la corte de la diosa de la Sabiduría. Fue uno de los más famosos videntes de toda Grecia, a pesar de que era ciego, aunque no de nacimiento, su ceguera le fue provocada por **Atenea** a quien Tiresias encontró bañándose desnuda. Sin embargo, **Atenea** también le recompensó con el don de la profecía y le entregó un bastón o varita mágica con el que podía desenvolverse incluso mejor que cualquier vidente.

Otra leyenda afirma que Tiresias, que había vivido transformado durante una época en mujer, tuvo que mediar en la disputa que mantenían **Zeus** y su esposa, **Hera**, que discutían sobre qué sexo gozaba más con el amor, Tiresias respondió que, sin lugar a dudas, la mujer, y nueve veces más, por lo que **Hera** se enojó enormemente causándole la ceguera. **Zeus**, como compesación, le prometió una larga vida, de tal modo que Tiresias vivió durante más de doscientos años.

La muerte de Tiresias sobrevino durante la guerra de los Epígones, mientras intentaba huir de su belicosidad. Fue el único profeta que mantuvo sus poderes en el mundo de los infiernos. Entre sus hijos se encuentra Manto, que retuvo los poderes proféticos de su padre.

## EL VELLOCINO DE ORO

Una de las aventuras más conocidas de la mitología clásica fue la que emprendieron, bajo la comandancia de **Jasón**, un grupo de jóvenes a los que se conoció como «los argonautas», cuya expedición en busca del vellocino de oro fue relatada una y otra vez en el mundo antiguo.

Para conseguir que **Jasón** se convirtiera en rey de Yolcos, su tío le ordenó buscar las cenizas de **Frixo**, un antepasado asesinado en la Cólquide, en donde también encontraría el vellocino de oro; así fue como **Jasón** mandó construir un barco, el Argos, en el que se embarcó junto a sus amigos, tras hacer un sacrificio a **Apolo**, para conseguir su protección. Durante el viaje hicieron numerosas paradas, la primera que realizaron fue en la isla de Lemnos, en donde las mujeres se encontraban solas, puesto que **Afrodita** había maldecido a todos los hombres, de tal manera que estos desprendieran tan nauseabundo hedor que las mujeres primero los rechazaron y después los asesinaron. Ante esta situación, los argonautas se unieron a ellas con el fin de darles hijos con los que repoblar la isla.

### EL VELLOCINO DE ORO

La expedición de los argonautas, uno de los más famosos acontecimientos de los tiempos heroicos, fue anunciada por toda Grecia, y hasta cincuenta y tres príncipes acudieron para participar en la aventura.

La situación en Lemnos era tan placentera que permanecieron largo tiempo, hasta el punto de que el propio **Heracles** tuvo que imponer cordura y recordarles el motivo de su viaje. Cuando **Jasón** dio a conocer la noticia de que debían reemprender el viaje, la reina de las mujeres de la isla, llamada Hipsípile, les rogó que no lo hicieran e incluso ofreció a **Jasón** el trono a cambio de que se quedasen, pero este no aceptó.

A continuación llegaron a Samotracia, en donde **Orfeo** les aconsejó iniciarse en los misterios del lugar, la siguiente escala la hicieron en la isla de Cícico, país de los doliones, allí fueron recibidos con gran hospitalidad, pero se hicieron de nuevo al mar al día siguiente; sin embargo, una tempestad les recondujo a la

*Jasón con el vellocino de oro,*
Erasmus Quellinus. 1636-1638.
Óleo, 181 × 195 cm.
Museo del Prado, Madrid.

*Jasón y Medea,*
John William Waterhouse. 1907.
Óleo sobre lienzo,
131,4 × 105,4 cm.
Colección privada.

misma isla, aunque la oscuridad reinante impidió que reconocieran el lugar al que habían arribado. Los isleños, tampoco reconocieron el barco y, tomándolos por piratas, se enfrentaron con ellos de tal modo que el propio **Jasón** dio muerte al rey. Al amanecer y ver lo ocurrido, los argonautas quedaron consternados, por lo que decidieron celebrar unos juegos fúnebres en su honor que duraron tres días y levantar una estatua a **Rea** en el monte Díndimo. Mientras todo eso ocurría, los expedicionarios que se habían quedado a proteger la nave sufrieron el ataque de unos gigantes de seis brazos, aunque fueron rápidamente vencidos por **Heracles**, que había tomado el control del Argos en ausencia de **Jasón**.

Continuando su viaje, la siguiente parada la hicieron en las costas de Misia, para que **Heracles** pudiera encontrar un árbol de una madera lo suficientemente resistente como para poder construirse un remo, pues el anterior se le había roto. Mientras estaban esperando, uno de los miembros de la expedición, Fineo, les dijo que si necesitaban atravesar las Simplégades, unas rocas traicioneras que estaban en constante movimiento, debían soltar una paloma y seguir su rumbo. Así lo hicieron, y solo sufrieron pequeños daños en el casco, lo mismo que la paloma que había perdido algunas plumas. Desde entonces, las rocas permanecieron fijas, pues el destino había dicho que así debía ocurrir cuando una nave lograra al fin atravesarlas.

Antes de llegar a la Cólquide atravesaron el país de Lico, rey de los mariandinos, quien los acogió bien, aunque en ese lugar perdieron por enfermedad a Idmón y a Tifis, el piloto, que fue sustituido por Anceo. Cuando llegaron por fin a su destino, **Jasón** se presentó ante Eetes, rey de la Cólquide, para explicarle los propósitos que le llevaban hasta su patria. Eetes le impuso dos condiciones para hacerle entrega de las cenizas de su antepasado y del vellocino de oro, primero debería poner bajo el mismo yugo dos toros nunca uncidos, con pezuñas de bronce y que arrojaban fuego, regalo de **Hefesto** al rey, y después arar con ellos un campo y sembrar en él los dientes de un horrible dragón que protegía el vellocino de oro, y que estaba consagrado a **Ares**.

**Jasón**, preocupado ante tamañas solicitudes, empezó a pensar en cómo solucionarlo, cuando recibió la inestimable ayuda de **Medea**, la hechicera hija del rey. **Medea**, debido a las artes de **Eros**, que seguía los dictados de su madre **Afrodita**, se había quedado prendada de **Jasón** y le ofreció su ayuda a cambio de que se casara con ella y la llevara hasta Grecia. Ya que el héroe había recorrido un largo camino para llegar hasta allí, y necesitaba realmente el vellocino de oro, aunque no estaba enamorado de ella, aceptó su colaboración. Así, **Medea** le entregó un

### La expedición de los argonautas

El relato mitológico del viaje de los argonautas sirvió de inspiración a poetas líricos, como Píndaro, y a los tres poetas trágicos por antonomasia: Esquilo, autor de las tragedias Atamas, Ipsipili, Argo y Caviro, todas perdidas; Sófocles, Atamas, Colquides, Squite y Rimotomoi, también perdidas; y Eurípides, la famosa Medea.

ungüento gracias al cual ni el fuego ni el hierro le dañarían durante un día, por lo que la primera prueba estaría pronto realizada. Respecto al dragón, le dijo que de sus dientes saldrían soldados que intentarían matarlo, pero que resolvería el problema lanzándoles una piedra y que ellos se pondrían a luchar entre sí por ver quién había sido el culpable.

Así, **Jasón** pudo hacer lo que Eetes le había pedido. Sin embargo, el rey no estaba dispuesto a entregarle el vellocino de oro, sino que, quería quemar la nave Argos y matar a todos sus ocupantes. **Jasón** tuvo conocimiento de tales pretensiones, así que durmió al dragón que protegía su tesoro, con ayuda de **Medea**, y se dio a la fuga.

Cuando el rey de la Cólquide se enteró de la huida de los argonautas persiguió a la nave que atravesaba ya, según los consejos de Fineo, el río Istro. La inteligente y despiadada Medea había previsto la reacción de su padre, por lo que para dificultar su persecución mató y descuartizó a su hermano Apsirto, aún niño, cuyos restos fue arrojando poco a poco para que su padre tuviera que recogerlos. Cuando Eetes los reunió todos, paró en el puerto más cercano, Tomes, y le hizo exequias fúnebres, lo que permitió al Argos ganar la distancia suficiente. Según otra leyenda, los colcos, negociaron un acuerdo en el que a cambio del vellocino, **Medea** debía quedarse en los templos de **Ártemis** que había en la zona. Sin embargo, **Medea** y **Jasón** mataron al rey Colco a traición, y se lanzaron de nuevo a la fuga.

De cualquier manera, **Zeus** se irritó enormemente por la muerte de Apsirto y condenó al barco a perder su ruta. Desesperados por la falta de rumbo, decidieron dirigirse a la residencia de **Circe**, la maga, para ser purificados por sus crímenes, y aplacar la ira de los dioses. Allí Circe les ayudó, aunque se negó a dar alojamiento a **Jasón** en su palacio.

Ya en camino de nuevo hacia Grecia, pasaron por la morada de las **sirenas**, aunque nada les ocurrió porque el canto de **Orfeo** fue mucho mejor que el de ellas, solo Butes se lanzó al mar atraído por ellas, pero **Afrodita** lo salvó de las aguas llevándolo hasta Sicilia. Más tarde llegaron a Corfú, cuyo rey era Alcínoo, que tenía trato con los colcos. Los compatriotas de **Medea** habían negociado con Alcínoo la entrega de su princesa si esta era virgen. Enterada la mujer del rey del acuerdo se lo comunicó a **Medea**, quien se unió apresuradamente con Jasón aquella noche. La nave Argos fue llevada a Corinto para su consagración a **Poseidón**.

## MEDEA, LA HECHICERA

Los antiguos griegos creían que las magas o hechiceras tenían tanto poder que ni siquiera dioses como Zeus o Poseidón eran obedecidos ante el encantamiento de una de ellas. Para sus sortilegios, utilizaban plantas venenosas, huevos de mochuelo, sangre de sapo, los huesos de los muertos e incluso el tuétano de los niños. Con estos ingredientes en sus filtros, eran capaces de inspirar amor u odio, rejuvenecer o envejecer, resucitar o quitar la vida.

*Medea,*
Henri Klagmann. 1868.
Óleo sobre lienzo.
Musee des Beaux-Arts, Nancy.

# DIOSES CELTAS Y NÓRDICOS

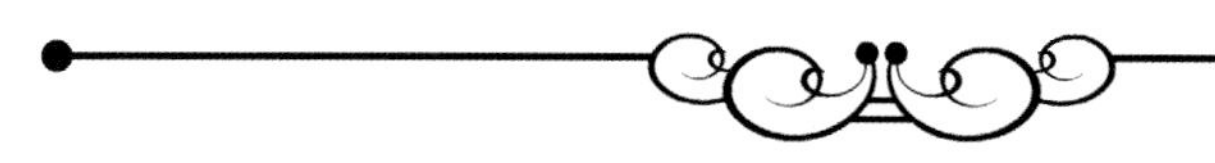

Representación de una cruz celta diseñada con pequeñas teselas azules con marco y decoración floral.

## DIOSES CELTAS

### AMAETHON

Dios del grupo de los **Tuatha de Danann**, dioses superiores del panteón celta que se disputaban el mundo bajo dos principios, uno negativo representado por lo oscuro y; el segundo nacido del primero que es el positivo y lo simboliza la luz. Amaethon es hijo de Don y **Bile**, encargado de proteger la agricultura, actividad reservada a mujeres y ancianos en su cultura nómada.

### ANGUS

El equivalente al dios galo Math era hijo del gran **Dagdé**. Los asuntos amorosos de los mortales eran su ocupación, actuando a través de los besos que se transformaban en pájaros. Utilizaba la música para atraer y hechizar a quienes la escuchaban.

## Arianrod

Diosa del clan de los **Tuatha de Danann**, hija de Don y **Bile**, hermana de **Amaethon**, se casó con su hermano **Gwydion**, y fue madre de uno de los principales dioses celtas, **Lugh**. Estaba encargada de proteger los cielos, en especial la constelación Corona Borealis, a la que los galos denominaban *Caer Arianrod*, que quiere decir, «castillo de Arianrod».

## Balar

Uno de los dioses de la raza de los **fomoireos**. Este dios aparecía representado con un único ojo en la frente y otro en la parte posterior del cráneo. Este último ojo lo mantenía siempre cerrado, ya que su mirada era mortal. Existen diversas leyendas sobre su muerte a manos de su nieto **Lugh**. La versión más conocida relata cómo Balar había matado al rey de los **Tuatha de Danann**, Nuada. **Lugh** quiso vengarle, por lo que se acercó sigilosamente a Balar y, antes de que este tuviera ocasión de reabrir su ojo posterior, le lanzó una piedra con su honda con la que le atravesó el cráneo.

La tradición irlandesa cuenta con un relato más elaborado. A Balar un **druida** le predijo que moriría a manos de su nieto. Horrorizado, encerró a su hija, Ethné en una torre en la cima de la isla de Tory, acompañada de doce mujeres.

Justo enfrente de esta isla vivían tres hermanos: Gavida, Mac Samhtainn y Mac Kineely. Los mayores trabajaban en una fragua, mientras que el menor era dueño de una vaca, que era la envidia de todos por su gran cantidad de leche. Balar se apoderó de tan magnífico animal burlando la vigilancia de Mac Samhtainn.

Mac Kineely quiso vengarse así que ayudado por un **druida** y un hada, se presentó vestido con ropas de mujer, en la puerta de la torre donde habitaba Ethné y solicitó refugio en la torre, a lo que las mujeres accedieron. Cuando estuvo dentro, el hada se encargó de dormir a las compañeras de reclusión mientras el joven seducía a la hija de Balar. Nueve meses más tarde las consecuencias se hicieron evidentes: Ethné dio a luz a tres hermosos niños. La furia de Balar fue inmensa, primero cortó la cabeza a Mac Kineely, más tarde cogió a los recién nacidos y, tras envolverlos con una sábana, ordenó que los arrojaran a una sima marina. Durante el traslado, uno de los bebés se escurrió de su envoltorio y cayó al mar, de donde fue rescatado por el hada que había ayudado a su concepción, esta decidió entregar al pequeño a Gavida, su tío en realidad, que trabajaba para Balar. Un día en que el dios fue a la fragua, el muchacho lo reconoció y con gran furia tomó una barra y golpeó a Balar en la nuca,matándolo.

Balar

Poseía un ojo en la frente y otro en la parte posterior del cráneo, que era maligno y que habitualmente mantenía cerrado; cuando lo abría, su mirada era mortal para aquel en quien la fijara.

## Belenus

Dios de origen galo, adorado también en el mundo irlandés y que los romanos asimilaron ocasionalmente con Apolo. Este sincretismo venía dado por las atribuciones de este dios encargado de las termas y de recintos sagrados, y por el significado de su nombre «brillante, luminiscente» con asimilaciones al dios de la Luz.

En las representaciones aparecía frecuentemente junto a la diosa Sirona, aunque también era habitual confundirlo con otros dioses parecidos como fueron Grannus o Siannus.

## Belisama

Diosa perteneciente al panteón galo, cuyo nombre significa «similar a la llama» y que los romanos asimilaron a su diosa Minerva. Protectora del fuego, tenía unas atribuciones que la relacionarían con el culto de las vestales.

## Bile

Dios presente en el panteón irlandés y en el galo. Equivalente al *Dis pater* o dios supremo del mundo latino, de este dios provenía el linaje de los galos. Casado con la diosa Don/Danum, fueron los padres de cinco hijos: **Arianrod**, **Gwydion**, **Amaethon**, **Goibwiu** y **Lugh**.

## Bran Mac Llyr

Es uno de los dioses **fomoireos**, al igual que **Balar**. Hijo de Llyr y Iwerydd, tenía un hermano, Manawyddan ad Llyr. En un principio fue considerado un dios acuático, encargado de las tempestades y mareas. Dios de gran tamaño, que podía atravesar los mares andando; de hecho se trasladó a Irlanda a pie para combatir contra los **Tuatha de Danann**. Su gran tamaño permitía que su cuerpo sirviera de puente entre las dos orillas de cualquier río, por muy grande que este fuera, puente que además podía soportar el paso de un ejército.

Portaba siempre un caldero con el que podía resucitar a los muertos, pero no era esta su única cualidad, ya que también fue considerado protector de los bardos y músicos al ser él un arpista consumado.

Como rey de las regiones infernales luchó contra los **Tuatha de Danann** que pretendían robarle sus posesiones mágicas. Durante esta lucha fue herido por una flecha envenenada y ante los dolores que padecía, pidió que le decapitaran para evitarle sufrimientos, pero olvidó ordenar que una vez ejecutada su petición introdujeran su cabeza y su cuerpo en su caldero mágico para así poder resucitar. Su cabeza continuó hablando durante ochenta y siete años, hasta que fue enterrada, mirando al sur, en una colina de Londres. Se suponía que esta tumba protegía el

### Belenus

Su culto se extendió desde el norte de Italia hasta el sur de Galia y Bretaña. Belenus se encarga del bienestar de las ovejas y del ganado. En el día de su fiesta se encendían fuegos purificadores y el ganado era llevado ante Belenus y su esposa **Belisama**, antes de que se les permitiera ir a los pastos abiertos.

### Bile

En honor al dios de los Rebaños y de los Ganados, el día 30 de abril se celebraba la ***Beltane***, fiesta céltica consagrada al fuego. El término ***beltaine*** significa literalmente «brillo» o «fuego brillante», y se refiere a la hoguera presidida por un **druida** en honor de Bile. En ella se celebra la fertilidad y el comienzo del verano, estación propicia para las cosechas.

suelo inglés de las invasiones, protección que duró hasta que el rey Arturo la desenterró, con lo que provocó que sucesivas olas de invasores llegaran hasta el territorio de Britania.

Este dios llegó a ser asimilado por la cultura cristiana, que lo convirtió en un santo patrón de Gran Bretaña con el nombre de San Brandán.

## CERUNNOS

Dios galo en el que predominan las ideas de regeneración y prosperidad entre los hombres. Uno de los dioses más representados en la iconografía celta y de los menos contaminados por la conquista romana.

Su representación más frecuente es la de una figura imponente con su frente provista de una gran cornamenta de ciervo. Siempre ha sido asociado con animales como los osos o los lobos, imágenes de la fuerza, y que, en ocasiones, aparecía con una serpiente tocada con cuernos de ciervo, como símbolo de la fertilidad y la regeneración. En otras ocasiones aparece sentado en el suelo con las piernas cruzadas, pero siempre tocado con un formidable par de cuernos, de hecho este dios también era conocido como el Cornudo.

Otra atribución de este dios era su asociación con la noche y la muerte. Aparecía con sus atributos característicos, los cuernos, que simbolizan las fases de la luna. Frecuentemente aparece acompañado por sus hijos: **Teutatis**, **Esus** y **Taranis.**

Para la tradición celta del mundo irlandés, Cerunnos perecería a manos de su nieto, el dios de la Muerte; moriría gracias al dios del Crepúsculo, pero, en realidad, no desaparecía, sino que continuaba vivo con un nombre diferente.

Sin embargo, para el mundo galo, el dios del Crepúsculo no acababa con Cerunnos, sino con la serpiente que este siempre portaba, siendo el dios de la Muerte generoso con sus seguidores a cambio de víctimas propiciatorias en sacrificios humanos.

Los galos tenían gran devoción por este dios, utilizaban la noche y no el día como modo de calcular el tiempo y las fechas de nacimiento, ya

### CERUNNOS

Cerunnos el Cornudo era adorado por toda la Galia, y su culto también se extendía por Bretaña. Se le representa coronado con la cornamenta de un venado; en una de sus manos sostiene una pulsera decorada con una moneda y en la otra una serpiente con cabeza de venado, quizá símbolo de virilidad, atributo propio del dios de la Fertilidad. Nace en el solsticio del invierno, se casa con la diosa Beltane, y muere en el solsticio de verano, alternándose con la diosa de la Luna en el ciclo de la muerte, renacimiento y reencarnación.

Representación de Cerunnos en el panel interior del Caldero de Gundestrup. Realizado en plata casi pura y repujado con motivos antropomórficos.

que la noche precedía al día. Así también los dioses de la Muerte y de la Noche precedieron a los de la Luz, el Sol y la Vida.

### CESSAIR

Personaje legendario que procede de la Irlanda ya cristianizada, por lo que no es estrictamente una diosa, sino que representa el origen de la población de Irlanda precediendo a **Partolón**.

La leyenda de Cessair como la de Fintan, fueron inspiradas por la leyenda de **Partolón** y de **Tuan Mac Cairill,** lo que denota un claro trasfondo céltico. Parece ser que ambas fueron inventadas durante el siglo X, próximo a las fechas en que los irlandeses se imponen definitivamente a sus conquistadores escandinavos. Los autores cristianos de esta época retoman personajes y leyendas de sus raíces celtas.

Cruz celta con la imagen de san Patricio rodeada de tréboles y motivos ornamentales tradicionales de nudo.

Este tipo de leyendas intentaban conjugar las tradiciones claramente célticas del origen de Irlanda con la tradición cristiana, mezclando los relatos de ambos mundos.

Así, Cessair era hija de Bith, uno de los hijos de Noé al que su padre había negado un sitio en el Arca, que estaba construyendo, por haberse apartado del culto al dios verdadero y adorar en su lugar a un ídolo. Ese dios extranjero fue quien aconsejó a Bith que se embarcara y se fuera lejos, hacia las regiones más occidentales del mundo, donde el diluvio no les alcanzaría.

Cessair embarcó con tres barcos y después de navegar siete años y tres meses, llegó a Irlanda, al territorio que hoy es Corca Guiny. De los tres barcos que partieron solo llegó uno, en el que iban Cessair, su padre Bith, dos hombres –Ladru y Fintan– y cincuenta muchachas.

Los hombres se repartieron a las mujeres y Cessair fue adjudicada a Fintan. Hacía cuarenta días que habían llegado a Irlanda. Cuando comenzó el diluvio, murieron todos excepto Fintan, que vivió supuestamente hasta el año 551 de nuestra era.

### CONANN

El impuesto que Conann exigía a los irlandeses se pagaba en la noche del primero de noviembre (para ellos fin del verano y comienzo del invierno) en un lugar llamado Mag Cetne, en donde estaba la llanura donde acaba todo lo viviente, y los dioses de la muerte ejercían su poder.

### CONANN

Dios hermano de **Balar** y **Bran Mac Llyr**, perteneciente a los **fomoireos**. Era hijo de Febar, uno de los reyes que encabezaron a los **fomoireos** en sus luchas contra los hijos de Nemed.

Conann tenía una fortaleza en la isla de Torinis, la torre de vidrio o fortaleza de los muertos, estaba situada en la punta oeste de Irlanda, frente a las riberas del condado de Donegal. Compartiendo características con el más malvado de sus hermanos, desde su atalaya dominaba toda Irlanda y exigía un tributo anual: los dos tercios de los niños nacidos y los dos tercios de la leche y el trigo que se producían en el año. El impuesto se pagaba en la noche del primero de noviembre en un lugar llamado Mag Cetne, en esta llanura se acaba la vida para todos los seres y los dioses de la muerte ejercen su poder.

Los excesos de Conann fomentaron una revuelta y sesenta mil descendientes de Nemed, conducidos por Erglann, Semul y **Fergus** Lethderg, atacaron a los **fomoireos**. En la batalla, los descendientes de Nemed tomaron la torre de Conann y mataron al malvado dios; otro jefe de los **fomoireos**, aunque no pudo salvar a su amigo, consiguió derrotar a los hijos de Nemed, quedando solo treinta supervivientes.

Según el *Libro de las invasiones*, los supervivientes de la batalla se refugiaron primero en Irlanda, pero ante la presión de sus enemigos abandonaron la isla y se instalaron más al Este. Formaban tres familias, una de las cuales, la de los Britan, pobló más tarde Gran Bretaña y dio su nombre a los bretones.

Las otras dos familias volvieron a Irlanda, una tomó el nombre de Fir Bolg, la segunda el de **Tuatha de Danann**, aunque una creencia más antigua decía, sin embargo, que la raza de Nemed desapareció sin dejar descendencia.

## Creidné

Dios de la raza de los **Tuatha de Danann**, que contaban con dos dioses herreros, llegando en ocasiones a ser asimilados con el Vulcano romano. Creidné era el artesano del bronce, encargado de fabricar las empuñaduras y el relieve central de las espadas, y los remaches que fijaban las puntas de lanzas y el borde de los escudos, tareas que eran rematadas por el otro herrero: **Goibniu**.

## Cu Chulain

Uno de los héroes de la mitología céltica fue este hijo de Dechtine y de Sualtaim, aunque en ocasiones es **Lugh** quien aparece como su padre, al que llegó a reemplazar en algún combate.

De su educación, en el reino de Conchobar, se encargaron cinco personas diferentes: su tía Findchoem, a la que tras los primeros meses de vida del muchacho se unieron Sencha el Pacífico, como mediador en las peleas; Blai el Hospitalario, el defensor de los ir-

Representación escultórica de Breogan, mítico rey celta.

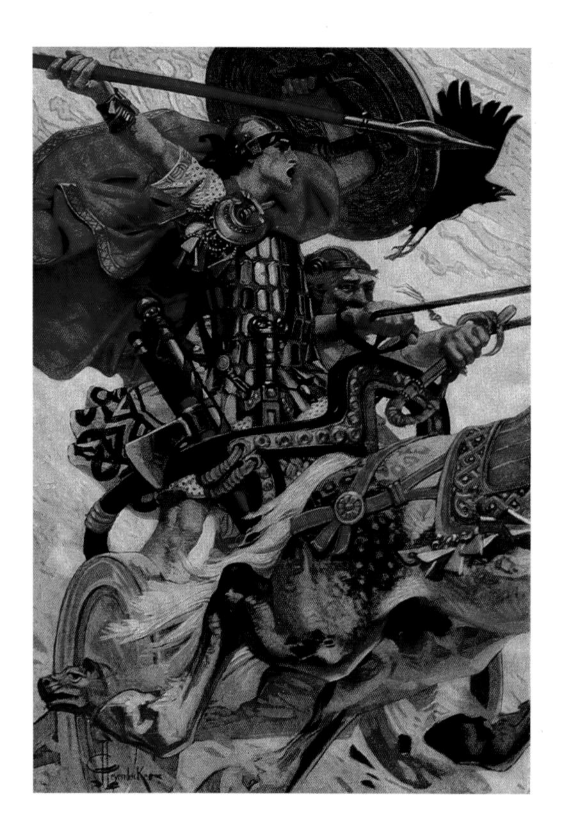

*Cu Chulain conduce su carro hacia la batalla,*
Joseph Christian Leyendecker. 1911.

landeses, aun en sus actos más terribles; Ferus el Valiente, encargado de su protección frente a los peligros; y Amargein el Poeta, que tenía de su lado la sabiduría y la elocuencia. A partir de los siete años, sus días de gloria fueron excelsos, ya que un **druida** le había pronosticado la gloria eterna, a pesar de una vida efímera, lo que al joven guerrero no le importó.

En una ocasión, que los enemigos se acercaban a las puertas del reino donde habitaba, los soldados del rey no pudieron hacer frente a las hordas invasoras, pero Cu Chulain, en solitario consiguió repeler el ataque, gracias a que con las manos mató al perro salvaje de Culann, después de desafiar en combate a los hijos de Nechta, que habían diezmado a la armada de Ulaid, y matar a los tres: al más astuto esquivando los golpes, al que solo podía ser alcanzado por sorpresa y al más rápido, que podía trasladarse sobre al agua a la velocidad de los peces.

Además de ser un formidable guerrero, sus conquistas amorosas fueron múltiples, desde Emer, la hija de Forgall, a Uathach, la hija de la guerrera Scathach; o Aifa, la adversaria de Uathach en el combate. Pero fue otra mujer la que inició la cadena de acontecimientos que acabaría con su vida, así cuando despreció a la reina Medbh esta lo engañó para que comiera carne de perro, lo cual le estaba particularmente prohibido. Esta transgresión arrastró muchas otras, hasta que terminó muriendo a manos de Lugaid, uno de los nietos de Nechta.

### CU CHULAIN

A pesar de su mediana estatura, se trata de un extraordinario guerrero, de gran fuerza y agilidad. Cuando se enfrenta al enemigo sufre una auténtica metamorfosis: su estatura aumenta considerablemente y su cuerpo gira sobre sí mismo, de tal manera que puede ver todo lo que le rodea; gotas de sangre le brotan de los cabellos, y cuando le invade la ira, fulmina a todo el que tiene la desgracia de toparse con él.

## DAGDÉ

Era uno de los dioses conocidos como los **Tuatha de Danann**. Padre de **Angus** y hermano de Brigt. Fue considerado el «rey de los dioses», por lo que teóricamente era el dios supremo, aunque este puesto parece estar en perpetua disputa con **Lugh**, que en la mitología irlandesa parece gozar de un rango superior a él.

Dios de la Tierra y de las Cosechas, era capaz de hacer que los hombres carecieran de lo más elemental, trigo y leche, cuando estos se enemistaban con los dioses, como ocurrió cuando lucharon contra los **Tuatha de Danann**, alimentos que solo recuperaron cuando firmaron un tratado de paz con Dagdé.

A pesar de su carácter pacífico, organizó las batallas de los **Tuatha de Danann** contra los **fomoireos** en unión a **Lugh**.

Poseedor de un arpa mágica, durante la batalla contra los **fomoireos**, estos se la robaron. **Lugh**, Dagdé y **Ogmé** entraron en la cueva donde se refugiaban los **fomoireos** para recuperarla, una vez allí, Dagdé gritó llamando a su arpa: «¡Ven!», y esta, descolgándose de la pared, fue hacia las manos de su amo, con tanta rapidez que mató a nueve personas a su paso.

Dagdé consiguió salir ileso del refugio gracias a las melodías que interpretó con su arpa, así comenzó con una música que producía que el que la oyera empezara a llorar y a gemir. Las mujeres de los **fomoireos** rompieron a llorar y a gritar apenadas; después interpretó una segunda pieza que hizo que los jóvenes y las mujeres empezaran a reír de forma alocada; y, finalmente, ejecutó una tercera que los dejó a todos dormidos, lo que aprovecharon los tres para lograr salir sin sufrir daño alguno.

Cuando los **Milé** consiguieron derrotar a los **Tuatha de Danann**, Dagdé les entregó varios palacios maravillosos, que estaban escondidos en las profundidades de la tierra, para que se instalaran y vivieran en ellos definitivamente.

Con su arpa y las melodías que ejecutaba, atraía el cambio de las estaciones; además poseía un caldero mágico, de cuyo contenido inagotable podían alimentarse todos los hombres de la tierra.

### Danna

O Danu, la diosa madre en la mitología celta. Los descendientes de Danna y su consorte Bilé (Beli) eran conocidos como los **Tuatha de Danann** («pueblo de Danann»), una estirpe de dioses que en leyendas posteriores fue expulsada de Irlanda a finales del siglo II a. de C., tras la lucha con los milesios, hijos de **Milé.**

## Danna

Diosa hija de **Dagdé**, que pertenecía a los dioses de la Vida, de la Luz y el Día. Era compañera del **Bile** irlandés, que parece corresponderse con el *Dis pater* latino, dios del que creían descender los galos. De la unión de ambos nacieron la diosa **Arianrod** y los dioses **Gwydion**, **Amaethon**, **Goibniu** y **Lugh**.

En Irlanda también era conocida con el nombre de Brigit, lo que hizo que en época cristiana fuera asimilada a Santa Brígida.

*Lilith*, John Collier. 1892.
Óleo. Galería de arte Atkinson, Southport, Inglaterra.
Una versión de Danna, que se suele representar con la serpiente de la fertilidad.

## Dian Cecht

Dios de la Salud y protector de los curanderos. Hijo de **Dagdé**, que pertenece a la estirpe de los **Tuatha de Danann**. La mitología celta le atribuye participación en varias de las leyendas de sus dioses y héroes más conocidos, siempre como médico de la divinidad. Fue él quien, en colaboración con **Creidné**, el herrero, hizo la mano de plata destinada a sustituir a la mano cortada de Nuada. Pero también era un dios con sombras, ya que protagonizó uno de los hechos más luctuosos, al descubrir que su hijo había heredado su facultad para curar, cuando descubrió que este sería aún más habilidoso que él para la medicina, lo asesinó sin piedad.

## DIAN CECHT

Tenía un hijo que prometía llegar a ser más hábil que su padre en la ciencia médica, y enfermo de envidia, le dio muerte. Los irlandeses cristianos de los siglos VIII y IX todavía lo consideraban una potencia sobrenatural, y le invocaban cuando estaban enfermos, en la creencia de que les curaría.

## LOS DRUIDAS

En el mundo celta, las funciones religiosas estaban separadas de la vida política; sin embargo, los druidas fueron los difusores de las ideas religiosas y filosóficas, lo que influyó en su preponderancia política. A pesar de ser un pensamiento filosófico mal conocido, la transmisión de sus enseñanazas se realizó de forma oral, ya que no dejaron ningún testimonio escrito con sus ideas. El druismo no se confundió con la religión, pero a cargo de los druidas estaban ciertas funciones religiosas, como la recogida de muérdago (símbolo del antiguo culto de las plantas) y los sacrificios humanos.

Sus funciones, además de las estrictamente religiosas, estaban delimitadas por el mundo de la brujería, la astrología o la medicina, a lo que debieron su gran influencia; además estaban exentos de ir a la guerra y actuaban como jueces. Había varias categorías: los druidas propiamente dichos, los adivinos y sacrificadores, y los bardos o poetas.

Su religión era fundamentalmente idealista, con las prohibiciones de representar figurativamente las imágenes de los dioses, o la construcción de templos. Sus miembros eran elegidos, sobre todo entre la nobleza, y obedecían a un gran sacerdote nombrado de por vida.

## EPONA

La diosa-caballo céltica extendía su autoridad incluso más allá de la muerte, pues acompañaba a las almas en su viaje final. Se le adoraba por toda la Galia, y su culto se extendía hacia el Danubio e incluso hasta Roma. Su atributo es la cornucopia o cuerno de la abundancia, lo cual indica que en su origen podría haber sido la diosa de la Fertilidad. También se la identifica con la diosa céltica Edain.

La presencia de los druidas se mantuvo durante varios siglos en el mundo celta. El primer lugar donde desaparecieron fue la Galia, erradicados por los romanos; sin embargo, en Bretaña y en Eire, no se acabó con la figura del druida hasta la implantación del cristianismo, manteniéndose los bardos hasta la Alta Edad Media.

Representación de la diosa Epona junto a sus caballos.

## EPONA

Diosa que alcanzó un puesto propio en el panteón romano, pues los invasores latinos la adoptaron como propia. Fue la divinidad más popular relacionada con el agua o la plenitud de los campos. Se la representa con un caballo, lo que la convirtió en la protectora de la caballería celta que luchó junto a las legiones romanas; de ahí la popularidad de su culto, incluso en las provincias más orientales del Imperio romano, en donde aparece convertida en diosa de la Caballería.

## ESUS

Los dioses galos aparecen asociados en trinidades, tal es el caso de Esus, que aparecía junto a Taranis y **Teutates**. Delimitar sus atribuciones es complicado, ya que en ocasiones se presentaba como una especie de arquitecto universal o protector de los bosques.

Estaba considerado como un dios cruel, ávido de sangre, inspirador del miedo en los combates y propiciador de una gran violencia en las batallas. Los enemigos eran inmolados en su honor cuando caían en combate y se sacrificaban los prisioneros de guerra, si fuera posible, ahorcándolos de un árbol.

Representación del dios Esus en el Pilar de los navegantes. Museo de Cluny, París.

## ETAIN

Diosa de gran belleza, todos los que la veían caían prendados de su gracia, lo que no impidió que sufriera todo tipo de peripecias junto a los maridos que tuvo.

En primer lugar fue la esposa de **Mider**, pero fue separada de este por **Oengus** que la raptó para poder casarse con ella. **Mider,** cuando perdió a su esposa, se casó con Fuamnach que, a pesar de gozar del favor del dios, estaba terriblemente celosa de su predecesora, ya que **Mider** seguía enamorado de Etain. En una ocasión en que **Oengus** se encontraba ausente de la morada que compartía con Etain, Fuamnach la convirtió en mariposa y provocó una ráfaga de viento que la arrastró fuera de su hogar.

Antiguo ornamento celta grabado en piedra.

Arrastrada por el viento, Etain cayó a través de la chimenea de la casa donde se encontraban reunidos los grandes señores del Ulster, terminando en la copa que estaba bebiendo la mujer de Etair, que no se dio cuenta y se tragó a la diosa. Este hecho provocó que a los nueve meses la mujer de Etair diera a luz a una niña, Etain.

Así, la diosa comenzó una nueva vida, en la que llegó a convertirse en reina de Irlanda al casarse con el rey Eochaid Airem, cuyo reino tenía por capital a Tara, pero **Mider** seguía enamorado de ella, por lo que no había dejado de buscarla en todo ese tiempo, vagando por la tierra. En cierta ocasión llegó al palacio del rey, en donde sin dudarlo reconoció en Etain a su amor.

El dios decidió desafiar a su marido, el rey, en una partida de ajedrez. Por un lado, el dios entregaría cincuenta de sus mejores caballos si resultaba vencido, pero si ganaba tenía derecho a elegir lo que deseara. Aunque el rey se consideraba muy astuto, fue derrotado por **Mider,** que como trofeo pidió la mano de la esposa del rey. Eochaid solicitó una revancha que debía celebrarse al término de un año, a lo que **Mider** accedió gustoso. Durante esos meses el dios visitaba frecuentemente a la que aún consideraba su esposa, pero esta se mantenía fiel a su marido rechazando una y otra vez los requerimientos de **Mider**.

**Mider** estaba desolado, y cuando llegó la hora de jugar la revancha el rey directamente le pidió que expresara cuál sería su deseo en esta ocasión. El dios, con mirada anhelante, dijo que lo único que desaba era amar a su dulce Etain y darle un beso, a lo que el rey, aunque renuente, accedió. **Mider** puso un brazo alrededor del talle de Etain y huyó con ella volando por la chimenea y, aunque el rey y sus guerreros corrieron detrás de ellos, solo alcanzaron a ver a dos cisnes unidos por el cuello mediante un yugo de oro, eran **Mider** y Etain, transformados por el dios, a los que no pudieron alcanzar.

Sin embargo, un **druida** ayudó al rey de Irlanda indicándole cómo llegar al palacio subterráneo de **Mider** y cómo conseguir la liberación de su esposa. Cuando el dios descubrió que de nuevo había sido burlado, su cólera no conoció límites, vengándose y provocando la muerte de Conairé, nieto de Eochaid y Etain, además de que la familia del rey Eochaid fue víctima del odio implacable de este dios.

Cruz celta en la empuñadura de la espada con inscripciones en la hoja.

## Los fomoireos

Eran los dioses de la Muerte, del Mal y de la Noche. Habitaban en una oscura región que se encontraba más allá del océano conocido. Libraron batalla contra **Partolón** y sus descendientes, pero solo pudie-

*Fomoireos*, John Duncan. 1912.

## LOS FOMOIREOS

Un escritor irlandés del siglo XVII narra que llegaron a Irlanda doscientos años antes que **Partolón**, a bordo de seis navíos que transportaban a cincuenta hombres y cincuenta mujeres cada uno. Vivían de la caza y de la pesca, pero **Partolón** los derrotó.

ron ser derrotados por los **Tuatha de Danann**, tras lo cual volvieron a su patria. Confundidos con gigantes y demonios, las almas de los muertos les eran entregados por una hermosa hechicera, que en realidad era la mensajera de la muerte: los jóvenes caían seducidos por su belleza, lanzándose contra la barca de vidrio que utilizaba en sus viajes la temible hechicera, y que también servía para trasladarlos al país de los fomoireos. Los animales que anunciaban su presencia eran el cuervo y la corneja.

## GOIBNIU

Era hijo de la diosa **Danna** y del dios **Bile**, pertenece por tanto a los dioses mayores o **Tuatha de Danann**. Su nombre quiere decir «herrero». En el panteón celta eran dos los herreros divinos, **Creidné** y **Goibniu**. Estas divinidades fabricaron las armas de los **Tuatha de Danann**, las lanzas que realizaba Goibniu jamás herraban el golpe, y la carne que tocaban las espadas hechas por él no volvía a curarse. Además era el encargado de distribuir un brebaje –cerveza, en concreto–, que él mismo preparaba y que proporcionaba la inmortalidad a los dioses. Sus atribuciones también alcanzaban lo relacionado con los alimentos en el hogar, desde la conservación de la mantequilla a la obtención de la sal; por este motivo se le consideraba además una especie de dios de la Cocina y del Hogar.

## GWYDION

Su equivalente continental era el dios **Ogmios**. Era hijo de **Danna** y **Bile,** por lo que también pertenecía a los **Tuatha de Danann**. Se casó con su hermana **Arianrod** y de su unión nació **Lugh**, Dios dispensador de beneficios y defensor de las artes.

## GWYDION

El poema «La batalla de los Árboles» o «Cad Goddeu», incluido en el «Libro de Taliesin», el cual forma parte del *Libro rojo de Hergest,* del siglo XIII, atribuido a Taliesin, jefe de bardos –figura legendaria que se remonta a los tiempos de Arturo–, relata el conflicto entre Gwydion y el ejército del «Otro Mundo». El objeto de la batalla era obtener las tres criaturas del Otro Mundo. Los oponentes eran invencibles mientras su nombre no fuera adivinado por una de las partes; Gwydion es el vencedor de la batalla, ya que descubre el nombre de **Bran**, antigua deidad británica.

LUGH

Lugh es el nombre irlandés del dios solar celta, conocido como *Lleu* en Gales y como Lugos en Francia. *Lugh* fue también famoso porque de su nombre derivó el término utilizado para describir a un personaje del mundo de las hadas en la mitología irlandesa, «el pequeño jorobado Lugh» o «Luchorpain», que se convirtió con el tiempo en «leprechaun», el duendecillo guardián de los tesoros escondidos y experto zapatero de un solo zapato.

## LER

Emparentado con la diosa **Danna**, en Irlanda fue más tarde Mac Lir. Su nombre designaba probablemente al océano, y su sobrenombre Llediaith el de la Media Lengua daba a entender que no se comprendía bien lo que decía, quizá por el ruido que producían las tempestades que provocaba en sus océanos y mares. Se casó con Iwerydd, y tuvo dos hijos Bron o **Bran Mac Llyr** y Manawyddan o **Mananann Mac Llyr**.

## LUCHTINÉ

Era el carpintero de los **Tuatha de Danann**, y junto a los herreros **Creidné** y **Goibniu**, formaba el equipo que fabricaba y reemplazaba las armas rotas de los **Tuatha de Danann**.

En cuanto un guerrero perdía o estropeaba su arma, aunque fuera en plena lucha, una nueva era fabricada por los tres con la rapidez del rayo. Tal era su rapidez y destreza, que sus enemigos los **fomoireos**, tuvieron que recurrir al espionaje para enterarse de cómo era posible que sustituyeran las armas estropeadas tan deprisa.

Para averiguarlo, los **fomoireos** enviaron a Ruadan, que como era pariente de los **Tuatha de Danann,** fue bien recibido. A Ruadan se le ocurrió asesinar a **Goibniu** para interrupir su trabajo, pero no contaba con las habilidades de este que, defendiéndose ferozmente, acabó con la vida de su atacante y así fue como los **fomoireos** fueron incapaces de ralentizar la fabricación de armas de los **Tuatha de Danann**.

## LUGH

El principal de los dioses del panteón celta era hijo de Delbaeth, que es un **fomoireo** o genio maléfico, y Eri, aunque la mayoría de los dioses aparecen como progenitores de Lugh. Guerrero, sabio, mago, músico y mestro de todas las técnicas, es el jefe de los **Tuatha de Danann.**

Representación del dios Lugh con su arpa sobre cuero.

Los **fomoireos** ocupaban Irlanda oprimiendo a sus habitantes, mientras el rey de los **Tuatha de Danann**, Nuada, que había perdido un brazo en combate, estaba impedido para reinar. Los **Tuatha de Danann**, para atraerse la simpatía de sus súbditos, eligieron como rey al **fomoireo** Bres, pero este resultó ser un mal rey. Después de algún tiempo, obligaron a Bres a restituir el poder, ya que el dios-médico Diancecht, había fabricado para Nuada la prótesis de un brazo de plata con todas las cualidades de un brazo natural.

Bres huyó a casa de su padre, el rey de los **fomoireos**, para reclutar una inmensa armada e invadir Irlanda. Se presentó entonces un joven y brillante guerrero, Lugh, que pretendía poseer todas las cualidades necesarias para gobernar, lo que demostró, primero con el arpa tocando los tres aires de la música irlandesa (el aire que hace llorar, el aire que duerme y el aire que da alegría); volvió a poner en su sitio la piedra de Fal, que solo podían desplazar ochenta bueyes y, por fin, ganando un torneo de ajedrez contra el rey.

Nuada quedó asombrado y le proclamó sabio entre sabios, otorgándole además el trono durante trece días para que pudiera organizar el combate contra los **fomoireos**.

Lugh comenzó distribuyendo las tareas para comenzar la pelea, así los **druidas** unirían las aguas en contra de los **fomoireos**, los artesanos se encargarían de fabricar las armas, los campeones llevarían el peso de la lucha, los médicos curarían a los heridos... todo estaba tan bien ordenado que los **fomoireos** fueron vencidos y Bres hecho prisionero, aunque se le perdonó la vida con la condición de que entregara los secretos de la prosperidad.

La participación de Lugh fue limitada, ya que era muy valioso por sus conocimientos, permaneciendo por encima de la pelea; aun así recorrió los dos frentes mientras pronunciaba la maldición suprema, provocando así la victoria. Además, consiguió, con un golpe de honda, reventar el ojo de **Balar**, cuya mirada era paralizante.

54
The Voice of the Ancient Bard.
Youth of delight come hither,
And see the opening morn,
Image of truth new born.
Doubt is fled & clouds of reason.
Dark disputes & artful teazing.
Folly is an endless maze,
Tangled roots perplex her ways,
How many have fallen there!
They stumble all night over bones of the dead;
And feel they know not what but care;
And wish to lead others when they should be led.

*El bardo: canciones de la inocencia y de la experiencia,* William Blake. Museo Metropolitano de arte.

En las representaciones de este dios se conjugaban los elementos divinos y los terrenales, apareciendo como un hombre de edad madura, con las orejas y los cuernos de un ciervo y portando un torque sagrado, acompañado de una serpiente con cabeza de carnero.

## Mananann Mac Llyr

Era hijo de Llyr y de Iwerydd y hermano de Bran Mac Llyr. Estaba casado con la diosa Fand. Primitivamente, fue una divinidad marina, dios de Olas y de las Tempestades. En la leyenda gala era un excelente agricultor y un hábil zapatero, y había construido con huesos humanos la fortaleza de Annoeth, en la península de Gower.

Su doble, el irlandés Mananann, era un mago poderoso, tenía un casco flameante, una coraza invulnerable, una espada que mataba al primer golpe y una capa que le hacía invisible.

En tierra, su caballo se tragaba el espacio, en el mar su barca, sin vela ni remos, se conducía con rapidez allí donde quería su dueño. Los marineros le invocaban como señor de los cabos.

Fue, según la leyenda, rey de la isla de Man, donde se veía aún su tumba gigantesca delante del castillo de Peel. Este rey magnífico fue llamado también Barr Find o Barrind, y llegó a ser con el tiempo el piloto Barin que condujo a Avalón al rey Arturo.

### Mananann

Con la cristianización de Irlanda se le convirtió en San Barri, patrón de los pescadores irlandeses, espacialmente de los de Man.

## Mider

De la estirpe de los **fomoireos**, apareció en algunas leyendas tardías como un arquero de gran habilidad, pero originalmente era el dios de los Infiernos. Fue esposo de Etain y crió a **Oengus**, el hijo de **Dagdé**.

## Los hijos de Milé

Se decía que los **Tuatha de Danann** fueron los amos de Irlanda hasta que llegaron los hijos de Milé, llamados también *goidels* o *scots,* cuyo ancestro mítico era Milé.

Milé era hijo de Bile, dios de la Muerte, del que creían descender todos los celtas. En cuanto a su lugar de origen, una tradición, ya de origen cristiano, cuenta que cuando los hijos de Israel atravesaron el mar Rojo con Moisés, fueron perseguidos por un grupo de egipcios. Estos se ahogaron al cerrar Moisés el mar Rojo tras el paso de los israelitas.

Moraba entre los egipcios un noble de origen escita, que tenía una familia numerosa; los escitas lo habían destronado y se exilió en Egipto, pero no participó en la persecución de los israelitas. Los supervivientes egipcios lo echaron de su tierra, pues temían que habiendo muerto en la persecución todos sus nobles, este escita pretendiera convertirse en rey del país.

Viajó con su familia y acabó arribando a las costas de la península Ibérica (nombre por el que tradujeron la palabra mitológica celta de «país de los muertos»), donde se estableció y multiplicó su raza. Bregón, abuelo de Milé, construyó allí una torre, y su hijo Ith, contemplando desde lo alto de aquella torre el mar, vio a lo lejos las tierras de Irlanda, y decidió viajar a ellas.

Cuando desembarcó, no encontrando a nadie en la costa, se encaminó hacia el interior. Fue bien acogido por los tres reyes **Tuatha de Danann** que entonces gobernaban la isla, pero después lo mataron. Cuando sus familiares se enteraron, volvieron a Iberia en sus naves, llevando el cadáver de su jefe. Para vengarlo, la raza de Milé decidió emigrar al completo a Irlanda, donde llegaron un jueves primero de mayo, decimoséptimo día de la luna, fiesta del dios Beltené (uno de los nombres del dios de la Muerte). Tres días después empezaron su lucha contra los **Tuatha de Danann**.

Esta primera invasión fracasará, pero habrá una segunda invasión donde los hijos de Milé triunfarán en sus luchas y quedarán como dueños absolutos de Irlanda.

**Morrigu**

Morrigu era el nombre irlandés de esta diosa y Morrigan en galés. Es la diosa celta de la Muerte, de la Guerra, de la Sexualidad y de la Fertilidad, y su manifestación más conocida es la de un cuervo. En la cultura celta, la muerte representa la trascendencia de la vida y el inicio de un nuevo ciclo. Cuando los soldados celtas estaban en el campo de batalla y veían o escuchaban a Morrigu sobrevolando, sabían que el momento de trascender había llegado; entonces daban lo mejor de sí realizando actos heroicos.

## Morrigu

Divinidad femenina llamada «la gran Reina» y asociada a **Llud** el Belicoso. Se mostraba con un aspecto terrible a los guerreros en combate, donde habían de abrazar a la muerte.

Otras divinidades crueles y sanguinarias tales como **Macha** la Batalla, Nemón la Venenosa y Badb el Cuervo, no eran probablemente más que encarnaciones diversas de Morrigu. Badb hacía también su aparición bajo la forma de una corneja. Los textos medievales se complacen en describir su aspecto horroroso cuando se mostraba a los guerreros a los que les esperaba una derrota cierta. Tanto Badb como Morrigu influyeron profundamente en la mitología escandinava.

*El círculo mágico,*
John William Waterhouse. 1886.
Óleo, 183 × 127 cm.
Tate Gallery, Londres.

## Nudd o Llud

Era hijo de la diosa **Danna** y del dios **Bile**, pertenecía pues al grupo de dioses conocidos como los **Tuatha de Danann**. Se conoce en la Edad Media con el nombre de Nodons, que tampoco es seguro que sea el Nudd irlandés, y que dio nombre a cierta colina de Londres llamada hoy Ludgate Hill.

Se le llamaba, no se sabe por qué, «el de la mano de plata» y en él se encuentran los rasgos de Júpiter romano.

También dio su nombre a su ciudad favorita, Caer Llud, que más tarde fue Londres.

## Oengus

Pertenecía al grupo de dioses conocidos como los **Tuatha de Danann**. Era hijo de **Dagdé** y de Boann. Su padre **Dagdé** confió su educación al dios **Mider** de Bregleith, famoso en las leyendas irlandesas por su amor por **Etain**, esposa de Eochaid Airem, rey supremo de Irlanda.

Una noche, Oengus vio en sueños a una hermosísima joven cerca de su cama, que al poco desapareció. Al despertar estaba tan enamorado de su visión que no podía probar bocado. A la noche siguiente, reapareció la joven llevando un arpa y, acompañándose de tal instrumento, cantó una bellísima canción y desapareció de nuevo. Al despertar, Oengus estaba aún más enamorado, enfermó y todos los médicos buscaban la causa de su malestar, pero uno de ellos reconoció la causa y llamó a la madre de Oengus, Boann, ante la cual este confesó la verdad. Su madre mandó encontrar a la joven con quien su hijo soñaba, y se la buscó en vano por toda Irlanda durante un año.

Boann solicitó la ayuda del médico que había descubierto la causa de la enfermedad, y este le aconsejó que se dirigiera al padre del mucha-

Daga antigua adornada con símbolos celtas.

### OENGUS

También conocido como Aengus («hijo de la juventud»), es el dios del Amor, de la Belleza y de la Juventud. Es conocido por su belleza física y su pelo dorado, y porque sus besos se transforman en pájaros. Era una figura de rara belleza, casi femenina, ingenioso y atractivo. Se le asocia con el amor fatal.

### OGMÉ

Era un dios civilizador, dotado de los dones de la elocuencia y la persuasión. Fue el inventor de la escritura ogámica que sirvió para las inscripciones funerarias de la época pagana, y cuya tradición no se perdió después, ya que fue conservada por los monjes irlandeses.

En el siglo II se le habían erigido estatuas en las que se le atribuían las hazañas de Hércules y sus símbolos: la piel de león, la maza, el carcaj y el arco.

A partir del siglo XI, ya no se le consideró un dios y pasó a ser tan solo un guerrero que murió en la segunda batalla de Mag Tured.

cho, el dios **Dagdé** y que el dios mandara en busca de la muchacha a Bodb, rey de los dioses, de Munster.

Al cabo de un año, Bodb encontró a la muchacha. Pusieron a Oengus en una carreta, pues estaba tan débil que no podía andar, y lo llevaron al palacio encantado de Bodb. Este le recibió muy bien diciéndole que iba a llevarle al lugar donde estaba la joven para ver si la reconocía. Le llevó a un lugar cerca del mar donde había ciento cincuenta muchachas, amarradas dos a dos con una cadena de oro, en medio había una mucho más alta que las demás.

La debilidad le impidió acercarse a ella. La muchacha resultó ser Caer, hija del dios Ethal, la cual pasaba un año con forma humana y otro año con forma de pájaro. Tras una lucha con su padre, que no quería entregársela por esposa, Oengus se dirigió al lago donde vivía Caer transformada en cisne, expresó su deseo de bañarse en el lago y fue convertido en cisne. Se bañó con Caer y a partir de ese momento fue siempre su esposo.

## OGMÉ O OGMIUS

Dios galo que aparecía representado como un viejo con el rostro surcado por arrugas, prácticamente calvo, ataviado con una piel de león y provisto de una gran maza que lo asimilaría al Heracles griego cuando aparece con los atributos del león de Nemea, pero la particularidad de este dios no es su fuerza sino su elocuencia, representado por las cadenas que unían su lengua con las orejas de quienes le estaban escuchando.

Pertenecía a los **Tuatha de Danann**. Se le apodaba «el de la faz solar» y se le consideraba hijo de Elada y hermano de **Dagdé**, era por tanto, un representante del segundo principio originario de vida.

Además representaba al campeón divino, ya que a su natural elocuencia había añadido su profesionalidad en las guerras, llegando a convertirse en el héroe de la batalla de Mag Tured, en la que arrebató la espada al rey **fomoireo**, **Tethra**.

## OLLATHAI

Una posible remininiscencia del antiguo panteón indoeuropeo, presente en el mundo celta, es la figura de este dios al que asimilarían con el dios del Cielo, el padre de los dioses y de los hombres.

Siempre asociado a su compañera la diosa-madre, madre común, tierra generadora, dadora de la agricultura y el bienestar en los campos; de ella nacían los hombres, animales y plantas, aunque también era la guardiana de los muertos.

## PARTOLÓN

Según la tradición más antigua, Partolón fue el jefe de la primera raza de humanos que desembarcó en Irlanda, durante las fiestas dedicadas a Beltené, dios de la Muerte, primer antepasado del hombre. Partolón llegó a Irlanda para cumplir con el castigo que le habían impuesto tras asesinar a sus progenitores, la única manera de expiar el crimen era el exilio.

Su destierro no fue pena suficiente para redimir tal crimen, y para satisfacer la venganza divina, todos sus descendientes que habían alcanzado el número de cinco mil (mil hombres y cuatro mil mujeres), fueron víctimas de una enfermedad mortal, la peste.

La peste se extendió como un reguero entre todos los descendientes de Partolón y en el plazo de una semana, la transcurrida entre el uno y el siete de mayo, todos habían perecido, salvo uno, **Tuan Mac Cairril**. La muerte de los habitantes de Irlanda se produjo en la llanura de Sen Mag o «vieja llanura», la única que existía en Irlanda, la decisión de encontrarse allí la tomaron para facilitar que los supervivientes pudieran ir enterrando a los que iban pereciendo.

Con la llegada de las tradiciones cristianas, el origen pagano de Partolón se cambió, buscándole antepasados bíblicos así, Jafet hijo de Noé, fue padre de Gomer y de Magog, uno de estos hijos, Magog para unos y para otros Gomer, engendró a Balth, quien a su vez fue el progenitor de Fenius. Este, también llamado Fené, es uno de los antepasados míticos más célebres de la raza irlandesa, y fue uno de los setenta jefes que edificaron la torre de Babel. La dinastía seguía de la siguiente manera, uno de sus hijos, Nel, se desposó con la hija del faraón: Scota (de ahí proviene el nombre de scots con que se conoce a la raza irlandesa). Scota dió a luz a Goidel Glas que fue padre de Esru, contemporáneo de Moisés, y entre los muchos hijos de Esru, estaba Sera que se convertiría en el padre de Partolón.

La saga de Partolón aparece en la primera lista de historias épicas de Irlanda, del año 700 a. de C.

Partolón tuvo de su esposa tres hijos: Fer, Fergnia y **Rudraige**; y dos hijas: Iain y Ain. Fer se casó con Ain y Fergnia con Iain. Las mujeres se vendían y en el primer matrimonio, el precio de la operación pertenecía íntegramente al padre, en caso de que este hubiera falle-

### PARTOLÓN

La familia de Partolón se supone que llegó a la isla hacia el 2640 a. de C. El documento más antiguo donde aparece Partolón es la primera lista de historias épicas de Irlanda. La redacción de esta lista parece datar del año 700 a. de C., aproximadamente. El siguiente texto donde aparece es en Historia de los bretones de Nennius, que fue escrita en el siglo X. En ella se lee: «Llegaron a Irlanda los scots, que venían de España. El primero fue Partolón, que llevaba consigo mil compañeros, tanto hombres como mujeres. Su número creció hasta llegar a cuatro mil, entonces les atacó una enfermedad epidémica y murieron todos en el término de una semana, sin que quedara ninguno».

**SUCELLUS**
Era representado con un martillo o maza, y envuelto en la típica capa céltica *(sagum)*. El martillo que portaba puede ser un elemento que aleja los males o un símbolo de poder. Pero también es un elemento que procura la fertilidad, el despertar a la vida tras la muerte –por eso se le relacionaría con animales como el lobo, que tiene características infernales– y en contextos relacionados con la curación.

cido, una mitad era para el miembro de la familia que hubiese recibido la herencia del padre y fuese el jefe de la familia, y la otra mitad para la mujer que se casaba.

Como los matrimonios se celebraron después del fallecimiento de Partolón sus hijos se plantearon cuál de los dos ejercería el derecho de jefe de la familia, y percibiría la mitad del precio de sus hermanas. Como no llegaron a un acuerdo, recurrieron a las armas para solventarlo. Este fue el primer duelo judicial que tuvo lugar en Irlanda.

## RUDRAIGE

Héroe epónimo del Loch Rudraige, hijo de **Partolón**. Cuando murió, al cavar su tumba surgió tal cantidad de agua que se formó un lago, al que bautizaron con su propio nombre.

## SUCELLUS

Dios de origen oscuro, ya que es muy difícil llegar a descifrar su atribución principal, se ve siempre asociado a su compañera, una diosa llamada Silvana.

## TARANIS

Dios de los fenómenos atmosféricos, como la lluvia, formaba parte de la trinidad principal del panteón celta, que según César estaba formada por **Esus**, **Teutates** y Taranis, todos dioses de la Muerte y la Noche y, por tanto, de la raza de los **fomoireos**.

Su nombre significaba «rayo», tanto en galés como en córnico y bretón, y los romanos lo asimilaron a su dios principal: Júpiter. Cuando este dios recibía algún sacrificio, sus víctimas eran inmoladas ahogándolas en un gran caldero.

## TETHRA

Dios del principio de la oscuridad, jefe de los **fomoireos**, fue vencido en la batalla de Mag Tured con lo que se convierte en el rey de los muertos.

En la mitología celta, el mundo de los muertos está en una zona indeterminada más allá del océano, al sudoeste, en un lugar donde apenas hay sol, pero cuya seducción es tan impresionante que los muertos están en constante alegría, con alegrías muy superiores a las de los vivos.

En contraposición aparecían el Tire Beo, «tierra de los vivos»; Tir N-Aill, «la otra tierra»; Mag Mar, «la gran llanura»; y Mag Meld «llanura agradable», lugares de donde procederían los hombres. Todas estas zonas en la tradición cristiana se unieron en una única zona, a la que de-

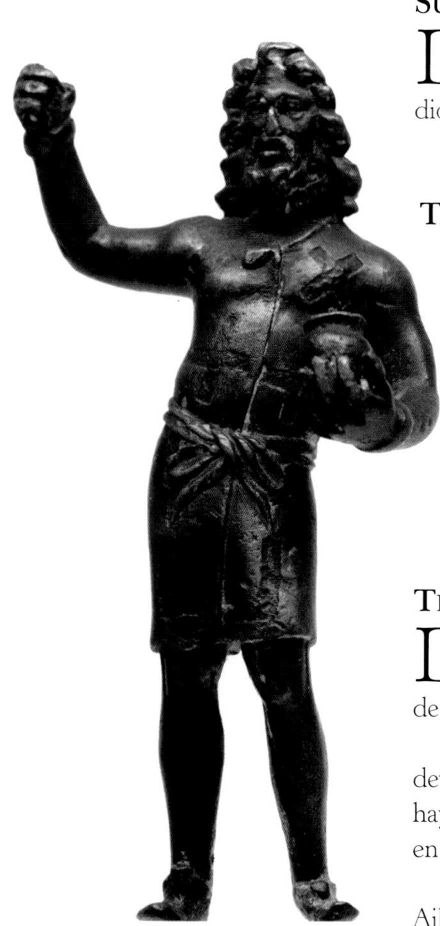

Estatua de Sucellus. Bronce. Museo Fourvière Gallo-Roman.

nominaron con el nombre latino de la península Ibérica, esto es: Hispania.

A partir del siglo X, en el que comenzaron a aparecer las primeras sagas escritas sobre la historia de Irlanda, era habitual que apareciera **Partolón**, jefe mítico de los primeros habitante de la isla, y sus compañeros provinieran de la península Ibérica.

Taranis con rueda y rayo. Bronce. Museo Arqueológico Nacional.

## TEUTATES

Fue el antecesor de los hombres y su legislador, guardián, árbitro y defensor de sus tribus. La tríada Teutates, **Esus** y **Taranis** pertenecía al grupo de los dioses de la Muerte y la Noche, de los malvados dioses padres que los irlandeses denominaban **fomoireos**.

Teutates es el padre del pueblo, el dios protector de la tribu. Se trata de la dedidad más importante del panteón galo, su nombre deriva de la raíz *teuta* (pueblo). Por las apreciaciones hechas por los romanos, este dios era una especie de dios nacional de la Galia.

Aunque por el tipo de divinidad podía aparecer asociado al Júpiter latino, su sincretismo más frecuente se producía con el dios romano Marte.

Entre sus atribuciones se contaba el poder de proteger al galo amenazado de muerte, para lo que este enviaba al otro mundo a un cautivo como reemplazante de sí mismo, y poder así seguir viviendo. Las víctimas inmoladas eran quemadas, ofreciéndose sobre todo estos sacrificios en épocas de guerra.

### TEUTATES

También llamado Tutatis, del celta «dios de las Personas». Es una de las tres divinidades mencionadas por Luciano en el siglo I a. de C., junto con **Esus** el Juez y **Taranis** el Tronador. Según fuentes posteriores, las víctimas sacrificadas a Teutates se las arrojaba de cabeza a una tinaja llena de un líquido desconocido, que podría haber sido cerveza, una bebida apreciada por los celtas. También se le conoce por estelas dedicadas en su honor en Bretaña, donde su nombre se escribía «Toutates».

## TUAN MAC CAIRRIL

Uno de los miembros más respetados de la mitología irlandesa fue Tuan Mac Cairril, humano y no dios, sobrino de **Partolón**. Hijo de Carell, nieto de Muredach Munderc, aunque en ocasiones aparece en la genealogía de Starn, hijo de Sera, de este modo se le relaciona con **Partolón**, ya que este es hermano de Starn.

Tuan Mac Cairril fue el único familiar de **Partolón** que sobrevivió a la peste, viviendo solo durante veintidos años como único habitante de Irlanda, hasta la llegada de la raza de Nemed.

Cuando los nuevos pobladores arribaron a la costa de Irlanda, Tuan se escondió de ellos, llegando hasta una extrema vejez refugiado en el bosque, una noche se durmió y cuando despertó se había convertido en un ciervo. Esta transformación le confirió un nuevo vigor, lo que hizo que se proclamara jefe de los rebaños de Irlanda; sin embargo, el tiempo fue pasando y las fuerzas se le fueron agostando. Al llegar a una debili-

### TUAN MAC CAIRRIL

Pertenece a la mitología irlandesa y no era un dios, sino un mortal, sobrino de **Partolón**. Este mito nos ha llegado a través de fuentes cristianas. Este personaje sería el encargado de transmitir la historia mítica de Irlanda, ya que vivió unos 500 años según los textos más primitivos: 100 años cuando fue por primera vez hombre, 90 cuando fue ciervo, 30 como jabalí, 100 como buitre o águila, 20 como pez y más o menos 100 como hombre de nuevo. En la versión más antigua de la leyenda, la segunda vida como hombre de Tuan duró lo que una vida normal, pero cuando fue cogida la historia por autores cristianos, la hicieron alargarse durante varios siglos.

El Cáliz de Ardagh, es un cáliz elaborado en el siglo VIII d. C. en época de la Cultura celta irlandesa, siendo considerada una obra maestra de dicha cultura y de toda la Edad Media.

dad extrema, buscó refugio en sus tierras del Ulster, vagando por los alrededores de su antigua casa.

Tras varios días de ayuno, el proceso de transformación se repitió: se transformaba en un animal, bajo cuya forma vivía hasta que la decrepitud le hacía adoptar una diferente; así fue jabalí, aguila y salmón, con su última apariencia fue pescado y comido por la mujer del pescador, que nueve meses más tarde dio a luz a Tuan Mac Cairril de nuevo como hombre.

Esta leyenda demostraba uno de los principios de la religiosidad celta, basada en la creencia de que el alma podía sobrevivir al cuerpo y adueñarse de otro cuerpo sin más.

## LOS TUATHA DE DANANN

En la mitología celta existían dos principios que se disputaban el mundo: el negativo representado por la muerte, la noche, la ignorancia, el mal y los **fomoireos**. El segundo, nacido del primero, es todo lo positivo, como el día, la vida, la ciencia y el bien. Los **Tuatha de Danann** constituían la expresión del segundo de estos principios, ya que de ellos emanaba, por ejemplo, la ciencia de los **druidas**.

A partir del siglo XI se creó en Irlanda una corriente que intentaba explicar la genealogía de su tierra a través de las tradiciones bíblicas; así, todos los pueblos que poblaron Irlanda descendían de un tronco común, que, a través de Jafet, se remonta hasta Adán. Uno de los ancestros de los **Tuatha de Danann** fue Nemed, uno de cuyos hijos, Iarbonel, disfrutó del don de la profecía y escapó a la matanza de la torre de Conann.

Iarbonel abandonó Irlanda y buscó refugio en las zonas septentrionales del mundo, allí aprendió artes mágicas como encantamientos, adelantarse al porvenir y las bases del druismo. Entre sus descendientes se encontrarían los **Tuatha de Danann,** que terminarían por regresar a su patria, Irlanda.

La tradición pagana más antigua creía que el origen de los **Tuatha de Danann** estaba en los cielos, ya que eran dioses que llegaron a Eire para luchar contra los Fir Bolg, los Fir Domnann y los Galioin, con los **fomoireos**, a quienes vencieron convirtiéndose en los únicos señores de Irlanda.

Sin embargo, los **Tuatha de Danann** fueron a su vez derrotados por los **Milé**, la moderna raza irlandesa que, después de atacarlos y de vencerlos, tomaron posesión del país. Los **Tuatha de Danann** vencidos se refugiaron en los Sid o palacios subterráneos que **Dagdé** descubrió para ellos en las profundidades de las montañas.

En ocasiones, los Tuatha de Danann salían de las profundidades y recorrían sus antiguos dominios, siempre bajo la protección de algún hechizo que los hacía invisibles para los ojos de los humanos, aunque en ocasiones usaban con ellos su poder prestándoles algún servicio.

Siempre aparecían representados con pájaros de colorido plumaje que estaban unidos por una cadena de plata en parejas indisolubles.

# LEYENDAS CELTAS

## HISTORIA DEL PESCADOR QUE SE CASÓ CON UNA FOCA

Los habitantes de Shetland y Orkney creían que las focas podían despojarse de su piel para jugar bajo la forma de hombres o mujeres. Así, un día existió un pescador que paseando por una cala oculta descubrió a dos hermosas mujeres que jugaban a darse caza, mientras apoyadas en una roca vio dos pieles de foca. Extrañado tomó una de ellas para examinarla. Las mujeres, al advertirlo, corrieron a recuperarlas, una de ellas aferró la piel, y echándosela por encima se sumergió en el mar; mientras la otra joven suplicó que le devolviera la suya, para volver al mar. Pero el hombre decidió que ya que necesitaba una esposa, esta hermosa muchacha bien podía convertirse en su mujer, y la cortejó de manera tan persuasiva que accedió a vestirse de humana e ir con él.

Unos años más tarde, cuando el matrimonio del pescador y la foca se desarrollaba de forma plácida y habían sido padres de dos hermosos niños, el pescador comenzó a notar que su esposa se comportaba de manera misteriosa: una melancolía profunda le hacía salir a pasear a altas horas de la madrugada. El pescador decidió seguir a su esposa y vio que entraba en una cueva y que allí conversaba en susurros con alguien que se mantenía oculto.

Al día siguiente, cuando anochecía, observó a dos focas, una hembra y un macho, sobre las rocas. El macho se dirigió al pescador: «Tú me despojaste de aquella que iba a ser mi compañera, y solo después de encontrar su piel supe lo que la había ocurrido. Yo no te deseo ningún mal, pues sé que te has comportado con bondad y mi alegría es tan inmensa por haberla recuperado que solo te pido que te despidas de ella». Mientras, la otra foca estaba observando al pescador con timidez y dulzura, cuando el apenado marido quiso reaccionar sujetándola solo pudo ver como las dos focas se sumergían en la inmesidad del océano.

## EL LAGO PRESTADO

Existe una hermosa historia sobre cómo se formó el Loch del valle de Leinster. Un joven jefe cortejaba a la hija de otro jefe que vivía en la orilla de un lago llamado Loch Ennel en Westmeath. La joven era muy hermosa pero bastante altanera, por lo que puso como condición para casarse que la vista desde su nuevo hogar debía, al menos, igualar a la que tenía frente a la casa de su padre.

El lugar donde el joven habitaba era un hermoso valle, que podría contener un lago, si se construía una presa que retuviera el agua del río que lo atravesaba. Sin embargo, este plan supondría que el joven debía esperar bastantes años para poder

### AGUA

El agua es uno de los elementos que aparecen reiteradamente en los mitos celtas. Los seres mitológicos suelen vivir en lugares relacionados con el agua, sobre todo en islas, y para llegar a ellos hay que cruzar mares u océanos en un viaje emocionante lleno de experiencias vitales. Además, el agua es símbolo de fertilidad y, cómo no, que haya o no lluvias en la medida adecuada para las cosechas, también depende de los seres sobrenaturales. También es un símbolo femenino; por esto, la responsable última de su poder suele ser siempre una mujer.

*Ondine, mujer en las olas,*
Gaugin, 1889.
Óleo 92 x 72 cm.
Cleveland Museum of Art,
Cleveland.

### MACHA

Macha fué la mujer de Crunden de una forma «curiosa»: Tras realizar las tareas hogareñas, a la hora de irse a la cama, ella apagó el fuego y se acostó junto a él. Entonces le ofreció «la amistad de sus muslos», fórmula habitual en la época para designar el acto sexual. Por el mero hecho de hacer el amor con él, y de acuerdo con la tradición céltica, Macha se convirtió en esposa de Crunden.

casarse. Su madre era una hechicera heredera de la estirpe de los **Tuatha de Danann**, que decidió acabar con la melancolía de su hijo. La hechicera se dirigió a la cabaña de una de sus hermanas, situada sobre la margen occidental del Shannon. Esta cabaña estaba ubicada sobre el filo de una colina a las orillas de un agradable lago, la madre del muchacho se alegró de ver a su hermana y esta la agasajó. Le confesó sus preocupaciones y cómo resolver el conflicto, así suplicó que le prestara el lago para que así su hijo pudiera casarse, y que dicho préstamo sería hasta el día de la próxima luna llena, aunque añadió entre dientes, después de la semana de la eternidad.

A pesar de las dificultades, su hermana accedió y le prestó además una capa mágica para que pudiera transportarlo hasta su valle. Los habitantes de las colinas despertaron al oír un gran estruendo, y huyeron hacia las tierras altas en donde fueron acogidos; a la mañana siguiente, millares de personas vieron que el agua que cubría sus casas.

*Otoño*, John William Godward. 1900. Óleo, 101,5 x 58,5 cm. Colección privada. Una alegoría de la riqueza que Macha llevó al hogar.

El muchacho fue a casa de la joven para describirle la creación del lago y la belleza que encerraba, y ya que la condición que exigía para realizar el matrimonio se había cumplido, la novia tuvo que dar su consentimiento a la boda. Sin embargo, la hechicera que había «prestado» el lago, estaba bastante molesta, ya que el plazo se había cumplido y su lago no había regresado. Por esto decidió desplazarse hasta casa de su hermana y solicitar la devolución.

Allí comenzó a reclamar su propiedad, ya que la luna llena había llegado por tres veces y el lago aún estaba en donde no pertenecía, mientras su tierra se iba secando. Sin embargo, la astuta hechicera se limitó a decirle: «¡Ay, querida hermana!, ¿cómo puedes decir que se ha cumplido el plazo? Te prometí devolverte tu valioso lago el día de la luna llena siguiente a la semana de eternidad, ¡reclámala cuando venza el plazo!, no antes». Cuando la hechicera vio el engaño, la ira que sintió no tuvo límites, pero carecía de modo de venganza alguno, debido a la astucia de su hermana.

## LA MALDICIÓN DE MACHA

Crunden vivía en el Ulster, entre montañas y acompañado de una gran tristeza, ya que era viudo y tenía que encargarse de sus cuatro hijos. Un día, estaba lamentándose de su suerte y vio entrar a una mujer, alta y bien vestida, que encendió el fuego, amasó el pan, tomó un caldero y salió a ordeñar las vacas, pero no pronunció ni una palabra.

La mujer se llamaba Macha, y cuando Crunden la pidió que se explicara, ella le dijo que se quedaría allí si él quería aceptarla. El hombre, se casó con ella y mientras les atendía, todo lo que poseía prosperaba.

Monumento de Tennyson en la Isla de Wight, Inglaterra.

Pasado un tiempo se convocó una gran asamblea para hacer juegos y carreras, a los que estaban invitados todos. Crunden quería ir, pero Macha le pidió que no fuera, ya que si su nombre era revelado en público, ella desaparecería, y él pensó en acudir sin mencionar su nombre.

Mientras, se organizó una carrera de carros en la que participaba el rey y sus caballos, que ganaron la prueba, entonces los bardos y poetas aclamaron al rey y sus animales, Crunden replicó que su mujer era capaz de correr más que esos dos caballos. El rey pidió que detuvieran a ese hombre, Crunden fue retenido y el rey le pidió que se explicara; él insistió en que su mujer era más veloz que los caballos.

El rey ordenó detenerle hasta que su mujer acudiera para poder comprobar esa afirmación. Cuando Crunden fue encerrado en la prisión unos emisarios trajeron a Macha, embarazada.

Al llegar, Macha suplicó al rey por su marido, pero este se negó a liberarlo mientras ella no compitiera con sus caballos, la mujer solicitó un aplazamiento hasta que hubiera nacido su hijo, pero el rey se negó.

Macha, embargada por la ira, maldijo al rey y después de vencer al carro real, rendida por los dolores del parto, gritó que ningún hombre del Ulster de las próximas nueve generaciones se libraría de su maldición, consistente en verse débiles y suplicantes cuando sus enemigos les atacaran.

## Mesroda, su perro y su cerdo

Mesroda era un hombre rico y muy amigo de las fiestas que vivía en Leinster. Solo poseía un perro muy veloz y un cerdo enorme. La fama del can se extendió, y muchos príncipes y nobles deseaban poseer este animal, por lo que recibió Mesroda dos mensajes, uno del rey de Ustler y el otro de la reina de Connacht, dos territorios en conflicto.

Por quedarse con el animal, el enviado de Connacht ofreció seiscientas vacas lecheras y un carro con los dos mejores caballos del reino. Pero el mensajero de Ustler ofreció además la amistad y la alianza de su reino.

Mesroda quedó afligido y pensó durante tres días y tres noches, sin dormir, ni comer. Su mujer estaba preocupada y cuando le preguntó qué ocurría, este le contó sus tribulaciones, intentando buscar una solución, ya que sabía que si se lo ofrecía a una de las dos facciones la otra atacaría sus tierras. Pensando y pensando se les ocurrió entregárselo a ambos, y pedir que fueran allí a recogerlo, con la esperanza de que al coincidir lucharan entre ellos, dejando a Mesroda y a su familia tranquilos.

Así fue que los reyes y sus séquitos llegaron a una gran fiesta para la que Mesroda había matado a su famoso cerdo para servirlo. Discutieron sobre quién tendría el honor de trincharlo, ya que debía ser un guerrero de grandes hazañas. Ket de Connacht empuño su cuchillo, justo cuando cruzaba la puerta del Ustler. Se saludaron con cortesía, hasta que Conall pidió ser el encargado de trinchar el animal, a continuación se desarrolló

### LOS PUENTES Y LOS RÍOS

La relación de los celtas con el mar y el agua, en general, no fue demasiado buena, y aunque realizaron viajes marítimos, el hecho de cruzar las aguas, sean las marinas o las de un simple río, adquiría dimensiones épicas. Siempre que en el mito celta nos encontramos con un puente o un río, estamos ante una frontera con el más allá. En las leyendas medievales, el puente es objeto de prohibición de paso: combatir sobre él o en los vados de las márgenes está asociado a un combate mágico. Por ello los caballeros novatos se atrincheraban a la entrada del puente intentando cobrar peaje.

una violenta discusión entre los dos guerreros, cada uno haciendo gala de sus hazañas, hasta que Ket reconoció que Conall quizá fuera un guerrero más grande que él, aunque no que su hermano Anluan. Sin embargo Conall, sacando la cabeza de Anluan de una bolsa, declaró que él y nadie más era el guerrero más grande de todos los tiempos.

Todos se revolucionaron, las espadas salieron de sus protecciones y pronto los hombres destrozaron las puertas, se mataron unos a otros en campo abierto y las huestes de Connacht fueron ahuyentadas.

El codiciado perro, siguió los carros que se retiraban, hasta que uno de los guerreros de la reina Maev le cortó la cabeza y de esa forma la reunión no fue ganada por nadie. Mesroda se había quedado sin perro y sin cerdo, pero gracias a los sabios consejos de su mujer consiguió salvar no solo sus tierras, sino también su vida.

## LA TRAGEDIA DE CU CHULAIN Y CONNLA

Mientras Cu Chulain vivió en la tierra de las Sombras fue amante de la princesa Aifa, una de las más grandes guerreras del mundo. Antes de regresar a su pueblo, Cu Chulain le dio a la princesa un anillo de oro, que debía entregar a un futuro hijo, en caso de que la princesa hubiese quedado embarazada. El guerrero explicó que de ser así, el muchacho debía llamarse Connla, y que entre sus características estarían el no darse nunca a conocer, y jamás abandonar o rechazar un combate.

Los años transcurrieron y un día, algunos de los señores del Ulster vieron acercarse a un joven en un pequeño barco con remos dorados, la barca estaba repleta de piedras y de cuando en cuando, el chico ponía una en su honda que al ser lanzada siempre hacía diana, normalmente en algún pájaro.

El rey del Ulster, Conor, pensó que si los compatriotas del joven decidían llegar hasta su costa, no tendrían la fuerza necesaria para acabar con ellos. Así cuando el joven llegó a tierra, fue recibido por un mensajero para intentar convencerlo de que se fuera, a lo que el muchacho se negó y aunque varios hombres fueron enviados en su contra, ninguno fue capaz de vencerlo, el chico hizo prisioneros a algunos y asesinó a otros, negándose a marchar y a decir su nombre o su linaje.

El rey Conor mandó llamar a Cu Chulain y le pidió que expulsara al muchacho de su tierra. El guerrero se enfrentó advirtiéndole que le dijera su nombre o moriría, ante la negativa del joven la lucha comenzó, la pelea se prolongó durante varios días hasta que ambos contrincantes cayeron al mar.

Cuando parecía que ambos morirían ahogados, Cu Chulain se acordó de su arma Gae Bolg, con la que consiguió acabar con el joven.

Pero mientras este agonizaba, el guerrero reconoció en el joven el anillo que llevaba, por lo que lo arrastró hasta la orilla y postrándose ante su rey, le dijo que la vida de su hijo había sido arrebatada a favor de los hombres del Ulster. Connla, antes de morir suplicó a su padre que le permitiera despedirse de los guerreros, que habrían sido sus compañeros si él se hubiese dado a conocer. Uno tras otro fueron llevados ante Connla que murió momentos después. Así murió el único hijo de Cu Chulain, a quien él mismo ocasionó la muerte.

## FINN

Mac Cumhal fue el gran líder de los *fianna*, la élite militar irlandesa responsable de la seguridad del rey. Fueron fundados en el 300 a. de C. por el rey Fiachach. Tenían la reputación de ser hombres que estaban fuera de la ley gracias a su posición de poder. Finn los cambió convirtiéndoles en modelo de caballeros y de justicia. Las historias de los *fianna* fueron la base de las de los caballeros de la mesa Redonda, con Arturo como líder al mismo nivel que Finn.

## FINN CONTRA EL DEMONIO DE TARA

El hijo mayor de Cumhal se llamaba Finn, cuando llegó a la adolescencia quiso ocupar el lugar que había pertenecido a su padre, como jefe de los guerreros del rey de Tara.

Así, el joven Finn se encaminó hacia Tara durante la gran asamblea, el único momento en que ningún hombre podía levantarse contra otro dentro del territorio, y se sentó entre los guerreros de la Fianna. Cuando el rey Cormac se dio cuenta de que un extraño se sentaba entre ellos, le ordenó decir su nombre y su linaje. Finn comenzó a recitar su procedencia para terminar pidiendo que el rey le permitiera servirle como ya había hecho su padre. El rey tomó juramento al joven y le permitió unirse a sus tropas.

Tiempo después, Tara fue asolada por un demonio que cada noche lanzaba bolas de fuego contra la ciudad, causando grandes llamas, nadie parecía capaz de luchar contra él, pues cuando algún guerrero se acercaba, la bestia tocaba una música que provocaba un sueño profundo. Finn anunció al rey que se enfrentaría al demonio, el rey le prometió que de resultar vencedor, podría ser el capitán de la Fianna tal y como lo había sido su padre.

Finn partió a enfrentarse a la bestia con el regalo que le hizo uno de los antiguos compañeros de su padre, este le había entregado una lanza mágica con cabeza de bronce y remaches de oro arábigo. La punta, guardada en una capucha de cuero, tenía la propiedad de que, cuando la cuchilla se colocaba en la frente de un hombre, a este lo embargaba una furia que lo hacía invencible. Con esa arma, Finn se presentó a combate y esperó al demonio en los acantilados de Tara, cuando cayó la noche y escuchó las primeras notas de aquella melodía, descubrió la cuchilla de bronce poniéndola sobre su frente, con lo que rompió el hechizo.

*Finn Mac Cumhal ayuda a los fianna*,
Stephen Reid. 1932.

### EL CICLO DE FINN

El ciclo de Finn es más moderno que el ciclo del Ulster. Es aproximadamente del siglo III d. de C., y se desarrolla en Leinster y Munster principalmente. El héroe central es Finn Mac Cumhal o Finn McCool, capitán de la *Fianna*, la orden de caballería más poderosa de su tiempo. Las historias del ciclo de Finn se diferencian principalmente de las del Ulster en que el contenido deja de ser tan bélico y se incorporan como novedad ingredientes más románticos. Los personajes se construyen con una personalidad propia, atendiendo a los principios de la verosimilitud. Los valores empiezan a cambiar, ya que se aprecia más el ingenio que la fuerza bruta, todo lo contrario que en las aventuras de **Cu Chulain**.

El demonio voló hasta el túmulo de Slieve Fuad, donde Finn lo derrotó, regresando a Tara con su cabeza.

El rey ordenó a sus guerreros que juraran obediencia a su nuevo capitán, o que de lo contrario se retiraran. Así fue como Finn tomó el mando de la Fianna gobernándola con lealtad hasta el día que le sorprendiera la muerte.

## FINN Y LA CACERÍA DE LA CIERVA

Si había algo que apasionaba al gran Finn era la caza y sus animales, cierto día en que él y sus compañeros regresaban de una cacería en el monte Allen, su camino se cruzó con una cierva que todos se apresuraron a perseguir, pronto todos fueron quedando atrás, exceptuando a Finn y a sus dos perros, Bran y Skolawn. Estos canes fueron concebidos en un tiempo anterior y de forma mágica, por Tyren, tía de Finn y transformados en perros.

Cuando la cacería se dirigía hacia un valle, la cierva se detuvo agotada y los perros se acercaron a ella lamiéndole la cara, ante estos hechos Finn ordenó que nadie hiciera daño al animal y ella los siguió en el camino de regreso a casa. Durante esa noche mientras Finn dormía en sus aposentos, fue despertado por un ruido, viendo junto a su cama a una mujer muy hermosa quien comenzó a relatarle su historia.

«Oh, Finn, soy Saba, la cierva que no quisiste cazar hoy. Mi cuerpo había sido transformado en animal por el **druida** de la tierra de las hadas, ya que no quise entregarle mi amor permaneciendo durante tres años de esta forma. Pero uno de sus esclavos, apiadándose de mí, me reveló que si podía llegar hasta vuestra fortaleza de Allen volvería a mi forma original, y aunque temía ser destrozada por los perros, o herida por los cazadores, decidí cruzarme con vuestra partida de caza,y por eso solo me dejé alcanzar por vos, y por Bran y Skolawn, quienes por su naturaleza medio humana no me harían daño».

Finn quedó conmovido por la historia relatada por la joven, y la permitió permanecer en su tierra por el tiempo que quisiera, pero Saba terminó enamorándose de su salvador Finn, que decidió hacerla su esposa. Un día llegó la noticia de que barcos de guerra de los bárbaros del norte estaban en la bahía de Dublín, por lo que Finn reunió a sus hombres y se ausentó durante siete días, hasta que los escandinavos se alejaron de las costas, al octavo día regresó entre los suyos, pero su esposa no estaba en la muralla esperando su regreso, y ante los ruegos de Finn, le contaron lo que había sucedido, cuando su esposa, Saba, esperaba ansiosa su regreso, apareció el que creyó su esposo junto con sus dos perros, mientras se escuchaba la llamada de caza de los de la Fianna. Saba corrió hacia la verja a recibir a su amado esposo, pero el falso Finn blandió una varita de avellano y la convirtió de nuevo en una cierva.

Sus perros comenzaron a perseguirla haciéndola huir y aunque los hombres tomaron todas las armas que pudieron y salieron en busca del hechicero no encontraron a nadie, ni al **druida** ni a Saba.

Finn, desolado, se retiró a su habitación encerrándose allí un día completo, al día siguiente continuó ocupándose de los asuntos de la Fianna como siempre, pero la tristeza lo había embargado y durante siete años buscó a Saba por cañadas, bosques y cuevas de toda Irlanda, acompañado únicamente por sus fieles perros, hasta que perdió toda esperanza y renunció a encontrarla.

Unos años más tarde, mientras practicaba la caza en Ben Bulban, oyó que los perros gruñían ante un niño de largos cabellos rubios, que estaba siendo protegido por sus fieles animales Bran y Skolawn. Los de la Fianna se llevaron con ellos al muchacho que, después de un tiempo, aprendió a hablar, relatándoles su historia.

El muchacho no sabía quiénes podían ser su padre o su madre, ya que había vivido siempre en un profundo valle siempre al cuidado de una cierva dulce y cariñosa, que le alimentaba. En ocasiones, aparecía en el valle un hombre de aspecto siniestro que hablaba con la cierva, profiriendo duras amenazas, pero el animal siempre huía de él.

Cierto día, el hombre llegó y después de discutir con la cierva, la tocó con una varita de avellano y la obligó a seguirlo, sin mirar atrás. El pequeño intentó ir tras ellos, pero vio aterrado cómo no podía mover su cuerpo, por lo que comenzó a llorar de rabia y pena, hasta que cayó al suelo al perder el sentido. Cuando recuperó la consciencia intentó encontrar a la cierva, por lo que se aventuró lejos de su conocido valle, lle-

*El bardo,* John Martin. 1817.
Óleo, 127 × 102 cm.
Yale Center for British Art, New Haven.

## Bardos

Los bardos y los magos también pertenecían al poderoso estamento sacerdotal de los **druidas,** aunque estos últimos eran los miembros superiores. Aunque las fuentes griegas y latinas nos hablan de tres estamentos culturales separados entre sí, parece ser que era una misma y única persona la encargada de las cuestiones religiosas y la de celebrar, en un momento determinado, las gestas de los antepasados, así como la de conservar por tradición oral el patrimonio histórico, cultural y religioso de los ancestros.

**MITO Y LEYENDA**

Mientras que el mito es una narración con un lenguaje simbólico que alude generalmente a cómo se originó el universo, los seres humanos y animales, creencias, ritos, etc. de un pueblo, la leyenda es una narración o colección de narraciones tradicionales que parte de situaciones verídicas, pero que incorpora elementos de ficción. Por todo esto, el mito se suele ocupar sobre todo de los dioses, y la leyenda centra su interés en el héroe humano.

gando hasta la ladera de la montaña de Ben Bulban, en donde los perros lo habían encontrado. Finn, conmovido, creyó reconocer en la cierva a su amada Saba y en el pequeño al que podría ser su hijo, así le llamó Oisin, «pequeño ciervo», y lo educó hasta que se convirtió en un gran guerrero, a la vez que dominaba otras artes como la música.

## LA HIJA DEL REY DE LA TIERRA DE LA JUVENTUD

En una ocasión estaban de caza **Finn**, su hijo Oisin y varios compañeros suyos, cuando se pusieron a descansar un momento a orillas del lago Lena.

Entonces vieron acercarse a una joven de una hermosura extraordinaria, que montaba en un corcel blanco como la nieve y llevaba un traje digno de una reina, con una corona de oro y un manto de seda con estrellas de oro. También el caballo iba ricamente ataviado con adornos de oro entre las crines y un penacho de plumas de cisne sobre la cabeza.

La joven se acercó a **Finn** y con una voz melodiosa, le habló: «Desde hace mucho tiempo que os busco y por fin os encuentro, hijo de Cumhal». A lo que **Finn** respondió: «¿Quién sois?, hermosa doncella y ¿qué deseáis de mí?». La joven, después de exhalar un suspiro, le contestó: «Soy hija del rey de la tierra de la Juventud y mi nombre es Niam, aunque todos me conocen como 'la del pelo dorado'. En cuanto a lo que me ha traído hasta aquí ha sido el profundo amor que siento por vuestro hijo, Oisin». Dirigiendo su vista hacia el joven guerrero, la muchacha le habló: «¡Oh, hermoso y dulce Oisin!, he suspirado largo tiempo por vos, ¿vendríais conmigo a la tierra de mi padre?». Oisin, sin dudarlo un instante respondió: «Hasta allí iré y más lejos, pero, por favor, contadme cómo es la tierra de vuestro padre».

*Ossian*, François Pascal Simon Gérard. 1801
Óleo, 180,5 × 198,5 cm.
Musée National du Château de Dalmaison, París.

Entonces la bella joven comenzó a hablar sobre su tierra de origen, y mientras lo hacía, una gran quietud inundó todas las cosas, los caballos dejaron de patalear, los perros no ladraron, la calma más absoluta invadió el bosque sin que la más mínima ráfaga de viento soplara entre las hojas, a la vez que los hombres la observaban maravillados por su extrema apostura. Así, la joven les contó que su tierra era deliciosa por encima de todos los sueños, con una belleza que superaba todo lo visto por los humanos. Los árboles rezumaban miel salvaje, mientras el vino y la hidromiel nunca se acabarían. Los habitantes del reino de su padre eran eternamente felices, ya que ni el dolor, la enfermedad, la muerte o la tristeza existían en sus tierras.

La música y la fiesta siempre estarían presentes, con los salones arreglados para recibir invitados, mientras que la caza sería inagotable. Además la riqueza, el oro y las joyas de la tierra de la Juventud son inconmensurables, con un esplendor jamás conocido por hombre alguno. A continuación la doncella relató las posesiones que Oisin tendría al ir con ella, desde caballos de excelente crianza y linaje, hasta perros cazadores más veloces que el viento; además de un centenar de guerreros que lo seguirían en las batallas, y de cientos de doncellas.

Y además, se convertiría en el rey y señor de toda la tierra de la Juventud, portando la corona real sobre su cabeza, y siendo el señor absoluto de Niam, la del pelo dorado. Cuando la joven terminó su relato, los amigos de Oisin le vieron montar en el corcel mágico, mientras rodeaba a la joven con sus brazos, desapareciendo hacia el bosque como si de un rayo de luz se tratara.

### Las hadas

Parece ser que las criaturas feéricas, como las hadas, eran en su origen dioses locales o espíritus de la naturaleza con capacidad de cambiar su forma, tamaño y apariencia, hasta que se transformaron finalmente en diferentes especies: hadas, elfos, duendes, etc. Esta explicación podría aplicarse a pueblos míticos como los **Tuatha de Danann,** la primitiva tribu divina de origen celta, descendiente de los propios dioses.

## Las hadas y los espíritus en el día de Todos los Santos

Existió en una ocasión un hombre llamado Hugh King, cuyo rasgo principal era la bondad. Cierto día, víspera de Todos los Santos, se quedó a pescar hasta muy tarde y entonces vio pasar por el camino a una gran multitud de personas que apresuradamente recorrían la zona, mientras reían y cantaban, portando enormes cestos.

Sin dudarlo un momento, el joven Hugh King se dirigió a ellos y preguntó a uno de los hombres que formaba el cortejo por su lugar de destino. «Vamos a la feria», fue la respuesta que obtuvo del hombre que iba extravagantemente vestido con un tricornio en la cabeza y calzado con unas botas doradas. Otro de los risueños componentes del desfile, le invitó a unirse a su marcha: «Ven con nosotros y comerás, beberás y bailarás».

Hugh les acompañó, una mujer le encargó llevar su cesta y así fue con ellos hasta llegar a la feria, en un sitio oculto en el bosque. En ese lugar, la gente se había reunido para cantar y bailar, mientras se escuchaban a los mejores músicos que el muchacho había oído jamás; además,

*El sueño de Oissin*, Jean Auguste Dominique Ingres. 1813 Óleo 348 × 275 cm. Musée Ingres Montauban.

en la feria había otras actividades, en un rincón se habían colocado un grupo de pequeños zapateros, en otra zona había dos adivinadoras y en el centro, grandes mesas con los más maravillosos manjares.

Hugh estaba maravillado y su mayor deseo era dejar la cesta para bailar, ya que había visto a una hermosa muchacha de largos y sedosos cabellos del color del trigo, que estaba riéndose y bailando muy cerca de donde él se encontraba. Así fue como al dejarla en el suelo salió de su interior un viejecillo, un duende feo y deforme le asustó. Pero cuando habló fue para darle las gracias por lo bien que lo había transportado, explicándole las numerosas dolencias que le aquejaban y que le habrían impedido llegar hasta allí si él no le hubiese llevado en el cesto. El duendecillo insistió en pagar a Hugh por su trabajo, así le echó en las manos gran cantidad de guineas de oro.

Las horas fueron transcurriendo y Hugh fue dando señales de cansancio y se recostó en un árbol para descansar. Entonces, se le acercó un hombre de piel oscura y elegantemente vestido, que lo cogió del brazo y le preguntó: «¿Sabes quién es esta gente? ¿quiénes son los hombres y mujeres que están bailando a tu alrededor? Mira bien y dime: ¿Estás completamente seguro que no les habías visto antes?», ante su insistencia, Hugh empezó a fijarse en los que habían sido sus compañeros de bailes y risas, así pudo comprobar con estupor que muchos eran antiguos paisanos suyos que él sabía perfectamente que habían muerto tiempo atrás.

Ante este horror, Hugh intentó escapar de ellos, pero no pudo, ya que se pusieron en círculo a su alrededor, bailaron y se rieron; luego lo tomaron de los brazos e intentaron atraerlo a la danza; mientras la risa se transformó en un agudo chillido que parecía perforar su cerebro para intentar matarlo, hasta que, exánime, cayó al suelo desmayado, en una especie de trance.

Cuando despertó al día siguiente estaba tendido en el suelo, dentro de un viejo círculo de piedra.

Hugh inició el regresó a su hogar, con el alma apesadumbrada, pues comprendió que lo que había observado era la celebración de las hadas y los espíritus de la fiesta de Todos los Santos, la única noche en que salían libremente de su encierro y que él, un simple humano, debería haberse quedado en casa para no estorbar su noche de fiesta.

# DIOSES NÓRDICOS

## BALDER

El dios predilecto, el favorito por más dulce hermoso y complaciente con los hombres, no solo era el dios más venerado por los humanos, sino también era el hijo predilecto de **Odín** y de Frigg. Sus cualidades físicas no tenían fin, pues poseía unos rasgos de gran belleza de los que parecían brotar rayos de luz, sus cabellos eran de un blanco prístino.

Pero no solo los dones físicos adornaban la figura del dios, también era considerado el más sabio y elocuente de los dioses. Habitaba en la morada celeste llamada Breidablik, en un lugar donde nada maligno o sucio podía entrar.

Sin embargo, esta adoración provocó la envidia de otros dioses, en particular de su hermano Loke, que estuvo detrás de su muerte, acontecimiento que los asios consideraron como unos de los hechos de mayor relevancia.

El gran dios vivía atormentado por terribles sueños que le mostraban que su vida estaba en gran peligro; ante su temor, decidió comunicárselo al resto de los dioses a los que había reunido en asamblea, quienes, entristecidos, decidieron conjurar los peligros que le amenazaban.

Frigg prometió por el fuego, el agua, el hierro y todos los otros metales, al igual que por las piedras, la tierra, las enfermedades, las bestias, los pájaros, los peces y los reptiles, que ninguna de esas cosas podría dañar a su amado hijo; sin embargo, **Odín** temiendo que ese hecho significara que la prosperidad de los dioses hubiese llegado a su fin, buscó

Representación del dios nórdico Odín.

### LOS DIOSES NÓRDICOS

Existían doce dioses a quienes se debía rendir honores y tributos: **Odín, Thor, Balder, Tyr, Brage, Heimdal, Hodur, Vidar, Vale, Ull, Foresti** y **Loki.** En principio no aparecían **Frey** o **Njord,** ya que estos, originalmente, eran de la raza de los vanios, dioses de las aguas, que fueron entregados como rehenes a los asios, tras la lucha que mantuvieron los dioses entre sí. Las diosas habitaban en la residencia de Vingolf, en Asgard.

*La muerte de Balder,* Christoffer Wilhelm Eckersberg. 1817.
Galería Det Kongelige Danske Kunstakademi, Copenhague.

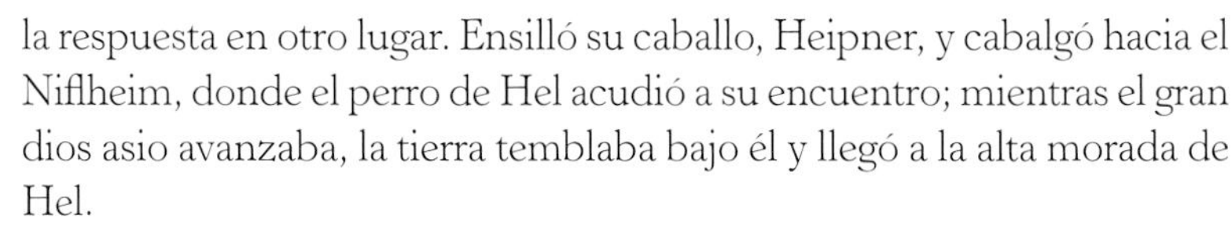

la respuesta en otro lugar. Ensilló su caballo, Heipner, y cabalgó hacia el Niflheim, donde el perro de Hel acudió a su encuentro; mientras el gran dios asio avanzaba, la tierra temblaba bajo él y llegó a la alta morada de Hel.

Allí ante la adivina, preguntó si el mundo de los dioses estaba llegando a su fin, y si Balder terminaría muriendo y dando paso a nuevos tiempos. Hel se enfadó mucho por haber sido perturbada en su lugar de reposo.

Mientras, se supo que no había nada en el mundo que pudiera dañar a Balder, los dioses en sus reuniones adquirieron la costumbre de rogarle que les sirviera de objetivo, así unos le lanzaban dardos, otros piedras, mientras que otros le cortaban con sus sables y sus hachas de batalla; le hicieran lo que le hicieran, nadie podía hacerle daño, lo que todos consideraban un gran honor para el dios.

Sin embargo, cuando Loke presenció esta escena, se sintió muy molesto porque Balder no recibía ninguna herida, así que tomando la forma de una mujer muy esbelta, se encaminó a Fensal, la morada de Frigg.

Cuando llegó allí, la gran diosa le preguntó si conocía lo que hacían los dioses en sus reuniones, esta respondió que lanzaban dardos y piedras a Balder sin conseguir herirlo. Frigg se vanaglorió de haber conseguido que todos los elementos de la tierra hubiesen prestado el juramento de no hacer daño a su hijo, ante la extrañeza de Loke, la diosa reconoció que solo un pequeño arbusto que crecía sobre el lado oriental del Valhal, el muérdago, no lo había realizado, ya que era demasiado joven y débil para exigírselo.

En cuanto Loke supo esto, se marchó, y tras recobrar su forma primitiva, arrancó el muérdago para volver al lugar donde estaban reunidos los dioses. Allí encontró a Holder, que se mantenía alejado sin tomar parte en el juego, Loke se dirigió a él y le dijo que tirara algo sobre Balder, a lo que Holder respondió que él era ciego, por lo que no podía ver dónde estaba el dios y además no tenía nada que arrojarle.

Pero Loke insistió y entregándole el tallo del muérdago le indicó dónde se encontraba el dios y le pidió que se lo lanzara, Holder tomó el muérdago, y conducido por Loke, se lo lanzó a Balder, que cayó inanimado, atravesado de parte a parte.

Cuando cayó Balder, los dioses se quedaron sin voz, paralizados de horror, luego se miraron unos a otros; todos estaban de acuerdo en querer apoderarse de quien había realizado la acción; pero por respeto a la santidad del lugar donde se hallaban reunidos, debieron posponer su venganza.

Pero ninguno era más consciente que **Odín**, de la desgracia que ocasionaba la muerte de su hijo, ya que era la pérdida del mundo de los dioses tal y como se entendía hasta entonces. Cuando los dioses se hubieron calmado un poco, Frigg les preguntó que quién, entre ellos, conquistaría su gratitud eterna y todo su amor yéndose a caballo al mundo inferior,

### Balder

Es hijo de **Odín** y de Frigg, es el favorito de toda la naturaleza y de todos los dioses. Es tan bello y tan resplandeciente en sus formas y sus rasgos, que los rayos de luz parecen brotar de él; y podemos formarnos una idea de la belleza de sus cabellos, cuando sabemos que la más blanca de todas las plantas es llamada «cabellera de Balder» *(Baldesdbraa)*.

para tratar de encontrar a Balder, ofrecer un rescate a Hel, y que esta permitiera que Balder volviera a Asgard; todos se ofrecieron, pero al final, la tarea le fue encomendada a **Hermod**, el que emprendió el viaje montando en uno de los caballos de **Odín**, Sleipner.

Entre el resto de los dioses tomaron el cadáver de Balder y lo llevaron al mar, al lugar donde estaba su navío, Ringhorn, el más esplendoroso de todos los que había en el puerto, cuando quisieron botar la nave, para así construir la pira funeraria del dios les fue imposible hacerla cambiar de sitio.

Ante esta complicación llamaron a Hyrroken una gigante que con un solo impulso lo puso a flote; pero el movimiento fue tan violento, que unas chispas surgieron de los rollos que había encima y toda la tierra tembló.

**Thor** se enfureció al verlo y cogiendo su martillo intentó destrozar el cráneo de la mujer, lo que hubiera conseguido si el resto de los dioses no hubieran intercedido por ella. Después, el cuerpo de Balder fue transportado a bordo del navío sobre la pira funeraria, la pena afectó de tal manera a la esposa de Balder, Nanna, que murió en el acto; su cuerpo fue colocado sobre la misma pira y quemado con el de su marido, **Thor** estaba detrás de la pira y la consagró con su martillo.

Dibujo que muestra al dios maligno Loke guiando al dios ciego Halder para matar a Balder con una rama de muérdago.

Acudieron muchas personas a la procesión funeraria de Balder. **Odín** la encabezaba, acompañado de Frigg, de las valquirias y de sus cuervos. Luego venía **Frey** en su carro, Heimdal cabalgaba a lomos de su caballo Goldtop, y **Freya** conducía su carro, tirado por unos gatos. También había un gran número de gigantes del frío y de gigantes de las montañas, **Odín** echó a la pira funeraria la famosa argolla Draupner de los enanos. El caballo de Balder, ricamente adornado, fue igualmente llevado a la pira y consumido por las mismas llamas que su amo.

Mientras tanto, **Hermod** se ocupaba de su misión, cabalgó durante nueve días con sus noches a través de sombríos y profundos valles, hasta que llegó al río Gjol y cruzó el puente Gjallar que está cubierto de oro brillante. Modgud, la doncella que guardaba el puente, le preguntó su nombre y la misión que le llevaba hasta lugares tan inhóspitos. Así el dios le contó que estaba buscando la morada de Hel para intentar rescatar a Balder, a lo que la joven respondió que el dios había pasado sobre el puente Bjallar, y que la ruta que lleva a la morada de la muerte se encuentra más abajo y hacia el norte. **Hermod** prosiguió así su viaje hasta que llegó a las puertas prohibidas de Hel, allí desmontó, apretó las cin-

## Balder

Balder es el más sabio y el más elocuente de los dioses y, sin embargo, su juicio es tal que no puede jamás ser cambiado. Habita en la morada celeste llamada del vasto esplendor *(Breidablik)*, donde no puede entrar la suciedad. La muerte de Balder fue un acontecimiento que los asios consideraron muy importante.

### BRAGE

Brage se caracteriza por su sabiduría, pero destaca sobre todo por su elocuencia. No solo es extremadamente hábil en el arte poético, sino que el mismo arte toma su nombre prestado a Brage y este epíteto se usa para nombrar a los poetas distinguidos.

chas, volvió a subir a su caballo y le golpeó los flancos con sus dos espuelas, consiguiendo que el caballo atravesara la puerta en su galope desenfrenado y sin tocarla.

Cuando **Hermod** llegó hasta las puertas del palacio, se apeó y entró, allí estaba su hermano Balder ocupando el asiento más distinguido de la sala, y pasó la noche en su compañía. A la mañana siguiente, suplicó a Hel que dejara a Balder volver a caballo a su patria, explicándole la pena que reinaba entre los dioses. Hel estableció que el dios podría volver a Asgard si realmente era tan amado como se decía, si todos las cosas del mundo, ya fueran animadas o inanimadas, lloraban por el dios, este podría regresar; sin embargo, si una sola no lo hacía o hablaba mal de él debería permanecer en su morada.

Tras esto **Hermod** se levantó y despidiéndose de su hermano volvió a la morada de los dioses. Cuando **Hermod** llegó a Asgard relató sus aventuras en el palacio de Hel, a continuación, los dioses enviaron mensajeros por todo el universo para suplicar a todas las cosas que lloraran por el fallecido dios para que este pudiera ser liberado.

Todas las cosas accedieron de buen grado a la demanda: los hombres, los animales, la tierra, las piedras, los árboles y todos los metales, cuando los mensajeros volvieron con la convicción de que su misión había sido un éxito completo, se encontraron por el camino a una gigante que se llamaba Thok, le pidieron también que llorara por Balder para liberarle del poder de Hel. Pero Thok se negó, ya que Balder no se había ocupado nunca de ella cuando estaba vivo, motivo por el cual podía permanecer en el palacio de Hel.

Lo más probable es que esta gigante no fuera otra que Loke transmutado, de esta manera conseguía que su odiado hermano permaneciera en el mundo de los muertos, aunque **Odín** sabía que un día, cuando llegara el fin del mundo, su hijo volvería a su lado para iluminar el mundo y dotarlos de paz perenne.

*Brage sentado al arpa con Idun de pie detrás,*
Nils Johan Olsson Blommér.
1846.
Malmö Museet, Malmö.

## BRAGE

Dios de la Música y la Poesía, protector de los que practican tan dulces artes. Su representación más habitual consistía en un anciano que sostiene un arpa de oro en las manos y luce una barba blanca que flotaba siguiendo la dulce música de su arpa.

Estaba casado con la inmortal **Idun** y era hijo de **Odín** y la gigante Gunlod.

## EIR

Diosa de la Salud, era una de las sirvientas de Frigg.

## FORESTI

Dios representante de la justicia, hijo de **Balder** y Nanna. Como administrador de justicia se encontraba a cargo de la asamblea de los dioses, además de resolver las disputas entre los hombres.

## FREY

El protector de los duendes era Frey, dios del brillo del sol, de los mares y los vientos. Hijo de **Njörd** y de la gigante Skadi, además de hermano de **Freya.** Ya que era el señor de duendes y enanos se le concedió el reino de Alfheim, la tierra donde habitaban, elfos, enanos y hadas.

Viajaba en los lomos de su jabalí de oro, Gullinbursti, o sobre su barco, Skidbladnir, que fue construido a la vez que la lanza de **Odín**, el martillo de **Thor** y la cabellera de **Sif**, su principal cualidad era controlar el poder del viento.

## FREYA

Diosa del Amor, de la Fertilidad, de la Lluvia y de la Fecundidad, fue una de las diosas más pretendidas de la mitología escandinava. Poseedora de una manta mágica de plumas con la que se transformaba en halcón (traje que prestó a **Thor** para que este pudiera recuperar su martillo) y un collar llamado Brisingegamen. Montaba en un carro llevado por dos gatos.

A veces se asimila con la diosa Frigg, la esposa de **Thor** y madre de **Balder**, ya que compartían algunos rasgos, pero mientras Freya representaba el amor más pasional, Frigg sería el amor reposado.

## HEIMDALL

Este hijo de **Odín** era el dios de las Olas y de la Luz. Portaba una gran espada centelleante y un majestuoso caballo para poder ejercer sus funciones de guardián de Bifrost, el gran arco iris llameante que los dioses habían construido para unir el mundo de los dioses con el de los hombres. Ya que la vigilancia de este puente de unión era fun-

### FREY

Frey es uno de los dioses más importantes, pues él decidía cuándo el sol debía brillar y cuándo debía caer; además, presidía la lluvia, por lo que se le invocaba para obtener buenas cosechas.

### FREYA

Freya representa los amores de juventud, sin medida, tumultuosos y agitados.

*Freya y el collar,*
J. Doyle Penrose. c. 1913.

damental para la supervivencia de Asgard, los dioses dotaron al dios de un oído excelente, se decía que era capaz de oír cómo crecía la lana en las ovejas, y de una vista penetrante, pudiendo ver claramente en más de cien millas a la redonda. Heimdall tuvo tres hijos con la madre de la Tierra; estos fueron Thrall, de quien descenderían los esclavos; el segundo Churl, señor de los hombres libres; y el último, Jarl, que sería el origen de los nobles.

Este dios sería el encargado de anunciar la llegada de **Ragnarok**, haciendo sonar su cuerno Gjallarhorn, para que se oyera en todo el mundo.

## HERMOD

Hijo legítimo de **Odín** y Frigg, era el más eficaz y veloz de todos los dioses, por eso se le consideraba como el dios «mensajero».

El dios Hermod en un manuscrito islandés del siglo XVIII.

Siguiendo las órdenes de su padre, recorría el campo de batalla, portando la lanza de **Odín**, para animar a los guerreros y que estos no abandonaran la lucha. Su hazaña más notable sucedió cuando viajó hasta el reino de **Hel**, el mundo de los muertos, para solicitar el regreso del alma de su hermano el gran dios **Balder**.

### IDUN

Conserva en una caja las manzanas que los dioses, al acercarse a la vejez, solo tienen que probar para volver a ser jóvenes. De esta manera conservan una juventud regenerada hasta el *Ragnarok*, la destrucción final del mundo. Su nombre deriva de la raíz *id* y expresa una actividad constante y una renovación.

## HODUR

El dios que, sin saberlo, provocó la muerte a **Balder,** fue Hodur, el dios ciego. Cuando **Loki** descubrió la manera de acabar con su hermano, **Balder** decidió que la mano ejecutora fuera la de Hodur, cuando este descubrió la trampa de la que había sido objeto huyó de Asgard, puesto que sabía que los dioses buscarían la venganza, refugiándose en los bosques con su escudo mágico como protección.

No obstante, un día el joven **Vale** le encontró disparándole hasta tres veces con su arco, la primera el muchacho falló, la segunda chocó con su escudo, pero la tercera penetró en su corazón causándole la muerte.

## IDUN

La diosa que nunca habría de morir, así como nunca había nacido, era Idun, en su poder estaban las manzanas doradas de la eterna juventud, por lo que se la consideró una diosa regeneradora. Era la esposa del dios **Bragi**, y se encargaba de abastecer de manzanas a los dioses de Asgard, sin las cuales tendrían que enfrentarse a enfermedades y a la vejez.

## Jörd

Una de las diosas de la tierra, hija de Nott (la Noche) y esposa de **Odín**.

## Loki

El hecho más luctuoso en el que participó fue la muerte de **Balder.** La asamblea de los dioses le castigó por su participación en el asesinato de **Balder** de la siguiente manera: le ataron a unas enormes rocas con las vísceras de uno de sus hijos, y encima de su cabeza le colgaron una serpiente venenosa. Su mujer Sigyn recogía en una copa las gotas de veneno que continuamente caían sobre su cara, pero cuando se retiraba para vaciarla algunas de estas caían sobre el dios, lo que provocaba que se retorciera con tan gran dolor que hasta la tierra temblaba.

Aunque, en ocasiones, ayudó a los dioses a salir de situaciones difíciles debido a su ingenio. En cierta ocasión, los dioses decidieron construir un muro alrededor de Asgard, a lo que se ofreció un gigante, pidiendo como recompensa la mano de la diosa **Freya**, más el sol y la luna, con solo la ayuda de su caballo Svadilfare. Los dioses aceptaron con tal que acabara el muro en seis meses, tal como les había aconsejado Loki, el proyecto comenzó y avanzó muy de prisa. Cuando estaba a punto de cumplirse el plazo, los dioses que no querían perder a **Freya**, ni sumir el mundo en la más profunda oscuridad sin el sol o la luna, exigieron a Loki que buscara una solución. Este se convirtió en una yegua que distrajo al caballo Svadilfare, sin el cual el gigante fue incapaz de cumplir el plazo.

*Loki y Sigyn,*
Marten Eskil Winge. *1896.*

### Loki

Loki es la encarnación del dios malvado, demoníaco, enemigo de los dioses a los que siempre estaba ocasionando problemas. Era el dios de las Mentiras, de los Engaños y del Caos. Llegó a Asgard y consiguió hacerse hermano de sangre de **Odín,** en donde demostró muy pronto sus cualidades, ayudó al robo del martillo de **Thor,** participó activamente en **Ragnarok,** robó la cabellera de **Sif**... en muchas ocasiones gracias a su capacidad de transformarse en cualquier animal. Su descendencia fue toda monstruosa, así con la gigante Angerbode engendró a Fenrisulven, el lobo Fenrir; Midgardsormen, la serpiente **Midgard;** y Hel, la reina del infierno.

## Njörd

El padre de los dioses **Frey** y **Freya**, tenía una doble atribución como dios del Mar, patrono de navegantes y viajeros, y del Verano. Se encargaba de calmar las tempestades que provocaba Aegir y las oleadas de Gymer, el gigante de la tormenta.

## Odín

Era el principal dios del panteón nórdico, sobre el que descansa el gobierno del mundo de los hombres y el de los dioses. Aunque no había creado el mundo, sí creó a la primera pareja de humanos, Ask y Embla. El inventor de las runas era conocido por su afición a la poesía, pero también era un dios eminentemente guerrero, ya que protegía a los valientes durante la lucha, guiándolos, para que murieran luchando y

### ODÍN

Representado como un anciano de gran altura, con una larga barba y con un solo ojo, portaba un sombrero de alas anchas y un manto muy colorido, en su mano llevaba una lanza, en sus hombros aparecían Hugin y Munin (el pensamiento y la memoria), dos cuervos que contaban al dios todo lo que veían u oían y a sus pies descansaban dos lobos, Gere y Frece. Desde su trono dominaba **Midgard,** el mundo de los hombres, y Asgard, el mundo de los dioses, aunque en ocasiones recorría el firmamento a lomos de su veloz caballo, Sleipner.

pudieran llegar al Valhalla. Este lugar se encontraba en Asgard y allí eran conducidos los guerreros que habían sufrido una muerte violenta por las valquirias.

Entre sus posesiones más preciadas se encontraba una lanza llamada Gungner (violento temblor o sacudida), fabricada por los enanos y que estremecía a quien fuera golpeado con ella.

Las mujeres de Odín fueron **Jörd**, Rind y Frigg. **Jörd** representaba la tierra en su estado natural, sin relación con el hombre; Frigg sería la tierra, cultivada, transformada por el hombre; y Rind es la tierra de nuevo salvaje. Con Frigg engendró a **Balder**, con Jord a **Thor** y con Ring a **Vale**.

## SIF

La hermosa Sif era la protegida del dios **Thor**, se la invocaba para conseguir abundancia en las cosechas y para aumentar la fertilidad de los campos. Su principal atributo era su hermosa cabellera, que ayudaba al desarrollo de la agricultura. El dios **Loki** envidiaba este poder, por lo que una noche, mientras Sif dormía, le cortó todo el cabello y se lo llevó.

**Thor** solicitó de **Odín**, que obligara a **Loki** a restituir lo robado, ya que la abundancia y la prosperidad dependían de la cabellera de la diosa. Cuando este fue llevado ante los dioses, prometió conseguir una igual, una cabellera de oro que le fabricaron los enanos.

## THOR

Era el más fuerte de los dioses, protegía a la juventud, al rayo y al fuego, además de la arquitectura. Thor estuvo casado con **Sif** y tuvo tres hijos, Magni, Modi y Trud. Sin embargo, a pesar de su fuerza, no sobrevivió a su lucha contra la serpiente **Midgard**, durante el **Ragnarok**, «el fin del mundo».

Junto con su padre **Odín** y su hermano **Balder**, era uno de los dioses principales del panteón nórdico. Como representante de la guerra y la lucha salvaje, su mayor afición consistía en masacrar gigantes, para ello llevaba siempre su martillo y en su naturaleza se encuentran todos los elementos relacionados con el fuego.

Vivía en Asgard, su reino era Thrudvang y su palacio se llamaba Bilskirner. Para viajar usaba un carro del que tiraban dos machos cabríos conocidos por Tanngnjos y Tanngrisner, el cual hacía sonar truenos en el cielo a su paso, estos animales podían ser sacrificados al atardecer y

### THOR

El más importante de los dioses después de **Odín,** sus objetos más valiosos eran su martillo Mjollnir; su cinturón Megingjarder, el cual duplicaba su fuerza; y el tercer objeto era su guantelete con el que estaba obligado a cubrir su mano para poder asir el martillo.

luego resucitar a la mañana siguiente, si se tenía cuidado de poner los huesos sin romper dentro de cada piel.

## Tyr

Tyr, el más valiente entre los dioses, era el dios del Combate. Su nombre, junto al de **Odín,** era el que se invocaba antes de una batalla. Aparecía representado como un dios musculoso, aunque manco. Era el patrón de las espadas, y su nombre aparecía grabado también con frecuencia en estas. Uno de los episodios más importantes de su tradición mitológica lo coloca ante el lobo Fenris, el maléfico hijo de **Loki**, al que consiguió capturar.

## Ull

Es el responsable de los rigores invernales en Escandinavia, por lo que era considerado un dios hostil, además de proteger todo lo relacionado con la caza. Ull es el hijo adoptivo de **Thor** e hijo de **Sif**, **Odín** delegaba su poder en él durante el invierno.

*Thor luchando contra los gigantes,* Märten Eskil Winge. 1872. Óleo, 26 × 32 cm. Nationalmuseum, Estocolmo.

## Vale

Representaba junto a **Vidar** a la fuerzas inmortales de la naturaleza, aunque también era conocido como el dios de la Venganza. Hijo de **Odín** y de la doncella Rhind, nada más nacer, aunque su rostro era el de un niño, su cuerpo era el de un guerrero, por lo que se presentó ante **Odín** con su arco para proclamar ante los dioses que él vengaría la muerte de **Balder**, promesa que cumplió matando a **Hod** con una de sus flechas.

## Vidar

Hijo de **Odín** y de la gigante Grid, era conocido como «el dios silencioso». Se le representa calzado con unos zapatos de hierro, y su atribución era la fuerza y el poder subrepticio e implacable de la naturaleza. Estaba destinado a sobrevivir a **Ragnarok.**

# LEYENDAS NÓRDICAS

## ORIGEN DEL MUNDO

En un principio lo único que existía era Muspellheim, un reino de fuego, luminoso y caliente en donde habitaba Surtur, el fuego, que en el fin del mundo (**Ragnarok**) saldrá con su espada a acabar con los dioses. Al norte de este, se encontraba Niflheim, el reino del eterno hielo, de aquí brotaban doce ríos, cuando uno de los ríos se alejó demasiado (Eliagavar), este comenzó a derretirse por el calor que brotaba de Muspellheim. El hielo se fundió y de él nació Ymir, el primer gigante de hielo, cuando este se durmió comenzó a sudar y de su axila nacieron un hombre y una mujer mientras que de sus pies salió un niño.

También de esta escarcha nació una vaca, Audumia, de la que emanaban cuatro ríos de leche, con la cual se alimentó Ymir. La vaca se alimentaba a su vez de las piedras de sal que había, al tercer día que la vaca lamía descubrió un hombre, Bruni, este tuvo un hijo, **Bore**, quien se casó con la gigante y tuvieron tres hijos, Ve, Vili y **Odín**. Estos mataron a Ymir, del cual empezó a manar sangre, en tal cantidad que produjo una inundación en la que perecieron todos los gigantes, menos una familia que constituiría lo que luego fue la raza de gigantes de frío.

### LOS VIKINGOS

La principal fuente de conocimiento que tenemos de la mitología nórdica son los *Eddas,* textos mitológicos, religiosos, heróicos y poéticos que se conservan en el *Codex Regius* del siglo XIII. Estos poemas eran utilizados en ceremonias iniciáticas de la pubertad a la edad adulta, en las que el aspirante debía identificarse con la figura del dios protagonista (a menudo **Odín**), y pasar por las pruebas que el dios había establecido y superado. El poema más famoso de los *Eddas* tal vez sea el «Voluspá» o «Profecía de la vidente».

**Odín** y sus hermanos llevaron el cuerpo de Ymir al centro de Ginngagap, donde lo despedazaron para formar el universo, primero hicieron la tierra utilizando su carne, con la sangre formaron el mar y los lagos, para las montañas usaron los huesos, con las muelas conformaron las rocas, con el cerebro las nubes, y, por último crearon la esfera celeste a partir del cráneo, la cual estaba sujeta por cuatro enanos (Nordi, Sudri, Austri y Vestri).

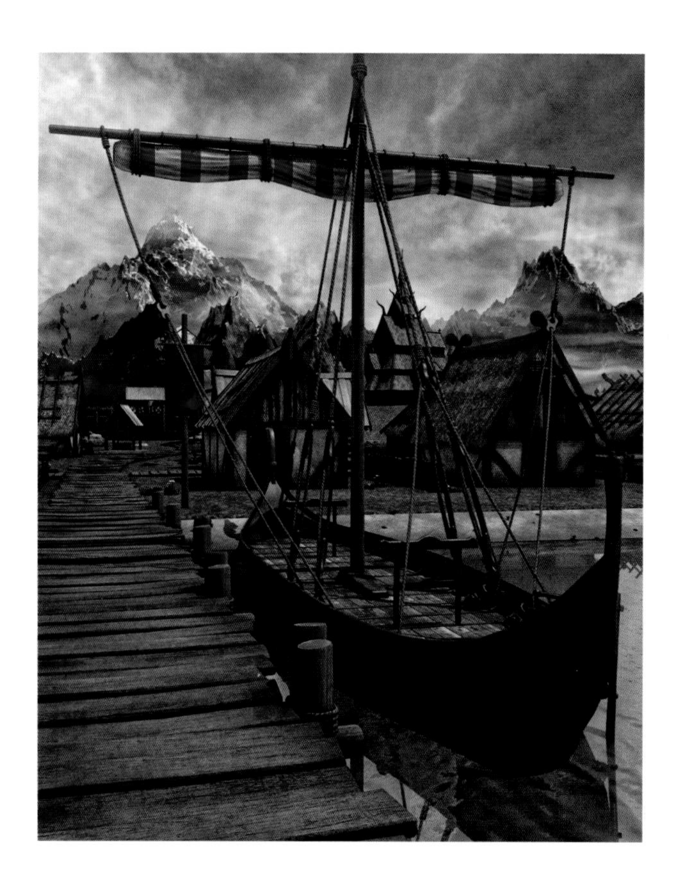

Las estrellas y sus órbitas las ordenaron con las chispas que salían del Musspell. Así la Tierra quedó rodeada del mar exterior, en cuyas costas habitaron los gigantes, mientras que el interior, era protegido por una muralla, levantaron **Midgard**, el hogar de los hombres.

Lo siguiente que hicieron los dioses fue crear la raza de los hombres a partir de dos árboles que encontraron en la costa. Para esto, usando la madera, crearon a Ask, el hombre, y a Embla, la mujer, de quienes descendían los hombres de **Midgard**. Cada uno de los tres dioses les dotó de ciertos atri-

butos: uno les dio la vida; otro sabiduría y movimiento; y el tercero forma, habla, oído y vista.

El gigante Narfi fue el padre de **Nott**, la noche oscura; de **Jord**, la tierra; y de **Dag**, el día luminoso. **Odín** les dio caballos para que recorrieran el cielo, el de **Nott,** Hrumfaxi, humedecía la tierra con el rocío y el de **Dag,** Skinfaxi, iluminaba la tierra con sus crines.

Los dioses eligieron como conductores de los carros del sol y de la luna, chispas de Musspell, a los hijos de Mundilfaeri, Luna (el chico) y Sol (su hermana). Los caballos que guiaban el carro de Sol eran Arvaki y Alsvidr, mientras Luna tomó de la tierra dos niños, Bil y Hjuki, para que lo acompañaran. Estos niños se podían observar desde la tierra convertidos en constelaciones. Los carros celestes eran constantemente perseguidos por los lobos Skoll y Hati, hijos de Hródvitin y de Gyg, de cuya estirpe también nacerían Jarnvidur y Managram, el lobo que terminaría por tragarse la luna.

**Midgard**, la tierra de los mortales, y Asgard, la de los dioses, estaban unidos mediante Bifröst, el puente del arco iris que estaba hecho de fuego para que los gigantes no pudieran atravesarlo, ya que los gigantes de la tierra exterior y los asios estaban permanentemente en lucha.

Los dioses habían establecido un tribunal en el que juzgaban y resolvían los conflictos de ellos mismos y de los hombres, este se encontraba en Yggdrasil, el mayor de todos los árboles. Sus ramas se extendían por todos los mundos, llegando hasta el cielo. De las tres raíces del árbol, una llegaba donde los asios, otra donde los gigantes de hielo, allí en el antiguo Ginnungagap, y la otra a Niflheim. Bajo esta raíz estaba la fuente Hvergelmir en donde habitaba Nidhogg la serpiente/dragón; la raíz que llegaba a Ginnungagap albergaba la fuente de Mimir, donde residía toda la sabiduría y el conocimiento (en ella bebió **Odín** entregando a cambio su ojo, por lo que era conocido como «el dios tuerto»). La tercera raíz estaba en el cielo, y bajo ella está la sagrada fuente de Urd, en donde los dioses establecieron su tribunal.

Varios animales vivían entre las ramas y las hojas del fresno, un águila y un halcón sobre las ramas, una ardilla que subía y bajaba del árbol, para llevar todo tipo de comentarios entre la serpiente Nidhögg y el águila. Cuatro ciervos se alimentaban de sus hojas: Dain, Dvalin, Duneyr y Durathror, y en la fuente de Urd nadan dos cisnes.

El concepto del árbol cósmico, como eje del mundo, aparece frecuentemente en las mitologías del norte de Europa, quizá influidos por una geografía en la que los bosques son una parte fundamental alrededor del que se podía desarrollar toda una simbología canalizada por chamanes y **druidas**.

### El árbol cósmico

El concepto del árbol cósmico, eje del mundo, se halla por doquier en las mitologías y, en el caso de la nórdica se expresa con especial fuerza, procedente de los indómitos bosques del norte de Europa y de la cultura celta/nórdica desarrollada alrededor de la sabiduría del árbol y su simbología para chamanes y druidas.
Otros reinos que el árbol comunica son Alfheim, hogar de los elfos de la luz (brillantes y hermosos) y los de las tinieblas (más negros que la pez y viven debajo de la tierra).
El viento es creado por un gigante en forma de águila que vive al norte del mundo, Hraesvelg, que lo crea al aletear. Svasud (agradable) es el padre del verano y Vindlom o Vindsvalr hijo de Vasar, el invierno, de fiero corazón.

El viento también estaba sujeto a los caprichos de un gigante, Hraesvel. Este ser se podía transformar en un águila de gran tamaño que, cuando se enfurecía, movía sus alas de tal manera que provocaba vientos huracanados, mientras que el movimiento de sus alas al desplazarse producía las brisas que surcaban los cielos.

DIOSES AESIRES Y DIOSES VANIRES

Una vez terminada la tarea de poblar el mundo, se hicieron presentes las divinidades: los dioses aesires, comandados por **Odín,** eran dioses de carácter guerrero, siempre andaban en eterna pelea, ya fuese en el cielo o en la tierra, y los dioses vanires, considerados más pacíficos, que eran divinidades de los campos, de los prados, de los bosques, de la luz y de la fecundidad.

## EL ORIGEN DEL HOMBRE. EL HOMBRE Y LOS ENANOS

En un principio **Odín,** uno de los dioses creadores de todas las cosas, nombró unos gobernantes y los erigió en jueces para que regulasen el destino de los hombres y los enanos junto a él. Se reunían en el centro de Asgard, aquí edificó doce sedes para ellos y un trono que ocuparía él. En el lugar donde se encontraba el otro existían otras dos estancias, la de los dioses cuyo nombre era Gladsheim y el santuario de las diosas, Vingolf.

Los enanos habían sido engendrados de la carne del gigante Ymer, de la cual surgieron tras su muerte a manos de **Odín** y aunque poseían inteligencia y forma humana, vivían en la tierra, en las cuevas más profundas. Cuatro de ellos Nordi, Sudri, Austri y Vestri fueron colocados para soportar el cielo, simbolizando los cuatro puntos cardinales Norte, Sur, Este y Oeste, respectivamente.

Ilustración de Odín con un enano.

En cierta ocasión en que **Odín** y sus hermanos caminaban por la playa, divisaron dos troncos de árbol, un fresno y un aliso, arrastrados por las olas, estos procedían del cabello de Ymir que había llegado a formar grandes bosques.

Del fresno crearon un hombre, al que se le dio el nombre de Ask y del aliso crearon una bella mujer a la que se le llamó Embla, estos tuvieron la vida de un árbol hasta que los dioses les dieron mente, voluntad y deseo. **Odín** les dio la respiración y el alma; Vile, la capacidad de pensar y moverse; y Ve les otorgó las facultades de hablar, oír y ver. De ellos descendería toda la raza humana, cuya morada es llamada Midgard o Manaheim.

## LOS NUEVE MUNDOS

Según la mitología nórdica, el mundo estaba dividido en nueve partes o los nueve mundos:

1. MUSPELLHEIM: El más elevado, allí residían los gigantes de fuego y los demonios ígneos. Surt, el demonio herrero de la desgracia, sería el que lucharía contra el dios superviviente del **Ragnarok**.

2. NIFLEHEIM: El más bajo, el del frío y de las tinieblas donde está la fuente Hvergelmer, casa de la serpiente Nidhug.
3. **MIDGARD** o MANNAHEIM o «tierra media»: Es el reino de los hombres y especies vivientes, rodeado por un gran océano. Los dioses le dieron a Ask y a Embla, la primera pareja humana, este mundo para que lo habitaran.
4. ASGARD: Por encima de **Midgard** estaba el hogar de los dioses, dentro de él, existen varias mansiones de las cuales cada dios tiene una, excepto **Odín** que tenía tres: Gladsheim, donde estaba el Consejo de los dioses; Valaskialf en donde el gran dios puso su trono; y Valhala, la más hermosa, el lugar al que iban los guerreros que morían en la lucha. Asgard. También era el lugar en donde se reunían para decidir el futuro y los avatares de los nueve mundos. Este reino está unido a **Midgard** mediante el Bifrost, un arco iris llameante que vigilaba **Heimdall.**
5. JOTUNHEIM: casa de los gigantes, más allá del océano, que se encontraba al norte y que rodeaba **Midgard**. Estaba separado de Asgard por el río Iving, que jamás se congelaba. **Thor** viajaba hasta este lugar para matar gigantes.
6. VANAHEIM: el reino de los dioses vanios, grandes guerreros que fueron sometidos por los asios.
7. ALHEIM: El mundo de los elfos de luz se encontraba entre Vanaheim y Jotunheim, gobernado por **Frey,** quien guardaba alli Skibladnir, el navío que le regalaron los enanos.
8. SVARTALHEIM: el mundo de los elfos oscuros, criaturas malignas que protegían el reino de Hel.
9. HEL: El reino de la muerte entre Svaralheim y Niflheim, gobernado por Hel, hija de **Loki**, con su entrada estaba custodiada por un perro, Gann. En este mundo terminaban los que morían por enfermedad o vejez.

## LOS EDDAS

Las fuentes de la mitología nórdica son principalmente los Eddas, tanto el mayor como el menor. El *Edda mayor,* el más antiguo, es una colección de poemas anónimos en islandés y data del año 1000, aproximadamente, con dos temas principales: poemas míticos que hablan sobre la creación y el fin del mundo, y poemas heroicos que hablan sobre **Odín** y **Thor.** El *Edda* menor se llama también *Edda* de *Snorre Sturluson,* quien lo escribió alrededor de 1220. Es un manual de poesía para los escaldos.

## RAGNAROK

El fin del mundo o Ragnarok quiere decir «el destino de los dioses». La llegada de Ragnarok estaría precedida por el invierno llamado Fimbulvetr, con inmensas nevadas, hielos y vientos gélidos en todas las direcciones. Después de tres inviernos seguidos, sin ningún verano de por medio, el sol no sería capaz de

## Ragnarok

Según la profecía, el mundo sería destruido por una batalla entre los dioses y los poderes malévolos, y cada uno destruirá al otro. Los dioses aesires toleraron la presencia del mal entre ellos, personificado por **Loki** el Embaucador. Se dejaron llevar por sus consejos, permitieron que les involucrara en toda clase de dificultades, de las cuales lograban salir solo separándose de su virtud o la paz, y poco a poco **Loki** tuvo tal dominio sobre ellos, que no dudaba en robarles sus más preciadas posesiones: la pureza, la inocencia, etc. Demasiado tarde se dieron cuenta y tardaron mucho en desterrar a **Loki** a la Tierra, donde los hombres, siguiendo el ejemplo de los dioses, fueron corrompidos por su siniestra influencia.

Según se vaya acercando el fin, triunfará la escasez y la discordia.

acabar con las heladas, el mundo estaría sumido en grandes batallas con los hermanos matándose entre sí.

Los lobos que perseguían los carros del Sol y de la Luna por fin los alcanzarían y los devorarían, las estrellas se precipitarían del cielo y la tierra sufriría grandes temblores que provocarían el derrumbe de las montañas sobre **Midgard**. A continuación, el relato del fin del mundo describe otra serie de desgracias. El lobo Fenris se soltará de sus cadenas y abrirá su boca expulsando fuego hasta tocar el cielo y la tierra. Las aguas inundarán la tierra. La serpiente de **Midgard** se revolverá con furor y saltará a la tierra, escupiendo veneno. Se rasgará el cielo y vendrán cabalgando los hijos de Muspellheim, precedidos por Sutur y su brillante espada, cuando cabalguen sobre Bifrost se romperá. A la llanura de Vigrid también llegarán **Loki**, seguido por todas las criaturas del infierno, Hrym y todos los gigantes de hielo. **Heimdall** se levantará y, después de soplar tres veces su cuerno, despertará a todos los dioses que se reunirá en asambleas. **Odín** cabalgará hasta el puente de Mimir y le pedirá el consejo. Entonces temblará Yggdrasil, el fresno del mundo, y no habrá nadie que no tenga miedo.

Los asios y los guerreros del Valhall vestirán sus armas y cabalgarán hasta el llano. Primero irá **Odín** con su yelmo, su coraza de oro y su lanza Gungnir, y lo atacará el lobo Fenris, **Thor** no le podrá ayudar pues tendrá que enfrentarse a la serpiente **Midgard**. **Frey** luchará contra Sutur, pero morirá por no tener la espada que le dio Skirnir. Entonces soltarán al perro Garm, el más temido de los monstruos, que está atado en Gripahell y luchará contra **Tyr**, ambos morirán.

**Thor** dará el golpe de muerte a la serpiente **Midgard** y entonces retrocederá nueve pasos y morirá ahogado por el veneno de esta. El lobo se tragará a **Odín**, y así morirá el padre de todos. Pero **Vidar** pisará la mandíbula de Fenris con su zapato y se la romperá al tirar de la mandíbula superior. **Loki** luchará con **Heimdall** y los dos morirán, entonces Sutur arrojará fuego sobre los nueve mundos.

Pero no todo morirá. Sobrevivirán **Vidar** y Vali, a quienes el fuego de Sutur no consigue dañar, estos dos dioses habitarán en Idavellir, en el mismo lugar donde antes estuvo Asgard, hasta allí también irán Magni y Modi, los hijos de **Thor**, portando a Mjollnir, el martillo de su padre. Y del infierno vendrán **Balder** y Horder, y hablarán de las viejas runas, y encontrarán en la hierba los escaques de oro que algún día pertenecieron a los asios.

En un bosque llamado Hoddmimir, escondidos del fuego, estarán dos hombres, Lif y Leifthrasir, que se alimentarán algún tiempo de rocío siendo los padres de una descendencia que habitará todos los mundos.

### SLEIPNIR

A Sleipnir se le cita frecuentemente en los mitos. Hermod lo monta cuando se dirige a casa de Hel para intentar rescatar a **Balder**, lo que remite a la función psicopompo de este animal y a sus vínculos con los fallecidos. En algunos petroglifos del siglo VIII (piedras de Tjangvide y de Ardre) se representa a Sleipnir, fácilmente reconocible por el número de sus patas.

## LA LEYENDA DE SLEIPNIR

Según la mitología nórdica, la pared que encerraba a Asgard fue destruida durante una batalla entre los vanios y los asios, por lo que la residencia de los dioses quedaba desprotegida ante un ataque de los gigantes. Cierto día un constructor llamado Blast llegó a Asgard y se ofreció como constructor, pero a cambio se le debía entregar a la diosa **Freya**, junto con el Sol y la Luna, los dioses necesitaban ayuda para lograr la reconstrucción, pero los términos indicados por el gigante eran abusivos. Sin embargo, ante los términos que propuso **Loki** pensaron que conseguirían parte de la pared y no tenían que hacer frente a las peticiones de Blast, así la pared debía ser construida en el término de tres inviernos.

El gigante aceptó el trato pero con la condición de que pudiera usar su semental, Svadilfari, en la reconstrucción del muro. El trabajo procedió mucho más rápidamente de lo que los dioses se habían imaginado y comenzaron a preocuparse, **Odín** amenazó en matar a **Loki** si la pared era terminada dentro del plazo asignado, por lo que este pensó en privar al gigante de su caballo, así tomó la forma de una yegua joven, para engañar al animal y llevarlo al bosque.

Cuando Svadilfari volvió, su amo ya estaba demasiado retrasado como para terminar su trabajo, además el constructor estaba tan enojado que reveló su forma verdadera como uno de los peores enemigos de los asios, un gigante de roca. El dios **Thor,** al darse cuenta, blandió su martillo, Mjollnir, y acabó con Blast. Meses después, **Loki** volvió a Asgard en donde dio a luz a un caballo de ocho patas, el cual regaló a **Odín** que le llamó Sleipnir. El caballo podía viajar por mar, tierra y aire y era más veloz que cualquier hombre o especie.

## EL ROBO DEL MARTILLO DE THOR

Un día al despertar, Thor se percató de que su martillo había sido robado, rápidamente pensó que **Loki** tenía algo que ver y tras interrogarle, este le sugirió que fuera donde los gigantes. Pidió prestado el traje de plumas a **Freya** y partió volando al reino de los gigantes, en donde lo encontró, ya que había sido robado por Thrym, rey de los gigantes, que pedía como rescate la mano de la diosa **Freya.**

**Loki** ideó un plan, que consistía en disfrazar a Thor con la ropa y el collar de **Freya** y colocarle un velo en la cara, una vez en la tierra de los gigantes, Thrym ofreció un banquete en honor de su esposa durante el cual Thor se desprendió de su disfraz y agarrando su martillo, arremetió contra los gigantes. Aunque Thrym suplicó piedad, el dios no lo escuchó, mientras el salón se llenaba de truenos y relámpagos, Thor dió muerte a Thrym y a los demás gigantes.

### MIMER

Es un dios sabio que fue enviado por los aesiros a los vaniros para sellar la paz. Pero estos se consideraron estafados, le cortaron la cabeza y se la enviaron a los aesiros. *Odín* untó la cabeza con hierbas para que nunca se pudriera. Pronunció un conjuro para devolverle el habla, y después le encomendó la custodia de la fuente del árbol cósmico Yggdrasil.

## ODÍN Y MIMER

En el «canto de Vegtam», se nos cuenta cómo Odín fue a ver a Hel, la profetisa, para pedirle que le mostrara la suerte de su hijo **Balder**, pidiendo también consejo a los manantiales.

El nuevo *Edda*, tras haber dicho que la fuente de Mimer estaba situada bajo la raíz del árbol del mundo, Yggdrasil, que se extiende hacia Jotunheim, añade que la sabiduría y el espíritu están allí ocultos y que Odín un día fue a ver a Mimer y le pidió que le dejase beber del agua de la fuente. Consiguió beber, pero tuvo que dejar uno de sus ojos en prenda.

Uno de los conocimientos que Odín consiguió fue la certeza de la llegada del **Ragnarok**, así la angustia de Frigg por la muerte de **Balder** en Odín se convirtió en resignación, era el conocimiento del regreso del mundo de los muertos de su hijo cuando el mundo de los asios hubiese tocado a su fin. Con el ojo de Odín, el sol, se medía el ocaso y la aurora, cuando anochecía se hundía en el océano para buscar los secretos del abismo, y cuando el alba coloreaba el firmamento, la fuente de Mimer adquiría unos tintes dorados.

## THOR CONTRA LA SERPIENTE MIDGARD

Los dioses deseaban realizar una fiesta en la casa de Aeger, pero no podían conseguir la suficiente bebida, ya que este no disponía de un caldero lo suficientemente grande para preparar la cerveza. Pidió a Thor que le buscara uno y entonces **Tyr** le dio la idea de trasladarse juntos hasta el este del río Elivagar, cerca de las fronteras del cielo en donde habitaba Hymer, su padre, que poseía una caldera de una milla de profundidad.

Entonces Thor tomó la apariencia de un muchacho y junto a **Tyr** viajaron hasta el palacio de Hymer. En cuanto llegaron, **Tyr** encontró a su abuela, una gigante de 900 pies, pero su madre, que era una bella mujer, les ofreció bebidas y les aconsejó que se escondieran bajo unas calderas, pues Hymer, su marido, era muy cruel con los extranjeros.

Cuando Hymer volvió, su mujer le comunicó que su hijo estaba en casa y que lo acompañaba el enemigo de los gigantes, Thor, le indicó hacia donde estaban escondidos. El gigante hizo matar tres bueyes para ofrecerles una comida, aunque no le agradaba su presencia.

A la mañana siguiente Thor pidió acompañar a Hymer en su pesca, a lo que el gigante respondió que buscara un cebo y fuera al bote, Thor fue donde estaba el rebaño y sacó el mejor toro de Hymer, le cortó la cabeza y volvió al bote, enseguida partieron, remaron mucho tiempo y al fin Hymer exclamó sorprendido por la fuerza de Thor, que si no se detenían estarían en peligro por la serpiente **Midgard**, pero el dios siguió remando.

Cuando se detuvieron, Hymer no tardó en pescar dos ballenas, Thor lanzó su caña con el cebo amarrado y logró engañar a la serpiente, la cual quedó prendida del anzuelo, Thor tiró tan fuerte que sus pies atravesaron el barco y llegaron al fondo del mar, desde ese momento Thor y la serpiente lucharon mientras esta le arrojaba mares de veneno, Hymer, en su espanto, cogió un cuchillo cuando Thor blandía su martillo y cortó la cuerda, de forma que la serpiente se sumergió en el mar nuevamente.

Al regresar al palacio, el gigante pidió a Thor que le demostrara nuevamente su fuerza, y le rogó que rompiera su vaso tirándolo contra la frente de Hymer, pues era muy dura, y así lo hizo Thor, el vaso se rompió y la frente del gigante quedó intacta.

Pero aún Thor debía sacar esa caldera fuera del palacio, con toda su fuerza tomó la caldera y la subió a su cabeza, mientras sus pies atravesaron el suelo de la sala, colocando la caldera sobre su hombro y blandiendo su martillo masacró a todos los gigantes. Así volvieron a la casa de Aeger, con la caldera necesaria para poder celebrar su fiesta.

### Midgard

Se trata de la gran serpiente que vive en el océano que rodea la tierra y que asegura su cohesión horizontal. El poeta Ulf Ugasson (siglo x) la llama «sólido vínculo de la tierra». Interviene con frecuencia en los mitos: **Thor** intenta en vano pescarla. **Loki** es su padre, y la gigante Angrboda su madre. Cuando llega el Ragnarök, esta serpiente se agita en el mar y llega a la tierra, provocando un maremoto. Desde los petroglifos de la edad de bronce hasta la época vikinga, se representa a la serpiente Midgard. En Inglaterra, puede vérsela en la cruz de Gosforth.

# EGIPTO y ORIENTE PRÓXIMO

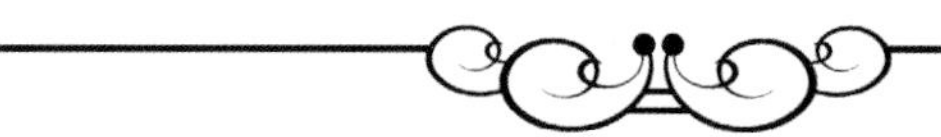

Representación pictórica en el Valle de los Reyes de dioses y jeroglíficos egipcios.

## Dioses y seres fantásticos de Egipto y Oriente Próximo

**Ahriman**. Zoroastrismo. Espíritu supremo, señor de las tinieblas y personificación de la maldad. Creó el miedo, la envidia y la lujuria para regalárselos al hombre. Vive en el infierno y está simbolizado por la serpiente.

**Ahura-Mazda**. Zoroastrismo. Espíritu del bien supremo (en contraposición a **Ahriman**), dios de la Luz y de la Vida. Se traduce como «señor sabio» y personifica la sabiduría y la bondad.

**AMÓN**. Egipto. «Rey de reyes», dios tebano del Cielo y del Aire, y protector de navegantes. Se fusionó con el dios Sol (**Re**), Amón-Re, y se convirtió en la divinidad más poderosa. Se representa como un hombre de piel negra azulada. La leyenda dice que Amón es su nombre, **Re** es su cara y **Ptah** su cuerpo. Se representaba con forma de hombre sentado en un trono con cabeza animal, decorada con dos plumas largas, y ataviado con una túnica larga.

**AMSET**. Egipto. Hijo de **Horus**. Se representa como una cabeza humana. Se identifica con el viento del sur y protege el hígado.

**ANATH**. Siria. Diosa de la Tierra, de los Cereales y del Sacrificio. Es la fuerza de la vida, dama sedienta de sangre y virgen violenta.

**ANAHITA**. Zoroastrismo. Es madre y diosa de la Vida, del Agua, controla la meteorología, la fertilidad, la procreación, la guerra y la victoria. En Grecia, se identificó con la diosa Atenea.

**ANKH**. Cruz egipcia y símbolo religioso. Está formada por una tau con un asa en la parte superior. Se puede ver en las representaciones de la diosa Sekhet y de la diosa **Isis**. Simboliza el triunfo de la vida sobre la muerte.

**ANU**. Es el dios supremo del panteón sumerio. Se traduce por «cielo estrellado» y se representa como una estrella de ocho puntas. Vive en Eanna, casa del Cielo. Se casó con Antu y tuvo dos hijos, **Enlil** y Baba.

**ANUBIS**. Egipto. Dios y señor de la necrópolis. Se representaba como un chacal. Su función era conducir los espíritus y momificar los cuerpos. Protegió el cuerpo de **Osiris** tras su muerte. Era hijo de **Neftis** y **Set**.

**APAUSHA**. Zoroastrismo. Demonio que aparece montado sobre un caballo negro anunciando la sequía.

**APIS**. Egipto. Buey sagrado símbolo de la fecundidad. Es un hombre con cabeza de toro nacido de un rayo de sol que fecundó una vaca. Los toros eran considerados heraldos de los dioses y Apis era el heraldo de **Ptah**.

**ARCA DE NOÉ**. Todas las culturas, coinciden en un diluvio universal. Sin duda alguna, en Sumeria, entre el Tigris y el Eúfrates, hacia el año 2400 a. de C. sí que lo hubo. Lo único que no desapareció fue el arca de Noé, pues quedó resguardada de los rigores climáticos, permaneciendo en la cima del monte Ararat.

## ARCA DE NOÉ

Son innumerables las historias sobre el diluvio universal que recorren casi todas las civilizaciones conocidas. Aunque la más famosa sea la del Génesis, también aparece en el poema épico de Gilgamesh, en el Corán, en las mitologías tibetanas, esquimal, china, azteca, de los indios sioux o los tuscarolas, e incluso en los aborígenes australianos.
En todas hay algo en común, aunque los matices son distintos: la historia de un hombre, la de su embarcación y la de los animales que se salvaron.

Representación pictórica en una pared del dios egipcio Anubis portando el símbolo ankh.

Diosa egipcia Bastet.

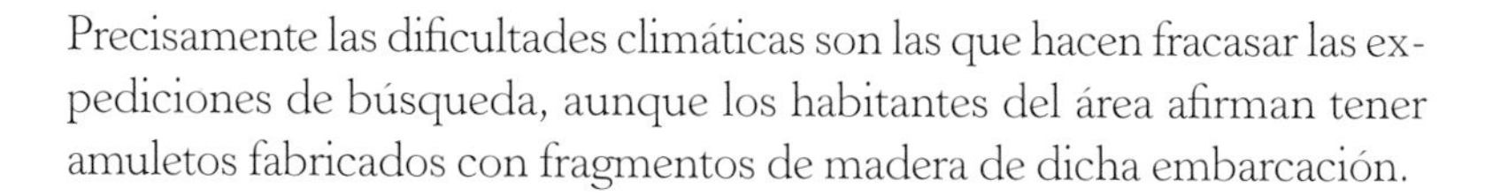

Precisamente las dificultades climáticas son las que hacen fracasar las expediciones de búsqueda, aunque los habitantes del área afirman tener amuletos fabricados con fragmentos de madera de dicha embarcación.

**ASHERA**. Pueblos semíticos. Señora de las deidades. Diosa que simboliza el falo, la gran riqueza, los cielos, la luna y la sabiduría.

**ASTARTE**. Siria. Diosa que representa la fuerza reproductora de la naturaleza y diosa de la Luna.

**ATUM**. Egipto. Dios solar considerado una manifestación de **Re**. Se le representaba como un disco solar y fue proclamado divinidad suprema por Akenatón. Símbolo reflector de las energías espirituales que emanan del Sol para fecundar la vida.

**AVE FÉNIX**. Egipto. Pájaro fabuloso venerado en la Antigüedad. Su aspecto es similar al águila real, con colores brillantes e irisados. No podía reproducirse, pues era el único en su especie, pero cuando sentía próxima la muerte, construía un nido de hierbas mágicas donde se posaba tras haberlo quemado. De sus cenizas renacía otro fénix. Era el símbolo de la inmortalidad del alma.

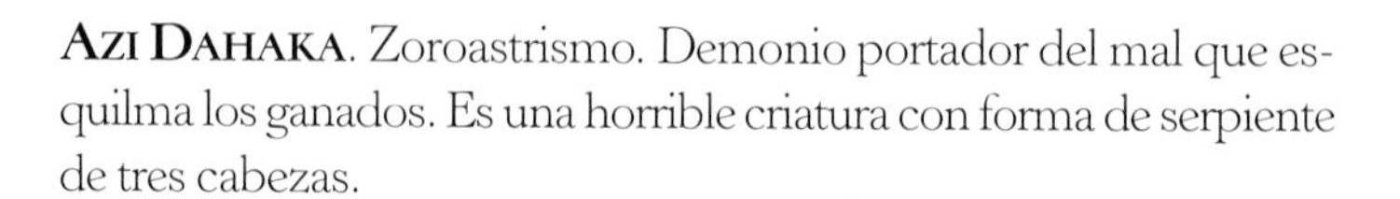

**AZI DAHAKA**. Zoroastrismo. Demonio portador del mal que esquilma los ganados. Es una horrible criatura con forma de serpiente de tres cabezas.

Representación del dios Bes, en el templo de Hathor, Dendera, Egipto.

**BASTET.** Egipto. Diosa de la Maternidad, de la Luna y de los aspectos pacíficos de la existencia. Se representa como una gata guardiana del hogar y defensora de los hijos. En sus templos se criaban gatos, y a su muerte eran embalsamados y enterrados en un lugar privilegiado de las necrópolis.

**BES**. Egipto y Mediterráneo. Genio enano, barbudo y con pelo largo que saca la lengua. Se representa desnudo o abrigado con una piel de león. Es el genio protector de la familia, de los nacimientos y de las mujeres embarazadas. También se le relaciona con la música, la danza y la embriaguez. Aparece representado en amuletos para prevenir los genios malignos.

**CMUN**. Egipto. Dios de las Aguas y de las Cataratas del Nilo. Se representa con cabeza de carnero. Creó a los dioses y hombres en su torno de alfarero.

**DEBSENUF**. Egipto. Hijo de **Horus**. Se representa con cabeza de halcón. Se identifica con el viento del oeste y protege el intestino.

Detalle de El Sello Adda. La figura con corrientes de agua y los peces que fluye de sus hombros es el dios Enki, dios de las aguas subterráneas y de la sabiduría.
Museo Británico.

**DUAMUTEF**. Egipto. Hijo de **Horus**. Se representa con una cabeza de chacal y se identifica con el viento del Este.

**ENKI**. Sumeria. Es el «señor del fundamento», «señor de las aguas», dios de la Sabiduría y de la Magia.

**ENLIL.** Sumeria. Superó a su padre **Anu** en importancia, pues fue «padre de todos los dioses» y «rey del cielo y de la tierra». Rigió los principios de la existencia, la ley y el destino. Vivió en Kur-gal (montaña que lleva al cielo). Se casó con Ninhil y tuvo tres hijos: Ningirsu, Nanna y **Enki**.

**ENZU O ZUEN**. Sumeria. Es el dios de la Adivinación, «señor del saber» o dios-luna. Tuvo dos hijos con Nirgal, **Utu** e **Innana**.

**ESCARABAJO (KHEPRI)**. Egipto. Símbolo masculino y emblema del dios del Sol. Creían que solo existían machos y que nacían espontáneamente del estiércol. También fue símbolo de la continuidad de la vida que se regenera por sí misma.

**ESFINGE**. Egipto. Figura esculpida en una roca de enorme altura con forma de león y cabeza de hombre, cerca de la pirámide de Keops. En las épocas más antiguas, la esfinge representaba a un ser de sexo masculino, pero después se hicieron con formas femeninas erguidas y con alas.

**GEB**. Egipto. Dios de la Tierra. Se representa como un hombre con el pene en erección con una oca sobre la cabeza. Fue esposo del cielo, Nut, y constituye el principio de la fertilidad y de la vida.

**HAPY**. Egipto. Hijo de **Horus**. Se representa como un hombre barbudo y obeso con la piel azul, y con algunos rasgos femeninos. Se identifica con el viento del norte, con la fecundidad y la fertilidad. Protege los pulmones.

**HATHOR**. Egipto. Junto a **Isis**, fue la diosa más venerada. Hija de **Re** y diosa de la Fertilidad, del Amor, la Música, la Alegría y la Danza. Protege a las madres e hijos. En la Antigüedad representaba al cielo y se mostraba como una mujer con cabeza y orejas de vaca, y con un disco solar entre los cuernos.

Bajorrelieve que muestra a la diosa Hathor poniendo el ankh sagrado a la cara del faraón Seti I.
Templo Abidos, Egipto.

Representación pictórica del dios Horus en una pared del templo de Luxor.

**HORUS**. Egipto. Dios del Cielo. Hijo de **Osiris** e **Isis**. Se representa como un halcón celeste cuyos ojos son el sol y la luna, y con una doble corona que representa el alto y el bajo Egipto. Muy influido por una niñez difícil, fue apoyado por su madre para enfrentarse a su tío Set y conseguir el trono que su padre le había arrebatado. Después de vencerlo y matarlo, tomó la posesión del trono. Se representa como un hombre con cabeza de halcón o como halcón llevando la doble corona.

**INANNA-ISHTAR**. Sumeria. Diosa del Amor y de la Guerra, similar a la diosa griega Afrodita.

**ISIS**. Egipto. Diosa muy popular y la «gran Maga». Representaba la inteligencia y simbolizaba la maternidad. Su culto prevenía las enfermedades. Era reina consorte con su hermano **Osiris**, con quien tuvo un hijo tras su muerte, **Horus**. Modelo de esposa y madre, se representa como un halcón o una mujer con un trono en la cabeza y con el disco solar.

**JONS**. Egipto. Dios lunar que representa la placenta real (objeto de culto). Se consideró hermano gemelo del Sol, por lo que la placenta real se asociaba a la Luna. Se representa como un hombre con barba y coleta lateral. Dios sanguinario que perseguía a otras divinidades para arrebatarles sus poderes.

**KA**. Egipto. Fuerza vital, protectora y orientadora infundida por Ptah que provee y cuida de todo.

**MAAT**. Egipto. Diosa de la Verdad y de la Justicia. Hija de Re. Se llega a su conocimiento mediante la inteligencia o la iluminación. Se representa como una mujer con una pluma de avestruz en la cabeza. Intervenía en los juicios funerarios, colocándose en el plato derecho de la balanza y en el izquierdo el corazón del difunto. Si existía un equilibrio, el corazón del muerto correspondía a Maat; si no, era devorado por Ammyt.

### MAAT

Maat era la representación del orden del universo –basado en la justicia–, sin el cual la creación perecería. Así, el primer deber del faraón era mantener la ley y administrar justicia; por ello, algunos tomaron el título de «amados por Maat».

**MARDUK**. Babilonia. Dios de la Tierra, creador de los humanos.

**MASHYANE**. Zoroastrismo. Madre de la raza humana.

**MITRA.** Zoroastrismo. Dios del Sol y de la Luz, dueño de la verdad. Con un martillo para luchar contra el mal, prometió una compensación tras la muerte a sus fieles y un castigo a los infieles. Se le representa sacrificando a un toro o en un carro tirado por caballos blancos.

**MONTU**. Egipto. Dios de la Guerra representado como un hombre con cabeza de halcón y coronado por un disco solar.

**MUT**. Egipto. Diosa madre, esposa de **Amón** y madre de **Jons**, contaba con doble sexo y era autosuficiente para la procreación. Se representa como una mujer con cabeza de leona.

**NEFERTUM**. Egipto. Es **Re** de joven, nacido del abismo sobre una flor de loto. Se representa como un hombre con cabeza de león, símbolo de placer y fertilidad.

**NEFTIS**. Egipto. «Señora de la Casa» que se representa como una mujer alada. Hija de **Geb** y **Nut**, y hermana de **Osiris** e **Isis**. Madre de **Anubis**, engendrado de su relación con **Osiris**. Las vendas de las momias se llaman «mechón de Neftis» y de hecho ayudó a **Isis** a encontrar el cadáver de **Osiris** y a recomponerlo.

Escultura que representa al dios Mitra. Museo Arqueológico y Etnológico de Córdoba. España.

**NEIT**. Egipto. Diosa de la Guerra y de la Caza. Se representa acompañada de arco y escudo para proteger a **Osiris**, a **Re** y al faraón. Sus flechas alejan a los malos espíritus.

**NEJBET**. Egipto. Deidad solar protectora del faraón, conocida como «corona blanca». Se la representa como diosa-buitre.

**NUT**. Egipto. Diosa del Cielo. Nut simboliza la bóveda celeste que contiene el universo: las estrellas acompañan esa representación en los templos egipcios, desde una perspectiva diferente. Se representa como una mujer arqueada sobre la tierra con el cuerpo recubierto de estrellas. Esposa de **Geb** y madre de **Osiris**, **Isis**, **Seth** y **Neftis**. Una tradición tardía establece una equivalencia entre las partes del cuerpo de Nut y las horas; así, los labios corresponden a la segunda hora, los dientes a la tercera, la garganta a la cuarta, el busto a la quinta, etc.

Representación de la diosa Nut.

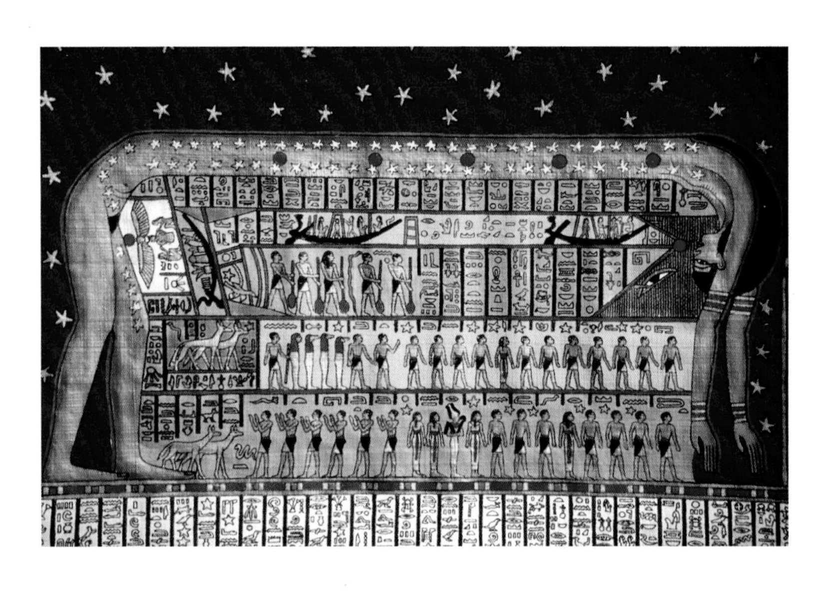

OSIRIS

Algunas de las designaciones o títulos que poseía eran: toro de Occidente (Ka Amentet), el Inerte (el de corazón parado), el Carnero divino de Mendes (equivale al ba de Osiris), el que siempre es dichoso, el que siempre es perfecto, el que lleva hermosa existencia, señor de los confines o el que vive en su árbol moringa.

**OSIRIS**. Egipto. Hijo de **Geb** y **Nut**, nacido en Menfis. Dios de los Muertos y de los Infiernos. Reinó en Egipto, tuvo como consorte a su hermana **Isis** y un hijo, **Horus**. Su reinado se considera una época dorada. Heredó el trono de su padre, pero le fue arrebatado por su hermano Set, llegando el caos, y después de asesinarlo le envió a Fenicia metido en una caja. Su esposa **Isis**, desconsolada, la recuperó, pero cuando Set la descubrió, despedazó el cuerpo de Osiris esparciéndolo por todo Egipto. **Isis** encontró todos los pedazos, menos el pene. Lo embalsamó y, convertida en pájaro, consiguió que Osirisla fecundara, naciendo **Horus**. Se le representa como una momia con cetro y látigo.

**PTAH**. Egipto. Dios creador del universo y patrón de los artesanos. Simboliza la fertilidad y la estabilidad. El buey **Apis** era su portavoz. Se le representaba con forma humana, recubierto como una momia, y de la que le sobresalían las dos manos.

**RE (RA)**. Egipto. Padre solar de todos los dioses. Al ocultarse por occidente se le llama **Atum**, al nacer por oriente aparece como escarabajo y por el día ilumina la tierra como halcón, Re. Se representa como hombre con cabeza de halcón, carnero o toro, en este caso se asocia a la fertilidad de los campos.

**RENENUTET**. Egipto. Su cabeza es un nido de serpientes y es la protectora de los niños y diosa de la Suerte. Se le dedicaba la primera gota de agua, de vino o el primer pellizco de pan para la fertilidad de los campos.

Representación del dios egipcio Ra.

**SACMIS (SEKHMET)**. Egipto. Diosa de la Guerra. Se la representaba como una leona. Era hija del dios **Re**. Simbolizaba la capacidad destructora del sol. Intentó aniquilar a la humanidad pero **Re** lo impidió, ofreciéndole jarras de cerveza teñidas de rojo. La diosa creyó que era sangre humana, bebió y se emborrachó, dando tiempo a los hombres a huir de su terrible amenaza.

SETH

En tiempos prehistóricos, Seth fue considerado como una divinidad protectora del Alto Egipto. En el Libro de los Muertos, aparece como amigo de los difuntos, e incluso ayudó a su hermano Osiris a alcanzar el cielo con una escalera. Sin embargo, a partir de la XXII dinastía se le consideró dios de los impuros y no se incluía en el Panteón egipcio.

**SELKIS**. Egipto. Diosa que protege contra la picadura del escorpión, animal que porta en su cabeza o bien adoptando la forma de su cuerpo. Es protectora del sarcófago del faraón.

**SETH**. Egipto. Hijo de **Geb** y **Nut**. Nació por sí mismo del vientre de **Nut**. Mató a su hermano **Osiris** para arrebatarle el trono. La leyenda le identifica con la violencia, el mal y el desierto. Se le representó como un galgo con orejas cortadas y un rabo bífido.

**SHU**. Egipto. Dios de Aire. Hijo de **Re** y esposo de **Tefnut**. Se representa como un hombre con una pluma de avestruz, sujetando a **Nut**, el cielo. Su nombre significa «estar vacío»; es decir, el aire que está entre cielo y tierra, y que respiran los seres vivos.

**SOBEK**. Egipto. Dios-cocodrilo, que nació de las aguas del caos durante la creación del mundo. Era conocido por su voracidad ante los enemigos. Se representaba como un cocodrilo.

**SPENTA MAINYU**. Zoroastrismo. Dios de la Vida, símbolo de bondad y de luz. Tiene un mellizo, dios de la Oscuridad, con quien mantiene una eterna batalla.

**TEFNUT**. Egipto. Representada como una mujer con cabeza de leona, fue hija de **Re**, esposa de **Shu** y madre de **Geb** y **Nut**. Representa la humedad y fue creada de la saliva de Re.

**TISTRYA**. Zoroastrismo. Es una de las principales divinidades persas, siendo el dios de la Lluvia. Se enfrentó a una maléfica estrella denominada **Apausha**, cargada de malas lluvias. Es un combate que se repite anualmente. Cada vez que vence nace una nueva estrella, Satavaisa, que es la que trae la lluvia a todos los poblados y que es beneficiosa para la agricultura.

**TORRE DE BABEL**. Persia. Los hombres emigraron y se establecieron en la llanura de la región de Senaar, en Babel. Edificaron una hermosa ciudad en la que construirían una torre que rozase el cielo y sirviera de referencia al resto de la humanidad. Pero Yahvé pensó que si solo había un pueblo, con una misma lengua y un único pensamiento, la ambición sería

### LA TORRE DE BABEL

La leyenda de la confusión de las lenguas tiene un origen etimológico. El escritor bíblico interpreta la palabra Babel en el sentido de «confusión»; en este caso, confusión de lenguas. Del mismo modo, los griegos que no comprenden el lenguaje de los extranjeros los designan con el peyorativo de «bárbaros»: la repetición de la sílaba «ba» simboliza la aparente desorganización de los dialectos no griegos, cualesquiera que sean, con respecto a la rigurosa organización de la lengua de Homero. Incluso en nuestros días, el lenguaje abundante y confuso de los niños se denomina «balbuceo» y se califica como «bla, bla».

*La torre de Babel,*
Pieter Bruegel, el Viejo. 1563.
Óleo sobre lienzo, 114 x 155 cm.
Kunsthistorisches Museum, Viena.

Representación pictórica del dios egipcio Tot.

infinita. Entonces, descendió y produjo la variedad de lenguas y la consecuente falta de entendimiento entre los hombres, haciendo fracasar sus objetivos y siendo dispersados a lo largo del planeta.

**TOT**. Egipto. Dios de las Leyes, la Sabiduría, la Escritura, las Bibliotecas, la Lengua y el Saber. Se representa con el ibis.

**TUERIS**. Egipto. Diosa vinculada a los nacimientos, protectora de las embarazadas y claramente diferenciada de la diosa de la fertilidad, encarnada en una simbólica cabeza de vaca. Se representaba como un hipopótamo hembra, con cola de cocodrilo, patas de león y grandes mamas.

**UTCHAT**. Egipto. Amuleto del ojo de **Horus** utilizado en el antiguo Egipto y que representa la unidad egipcia de capacidad. Amuleto que, según el Libro de los muertos, ha de estar realizado en lapislázuli.

**UTU**. Sumeria. Dios-sol. Su corte guerrero lo presenta como titular de justicia y dios de los Oráculos. Su pareja fue Aya.

**VAYU**. Persia. Dios del Viento que se representa como un dios guerrero para defender la creación de **Ahura-Mazda**; reina en el espacio y el tiempo, entre la luz y la oscuridad.

**VERETHRAGNA**. Zoroastrismo. Dios guerrero de la victoria próximo a Mitra. Se representa como un toro con cuernos de oro.

**ZOROASTRO (ZARATUSTRA)**. Profeta y fundador del zoroastrismo. Desde muy joven se hizo sacerdote y recibía las revelaciones de **Ahura-Mazda**, única divinidad, recogidos en el Avesta, sagradas escrituras. Su religión se expansionó y prohibió los ritos antiguos, aunque mantuvo el culto al fuego. Su concepción del mundo es el antagonismo entre el bien y el mal.

**ZU**. Babilonia. Dios maligno que robó las «tablas del destino» a **Enlil**, mientras se bañaba, y fue asesinado por Lugalbanda.

**ZURVAN** Akarana. Zoroastrismo. Dios persa de la Neutralidad, hermafrodita, que solo engendró a los dioses del Bien (**Ahura-Mazda**) y del Mal (Angra Mainyu).

# Mitos de la cultura egipcia y de oriente próximo

## La furia del dios de la Tormenta.

Mitología hitita

El dios del Sol preparó una gran fiesta a la que invitó a todos los dioses. No faltaba de nada en esta ceremonia... pero los invitados no satisfacían ni su hambre ni su sed. Apareció entonces un anciano, quien explicó el extraño suceso y les comunicó que todo se debía a la furia de su hijo, el dios de la Tormenta, quien había desaparecido llevándose consigo todo lo bueno.

Todos los dioses decidieron buscarle para invitarle y así recuperar los placeres, pero no le encontraron. Desesperado, el padre del dios de la Tormenta recurrió a la gran diosa Kamrushepa. Esta le comunicó que su hijo se había enojado y por eso estaba todo seco. Le ordenó traer una abeja a la que dio instrucciones para que retomara la búsqueda.

La abeja encontró al dios buscado dormido en un bosque y lo despertó con la picadura de su aguijón. El dios enloqueció de ira y se vengó con una fuerte lluvia torrencial, acompañada de rayos y centellas contra los humanos. El resto de dioses, estupefactos, imploraron a la diosa Kamrushepa, que era la única capaz de apaciguar al dios.

Antiguo bajorrelieve de un hitita.

## Gilgamesh. Sumerios

Hijo de un lillu (demonio) y de Aruru se le consideró dos tercios dios y un tercio humano. Su epopeya nos presenta a Gilgamesh como un rey tirano que tiene subyugado a su pueblo.

**Anu** (dios supremo) y Aruru cogieron arcilla y modelaron a Endiku, un salvaje que igualaba a Gilgamesh y que se dedicaba a proteger a las fieras de cepos y cazadores. Cuando Gilgamesh se enteró de su existencia le envió una mujer para que conociera los placeres amatorios con el fin de atraerlo hacia Uruk. Tras seis días y siete noches, Endiku emprendió el camino a dicha ciudad, y durante el camino se fue enterando de lo que pensaba el pueblo acerca del soberano (explotación, abuso de poder, derecho de pernada...). Cuando llegó a la ciudad, el enfrentamiento era ya inevitable. Tras una larga lucha, el combate terminó en amistad y admiración mutua.

Figura de Gilgamesh del palacio de Sargon II. Museo del Louvre, París.

Los nuevos amigos proyectaron enfrentarse a Humbaba –gigante que vivía en el bosque de los cedros, cuyo grito era el arma de la inundación, su palabra fuego y su aliento la muerte–, con ayuda de una ofrenda de humo al dios **Shamash** y la negativa del Consejo de ancianos. Cuando llegaron al bosque aprovecharon que el monstruo solo tenía puesta una capa divina, habitualmente llevaba siete, y se lanzaron contra él, decapitándolo y sumergiendo su cabeza en el río Éufrates para llevarlo a Nippur. Endiku fue quien le asestó el golpe mortal. El bosque todavía llora la muerte de su guardián.

Para celebrar la victoria, Gilgamesh se vistió con sus mejores atavíos conquistando a la diosa **Ishtar**, enamorada de su belleza. Esta intentó seducirlo, ofreciéndole toda serie de parabienes, pero Gilgamesh la desdeñó. Ella, abatida, montó en cólera y creó «el Toro Celeste» para que diera muerte al héroe. Cada vez que el toro bufaba se abrían simas que se tragaban a cientos de personas. Nuevamente intervino Endiku, cogió el toro por los cuernos, lo dominó y le dio muerte arrancándole las entrañas. Gilgamesh ordenó fabricar vasos oferentes a Lugalbanda, su dios tutelar, con los cuernos del toro y los dos amigos, se bañaron en el río Éufrates para celebrarlo.

A través de los sueños, Endiku supo que habían despreciado a los poderes celestiales matando a Humbaba, al Toro Celeste y por la ofensa a la diosa **Ishtar**. Esto provocó la muerte y enfermedad de Endiku, bajando a los infiernos, morada de Irkalla, conducido por un extraño ser con garras de águila y zarpas de león.

Gilgamesh, aterrorizado, lloró la muerte de su amigo y pretendió encontrar la inmortalidad buscando a Utnapishtim –quien sobrevivió al diluvio universal, gracias a Ea, y conocía el secreto de la vida eterna– en los montes Mashu, donde le esperaban los hombres-escorpión, guardianes del camino del sol. Pese a ser un itinerario no transitado por mortales, él consiguió llegar al paraíso terrestre. Allí encontró a Siduri, quien le recomendó que se aprovechara de los placeres de la vida de mortal porque nunca iba a conseguir la inmortalidad. No obstante, le indicó el camino a seguir: atravesar, ineludiblemente, las «aguas de la muerte». Gilgamesh consiguió ser transportado en dichas aguas por el barquero de Utnapishtim y este le castigó con un insomnio durante siete días y siete noches (período diluviano) como primera prueba, pero nuestro héroe no resistió. Concluye con que la inmortalidad es imposible, porque no es patrimonio de los humanos y que la muerte está decidida de antemano por los dioses.

### GILGAMESH

Este mito se remonta al III milenio a. de C., aunque la redacción del texto original se estima en el año 2300 a. de C. Copia de ese original serían las tablillas halladas en la biblioteca del rey Assurbanipal (668-626 a. de C.), en Nínive.

Cuando Gilgamesh regresó a Uruk derribó un árbol (morada de una serpiente, un águila y un búho) para fabricar un trono y un lecho a **Inanna-Ishtar**. La diosa prefirió fabricar un tambor con dicha madera y se lo regaló al propio Gilgamesh. El tambor cayó accidentalmente a los infiernos y Gilgamesh imploró a todos los dioses poder comunicarse con su gran amigo **Enkidu**. Nergal, dios de los Infiernos, conmovido, le permitió salir por un agujero abierto en la tierra para conversar con él unos breves instantes, quien dará cuenta a Gilgamesh de la triste condición de los muertos.

Bajorrelieve de Gilgamesh y Enkidu.
Museo Nacional de Alepo.

## EL NACIMIENTO DEL PRIMER SHAMAN

Aadja era un joven persa que enfermó en extrañas circunstancias. Su cuerpo perdió toda fuerza y fue dado por muerto. Pero, realmente, lo que le sucedió es que cayó en un sueño tan profundo como desconocido. Los pájaros negros lo tomaron y lo elevaron al cielo, mundo superior regido por las aves.

Allí fue criado y educado por ellos. Cuando adquirió el grado de conocimiento deseado por dichos pájaros, lo redujeron al tamaño de un embrión y lo depositaron en el vientre de una mujer. Así, volvió a nacer en el seno de una nueva familia sin tener recuerdos de su pasado. Según

**Shaman**

Simbad el Marino entronca directamente con esta tradición shamánica. En todas sus andanzas, por peligrosas que sean, no recurre a la ayuda de los dioses, pues es capaz de desarrollar su ingenio hasta límites insospechados, y es lo que hace de él un héroe moderno.

crecía, iba descubriendo que tenía poderes curativos y su ingenio crecía, según crecía su cuerpo. Se dedicó a curar a los enfermos, a crear ungüentos, a recuperar las almas perdidas y, en fin, a utilizar todos los recursos que la naturaleza ponía a su alcance con la ayuda de los pájaros.

En su larga vida pudo enseñar sus conocimientos a varios pupilos, y estos a otros tantos, desarrollándose así la tradición shamánica oriental. Solo unos pocos elegidos pudieron demostrar sus dotes y desarrollar todos los conocimientos e ingenios necesarios para convertirse en un auténtico shamán. La propia naturaleza se encargó de comunicarse con las personas elegidas para ser el enlace entre ella y los hombres, para que la humanidad nunca olvide que ella está ahí y que si nos portamos bien con ella revertirá en beneficio propio.

Así, los shamanes son médicos, guías espirituales y suelen estar dotados con el don de la poesía. Basan su energía en el poder de la naturaleza y en su conocimiento. Son respetados y adorados como dioses, siendo un referente vital para sus pueblos.

## Simbad el Marino

Simbad no soportaba la vida en la ciudad, con sus ruidos y problemas diarios, por ello se hacía a la mar siempre que podía. En una de sus rutas marítimas llegó a un desconocido islote y, tras dar un paseo, su barco partió sin él. Se quedó en estas tierras paseando hasta que llegó a una enorme roca blanca.

Ilustración del quinto viaje de Simbad el Marino en las *Mil y una noches*. Ilustración de Gustave Doré.

Estaba muy sorprendido y mucho más cuando llegó un enorme pájaro y se sentó en la roca, haciéndole llegar a la conclusión de que la roca no era tal, sino un huevo de dimensiones desconocidas, era un huevo de roc. Simbad, con ayuda de su turbante, se ató a una pata del pájaro y cuando este emprendió el vuelo, Simbad pudo volar intentando el regreso a casa.

Cuando tomó tierra y se desató del ave estaba en un lugar montañoso y sin vida alguna. Desesperanzado, miró a su alrededor y vio que el suelo estaba totalmente cubierto de brillantes, millones de diamantes esparcidos del tamaño de un melón. Pero tanta riqueza no valía para nada si él se encontraba solo y en un lugar inhóspito.

De repente, comenzó a llover. Pero no era agua lo que caía del cielo, sino pedazos de carne que se insertaban entre los diamantes y que luego los pájaros recogían para llevarlos con su vuelo a otros lugares. Simbad cogió algunas joyas que metió en su bolsa y se ató a uno de los pedazos de carne. Luego se acostó boca abajo en el suelo para pasar desapercibido hasta que llegó otro pájaro que lo prendió pensando que era un trozo de carne más.

Simbad fue elevado al cielo. Voló y voló, y desde el pico del pájaro, divisó el mundo. El enorme pájaro se posó sobre un árbol para hacer su nido. Mientras Simbad pensaba en cómo volver a la civilización, de repente, oyó el grito de una persona. Apareció un hombre que consiguió ahuyentar al pájaro y habló con el náufrago. Era este el hombre que tiraba los pedazos de carne para apoderarse de los diamantes cuando los pájaros volvían a su nido.

Simbad quedó entusiasmado con la inteligencia de este hombre y, en agradecimiento por el rescate, le dio los diamantes que él había recogido en su bolsa. El hombre llevó a Simbad por la ladera de la montaña hasta la orilla del mar y lo puso en el siguiente barco que atracó en el puerto.

Simbad pudo continuar con sus cientos de viajes, que le proporcionaron fama y fortuna.

**Simbad**

En los Viajes de Marco Polo, (III, 36) se puede leer otra historia sobre el ave roc: «Los habitantes de la isla de Madagascar dicen que en determinada estación del año llega de las regiones australes una especie extraordinaria de pájaro, que llaman «roc». Su forma es parecida a la del águila, pero es sin comparación más grande. El roc es tan fuerte que puede levantar en sus garras a un elefante, volar con él por los aires y dejarlo caer desde lo alto para devorarlo después. Quienes han visto el roc aseguran que las alas miden dieciséis pasos de punta a punta y que las plumas tienen ocho pasos de longitud». Marco Polo añade que unos enviados del Gran Khan llevaron una pluma de roc a China.

### Isis y los siete escorpiones buscan a Seth. Egipto

Isis planeó una venganza contra su hermano Seth y salió de su casa a buscarle, acompañada de siete escorpiones adiestrados para pasar desapercibidos. En su camino, acudieron a la casa de una acaudalada mujer a quien pidieron alojamiento y esta les cerró la puerta. Isis y sus alacranes se sintieron muy ofendidos.

Más tarde, una humilde campesina abrió las puertas de su casa a Isis y a todo su acompañamiento, mientras uno de los escorpiones decidió volver a casa de la mujer que les negó el asilo para vengar directamente

Representación del dios Horus, dios del cielo, con Hathor, la diosa protectora del amor y la alegría. Templo de Kom Ombo, Egipto.

lo que consideraba una falta de hospitalidad y atacar a su hijo, dejándole al borde de la muerte.

Cuando Isis se enteró de lo sucedido se apiadó y no quiso dejar morir a un inocente, corriendo a salvar a la criatura. La mujer rica, arrepentida, agasajó a Isis y a la campesina.

### HORUS Y EL TRONO EGIPCIO. Egipto

Su madre lo escondió en los pantanos de papiros para protegerlo de su tío **Seth**. Al crecer, Horus reclamó el trono de Egipto ante **Re** y el resto de dioses importantes. Todos, salvo **Re**, apoyaron a Horus contra **Seth** y, este, propuso un combate cuerpo a cuerpo para tomar una decisión final. Pero el resto de dioses pidieron consejo a la gran diosa **Neit**. Esta se decantó claramente por Horus, heredero legítimo del trono egipcio y amenazó con el desplome del cielo si no se cumplía su deseo. Ofreció a sus dos hijas como esposas a **Seth** para suavizar el agravio.

Los dioses celebraron su decisión, salvo **Re**, quien se enfrentó directamente con Horus acusándole de cobarde. Aparte del conflicto, la situación se complicó aún más con el intento de seducción por parte de la diosa **Hathor** hacia Horus y su rechazo. Se creó un tribunal con todos los dioses; unos plantearon que el trono debía permanecer en el hijo y otros que debía recaer sobre el mayor de los dos. Finalmente, **Re** consultó a **Osiris** a través de una «carta a los infiernos» y el trono recayó sobre Horus.

### CASTIGO Y PERDÓN DE RE. Egipto

El dios Re gobernaba directamente Egipto, sin necesidad de un monarca, pero sus súbditos no le eran fieles e ignoraban sus preceptos y órdenes. Entonces Re se dirigió a **Nut** –materia primitiva de la que surgió al comienzo de la creación–, quien le recordó que los hombres nacieron de sus lágrimas para ahora volverse contra él. **Nut** le informó de que el instrumento para aterrorizar a la humanidad era el ojo de Re y le recomendó, junto a otros dioses, que se vengara de sus conspiradores. Cuando la humanidad se enteró, huyó hacia los desiertos.

Tan cruel fue el ataque de su ojo, convertido en leona, que Re se apiadó de la humanidad y organizó su rescate. Durante la noche, la leona aprovechó para dormir. Decidió mezclar barro rojo de Asuán con cerveza y cubrir todo el desierto para que la leona creyese que era sangre humana. Efectivamente, al levantarse, se bebió el líquido y se intoxicó. Se encontraba tan débil que la humanidad consiguió escapar.

Re ascendió a los cielos a lomos de la «vaca divina», una de las manifestaciones de **Nut**. Abandonó Egipto pero lo dejó en manos de su hijo **Thot**, y gracias a él, el pueblo egipcio conoció los jeroglíficos, la ciencia, las matemáticas y la medicina.

### RE/RA

Re o Ra es la más antigua personificación del sol, aunque hasta la II y III dinastías no encontró su reconocimiento oficial. Era el sol a mediodía, pero después pasó a simbolizar al sol débil y agonizante del atardecer, función que terminaría asumiendo Osiris. Para dar mayor importancia a un dios local y para darle un aspecto solar, se le unía a su nombre el de Ra: Amón-Ra, Khnum-Ra, etc.

## EL NOMBRE SECRETO DEL DIOS RE. Egipto

El objetivo de la diosa **Isis** era poder descubrir el nombre secreto que se ocultaba detrás del dios Sol, para que ella y su hijo **Horus** pudieran adquirir la dignidad divina y así acceder por derecho propio a la cúspide del panteón egipcio.

El Sol viajaba en su «barca de millones de años» y, en cierta ocasión, al bostezar antes de dormir, se le cayó la saliva al suelo e Isis la aprovechó, mezclándola con la tierra, para crear una serpiente venenosa.

Recogió la serpiente y la pa puso en un camino por el que el Sol pasaba todos los días en su deambular por Egipto. De este modo, la serpiente mordió al Sol, este enfermó y, atónito, comprobó que había sido mordido por una criatura que ni siquiera había sido creada por él.

Todos los dioses temieron por la posible pérdida de la fuente de la vida hasta que oportunamente apareció Isis, ofreciendo su magia a cambio del nombre secreto del Sol.

Pese a las primeras reticencias, el dolor corroía al Sol y finalmente cedió a condición de que ni ella ni su hijo se lo dijeron nunca a nadie. Por tanto, el Sol le dijo su nombre, pero el azar ha querido que su apelativo secreto no se sepa jamás pues se omite el papiro en que se narra esta historia.

Pintura de la tumba de la reina Nefertari que representa al dios Ra y a su hija Hathor. Valle de las Reinas, Egipto.

## ISIS Y OSIRIS. Egipto

Re estaba enfadado porque **Geb** amaba a **Nut** y era correspondido, así que decretó que la diosa no tendría hijos en ningún mes ni en ningún año.

Pintura de la tumba de Horemheb, donde se representa al rey Horemheb y la diosa Isis. Valle de los Reyes, Egipto.

## Isis

La estela Metternich, encontrada en Alejandría en 1828 durante las labores de excavación para la construcción de una cisterna en un antiguo monasterio franciscano, y fechada en el reinado de Nectanebo II, llevaba escrita la leyenda de Isis y los siete escorpiones. La estela fue presentada por Muhammad Ali Pasha al príncipe Metternich, a quien debe su nombre. La estela se encuentra actualmente en el Metropolitan Museum de Nueva York.

**Nut** acudió a **Thot** y este al dios de la Luna, que en ese momento estaba compitiendo con el Sol por parte de su luminosidad. El dios de la Luna perdió el juego, dejando la decimoséptima parte de su luminosidad (por esto la Luna desaparece cada veintiocho días). Con esta luz, Thot añadió cinco días al año (antes el año tenía trescientos sesenta días) de tal forma que no pertenecen al año anterior ni al siguiente, ni a ningún mes; son los cinco días epagómenos que permiten dejar de lado la maldición de **Re**. Durante estos días, **Nut** aprovechó y tuvo a sus hijos Osiris, **Horus**, **Seth**, Isis y **Neftis**.

Osiris trajo la civilización al valle del Nilo (agricultura, derecho, ritos...). Una vez conseguidos sus propósitos se marchó a enseñar a otros pueblos dejando a Isis al frente, pero **Seth** se aprovechó de la bondad de su hermano para prepararle una emboscada. Organizó un gran banquete para celebrar su regreso. Mandó fabricar un cofre, con las medidas de su hermano, ricamente adornado. Al final del banquete, **Seth** ordenó sacar el cofre y anunció que lo donaría a quien entrara en él. Todos lo intentaron pero no lo consiguieron porque no cabían. Osiris se metió en el cofre y este fue cerrado, clavada la tapa y sellada con plomo derretido. El cofre fue arrojado al Nilo. Cuando Isis recibió la noticia, se vistió de luto y se cortó un mechón de su melena.

Conocedora de que los muertos no pueden descansar si no son enterrados con los ritos funerarios adecuados, emprendió la búsqueda de su esposo/hermano. Gracias a la Magia, Isis descubrió que las olas arrastraron el cofre a Byblos y lo arrojaron a un arbusto de tamarisco; este se convirtió en un maravilloso árbol con el cofre en el interior del tronco. El rey de Byblos, fascinado por el árbol, lo hizo talar para usar su tronco como columna de sujeción del techo de su palacio. Isis se introdujo en palacio hasta que consiguió abrir el tronco y sacó el cofre que contenía el cuerpo de Osiris; desde entonces, el tronco fue conservado y venerado en Byblos.

Isis volvió a Egipto por mar, abrió el cofre y lloró por su esposo. **Seth** descubrió el cofre, y, encolerizado, destrozó el cadáver de Osiris y esparció su cuerpo en los catorce trozos. Isis volvió a emprender la búsqueda de los trozos de su esposo; solo faltó el falo, comido por tres peces.

Asistida por **Anubis**, Isis recompuso el cuerpo de Osiris, se convirtió en milano y aleteó sobre su cuerpo dándole la suficiente vitalidad para dejarla encinta de **Horus**, hijo póstumo de Osiris, a quien Isis, protectora de la infancia, deberá defender.

Bajorrelieve de la secuencia del zodiaco pintado en el antiguo templo del amor y la fertilidad dedicado a la diosa Hathor. Dendera, Egipto.

# LEJANO ORIENTE

Bajorrelieve de un dios hindú en un templo indio.

## DIOSES Y SERES FANTÁSTICOS DEL LEJANO ORIENTE

**ABOMINABLE HOMBRE DE LAS NIEVES.** Tíbet. Ser que vive en la cumbre del Himalaya. Es un monstruo legendario de aspecto humano, con rasgos de gigante y el cuerpo cubierto de pelo gris.

**ADIVINACIÓN.** China. Análisis de las fisuras de los huesos de animales domésticos sacrificados y de los caparazones de las tortugas expuestos al fuego. Los antepasados hablan por las grietas y responden a los vivos.

**ADITYAS.** India. Espíritus que son poderes vitales bondadosos. Su jefe era **Varuna** (espíritu del bien).

**AGNI.** India. Dios de la Sabiduría que tiene dos tareas: ser mensajero entre dioses y mortales, y proteger a los hombres. Se le representa con un millón de ojos en su cabeza. Forma con **Indra** y **Surya** la Trinidad védica.

**AIZEN MYO-O.** Japón. Dios del Amor.

**ALMA.** China. Se divide en dos conceptos: el *Hoen* o parte superior, condensación del aire aspirado que sobrevive al cuerpo; y el *P'e* o parte inferior, que es lo que da vida al cuerpo.

**ALMA DE LAS MARIPOSAS.** Japón. Mito de la reencarnación. Un matrimonio vivía feliz con su hijo, a quien inculcaban el amor hacia las flores. Ellos murieron y el hijo se dedicó a cuidar su jardín para mantenerlo como sus padres querían. Una noche soñó que sus padres observaban sus plantas y de repente, se convirtieron en dos mariposas y marcharon volando. Al amanecer el joven salió a su jardín y descubrió que las mariposas con las que había soñado estaban allí representando las almas de sus respetados padres.

**AMATERASU.** Japón. Diosa del Sol que nació del baño del ojo izquierdo de **Izanagi**. Este dividió el mundo entre sus tres hijos, ofreciendo su collar sagrado a Amaterasu para reinar en los cielos.

**ANYANG.** China. Morada de los vientos y de los mensajeros divinos. También es el punto donde confluyen los cuatro puntos cardinales.

**ARJUNA.** India. Ideal del guerrero que acompaña y ayuda a **Krisna**.

**ASAT.** India. Región subterránea similar al infierno.

**BIMBOGAMI.** Japón. Dios de la Pobreza. Es un dios temido y del que se huye para evitar la penuria y el hambre.

**BRAHMA.** India. Dios de la Creación que se engendró en un huevo de oro, rompiendo el duro cascarón con la fuerza de su pensamiento. De la nada creó la inteligencia, los principios elementales, la materia orgánica, los cuerpos inanimados, los animales, las divinidades y el hombre. Se representa con cuatro cabezas y cabalgando sobre un ganso. Fue castigado a reencarnarse varias veces por sus relaciones incestuosas con su hermana.

**BUDA.** Budismo. Siddhartha Gautama nació en el 560 a. de C. en el norte de India, en el seno de una rica familia. Un día, vio a cuatro hombres que le cambiaron la vida: un mendigo, un enfermo, un anciano y un muerto. Así, descubrió el sufrimiento humano. Abandonó su vida palaciega para conocer los motivos del sufrimiento humano. Viajó y estudió en busca de la sabiduría. Dedicó su vida al ascetismo extremo. Tras esta experiencia, concluyó que el ascetismo no conduce a la paz individual, sino que simplemente de-

### AIZEN

El dios japonés del Amor también lo era de las prostitutas, los cantantes y los músicos. Tiene un tercer ojo colocado verticalmente entre sus dos ojos y una cabeza de león entre sus cabellos.

### AMATERASU

Su nombre significa «cielo brillante» o «la que brilla en el cielo». Es la figura central en el panteón sintoísta y la familia imperial japonesa dice descender de ella. Su principal santuario es Ise-Jingue, en la isla de Honshu. Este templo se echa abajo cada veinte años, para volverlo a construir, conservando su forma original.

### BUDA

La raíz *bud* significa «despierto» o «iluminado». No es un nombre, sino un reconocimiento por alcanzar un elevado desarrollo espiritual.

**CONFUCIO**
Su doctrina se puede resumir en la frase: «Lo que no quieras para ti no se lo hagas a los demás».

bilita la mente y el cuerpo. Gautama volvió a una vida de meditación profunda debajo de una higuera conocida como el «árbol de la sabiduría». Experimentó el grado de conciencia más elevado de dios, **Nirvana**. Desde entonces fue conocido como Buda el Iluminado, novena reencarnación de Buda en la tierra. Encontradas las respuestas a las preguntas del dolor, sintió la necesidad de proclamar su mensaje.

**CH'ANG-O.** China. Diosa de la Luna y de la Inmortalidad que se representa como una hermosa mariposa, cuyo encuentro nos otorga de una vida mágica, o una mujer de anchas cejas.

**CHEN.** China. Antepasado con fuerza benéfica y objeto de culto, al que hay que complacer pues, de lo contrario, castiga a sus descendientes. Pueden adoptar forma animal.

**CHENG.** China. Antiguos sabios de la tierra según el taoísmo. En general, es una fuerza benéfica.

Estatua que representa a Confucio.

**CHU.** China. Esencia de la doctrina de **Confucio** que resume las cinco virtudes básicas: bondad, equidad, conveniencia, sabiduría y generosidad.

**CHUN-T'I.** China. Diosa de la Guerra que cuenta con milagrosas hazañas y con excelsos poderes en las artes de la magia.

**CIELO SUPREMO.** China. Allí reside el venerable celeste, creador de todo lo producido. Es esencia pura y contiene todas las virtudes. Fue antes del vacío y de la nada.

**CONFUCIO.** China. Nació en el año 551 a. de C. Fundador de una religión que cree en el cielo como algo misterioso e impersonal que actúa sobre el mundo. Se basa en los dioses y espíritus de la tierra. Deseaba servir al hombre proponiendo la igualdad de todos y buscando la felicidad universal. Se le empezaron a tributar honores divinos a su persona siglos después de su muerte.

**CUATRO NOBLES VERDADES**: Budismo.
- Primera noble Verdad: existe el dolor y sufrimiento en el mundo.
- Segunda noble Verdad: el deseo es la causa del sufrimiento.
- Tercera noble Verdad: la liberación del deseo supone el final de todo sufrimiento.
- Cuarta noble Verdad: la extinción de todo deseo suprime el sufrimiento.

## DRAGÓN

En China y Japón representa el poder espiritual supremo y es el símbolo más antiguo del arte oriental. El dragón de cinco garras se convirtió en el emblema imperial chino, mientras que el dragón japonés tiene tres garras.

## FUJI

Este volcán inactivo de 3.776 metros es la montaña más alta de Japón y su símbolo nacional más famoso. Se halla al sur de Honshu, cerca de Tokio.

**DRAGÓN.** Monstruo fabuloso con aspecto de enorme reptil que se representa con alas, garras , cola de serpiente y aliento de fuego. Representan el poder terrenal y celestial, el conocimiento y la fuerza. Viven en el agua, proporcionan salud y buena suerte, y, según la creencia china, traen la lluvia para las cosechas. El dragón de los tradicionales desfiles chinos de Año Nuevo repele los malos espíritus que podrían echar a perder el nuevo año.

**DZIVAGURU.** Corea. Gran diosa de la Tierra. Vivió en un valle cuidando del ganado, se cubría con una piel de cabra. Poseía un cuerno que le daba todo lo que deseaba.

**ESPADA.** Japón. Es uno de los símbolos más representativos del sintoísmo porque alude a la tormenta. Se considera que favorece las buenas cosechas porque atrae a los rayos (fuego, don de los dioses) y a la lluvia (agua, implicada en el crecimiento del arroz).

**FONG-YI.** China. Dios del Agua.

**FU-HI.** China. Legendario emperador, cuyos ministros eran dragones. Se decía que controlaba los principios del cielo. Escribió el *I-King*, libro de las leyes.

**FUJI.** Japón. Diosa del Monte (que lleva su nombre) y de las rocas. Los peregrinos ascienden a su pico para adorar al sol naciente.

**GANESA.** India. Hijo de **Siva** y **Parvati**. Era el dios de la Sabiduría y del Destino.

**GARUDA.** India. Rey de los pájaros. Es utilizado por **Visnú** para viajar y transportarse en el espacio.

**GUANYIN.** China. Diosa de la Piedad.

Ilustración del dios hindú Ganesa.

**HACHIMANJÍN.** Japón. Dios de los Ocho Estandartes y dios de la Guerra. Desde el vientre de su madre le ordenó que conquistase Corea. Siguiendo sus consejos, ella marchó a la guerra y él estuvo durante tres años en su vientre, hasta que su madre volvió victoriosa.

### HANUMAN

Hanuman es una deidad que aparece en las mitología china, india y japonesa. En la mitología china es el dios-mono, que acompaña al famoso monje Hiuna-tsang en su viaje a India para conseguir las fuentes originales del budismo.

**HANUMAN.** China. Dios-mono que viaja de China a India para conseguir los textos originales del budismo. Se le conoce como dios tramposo o como leal servidor, pues cambia de forma de ser a voluntad. En India, las mujeres estériles se abrazan a su imagen pidiéndole hijos.

**HIDESATO.** Japón. Es el héroe protagonista de cientos de leyendas, especializado en acabar con la vida de los monstruos.

**HIRUKO.** Japón. Dios del Fuego, hijo de **Izanagui** e **Izanami**, quien fue aniquilado por su madre. De él nacieron mil dioses que dieron lugar al nacimiento de **Amaterasu** (diosa del Sol), **Susanoo** (dios del Mar) y Tsukiyami (dios de la Luna).

**HO-HSIEN-KU.** China. Es una de los «ocho inmortales», la virgen de las montañas y de la inmortalidad.

**HOU-T'U.** China. Diosa del Planeta, origen del hombre y de toda la creación. También es la matrona de la tierra y de su fertilidad.

### HUANG-TI

Se le conoce también por el «Emperador amarillo», padre de todos los chinos. Es el símbolo de la cultura china y representante de todos sus talentos.

**HUANG-TI.** China. Es un personaje real a quien se le atribuye la fundación de China hacia el 4000 a. de C. La leyenda cuenta que habitó en un palacio de las montañas, con un guardián en la puerta que tenía la cara de un hombre, el cuerpo de un tigre y nueve colas. Se le atribuye la invención de la carreta y del carro que apuntaba al sur –germen de la brújula–. También se le atribuye la creación de la humanidad, la invención de la escritura, el compás, las leyes de la astronomía y el diseño del primer calendario. Su mujer, Lei Zu, enseñó a las personas la recogida del gusano de seda y la instalación de talleres para la fabricación de telas.

**HUN.** China. Espíritus del cielo y de la tierra.

**IKI-RYO.** Japón. Espíritu de la furia y de los celos.

**INARI.** Japón. Dios dual, que puede adoptar forma masculina o femenina del zorro, de culto muy extendido. Es a la vez diosa de la Comida y dios del Arroz.

**INDRA.** India. Hijo del cielo y la tierra. Rey de los dioses, dios de la Tormenta y de los Guerreros. Su reinado duró cien años divinos. Vivió en el cielo de Indra, especie de paraíso donde deseaban ir las buenas personas al morir como culminación de una vida santa. Al nacer, bebió un trago de soma, brebaje mágico, que le hizo crecer tanto que separó el cielo de la tierra, haciéndose soberano de la atmósfera. Debido a su poderío, los **adityas** lo eligieron como caudillo para enfrentarse a Vitra y lo hizo con la ayuda de una espada prodigiosa fraguada por **Tvastri**. Derrotó al demonio en un combate cruel. Rasgó el vientre de **Vitra**, de donde nacieron las aguas del caos, que Indra fecundó para crear el Sol.

Ilustración del dios Indra a lomos de un elefante.

**ISSUN BOSHI.** Japón. Sus padres tenían tantas ganas de tener una criatura que suplicaron a los dioses que les diera un hijo, aunque fuera tan diminuto como la punta de un alfiler. Tras estos ruegos nació Issun Boushi, un niño en miniatura pero con mucho coraje. A los quince años viajó a Kioto llevando consigo un cuenco de arroz, un palillo y una aguja. Viajó por el río usando el cuenco como barca y el palillo como remo. Cuando llegó a su destino trabajó en una casa noble, convirtiéndose en un hombre de confianza.

Un día acompañó al templo a la hermosa hija de la familia, pero en el camino sufrieron el ataque de dos gigantescos **onis**. Issun Boushi se enfrentó a ellos consiguiendo que la joven pudiera escapar. Uno de los demonios se lo tragó de un bocado, pero él sacó la aguja y se la clavó en el estómago. Trepó rápidamente y al llegar a la boca, el **oni** lo escupió. El otro demonio también arremetió contra él, pero le sacó el ojo con su diminuta espada. Los demonios huyeron, dejándose olvidado un martillo mágico. Issun Boushi y la joven golpearon el suelo con la maza expresando a la vez un deseo. El pequeño Issun Boshi creció hasta un tamaño normal y se encontró convertido en un samurái. La boda no tardó en celebrarse.

*Izanagi e Izanami*. 1885. Pintura de Eitaku Kobayashi.

**IZANAGUI e IZANAMI.** Japón. Fueron los primeros dioses terrestres creadores de la tierra firme. Eran hermanos y fueron engendrados por un dios abstracto del que recibieron el encargo de crear las islas. Se colocaron en el puente celeste, que unía el cielo con la tierra, para batir las aguas oceánicas con una lanza. Lo hicieron con fuerza y, cuando levantaron la lanza, la salmuera de las aguas marinas goteó y se amontonó formando una isla. Los dioses bajaron del cielo para casarse y vivir allí. Sus hijos se engendraron del deseo, sin necesidad de unión física, y se transformaron en cada una de las islas de Japón.

**JADE.** China. Símbolo de virtud, bondad (es suave al tacto), justicia (tiene aristas), música (suena al golpearlo), etc.

**JEN-SHEN.** China. Divinidad creadora del pensamiento, la lengua, la música y la civilización.

**JIKININKI.** Japón. Espíritus de los muertos que, debido a su carácter codicioso, se les impide tener una existencia tranquila; pues tras la muerte, subsisten devorando cadáveres.

Dragón chino ornamental realizado en jade: símbolo de la virtud y la bondad.

**JIMMUTENNO.** Japón. Según la tradición fue el primer monarca. Era de naturaleza divina descendiendo de la diosa del Sol, **Amaterasu**, y del dios de la Tierra, Onamochi, quienes eran descendientes de otras siete generaciones de dioses que, en tiempos anteriores, habían procreado a los 80.000 primeros **kami**.

**JIZO.** Japón. Estatua de piedra que representa a los dioses.

**K'AN-PI.** China. Dios de los Montes. Se le representa con cara de hombre y cuerpo de animal.

**KAMA.** India. Dios del Amor desposado con Rati, diosa de la Pasión.

*Takagi Toranosuke capturando un Kappa bajo el agua del río Tamura.*
Utagawa Kuniyoshi. 1834-1835.

**KAMI.** Japón. Espíritus de los muertos que dan vida a la naturaleza. Se mueven entre los vivos y vigilan sus conductas.

**KANNUSHI.** Japón. Sacerdotes llamados por las familias para construir un nuevo hogar, para curar enfermedades, etc.

**KAPPAS.** Japón. Seres míticos que desciende del mono y que servía de mensajero al dios del Río. Es una criatura que viven en ríos, estanques y lagos. Son calvos y presentan una hendidura en la cabeza llena de agua. Su piel es amarillenta, escurridiza y con escamas. Sus manos y sus pies tienen unas membranas que les permiten moverse en el agua. Se alimentan de sangre humana y de pepinos.

Para evitar cualquier ataque, escribían el nombre del instigador en la piel del pepino y se arrojaba a las aguas donde vivían. Les distingue su fidelidad y sus buenos modales, por eso cuando se inclinan para hacer una reverencia, el agua se derrama del hueco que tienen en la cabeza, perdiendo su fuerza.

**KARMA.** Budismo. Ley de causa y efecto en las vidas de una persona, cosechando lo que uno ha sembrado en sus diferentes reencarnaciones. Según la ley del karma, lo que una persona será en su próxima vida depende de las acciones de esa persona en esta vida presente.

**KARTTIKEYA.** India. Dios de la Guerra y los Ladrones. Hijo de **Siva**.

**KRISHNA.** India. Octava reencarnación de **Visnú** en la Tierra. La Tierra pidió ayuda a Visnú para poder librarse del tirano Kansa, para lo que Visnú se reencarnó en **Krishna**.

Representación del dios Krishna en el campo de Manama Mandir.

**LAKMI.** India. Diosa del Amor y esposa de **Visnú**. Nació en un lago de leche y su belleza se compara a la flor de loto.

**LEI-KONG.** China. Genios del rayo que se encargaban de eliminar a los malhechores. Eran muy numerosos.

**MARUTS.** India. Dioses de las Tormentas.

**MATSYA.** India. Dios-pez que intervino en el curso de la creación durante el gran Diluvio.

**MIHOA.** China. Dios creador que fabricó al hombre amasando tierra amarilla. Creó a la primera pareja que habitó la Tierra vestida con un cinturón de hojas.

**MOMOTARO.** Japón. Pese a su escaso tamaño el «niño melocotón» mostraba un gran coraje. Al cumplir quince años decidió agradecer a sus padres adoptivos el buen trato recibido, para lo que marchó a una isla cercana donde vivían algunos **onis** que, de cuando en cuando, cometían todo tipo de fechorías aterrorizando a todos los vecinos. Salió acompañado por un perro, un pájaro y un mono. Los cuatro cogieron un barco para llegar a la isla de los demonios, donde estos retenían a las jóvenes después de secuestrarlas y violarlas. Momotaro mató a aquellos seres sobrenaturales, llenó la embarcación con tesoros recuperados y liberó a las prisioneras, regresando triunfalmente a su pueblo.

Ilustración de la diosa Lakmi.

Nagas pidiendo a Krishna para que libere a su marido, la serpiente Kaliya. Basada en la historia del Bhagavata Purana. 1785-1790. Colores sobre papel, 24 x 31,5 cm. Museo Nacional de Nueva Delhi, India.

**NAGAS.** Personajes de la mitología hindú. Son espíritus acuáticos, aunque también aparecen en tierra. Son divinidades con cuerpo de serpiente y torso o cabeza humanos. Se representan en parejas, con las colas entrelazadas. En algunos mitos, se dice que el mundo se apoya sobre las cabezas de serpientes y que cuando estas se mueven provocan los terremotos. *Naga Padora:* Legendaria serpiente marina que utilizó **Siva** para crear una isla en el océano. Las luchas y peleas que siguieron, y los movimientos de la gran serpiente formaron las montañas y los valles.

*Fuxi y Nüwa.* Color sobre seda. 220 cm x 106 cm x 81cm. Museo de la Región Autónoma Uigur de Xinjiang.

**NIRVANA.** Budismo. Es un estado del ser que Buda nunca explicó exactamente. El nirvana es un estado eterno del ser, es el estado en que la ley del **karma** y el ciclo de **samsara** llegan a su fin. Es el fin del sufrimiento, un estado donde no hay deseo y la conciencia individual llega a su fin. Es la esperanza eterna de los budistas.

**NIU-KUA.** China. Diosa de la Fertilidad. Su origen es muy antiguo, pero siempre tuvo como misión asegurar la reproducción y garantizar la supervivencia de las especies. Vivía sola en el cielo, así que bajó a la Tierra para tomar arena y mezclarla con agua y poder amasar una figura a su imagen y semejanza. Esta figura cobró vida, convirtiéndose en el primer ser humano. Le gustó tanto su criatura que moldeó otras, hombres y mujeres que danzaban a su alrededor agradecidos. Ya no se sintió nunca más sola. Niu-Kua fue hermana y esposa de **Fu-hi,** legendario gobernante que nos enseñó a domesticar a los animales y que instauró el matrimonio.

**OGETSU-NO-HIME.** Japón. Diosa de la Comida. En cierta ocasión, **Susanoo** ordenó a la diosa que le diera de comer y esta le respondió sacándose la comida de los ojos, de la nariz, de la boca y del recto. **Susanoo** la mató por su mala conducta.

**ONI.** Japón. Ser mítico de tradición China. Es un demonio cornudo, de proporciones gigantescas, con tres ojos y con solo tres dedos en las manos y en los pies.

**P'AN-KU.** China. O «rey Pan», creador del Universo, nuestro mundo existe gracias a su sacrificio. Nació de un huevo cósmico y organizó el caos primitivo. Formó la tierra y el cielo a partir de la separación de la materia original y primitiva. Se representa con cuerpo de hombre y cabeza de perro.

**PRAJAPATI.** India. Padre del Universo. Deidad suprema sin personificar, solo era una esencia.

**PUTANA.** India. Diablesa que amamantó a **Krishna** con la intención de envenenarlo con su leche. Putana murió al absorberle el dios Krisna la vida a través de sus senos.

**RAICHO.** Japón. Es el «pájaro del trueno». Tiene aspecto de urraca y vive en un pino desde donde emite un terrorífico graznido.

**RAIDEN.** Japón. Dios del Trueno. Se le representa con garras, piel roja y cabeza de demonio.

**RAIJU.** Japón. Demonio del Rayo. Se le representa como un tejón, un gato o una comadreja. Durante las tormentas se agita y salta de un árbol a otro, buscando refugio en el ombligo de la gente.

**RAKSAS.** India. Poderes vitales demoníacos. Su jefe era **Vitra** (demonio).

**RAMA.** India. Séptima reencarnación de **Visnú**. Dios de la Vegetación y de la Fecundidad junto con su esposa **Siva**.

**RAMAYANA.** India. Valmaki era un ermitaño a quien se le apareció **Brahma** y le encomendó la tarea de escribir la historia en verso de **Rama** el Perfecto. Lo que no conociese, se lo haría saber a través de señales, diciéndole: «Todo lo que escribirás será verdadero». **Valmaki** se retiró a la soledad con sus discípulos para escribir la gran obra, el *Ramayana*. Sumido en la contemplación veía el pasa-

### ONIS

Surgen del infierno para castigar a los malvados. Son crueles, torpes y lujuriosos. Pueden ser de diferentes colores.

### «RAMAYANA»

Ramayana, que en sánscrito significa «historia de Rama», es la menor de las dos grandes epopeyas de India (la mayor es el Mahabharata). Consta de siete libros y unos 24.000 dísticos, y comenzó a escribirse durante el siglo III a. de C., aunque es posible que el principio y el final se añadieran a posteriori. Narra el nacimiento y la educación de Rama, príncipe y séptima encarnación del dios Visnú, y sus peripecias hasta conseguir la mano de Sita, con la que al final contrae matrimonio.

Una escena de El Ramayana en el templo esmeralda. Bangkok, Tailandia.

do y el futuro, a **Rama** y a Sita, a Lakshamana y a Dasharatha, con sus mujeres como en la vida real. Para darlo a conocer escogió a Kusi y Lava (hijos de Rama y Sita en el destierro). Les enseñó el *Ramayana* y los envió al reino de Rama (Ayodhya, cuyos habitantes eran santos, no mentían y se dedicaban al estudio y a la contemplación) disfrazados de ermitaños. Cuando llegaron a la corte y no fueron reconocidos leyeron el *Ramayana* por primera vez.

**RAVANA.** India. Rey demonio de Ceilán que era inmortal solo ante los dioses (no ante los hombres). Trataba de oprimir a los hombres y evitar los ritos y sacrificios en honor a los dioses.

**SAMSARA.** Budismo. La ley de Samsara sostiene que todo está en un ciclo de nacimiento y renacimiento. **Buda** enseñaba que las personas no tienen almas individuales. La existencia de un yo individual es una ilusión. Lo que pasa por el ciclo de renacimiento es solo un conjunto de sensaciones, impresiones, momentos presentes y el **karma** que es transmitido.

**SAT.** India. Mundo de lo existente, de los hombres y de los dioses (Cielo, Tierra y Atmósfera).

Ilustración que representa al dios Siva y su familia.

**SEÑOR DE LAS ESFERAS INMORTALES.** India. Hombre de naturaleza divina que se le suele representar con mil cabezas, mil ojos y mil pies. Simboliza la totalidad eterna, el infinito. Una parte de su cuerpo fue utilizada como materia prima por los dioses para crear al hombre y al resto de las criaturas guardando el sobrante en el cielo. De su boca nació la casta superior de los brahmanes, de sus brazos el príncipe guerrero, de las piernas el hombre común y de sus pies los seres más humildes. De su poderosa mente nacieron la luna y los dioses **Indra** y **Agni**; de sus ojos, el sol; y de su aliento, el viento.

**SEÑOR DEL DESTINO.** China. Divinidad dual, hombre-mujer, que custodia el camino y la entrada del cielo. Influye en la duración de la vida, la fortuna, la recompensa por la virtud y el castigo por el vicio.

**SESHA.** India. Serpiente mítica que siempre lleva una comitiva de **nagas**. Posee mil cabezas que forman el aposento de **Visnú**, en el que este dios reposa durante los intervalos de la creación.

**SHANGDI.** China. Señor de las alturas. Tenía el poder supremo, dominando por naturaleza e imponiendo su ley a los hombres. No se le invocaba directamente, sino a través de los antepasados.

**SHINTO.** Japón. Budismo. «Camino de los dioses». Culto que venera los espíritus existentes en todas las cosas.

**SHITO DAMA.** Japón. Espíritu astral con forma de bola de fuego de color rojo brillante.

**SIEN.** China. Concepto taoísta. Hombres de las montañas, ermitaños que sobrevivían durante siglos meditando en el bosque.

**SIVA.** India. Simboliza a la vez la destrucción y la creación. Rige el universo, dicta leyes, imparte justicia y administra las venganzas divinas. Junto con **Brahma** y **Visnú** forma la Trinidad hindú. Su mujer era Parvati, reencarnación de su primera mujer, Sita.

**SI-WEI.** China. Deidad que estableció el orden del universo.

**SUGRIVA.** India. Rey de los *varanas* o monos sagrados, nacidos de los dioses con hembras semidivinas.

**SURYA.** India. Divinidad solar identificada con el cielo. De ella parte la luz y la energía que necesitan todos los seres vivos para su desarrollo. Tenía también como función encaminar a las almas hacia la morada de los justos.

**SUSANOO.** Japón. Dios del Mar y de las Tormentas, de carácter valiente e impetuoso. Nació del baño de la nariz de **Izanagi**. Se casó con Kushinada, con quien tuvo un hijo, Onamochi (rey de Izumo), asistido por la diosa Sukunabicona, la emplumada. Mató a la diosa **Ogetsu-No-Hime.**

**TAO.** China. Principio taoísta. Es la propia naturaleza, potencia que transforma el caos en cosmos. Origen del cielo y de la tierra y madre de todas las cosas.

**TAOTIE.** China. Monstruo cuyo cuerpo se destruye según se come a un hombre. Devorador de personas que fue desterrado de la tierra por los sabios emperadores. Protector del país de los espíritus malvados de carácter feroz y devorador.

**TCHEN.** China. Concepto taoísta. Hombres gaseosos que se movían por el aire con plena libertad.

SIVA

Siva es la tercera persona de la tríada hindú, siendo Brahma el Creador y Visnú el Preservador. Hacía falta un Destructor para completar el sistema, y la destrucción es considerada como la función especial de Siva. Según las enseñanzas del hinduismo, la muerte no implica el sentido de pasar a la no-existencia, sino simplemente un cambio a una nueva forma de vida. Aquel que destruye, por lo tanto, hace que los seres asuman nuevas fases de existencia: el Destructor es realmente un recreador, de ahí que le sea dado el nombre de Siva, el Radiante o el Dichoso.

TAOTIE

Taotie tiene aspecto similar al dragón: moño de plumas, pico de pájaro y cola curvada.

**TEMMANGÚ.** Japón. Descendía de la diosa **Amaterasu**. Fue ministro y deificado tras una temprana muerte se apareció con la peste como un niño mudo entre los malhechores.

**TENGU.** Japón. Seres míticos, mitad humanos y mitad pájaros. Viven en los pinos y cedros de las montañas. Se les suele representar con muchas capas de plumas u hojas y con un sombrero negro. Les encantan las trastadas, pero más por afición a la travesura que por la maldad, aunque no sepan soportar las bromas que reciben.

**TORTUGA.** China. Símbolo religioso cuyo caparazón arqueado y cuerpo plano se asociaban a la forma del mundo (cielo redondo y tierra cuadrada). Es tan longeva y sabia como el planeta, tan mítica y sagrada como el **dragón**.

**TSUKI-YOMI.** Japón. Dios de la Luna que nació del baño del ojo derecho de **Izanagi**, quien le confió los reinos de la noche.

**TUKIYOMI.** Japón. Dios de la Luna, junto con su hermana **Amaterasu**, son los responsables del día y de la noche.

VISNÚ

Se le conoce como «el Conservador», siendo el más poderoso de los dioses de panteón hindú.

**TVASTRI.** India. Herrero de los dioses y trabajador de la fragua.

**UKE-MOCHI-NO-KAMI.** Japón. Diosa de la Fertilidad y la Crianza. Proveedora a través de la muerte, de las sustancias vitales.

**VARUNA.** India. Jefe de los **adityas**, vigilante de la armonía universal.

**VISNÚ.** India. Tuvo varias reencarnaciones en la tierra: pez, tortuga, jabalí, león, enano, **Visnú** y **Krisna**. Para los budistas, **Buda** fue su novena reencarnación y se espera una décima que se llamará Kalké, que vendrá a la tierra para castigar a los hombres malos.

**VITRA.** India. El demonio. Espíritu maligno, fuerte, astuto y con recursos mágicos. Era el dirigente de los raksas, espíritus demoníacos. Se enfrentó eternamente a **Indra**.

**WEN.** China. Origen de la civilización y esencia de todo.

**WU.** China. Chamanes. Rectos y sinceros, conocían lo alto y lo bajo, lo humano y lo divino. Se les representaba bailando y con plumas en las manos.

YAMATO-TAKERU
Héroe que simboliza la fuerza que hace crecer la pureza.

**YAMATO-TAKERU.** Japón. Cientos de historias avalan su heroicidad. El emperador lo envió a realizar largos viajes para destruir fuerzas rebeldes. En cierta ocasión, su tía le dio una espada y una bolsa que solo podría abrir en caso de emergencia. Después de varias luchas encontró a un hombre que le engañó, diciendo que en el llano vivía un dios rebelde. El malvado hombre esperó a que Yamato-Takeru fuera en su búsqueda para prender fuego a la pradera. El joven héroe se salvó empleando la espada (para segar la hierba) y la bolsa (donde había un pedernal para hacer un contrafuego). Dio muerte al hombre y a todo su clan, quemando sus cuerpos.

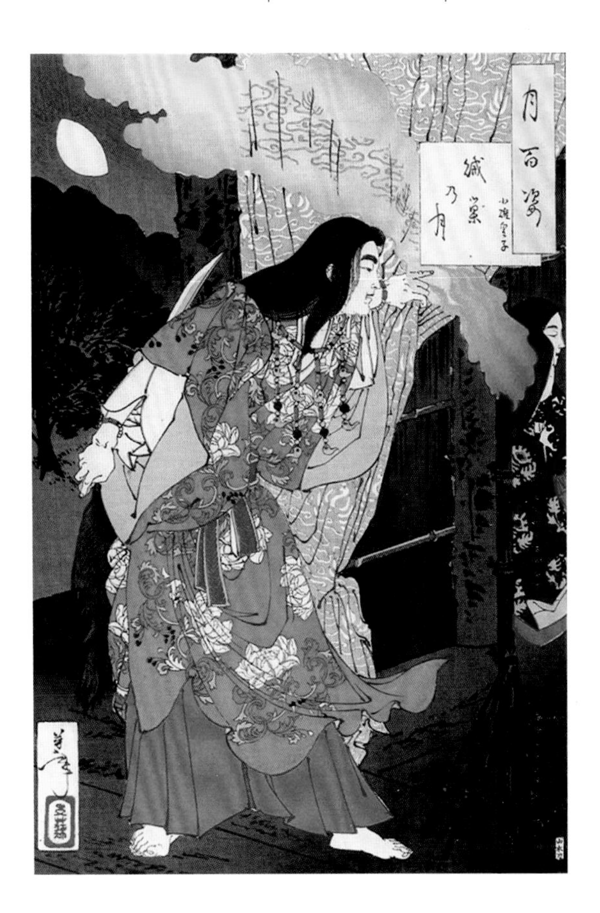


**YATA.** Japón. Es el espejo decorado con estrellas de la diosa del Sol, **Amaterasu**.

**YI.** China. Arquero legendario, que cuenta con una gran tradición, y que fue enviado al mundo para salvarlo de la sequía provocada por los diez soles.

**YIN-YANG.** China. Origen del universo y de la humanidad. El *Yang* es la parte masculina, la luz, el calor, el cielo, los números impares, la alegría... Se asocia a los buenos espíritus *(Shen)*; por el contrario, el *Yin* es la parte femenina, el frío, la sombra, los números pares, el dolor y la muerte. Se asocia a los malos espíritus *(Kwei)*.

YIN-YANG
La historia del *yin* y del *yang* se remonta a los orígenes de la civilización china, antes de la época de Lao Tse. La referencia escrita más antigua aparece en 1250 a. de C. en el *I Ching*.

**YOMI.** Japón. Tierra de los muertos, reino de corrupción e impureza. La idea de los antiguos japoneses sobre la muerte y la vida de ultratumba no incluía la noción de un juicio final, por lo que la idea de castigo no tenía lugar entre sus creencias.

**YU.** China. Las aguas llegaron al cielo y solo Yu el Grande consiguió dominarlas a través de diques: abrió caminos a las aguas y horadó las montañas. Representaba al oso y al faisán. Bailó y bailó hasta que, extenuado por el esfuerzo, se le paralizó medio cuerpo pero siguió saltando hasta que dio orden y estabilidad al mundo. Es el modelo de monarca abnegado por su pueblo.

# MITOS DEL LEJANO ORIENTE

## TANGÚN, EMPERADOR DEL SÁNDALO. *Corea*

Cuentan que en los orígenes, Hwanin, dios creador y rey de los cielos, vivía en el cielo con su hijo Hwangung. Este fue enviado a la Tierra con tres mil compañeros para ser el rey del monte coreano que ocupó. Reinó en armonía, apoyado por tres ministros: el del Viento, el de la Lluvia y el de las Nubes.

En cierta ocasión, un oso y un tigre expresaron al rey Hwanung su deseo de convertirse en hombres. Este estuvo conforme, pero para ello tenían que superar algunas pruebas: comer cien dientes de ajo y un racimo de hierbas, además de tener que vivir retirados en cuevas durante cien días y alejados de la luz solar. Les dijo que si cumplían fielmente sus indicaciones se convertirían en seres humanos.

El tigre, por su naturaleza salvaje, salió de la cueva antes de lo recomendado, pues estaba muerto de hambre. El oso, símbolo de resistencia, esperó pacientemente y pasados los cien días de encierro, salió convertido en mujer y su primer deseo fue tener un hijo. Hwanunug decidió casarse con ella concibiendo un hijo tan solo por la unión de sus alientos. Al poco tiempo nació Tangún, el emperador del Sándalo, primer emperador coreano.

### TANGÚN

Según fuentes arqueológicas y lingüísticas, la península coreana fue ocupada por tribus nómadas de Manchuria y Siberia. Según la mitología, Tangún fue el primer rey de los coreanos en el 2333 a. de C. El budismo y el taoísmo atribuyeron a Tangún el inicio de una religión nacional aprendida en el cielo y la máxima: «Hongikingan ama a la humanidad». Un altar en la isla de Kanghwa, que se dice que fue construido por Tangún en persona, es periódicamente redecorado. Su cumpleaños, denominado «el día en que el cielo se abrió», es el tercer día del décimo mes, diez de octubre, y festivo para los escolares.

## EL NACIMIENTO DE P'AN-KU. *China*

El caos reinaba en los orígenes. El cielo y la tierra estaban unidos y el universo era un huevo negro donde vivía el dios **P'An-Ku**. Un día se despertó y se sintió agobiado en un espacio tan pequeño, por lo que empuñó su hacha para romper el gigantesco cascarón. La clara formó los cielos y la yema formó la tierra. El dios quedó en el medio, tocando con su cabeza el cielo y con sus pies la tierra, impidiendo que se volviesen a unir.

Cuando murió P'An-Ku, su cuerpo se transformó en los diferentes elementos del mundo. De su aliento nacieron el viento y las nubes, y su voz se convirtió en el terrible trueno. Uno de sus ojos se transformó en el sol y el otro en la luna, su mirada desprendió el relámpago. De su cuerpo nacieron las montañas, de sus venas los caminos y de sus músculos los fértiles campos. Las estrellas crecieron de su pelo y la vegetación se fue formando a partir de su piel. Su médula se transformó en jade y en perlas. Comenzó a sudar y las gotas cayeron a la Tierra alimentando a todas las cosas vivas que

existían en la tierra y rellenando los ríos que habían nacido de sus lágrimas. Finalmente, el hombre nació de las pulgas y los piojos que P'An-Ku tenía alojados en su cuerpo.

### EL HUEVO CÓSMICO

Las distintas versiones que existen del mismo mito coinciden en una misma idea: un caos preexistente, un universo original sin definir, el huevo cósmico, donde reside un ser superior, P'an-Ku, de cuya acción y sacrificio procede nuestro universo (ordenó el mundo y al romperse el huevo, P'an-Ku murió). La leyenda aparece en el libro de Xu Zheng (220-265 d. de C.). En la cultura china este mito está muy arraigado con la frase: «desde que P'an-Ku creó el cielo y la tierra» («desde hace mucho tiempo»).

## NIU-KUA ARREGLA EL CIELO Y ORGANIZA LA TIERRA. *China*

El dios del Agua y el dios del Fuego estaban enzarzados en una cruenta guerra. La lucha era continua y se luchaba por todos los rincones del mundo. El dios del Fuego ganó la batalla, pero el dios del Agua, en un descuido, golpeó su cabeza contra la montaña de Buzhou, desde entonces cumbre venerada. Esta montaña se derrumbó y, con ella, el gran pilar que sostenía el Cielo y que lo separaba de la Tierra. La consecuencia fue que la mitad del Cielo se desplomó dejando un enorme agujero negro; la tierra se agitó produciendo enormes grietas mientras que los bosques ardían y los animales se rebelaron contra los hombres. Las aguas inundaron todo muriendo miles de personas quemadas, ahogadas o devoradas por las bestias.

La diosa Niu-Kua no daba crédito a sus ojos y, afligida y abatida por los acontecimientos, decidió organizar de nuevo el Cielo y la Tierra. Comenzó por arreglar el cielo haciendo una masilla con una mezcla de piedras de colores, consiguió las cuatro patas de una tortuga gigante para sostenerlo y así quedó solventado el problema, dejando la distancia justa respecto de la Tierra. Después sacrificó a un dragón públicamente para dar ejemplo a las bestias de lo que les ocurriría si se portaban mal con los hombres. Finalmente, recogió miles de juncos que luego quemó y con las cenizas consiguió parar la inundación. Nadie duda que hizo todo lo que estaba en su mano para volver a hacer del mundo un espacio habitable.

Los hombres que sobrevivieron nunca olvidaron lo que la diosa Niu-Kua hizo por ellos y por las generaciones futuras.

## EL FIN DEL PARAÍSO. *China*

El emperador **Huang-ti** se encargó de romper la antigua comunicación que existía entre el Cielo y la Tierra, pues consideraba que era necesario acabar y parar las continuas incursiones de los dioses. De hecho, dioses y espíritus celestes bajaban a la Tierra solo para someter a los hombres. Este hecho lo convirtió en un

héroe, pues además de liberar al hombre, permitió organizar el mundo.

Pero cuenta la leyenda, que al principio de los tiempos el cielo y la tierra estaban muy próximos entre sí, y las relaciones entre dioses y humanos eran constantes porque eran muy sencillas: los dioses podían bajar a la tierra y los hombres subir al cielo simplemente escalando una montaña.

Se cree que este paraíso desapareció como consecuencia de la guerra entre el dios del Agua y el dios del Fuego, que provocó una separación traumática entre cielo y tierra y la desaparición de la montaña que permitía el contacto del cielo y la tierra. Nunca más se pudo tener trato directo con los dioses, salvo algunos privilegiados, chamanes o reyes, que lo hacen por medio del éxtasis, al que solo se accede por tener cualidades especiales.

## YU EL GRANDE CONTROLA LAS AGUAS.
*China*

El mundo era distinto en los tiempos del emperador Yu. Él consiguió canalizar la tierra para que el agua se dirigiese al mar y expulsó a los dragones y a todas las fuerzas del mal confinándolas en las marismas. Yu fue el héroe benefactor de la población y el que organizó la sociedad china actual.

Durante la época del emperador Yu, muchos territorios bajos estaban perpetuamente inundados de agua, pero él abrió muchos canales para encauzar las aguas hacia el mar, mientras que a su paso fertilizaban las tierras.

Yu estuvo más de una década controlando las aguas y en sus obras cuentan que empleaba la ayuda del dragón alado, animal que se considera sagrado en la mitología china.

El emperador Yu se transformó en oso para conseguir la fuerza suficiente y poder abrir un camino en una enorme montaña, pues con solo las cualidades humanas nunca hubiese podido alcanzar su objetivo.

Por su abnegada tarea con el control de las aguas, el emperador Yu obtuvo el respeto de los habitantes, que lo bautizaron como «Yu, el Grande» y lo veneraron como dios de la Comunidad.

EL EMPERADOR YU

Yu también aparece como una divinidad hermafrodita que hizo de la Tierra un lugar habitable para el ser humano. Creó los caminos a través de las montañas, abriendo pasos con su fuerza tras adoptar la forma de oso. Yu, bajo la forma de serpiente, desvió las aguas del río Amarillo hacia el abismo.

## LA EXPULSIÓN DE YI DE LOS CIELOS. *China*

En la época del arquero Yi existían diez soles que se turnaban para aparecer diariamente, pero un día se descoordinaron y aparecieron en el cielo todos a la vez. Sus rayos fueron mortales para muchas plantas y a consecuencia de esto, se perdieron muchos campos y cosechas, temiéndose una gran hambruna.

Yi era un héroe inmortal que habitaba en los cielos y era muy conocido en su tiempo por su destreza en el manejo del arco, no había objetivo que se le resistiese y por este motivo Di Jun, el padre de los diez soles, lo llamó para arreglar el desaguisado que habían provocado sus hijos y así volver a la normalidad. Di Jun no quería que muriese ninguno de sus hijos, pero Yi disparó nueve certeras flechas, dejando en el cielo un solo sol, el actual.

Di Jun vio cómo sus otros hijos morían, así que decidió expulsar a Yi del reino de los cielos, condenándole a vivir como un mortal, aun siendo venerado como un dios.

## LOS LAMENTOS DE LA GRAN CAMPANA DEL EMPERADOR. *China*

Era en la época de un emperador tirano y déspota que en lo único que pensaba era en acometer obras faraónicas para demostrar su poderío. En cierta ocasión, hizo llamar a su hombre de confianza para ordenarle la construcción de la campana más grande y más sonora del mundo. Quería conseguir un toque de campana que se expandiese por todos los confines del planeta y así demostrar lo importante y poderoso que era.

Su consorte comenzó a calcular la cantidad de metales que necesitaría para alcanzar el objetivo de grandeza marcado, preparó los hornos y contrató a los mejores fundidores. Cuando todo estuvo calculado y controlado, se acometió la obra, pero se produjo un fenómeno curioso, pues el oro, la plata, el hierro y el cobre no fundían como estaba previsto y hubo que tirar la mezcla. El emperador se encolerizó al enterarse y amenazó a su hombre con que si la siguiente vez también fracasaba, su cabeza sería cortada.

### YI

El mito de Yi es otro ejemplo de un ser humano que por sus hazañas y facultades, acaba convirtiéndose en un héroe admirado y respetado como un dios en la cultura china.

El pobre hombre no fue capaz de contárselo a su hija, pero ella se enteró porque le llegó una documentación oficial con el sello imperial donde quedaba reflejado el ultimátum. La muchacha quedó horrorizada ante la posibilidad de quedarse sin padre, así que decidió visitar, a escondidas, a un mago-adivino para intentar evitar el mandato imperial en caso de que su padre fallase de nuevo. El mago se concentró y dijo que los metales se fundirían si a ellos se les unía la sangre de una joven virgen.

El día de la prueba final, la muchacha pidió a su padre estar presente y prometió silencio y discreción, por lo que el padre aceptó. Los hornos echaban fuego y llegó el momento de mezclar los metales y verterlos en el molde. Todos estaban pendientes de la mezcla y de la cara del emperador, por lo que nadie se dio cuenta ni pudo evitar que la bondadosa joven se lanzase hacia la mezcla y se fundiese con ella. El horror invadió la sala y ella se esfumó sin ningún lamento mientras su padre, roto de dolor, se despidió del emperador para siempre.

La masa fundió y se convirtió en la campana más brillante pero con el toque más triste que jamás se hubiera escuchado. El emperador, al escucharlas, ordenó que jamás se tocaran, pues una epidemia de tristeza embargaría la ciudad.

KRISHNA

Dotado de una belleza excepcional, su exquisita piel azul ejerce un irresistible atractivo entre las mujeres. Se dice que a los once años ya era amante de cientos de ellas, y que de mayor llegó a poseer 18.000 concubinas.

El libro más sagrado de los hindúes, el *Bhagavad Gita*, que constituye el libro sexto del *Mahabharata*, nos narra la vida del dios Krishna. El *Mahabharata* fue redactado en sánscrito por los arios, indoeuropeos invasores de India entre el 1500 y el 1250 a. de C., y se conserva íntegramente en una versión que data del siglo II a. de C. y que consta de 90.000 versículos.

## KRISHNA, OCTAVA REENCARNACIÓN DE VISNÚ EN LA TIERRA.

*India*

El príncipe Yudhishthira no entendía por qué había sido elegido entre sus hermanos para ser monarca. Se sentía inseguro de sus capacidades y preguntó a su hermano el pequeño, Krishna. Este no le explicó los motivos, pero le dijo que no se preocupara, pues él mismo le ayudaría en el futuro a salir victorioso de los problemas de su reinado, pues podía ver el futuro.

Finalmente, el príncipe aceptó el cargo de rey. Envió correos a todas las regiones de India informando de su decisión para que todo el mundo lo conociese y viese la ceremonia de coronación, en la que su abuelo Bhisma debía rociar la cabeza del nuevo rey con agua sagrada. El abuelo sorprendió a todos rociando primero la cabeza de Krishna, pues encarnaba la presencia de los dioses.

Shishupala se enfadó por este gesto de deferencia hacia Krishna y propuso a otra persona para el cargo de monarca. En medio de la polémica, Krishna se durmió profundamente y el viejo Bhisma contó la historia de Shishupala, el que al nacer presentaba tres ojos y cuatro brazos. Sus padres querían abandonar al bebé deforme, pero una voz les habló desde el cielo para decirles que llegaría un día en que esa criatura moriría en manos de alguien que todavía no había nacido, pero que llevaría una vida feliz pues alguien lo cogería y, al hacerlo, haría desaparecer el tercer ojo y los brazos que le sobraban. También les dijo que esa misma persona le daría la muerte. Se trata del príncipe Krishna. La madre, cuando supo esto, pidió clemencia y Krishna le contestó: «Si cien veces me ofendiera, cien veces le perdonaría».

Tras el relato, Shishupala se enojó aún más y siguió difamando a Bhisma, despertando a Krishna. Este le cortó la cabeza con un disco de fuego y Shishupala, antes de morir, rindió homenaje a su verdugo. Había sido su pecado centésimo primero.

Fresco que representa al dios Krishna tocando la flauta a su esposa.

## RAMA, SÉPTIMA REENCARNACIÓN DE VISNÚ EN LA TIERRA.

*India*

Exiliado por su padre, Rama, su esposa Sita y su hermano Lakshman marcharon a un bosque para conseguir una vida ascética. Una tarde estaban los enamorados esposos bajo un árbol y se encontraron con una gigante diablesa llamada Surpakana, hermana de **Ravana**. Esta se enamoró perdidamente de Rama, pero no fue correspondida, por lo que la malvada gigante amenazó la vida de Sita.

Con la ayuda de su hermano, Rama consiguió cortar la nariz y las orejas de Surpakana. Cuando su hermano se enteró de lo sucedido, juró venganza, raptando a Sita para convertirla en su amante.

### RAMA

Su culto es bastante menos popular que el de Krishna, pero igualmente su historia se relata en otro poema épico, el `Ramayana`. El `Ramayana`, aun siendo menos extenso que el `Mahabharata`, duplica a la `Iliada`, la epopeya occidental más extensa y elaborada. El sánscrito es similar a otras lenguas antiguas, por ejemplo, el latín, con el que comparte las declinaciones. Aun siendo una lengua muerta, todavía se puede escuchar en los mantras que recitan los brahmanes en los templos.

Escena de Ramakien. Templo Wat Phra Kaew. Bangkok, Tailandia.

Rama creyó enloquecer por la ausencia de su esposa. Tras una búsqueda sin éxito, un buitre informó a Rama que su esposa estaba en un lugar lejano y que era necesario trazar un puente para llegar. Con la ayuda de los monos *(varanas)*, el puente se construyó en cinco días, consiguiendo llegar hasta los dominios del demonio. Tras una ferviente lucha entre Rama y Ravana, Rama salió victorioso con la ayuda de sus flechas maravillosas. Sita fue liberada y devuelta a su esposo.

Al poco tiempo, Rama volvió a su reino en un carro mágico y recuperó el trono, que le duró diez mil años, durante el cual sus súbditos no padecieron muertes ni enfermedades.

Escultura de la diosa Indra montada sobre un elefante.

### INDRA

Indra es el dios del Firmamento, en cuyas manos se haya el trueno y el relámpago y por cuya voluntad caen las refrescantes lluvias que hacen a la tierra fructífera.

En las figuras a menudo se representa como un hombre con cuatro brazos y manos; con dos de ellos sujeta una lanza, en la tercera lleva un rayo y la cuarta está vacía. Se le suele pintar montado en el maravilloso elefante Airavata, que fue creado batiendo el océano.

## LOS DIOSES RECUPERAN SUS PODERES. *India*

Un sabio llamado Dervaras regaló una hermosa guirnalda de flores al dios **Indra**. Este la colocó en la cabeza de su elefante, pero el animal se asustó y, con sus bruscos movimientos, tiró a Indra al suelo. Dervaras entendió esto como una ofensa, por lo que maldijo a todos los dioses y los amenazó con los **raksas**.

Los dioses comenzaron a notar la acción del demonio, pero **Visnú** ideó una manera de combatir esta maldición. Reunió a todos los dioses y les contó su plan. Los dioses se dedicaron a recoger hierbas de distintos tipos para echarlas en el mar de leche; después, utilizaron una montaña como pala para removerlo y una enorme serpiente como cuerda. Entre todos batieron el océano para preparar un brebaje que fuese a la fuente de la inmortalidad.

De su acción nacieron: la vaca sagrada Surabhi, fuente de leche; Varuni, diosa del Vino; Parijata, árbol del paraíso; las apsaras, ninfas celestiales, etc. Los dioses tomaron el brebaje y recuperaron sus poderes, terminando con la maldición de Dervaras.

## LA BONDAD Y LA MALDAD SUELEN VIVIR JUNTAS. *Japón*

Cuentan que en tiempos remotos vivió un matrimonio de ancianos cuya cualidad principal era la bondad. El hombre trabajaba su huerto acompañado siempre de su fiel perro. Un día le oyó ladrar mientras excavaba la tierra con sus patas. Después de remover la tierra, el viejo encontró un cofre que contenía oro y joyas en abundancia. Cuando llegó a casa lo habló con su mujer y ambos decidieron que lo mejor era repartir una parte entre los pobres y el resto invertirlo en tierras de cultivo.

Poco conocían a sus avaros vecinos, otro matrimonio de ancianos, que casi mueren de envidia al enterarse de la suerte de los vecinos. Estos fueron al día siguiente y robaron el perro, pues ellos también querían un tesoro. Se lo llevaron ofreciéndole carne para atraparlo, pero el perro desconfió en todo momento; no comió ni se movió. El vecino, enfurecido, golpeó al perro hasta matarlo. Cuando el dueño del can se enteró, lloró la muerte de su perro, recogió sus restos y los quemó, dándole una hermosa despedida. Sobre su tumba plantó un pequeño pino que creció rápidamente y se convirtió en un corpulento árbol.

Pasado un tiempo, el perro se aparecía a su dueño en sueños y le sugería cortar el pino de su tumba para hacer con él una mesita donde limpiar el arroz. El viejo le hizo caso y cuando golpeaba el arroz para limpiarlo, este se convertía en granos de oro. El vecino, que andaba siempre rondando por allí, le pidió prestada la mesita. El anciano bondadoso no supo decir que no, pero cuando el vecino comenzó a golpear el arroz, lo único que hacía era resquebrajarlo. Iracundo, hizo con la mesa lo mismo que hizo con el perro, molerla a palos.

Volvieron las apariciones del fiel perro y en esta ocasión le dijo al anciano que recogiese las astillas de la mesa mágica y las esparciera sobre un árbol seco, pues este florecería al momento. El viejo siguió sus consejos. Recogió las astillas y las lanzó hacia un árbol viejo y desvencijado. En el acto se convirtió en un árbol florido y hermoso. Marchó por los pueblos enseñando a las gentes el prodigio de ver florecer los árboles en invierno y así poder olvidar a sus malvados vecinos.

Cuando el emperador se enteró, quiso verlo con sus propios ojos y cuando recibió la visita de nuestros ancianos bondadosos, se quedó muy sorprendido al ver cómo florecían los árboles en invierno. El vecino malo, al saberlo, le robó los restos de astillas que el viejo había dejado en su casa y fue anunciando que él también era capaz de hacer revivir los árboles secos. El emperador quiso ver si realmente alguien podía repetir el prodigio antes visto, pero el viejo avaro, cuando soltaba las astillas, no solo el árbol no revivía, sino que se fueron a clavar en la cara del mismísimo emperador. El monarca se enfureció y mandó cortarle la cabeza. Pero el matrimonio bondadoso habló al emperador para pedirle clemencia. Este aceptó y los ancianos se comprometieron a enseñarles el buen camino.

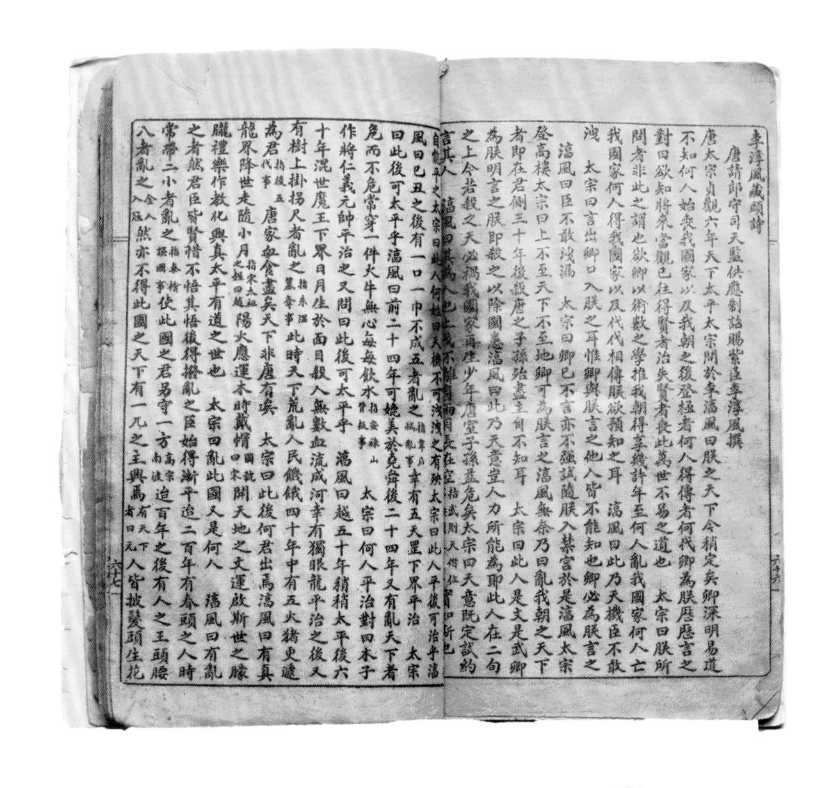
李淳風藏頭詩

## El Kojiki

La fuente principal para conocer la mitologia japonesa es el *Kojiki* («Anales de hechos de la Antigüedad»), que data aproximadamente de los siglos VIII-IX. Se trata de una crónica que relata la historia de Japón año por año, desde la creación del mundo hasta el reinado de la emperatriz Suiko (ca. 628). La obra consta de tres libros: el *Libro I* se refiere a la «época de los dioses», y contiene la mitología japonesa propiamente dicha; el *Libro II* en teoría trata de la «historia humana», aunque narra hechos legendarios, y el *Libro III* aborda la historia real.

## OTRAS FUENTES

La segunda fuente para conocer la mitología japonesa es el *Nihon-Shoki o Crónica del Japón*, de la misma época que el *Kojiki*, aunque concede menor cabida a los mitos y está más influenciado por las tradiciones chino-coreanas, por lo que se le considera menos fiable que el *Kojiki* como fuente de mitología indígena.

## LA MEMORIA DE URASHIMA. *Japón*

Urashima vivía con sus padres y se dedicaba a pescar. Su familia era humilde y su única pertenencia era una barca que le permitía salir a la mar para pescar y luego vender lo recogido. Un día que iba a trabajar, vio a unos niños torturando a una enorme tortuga en la playa. No podía soportar que nadie hiciese daño a los animales, así que rescató a la tortuga y la liberó en el agua. Se marchó a pescar y se olvidó de lo ocurrido.

Mientras pescaba pensaba en la manera de poder dar a sus padres una mejor vida. De repente, notó que su red pesaba más de lo normal. Hizo un esfuerzo sobrehumano y comprobó que lo que había pescado era la tortuga que había liberado de una muerte segura. Esta le dijo que era una enviada del rey de los mares y que tenía la orden de conducirle a palacio y casarle con su hija, la princesa Otohime.

Urashima y la tortuga llegaron al reino del mar, una hermosa ciudad subacuática fabricada con materiales preciosos. Cuando llegó al palacio fue recibido por la princesa Otohime y ambos quedaron enamorados para siempre. Juntos fueron felices y parecía que el tiempo no discurría, pero un día Urashima soñó con sus padres y sintió deseos de verlos. Cuando se despidió de su esposa para volver a la tierra ella le entregó una cajita sellada y le dijo que no la abriese si tenía intención de volver a verla.

Sin saber cómo, se encontró de repente en la playa donde siempre pescaba y pensó que su matrimonio acuático había sido un sueño. Estaba seguro de que era su pueblo, pues conocía la playa y la montaña, pero las calles, las casas y las personas ya no eran las mismas. Aturdido, preguntó por su padre, pero nadie lo conocía. Se sentó en su playa de siempre junto a un anciano desarrapado, preguntándole sobre los suyos. El vagabundo le dijo que sí que conoció a sus padres, pero que habían muerto de pena por la pérdida de su hijo hacía más de cincuenta años. Desesperado, preguntó a otro anciano que le comentó que habían pasado más de cien años desde que murió el matrimonio. El tiempo no pasaba en el reino del mar.

El recuerdo de la princesa y la pérdida de sus padres le hicieron desear volver al fondo del mar, pero no sabía cómo hacerlo. Recordó la caja, pero se olvidó de la indicación de la princesa, la abrió y súbitamente se sintió agotado, notó cómo se arrugaba su piel, su pelo se encaneció y supo, antes de morir, que no volvería a ver a su amada por haber abierto el cofrecito.

## AMATERASU, LA DIOSA MÁS BELLA.

*Japón*

El Sol decidió crear al hombre para que habitara aquellas hermosas islas moldeadas por **Izanagui** e **Izanami**. Con sus propios rayos moldeó a una hermosa mujer, a la que llamó **Amaterasu** y la nombró «diosa de la Luz», después creó al resto de los dioses para que le hicieran compañía.

En las islas la vida era armónica y alegre. Los hombres adoraban a **Amaterasu** igual que al sol naciente, respetándola y alzando plegarias en su honor. **Amaterasu** era feliz en aquella tierra hasta que llegó Ono-Mikoto, un príncipe de origen divino caracterizado por su maldad. Quiso enojar a la diosa y para ello mató a su cervatillo preferido. Entonces, **Amaterasu** conoció el llanto y la amargura. Tanta pena la hizo huir de su divertida vida social para ocultarse de los mortales, no quería demostrar su pesar ante los hombres. Un buen día se escondió en una gruta que tapó con una enorme piedra.

Con ella se fue la luz y la alegría. Las islas quedaron sumidas en la oscuridad y la tristeza. Los dioses se reunieron para buscarla y hacerla retornar, para lo que organizaron un hermoso cortejo con los mejores músicos. Se encaminaron hacia la gruta y una vez allí formaron un gran círculo, donde los músicos comenzaron a tocar y cantar bellas canciones. Una diosa salió a bailar mostrando todos sus encantos y embelesando al resto de dioses por su gracia y por su ritmo. Todos alabaron su belleza y quedaron rendidos ante ella.

**Amaterasu,** desde dentro de la cueva, oía la música y sintió una curiosidad inusitada. Corrió la pesada roca que tapaba la entrada y con la ayuda del otro dios dejó abierta la entrada. **Amaterasu** se quedó maravillada ante el espectáculo que la habían preparado, pero no podía admitir que los dioses admiraran tanto la belleza de la diosa bailarina. Los dioses buscaron un espejo para que pudiera contemplarse y comprobar por sí misma que era la más bonita de todas las mujeres. El pueblo se volcó hacia ella, todos rogaban su vuelta y así, la diosa del Sol, decidió volver al lugar de donde nunca se tenía que haber marchado.

El dios Susanoo, que se había rebelado contra ella, fue expulsado del reino y se le dio el imperio de los mares. La paz y la felicidad volvieron a reinar en las islas japonesas.

### AMATERASU Y EL SINTOÍSMO

El sintoísmo desciende del antiguo animismo, mezclado con el culto a los antepasados, la adoración al sol y fundamentalmente al budismo. El sintoísmo considera que todo tiene su propio espíritu al cual denominan *kami*. Incluso cuando una persona muere llega a ser un *kami*.
Los gobernantes crearon a la diosa Amaterasu o diosa del Sol, ubicada en la cima de los otros *kami*. Al introducirse el budismo, hace alrededor de 1.300 años, ambas creencias se amalgamaron.

### SAMURÁI

Samurái significa «servidor» en japonés. En el Japón antiguo fueron primero los guardias armados de la nobleza, para luego convertirse en los temibles guerreros que respetaban el código de honor denominado *Bushido,* con la ayuda de los famosos sables. *El Código del samurái* es su seña de identidad, su forma de pensar. Lo más importante del código es lo relacionado con el honor: los samuráis viven por y para su honor, sin él no son nada. Ser deshonrado por alguna razón es su mayor castigo, pudiendo ser preferible el *arakiri.*

El nieto de **Amaterasu**, Jinmutenno, ocupó el trono imperial y fue el primer emperador de nombre conocido. La diosa, viendo asegurada su dinastía en el imperio, pidió a su padre, el Sol, que la llevara junto a él, y, envuelta en su luz, se fue a su lado; allí permanece desde entonces y, transformada en rayos luminosos, vela siempre por su pueblo.

## LA SENTENCIA DEL PESCADOR. *Japón*

Un joven samurái se dedicaba a prestar dinero y a vivir de la usura amedrentando a los malos pagadores, sin importarle nada la vida de nadie. Uno de los endeudados era un pescador a quien visitó para recuperar su dinero. El pobre pescador huyó aterrorizado del genio del samurái, pues no tenía dinero para saldar su deudas. Horas y horas anduvo el usurero buscando a su presa, hasta que lo encontró escondido en la maleza. Al verlo asustado, él se hizo más grande y bravucón, enfadado por no recuperar su dinero. El pescador quiso decir unas palabras antes de morir y el samurái le dio esa oportunidad. El pescador comentó que estaba estudiando filosofía y que su frase preferida era: «Si alzas tu mano, restringe tu temperamento; si tu temperamento se alza, restringe tu mano». El guerrero quedó impactado por las diferentes lecturas que podía hacer de dicha frase. Le recomendó al pescador que siguiera estudiando, pues le daba un año más para conseguir el dinero.

Cuando el samurái volvió a su casa por la noche, agotado y deseoso de ver a su esposa, vio que había luz en su habitación. Entró silencioso y vio a su esposa acostada con alguien a su lado. Pensó que era otro guerrero y sacó su espada sin hacer ruido con intención de deshacerse del amante de su mujer. Pero le vinieron a la cabeza las palabras del pescador: «Si tu mano se alza, restringe tu temperamento; si tu temperamento se alza restringe tu mano». Así que decidió cambiar de técnica, hizo como que entraba de nuevo en la casa y dijo en voz alta que ya había llegado. Su mujer se levantó, contenta del regreso de su marido, para saludarlo y recibirlo. Se había acostado con su hija, vestida de samurái, pues tenía miedo de los desconocidos mientras él no estaba en casa.

Al año siguiente el samurái fue a casa del pescador, quien lo estaba esperando para darle lo que le debía más los intereses; pero el samurái le dijo al pescador que no le debía nada, que él era el verdadero endeudado.

## LA MONTAÑA DE LOS ANCIANOS. *Japón*

Esta es una historia que sucedió hace mucho tiempo. Una madre y un hijo vivían felizmente, hasta que un día, el señor feudal, dio el aviso de que todos los viejos deberían marchar a «la montaña de los Ancianos», pues eran un estorbo para todos los demás.

El joven se indignó y se entristeció con la noticia y no quería despedir a su madre de esa manera, pero la mujer no quería complicaciones para su hijo y le pidió que la llevara cargada sobre su espalda. Comenzaron la ascensión hacia la montaña y durante el viaje, la madre le pedía al hijo que le recogiera las hermosas flores que había en el camino, luego ella las iba tirando para que el muchacho no perdiese el rastro en la vuelta. Pero el joven no se pudo contener y se marchó corriendo hacia su casa para esconder a su madre en un baúl antiguo.

Otro aviso del señor feudal informaba que iba a poner a prueba el ingenio de todos sus habitantes. Mostró una pelota con dos agujeros, y les pidió que pensarán cómo podían pasar un hilo a través de los dos agujeros sin tocar la pelota. Quien no lo consiguiese se quedaría sin tierras. El joven volvió a su casa y le contó todo a su madre. Ella le pidió que le buscara una hormiga. Debía atar un hilo a esta, meterla en un agujero de la pelota y luego poner un poco de miel en el otro agujero, así la hormiga caminaría de un agujero a otro para comerse la miel. El hijo hizo lo que su madre le indicó y pasó la prueba del señor feudal. Gracias a la madre no perdieron las tierras.

Otro comunicado anunciaba una nueva prueba de ingenio, esta vez tenían que hacer una cuerda de cenizas, si no lo conseguían, perderían sus campos. Las esperanzas del pueblo estaban puestas en el joven. La madre le pidió esta vez una soga y le dijo que la pasara con mucho cuidado por el fuego, al terminar la soga quedó hecha de cenizas. El oficial que daba los avisos, estaba observando por la ventana de la casa, entró y los sorprendió a ambos. La madre dijo que en realidad todo fue su culpa, pero el oficial les comunicó que ambos pagarían por no haber obedecido al señor feudal. El muchacho le dijo al oficial que este estaba equivocado, que los ancianos no son un estorbo, que por el contrario, la prueba de la pelota la pasaron gracias a su madre y que gracias a ella pudo hacer una cuerda de cenizas, tal y como lo había ordenado el señor feudal.

### SHOGUN

Una de las luchas más célebres y encarnizadas de la Edad Media japonesa la protagonizaron dos familias militares rivales que se disputaban el trono de Japón. Se impusieron los Minamoto, aniquilando al clan Taira en 1185, en la épica batalla de Dannoura. Esto significó el comienzo de la época feudal: la victoria de los Minamoto marcó en la práctica el eclipse del poder imperial como fuente de poder político efectivo, y el comienzo de siete siglos de gobierno feudal ejercido por una serie de shogunes o gobernantes militares.

Escultura que representa a un jizo.

El joven se enojó e insultó al señor feudal por haber enviado a sus padres a la montaña. Después, más tranquilo, pidió perdón al oficial por sus palabras. Este perdonó a madre e hijo y pensó que no podía castigar a personas que habían demostrado tener tal ingenio, tanto por la prueba de la cuerda, como por la de la hormiga. Por este motivo, habló con el señor feudal para que recapacitase sobre la idea de que los ancianos en realidad no estorban y aportan la sabiduría aprendida por sus años de experiencia. Así, de esta forma, consiguieron que el señor feudal anulara tal mandato y ordenara regresar a todos los ancianos que estaban en la montaña.

## SEIS DIOSES, CINCO SOMBREROS. *Japón*

Cuenta la leyenda que existía una pareja de ancianos que vivía humildemente, pues todo su sustento se lo debían a la labor de fabricar sombreros de paja. Tenían tan poco dinero, que no les alcanzaba ni siquiera para comprar las albóndigas de arroz con las que se celebra el Año Nuevo en Japón. El abuelo decidió ir al pueblo y vender cinco sombreros de paja para intentar cumplir con la tradición.

El anciano tuvo mala suerte y, al finalizar el día, retornó a su casa con los cinco sombreros y muerto de tristeza por no poder dar a su mujer el dinero necesario para gozar de una buena cena en la cita más importante del año. En el trayecto comenzó a nevar fuertemente y entre las sombras descubrió seis **jizos** (representaciones en piedra de los dioses) con las cabezas cubiertas de nieve y las caras repletas de carámbanos. El viejo, que era muy bondadoso, pensó que debían de tener frío y les quitó la nieve cuidadosamente y les puso los cinco sombreros de paja que no pudo vender, aun sabiendo que así tendrían

JIZOS

Los jizos son estatuas de piedra que representan a dioses japoneses.

frío. El sexto lo abrigó con su propio sombrero, pues pensó que ya estaba cerca de casa.

Llegó empapado a casa y, entre sollozos, contó a su mujer lo ocurrido. Ella lo consoló, lo secó, lo calentó y disfrutó pensando en la bondad de su esposo. Ambos se sentaron junto al fuego y cenaron lo único que tenían: arroz blanco. Luego marcharon a la cama como cualquier noche, pero gratificados por su amor.

Ya estaban dormidos cuando escucharon una música desconocida, pero muy melodiosa, cerca de la casa. Después se sobresaltaron por el jaleo que provenía de su puerta. Se asomaron y allí encontraron milagrosamente vino, albóndigas de arroz, mantas y quimonos calientes, todo aquello que necesitaban, mientras los seis jizos se marchaban despidiéndose con los sombreros de paja que el buen hombre les había dado.

## **LA AVARICIA ROMPE EL SACO.** *Japón*

El invierno era frío y duro. La nieve cubría todo el campo con una densa capa blanca y todos estaban en sus casas cobijados por el frío. Un joven volvía a su casa cuando escuchó un ruido desconocido entre la maleza. Era una impresionante garza tirada sobre la nieve y gimiendo por el dolor que le producía una herida en su pata. El muchacho vio que tenía una ramita clavada y se la extrajo con mucho cuidado. La garza desapareció en un vuelo rápido.

El joven volvió a su casa donde vivía solitario, pues era tan pobre que nadie quería su compañía. Pero esa noche alguien llamó a su puerta y abrió pensando que era alguien que se había equivocado. Al abrir se sorprendió de encontrar a una mujer joven y bonita que se había perdido en la nieve. Él le ofreció su casa para pasar la noche y ella aceptó. Se quedó allí durante unos días y llegó el amor. Serían pobres, pero estarían siempre juntos.

El siguiente invierno fue mucho más duro. Sin dinero y sin comida, la joven esposa decidió fabricar un telar para poder tejer y vender las telas en el pueblo. Cuando lo tuvo, le hizo prometer a su marido que nunca entraría en el cuarto cuando ella estuviese tejiendo. Durante una semana trabajó sin parar y sin salir de su habitación. Al salir mostró unas telas muy hermosas que él vendió a buen precio. Cuando se acabó el dinero, ella volvió a repetir la operación, se encerró con el telar durante otra semana fabricando un tejido tan maravilloso que consiguieron dinero para varios años.

Pero la avaricia se apoderó del marido y quiso ser cada vez más rico y obligó a su joven esposa a encerrarse para conseguir más tela y más dinero. Mientras esperaba a que saliera su mujer, la curiosidad se fue haciendo cada vez más grande pues quería incluso trabajar él para fabricar más tela. Decidido, abrió la puerta y encontró a la garza que él había asistido años atrás, tejiendo coloridas alfombras con las plumas de sus alas.

El joven creyó enloquecer cuando el ave dejó de trabajar para convertirse en su querida esposa. Ella le contó la realidad, ella era la garza a la que él asistió una noche de invierno y que, por agradecimiento, se convirtió en mujer para evitar sus dos grandes preocupaciones. Desde que ella había llegado nunca había estado solo y nunca le había faltado el dinero. Ella lo había elegido por su generosidad, pero al demostrar su lado más avaro se veía obligada a abandonarlo. Él rogó para que no se marchara, imploró que su amor era más importante que el dinero, pero el fin llegó. Antes de que el joven dejase de hablar, ella se había convertido de nuevo en garza para salir volando y desaparecer en el cielo infinito.

**LA GRULLA**

La grulla también participó en el nacimiento del *Tai Chi Chuan*, un antiguo arte marcial chino: a finales del siglo XIV, Zhang San-Feng, un monje taoísta errante que había estudiado artes marciales durante muchos años, observó la lucha entre una grulla y una serpiente en la que el reptil venció. Los movimientos de la serpiente eran relajados, fluidos y sus movimientos evasivos eran rápidos contraataques muy efectivos.

## LA NIÑA DEL BAMBÚ. *Japón*

Cuentan que hace tiempo muchas eran las familias que en Japón vivían de trabajar el bambú. Un hermoso día de mayo un anciano que recogía estas plantas encontró un tallo que sobresalía por su belleza respecto a los demás. Cuando fue a segarlo, cuál fue su sorpresa, encontró a una diminuta y graciosa pequeña amarrada a la base del talle. Emocionado cogió delicadamente a la niñita y la llevó a su casa.

Su esposa, al ver a la hermosa criatura, pensó que era un regalo de los dioses, como compensación a una vida llena de trabajo y vacía de hijos. La llamaron Bambú y la criaron y amaron como si hubiese sido engendrada por ellos. No sabían que este acontecimiento iba a cambiar para siempre sus vidas. Desde que apareció la niña, la cosecha de bambú se convertía en oro, lo que les permitió cambiar de casa, de ropa y conseguir el merecido descanso a toda una vida dedicada al trabajo en el campo. Pese a todo, el mayor tesoro era el amor que daban y recibían de la niña.

Bambú se convirtió en mujer y se hizo famosa por su belleza. Cinco hombres pedían su mano continuamente, pero Bambú no quería casarse y siempre conseguía librarse de ellos poniéndoles difíciles pruebas para conseguir sus favores: al primero le pidió que le trajera la taza de **Buda**; al segundo, el tronco de un fabuloso árbol dorado cuyos frutos eran en realidad piedras preciosas; al tercero, la piel del ratón del sol; al cuarto, la joya de cinco colores que lleva siempre en el cuello el dragón, que es imposible de arrebatar; y al quinto, una cáscara del nido de las golondrinas.

Ilustración tradicional de una mujer y el monte Fuji.

Los jóvenes marcharon ansiosos por encontrar los tesoros que solicitaba su amada pero pasado un tiempo, regresaron con las dádivas para obtener la mano de Bambú y casarse con ella. Llegó el primer hombre con una falsa taza de **Buda**, que la joven descartó por sucia y ajada. El segundo no encontró el árbol de oro y lo encargó a unos joyeros, quienes lo acusaron de no pagar, descubriéndose así la farsa. El tercero entregó la piel del ratón del sol, pero esta piel es peculiar porque no arde con el fuego y, al hacer la prueba, tuvo que marchar por la puerta pequeña, pues era falsa. El cuarto encontró al dragón y halló la muerte al enfrentarse a él. El quinto buscó la cáscara sagrada en todos los nidos, pero también fracasó en su intento.

El emperador conoció la historia que rodeaba a Bambú y quiso conocerla. La mandó llamar y, cuando vio su hermosa cara, se enamoró y la propuso matrimonio, pero ella se negó, pese a ofrecerle todos los tesoros del mundo.

Bambú se pasaba el día entero llorando y por las noches no dejaba de mirar a la luna. Sus padres intentaron consolar su angustia, aunque el llanto de la joven no encontraba consuelo, hasta que un día se dirigió a sus padres para contarles que ella nació en la Luna y que debía regresar, pues las ninfas lunáticas iban a venir a recogerla. Se despidió de ellos apenada y agradecida por todo lo que habían hecho por ella, mientras millones de seres luminosos formaron una mágica alfombra que la dirigía hacia su antiguo hogar. Todos quedaron deslumbrados y abatidos por la pérdida.

Cuando Bambú llegó a la luna, las ninfas mágicas la cubrieron con su manto de luz haciéndola olvidar todo lo ocurrido en la Tierra para evitarle todo sufrimiento.

# AMÉRICA

Antiguo jeroglífico de los nativos americanos grabado en roca.

## AMÉRICA DEL NORTE, EE.UU. Y CANADÁ

### SERES FANTÁSTICOS DE LA CULTURA NORTEAMERICANA

**ADEKAGAGWAA.** Indios iroqueses. Es la fuente de la vida y el espíritu del verano, hecho de luz y de calor, que descansa durante el invierno en los territorios del sur.

**ÁGUILA.** Signo de la buena suerte.

**AHSONNUTLI.** Similar a **Awonawilona**, representa la deidad dual (hombre-mujer) de los indios navajos, creador del Cielo y de la Tierra. Según narra la leyenda, colocó doce hombres en cada uno de los puntos cardinales para que soportaran el peso celeste.

**AKTUNOWIHIO.** Indios cheyennes. Es el alma de la tierra y de los espíritus subterráneos.

**ANGPETU WI.** Indios dakotas. Espíritu del sol.

**ANGUTA.** Mitología esquimal. Dios que vive en las tinieblas y que arrastra hacia la **muerte**, a través de espíritus que se comunican con los vivos.

**ANINGAN.** Mitología esquimal. Espíritu de la luna.

**ANPAO.** Indios dakotas. Espíritu del amanecer.

**ANTÍLOPE.** Símbolo del camino correcto.

**ARAÑAS.** Símbolo de signo positivo, avisan sobre traiciones y mentiras.

**ARDILLA.** Mal signo al que algunas tribus atribuían los mensajes de la **muerte**. Para los indios shoshones era un animal sanador y le pedían ayuda para combatir enfermedades.

**ARRENDAJO AZUL.** Indios chinooks. Adorado como un dios, era un bufón entre los dioses.

**ATAENTSIC.** Indios iroqueses. Es la diosa de la Tierra. Caída del cielo, creó el sol y la luna para que se pudieran cumplir los ciclos naturales. Por excelencia, es la consejera en los sueños.

**ATÍUS TIRÁWA.** Indios pawnees. Era el Gran Dios, omnipotente e intangible, deidad creativa y ordenadora de los cursos solar, lunar y estelar.

**AWA.** Especie de chamán que cura a sus pacientes con recetas y dietas muy estrictas. Además de tener su consultorio, cuando es necesario se desplaza para tratar a los enfermos.

**AWONAWILONA.** Indios zuñis. Dios constructor del universo que se identifica con el sol. A pesar de que se trataba de un dios alejado de las necesidades cotidianas del hombre, era adorado por sus cualidades.

**BÚFALO/BISONTE.** Es la esencia de la cultura y la espiritualidad indias.

### ABEJA

Símbolo de la sexualidad, de la fertilidad y del hogar. Por extensión, representan la disciplina y la vida organizada.

### ALCE

Se asocia a la femineidad y entereza ante las adversidades.

### ARRENDAJO AZUL

Para los indios chinooks, es símbolo de intuición y clarividencia, preparado para comportarse como un guerrero valiente si se siente retado o amenazado. Su vida nocturna le ha dotado de un instinto siempre en alerta, ayudado por su naturaleza depredadora y una singular intuición.

Grabado que representa a un chamán curando a un paciente.

### CAIMÁN

Los indios pensaban que eran enviados por algún enemigo para arrebatarles la vida. Sobre todo, fueron empleados por los chamanes para aplacar a los elementos díscolos de la tribu.

### CIERVO

Es un signo con poderes muy positivos, símbolo de la gentileza y de la compasión. Se les invoca para desarrollar la intuición y velocidad en el pensamiento.
El ciervo se relaciona con el mundo de la mujer india y su maternidad: si una mujer veía un ciervo era un anuncio de que pronto daría a luz un hijo.

**BUITRES.** Signo negativo que representa inequívocamente la **muerte**. También son los portadores de las desgracias y las malas noticias.

**CAIMÁN.** Símbolo negativo que representa adversidades como la amenaza y la traición.

**CASTOR.** Símbolo de la naturaleza dual.

**CIERVO.** Es el mensajero de noticias buenas y malas.

**CODORNIZ.** Signo positivo que anuncia la llegada de un familiar o amigo. Si un indio se encontraba en peligro, la visión de estas aves anunciaba que pese a la adversidad, su vida estaba a salvo.

**COLIBRÍ.** Magnífico signo, mensajero de buenas noticias y protector en las largas travesías, vinculado al mundo femenino. Sus plumas tienen cualidades mágicas y todo lo que tocan lo impregnan de amor y de alegría.

**COMADREJA.** Magnífico augurio, muy apreciada por su sabiduría y velocidad, era una inmejorable compañera de viaje. La protección podía reforzarse con talismanes.

**COYOTE.** Signo extremadamente positivo y de gran tradición mística.

**CUCARACHA.** Símbolo pésimo en la mayor parte de la culturas. Se trata de un ser portador de enfermedades y de suciedad, aunque muy apreciado por su tenacidad, es un claro signo de supervivencia.

**CUERVO.** Signo de índole positiva que fue empleado para combatir los malos espíritus, basándose en indicios como el lugar de la visión o lo que llevara en el pico.

**ESAUGETUH EMISSEE.** Indios creeks. Es el Gran Dios y dios del Viento, cuyo nombre significa «amo del aliento» y el sonido al pronunciar su nombre es una onomatopeya del sonido que produce la emisión del aliento en la boca. Su dominio sobre el elemento aire estaba relacionado con su poder sobre el aliento humano, que da vida a los hombres.

**ESCARABAJO.** Símbolo positivo empleado por los chamanes para adaptar el clima a las necesidades: en caso de sequía se invocaba a la lluvia y viceversa. Su

presencia anuncia los ataques enemigos, convirtiéndose en símbolo negativo.

**GA-OH.** Indios iroqueses. Ser mitológico conocido como el «gigante del viento». Su casa se sitúa en lo alto de una colina y está protegida por: un **oso**, que al rugir atrapa el viento del norte; una **pantera**, que al respirar atrae al viento del este; un **alce**, que al toser llama al viento húmedo del oeste; y por un cervatillo, cuyos lamentos seducen al viento del sur.

**GAHONGA.** Indios iroqueses. Espíritu de las rocas y de los ríos.

**GANDAYAH.** Indios iroqueses. Espíritu de la fertilidad de la tierra.

**GANS.** Indios apaches. Espíritus de la montaña enviados para civilizar a los apaches. Huyeron al sentirse ofendidos por la corrupción reinante entre los hombres.

**GARRAPATA.** Estos insectos anunciaban enfermedades graves e incendios forestales.

**GAVIOTA.** Señal negativa que anuncia la hambruna y las condiciones adversas.

**GEYAGUGA.** Indios cherokees. Espíritu de la luna.

**GEMELOS.** Están muy presentes en la mitología norteamericana. Estos se caracterizan por un temperamento muy fuerte y se enfrentan en combates a **muerte**. Siempre uno encarna el bien y el otro el mal, como las dos facetas que pueden convivir en una sola persona. Es el caso de la gran Liebre algonquina, el gran Búho apache y los gemelos Glooskap y Malsum.

**GOHONE.** Indios iroqueses. Espíritu del invierno, que representa la fuerza y la resistencia.

**GRILLO.** Signo cuya interpretación es ambivalente.

**HA WEN NEYU.** Indios iroqueses. Gran espíritu.

**HANGHEPI.** Indios dakotas. Espíritu de la luna nocturna.

**HASTSEHOGAN.** Indios navajos. Dios de los Hogares.

**HASTSELTSI.** Indios navajos. Dios de la Carrera.

## GARRAPATA

Contradictoriamente, la garrapata solo se puede combatir con fuego. Este animal es portador de malos espíritus y anuncian la proximidad de enemigos que intentan aprovecharse de los demás.

## GRILLO

En zonas donde escasea, es un signo negativo que representa los poderes malignos y los peligros. Por el contrario, en las tierras donde abunda se considera como signo positivo por su identificación con el buen tiempo; representa la vida ociosa y el sosiego interior.

Grabado que representa a dos indios navajo.

Jeroglífico en Utah (USA), que representa escenas de caza de los nativos norteamericanos.

**HASTSEZINI.** Indios navajos. Dios del Fuego.

**HEAMMAWIHIO.** Indios cheyennes. Gran espíritu.

**HINO.** Indios iroqueses. Dios del Trueno y guardián de los cielos.

**HOKEWINGLA.** Indios dakotas. Espíritu de la **tortuga** que vive en la luna.

**HOPI.** Los indios hopis afirman que sus ancestros conocieron otra cultura, cuyos seres se trasladaban en platillos volantes.

**HORMIGA.** Símbolo positivo que representa fortaleza, inteligencia y poderes mentales. Los indios creían que los terremotos eran producidos por una gran hormiga negra, que vivía debajo de la tierra y que al moverse hacía temblar a las montañas.

**IDLIRVIRISSONG.** Mitología esquimal. Espíritu maligno.

**ISITOQ.** Mitología esquimal. Es el espíritu que ayuda a encontrar a los hombres que no han respetado los tabúes.

**IOSKEHA.** Indios iroqueses. Dios-padre de la Humanidad. Contaba la leyenda que Ioskeha (el blanco) y Tawiscara (el oscuro) eran dos hermanos **gemelos** y, a su vez, nietos de la Luna. Los hermanos discutían mucho y en una de sus peleas más violentas, Ioskeha cogió como arma los cuernos de un **ciervo** y Tawiscara arrancó una rosa salvaje para defenderse. Tawiscara tuvo que huir, pues su arma era inútil frente a la de su contrincantey sus gotas de sangre se metamorfosearon en pedernales. Cuando Ioskeha se deshizo de su hermano construyó una tienda, y se convirtió en el padre de la Humanidad y la deidad principal de su pueblo, aniquilando a los monstruos que infestaban la tierra, poblando los bosques de animales para la caza, enseñando a los indios cómo sembrar las cosechas y cómo hacer fuegos e instruyéndoles sobre las artes de la vida.

**JOGAH.** Indios iroqueses. Espíritus enanos de la naturaleza.

**KANATI.** Indios cherokees. Primer hombre y ancestro cherokee.

KENEUN

Las tribus norteamericanas adoraban al águila, ave de gran poder asociada con el cielo y el trueno. Aquellos alcanzados por sus rayos, serán los elegidos o los destruidos.

**KATCHINAS.** Arizona. Tradición hopi. Aunque de aspecto humano, se asimila al concepto de ángel y se traduce por «venerables sabios», ya que fueron venerados por sus profundos conocimientos. Se trasladaban volando en sus platillos a gran velocidad. Se reproducían sin necesidad de contacto sexual. Eran los maestros enviados por los dioses para enseñar las ceremonias necesarias a los sacerdotes **hopi.** Son considerados seres beneficiosos muy cercanos al hombre. Se cree que cuando las personas buenas mueren se convierten en *katchina* y se funden con las nubes y la lluvia. (*Ver* **hopi**.)

**KENEUN.** Indios iroqueses. Jefe de las águilas o «pájaros del trueno». Espíritu invisible que desencadena el trueno al mover sus alas y provoca el rayo con el brillo de sus ojos.

**KODOYANPE.** Indios maidus. Dios Creador que descubrió el mundo de la mano de **Coyote**. Trabajó incesantemente para hacerlo habitable y luego creó al hombre a base de madera. El proceso de creación fue obstaculizado por el enfrentamiento con **Coyote** y comenzó la guerra entre ambos. Tras la confrontación, **Coyote** cayó derrotado y, en ese momento, los restos de las figurillas de madera fueron convirtiéndose en indios de carne y hueso, sentándose las bases del pueblo maidu.

**LAGARTOS.** Signo positivo. Estos reptiles eran considerados los intermediarios entre el mundo material y el espiritual, si se aparecían era para enviar mensajes o para espiar a otras personas. Los pequeños eran protectores de niños.

**LECHUZA.** Signo negativo de mal augurio entre los indios, ya que simboliza y anuncia la **muerte**.

**LOBO.** Signo protector, buen cazador, sabio e independiente, pero misterioso. Pese a su independencia espiritual, los lobos han desarrollado un fuerte sentimiento familiar y se organizan en manadas. En ocasiones, puede representar la digninidad, la valentía y la habilidad para aprovechar los cambios.

**LUCIÉRNAGA.** Símbolo negativo, pues siempre avisa de la presencia de espíritus en un entorno próximo y siempre se ha relacionado con el fuego fatuo.

**MAPACHE.** Signo positivo que implica protección, inteligencia y confianza.

**MARIPOSA.** Considerada como un animal muy espiritual y signo de la presencia de buenos espíritus.

### KODOYANPE

Dios creador que representa el día (Sol) contra la noche (Oscuridad), encarnada por Coyote. Cuando termina la lucha de cada día huye con su vuelo y se refugia en el oeste.

### MAPACHE

Su presencia en las cacerías era de gran ayuda, hasta el punto que cuando alguien portaba su nombre significaba que era un hombre de confianza. Su carne se comía, por lo cual era muy apreciada en épocas de escasez de alimentos.

### MARIPOSA

Es un símbolo de cambios (por su metamorfosis de oruga a mariposa), armonía, belleza y paz. Representa la necesidad de cambio y valentía. Ayuda a organizar los nuevos proyectos.

### OHDOWS

Eran yogas que controlaban el mundo de los espíritus e impedían su presencia en la superficie.

**MICHABO.** Indios algonquianos. Era el dios Creador, rey de los vientos y guardián del mundo. Se le conoce como «el espíritu de la luz» porque vive en Oriente, al lado del sol, y como «el traedor de los vientos», por su incesante lucha contra el viento del oeste y del ocaso (el conflicto entre Oriente y Occidente, la luz y la oscuridad, el sol y la luna está presente en todas las mitologías). Creó las nubes con el humo de su pipa y con un grano de arena del fondo del océano hizo una isla de tales dimensiones que un **lobo** intentó atravesarla y antes de alcanzar la otra punta murió de viejo, conformando el mundo tal y como lo conocemos hoy. Dio a los pescadores el arte de tejer redes y a los cazadores el arte de la cetrería.

**MOFETA.** Mal signo relacionado con la maldad y los malos augurios. Su presencia atrae los conflictos, la enfermedad y el infortunio.

**MOSCA.** Símbolo negativo similar al de la **cucaracha**. Fue usado como vehículo para transmitir enfermedades y pestilencia hacia otras tribus.

**NANABOZHO.** Es el dios protector del Mundo Animal.

**NUTRIA.** Un buen augurio, representa felicidad, belleza, buena suerte y salud.

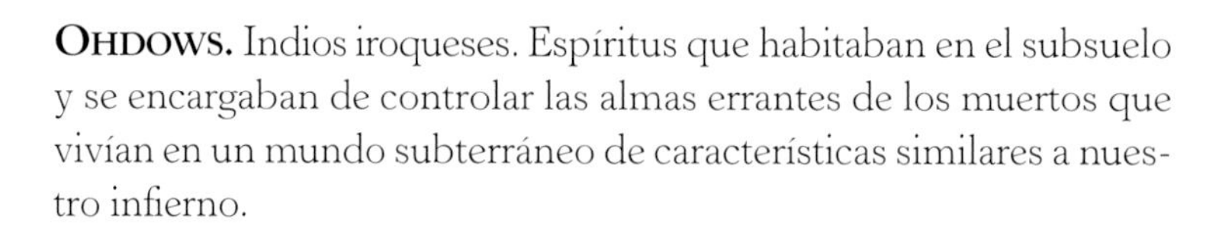

**OHDOWS.** Indios iroqueses. Espíritus que habitaban en el subsuelo y se encargaban de controlar las almas errantes de los muertos que vivían en un mundo subterráneo de características similares a nuestro infierno.

**OKOM.** Sinónimo de «enterrador», se encargan solo y exclusivamente de dar sepultura a los muertos y de limpiar sus panteones. Cuando realiza este trabajo se baña con agua caliente, se lava las manos con chocolate y se enjuaga la boca. Pasar por encima de una sepultura es un acto impuro que puede provocar enfermedades.

**OSO.** Signo del valor y de los poderes especiales.

**PÁJARO CARPINTERO.** Símbolo positivo de salud, buena suerte y felicidad. Cuando se oía un pájaro carpintero golpear con su pico un árbol se daban tres palmadas y se pedía un deseo que era concedido.

**PANTERA.** Algunas tribus la consideraban mal augurio, ya que si se topaban con ella era por la presencia de algún enemigo. Otras la consideraban positiva para la buena caza y de protección contra el enemigo.

**PAVO.** Signo de arrogancia y autoestima. Las plumas de pavo eran muy valoradas en los regalos ceremoniales.

Litografía que representa de una manera muy colorista *La danza del oso* de George Catlin (1844).

**PINGA.** Mitología esquimal. Es una especie de ninfa o **duende** femenino encargado de castigar o premiar a los hombres según su comportamiento con los animales. Pone especial cuidado en la actitud de los cazadores: nunca cazar más de lo necesario, no disparar a las hembras preñadas, etc.

PINGA

Espíritu femenino que vigila el trato dispensado a los animales por los hombres.

**PUERCO ESPÍN.** Su significado está vinculado a la supervivencia.

**RANA.** Ha sido considerada como una especie duende para muchas tribus, muy apreciada por sus poderes y como signo de fortuna. La rana era la mensajera de la lluvia y conocedora por excelencia de los poderes del agua.

**SALTAMONTES.** Signo negativo que se relaciona con las plagas.

SALTAMONTES

Es signo de problemas con la cosecha y se asocia a la sequía y al calor. También es símbolo de la inestabilidad y anuncia malos presagios.

**SERPIENTE.** Primer animal símbolo de la cultura espiritual india. Consideradas como protectoras, animales sanadores y de la buena suerte, se les daba culto para pedir la curación de un ser querido. Algunas especies norteamericanas que destacan en la simbología india son: serpiente toro, sus poderes eran usados contra el adversario en el juego; serpiente cascabel, tanto la blanca (buena) como la negra (mala) se usaban para asegurar la caza y el valor; víbora, utilizada como enlace entre el hombre y la naturaleza por vía del sueño o de las visiones, para pedir protección en la caza y para matar a otras personas; serpiente coral, símbolo pésimo, al ser una de las serpientes más venenosas, los nativos no podían matarla y rezaban para que no se cruzara en su camino.

**SIOUX.** Tribu norteamericana que sitúa su origen en un pueblo subterráneo. Unos hombres subieron al exterior escalando por las raíces de las plantas y se quedaron fascinados al ver la gran variedad de flora y fauna

que había en la superficie. Cuando regresaron y narraron lo vivido el pueblo les siguió, buscando un mundo mejor. Solo el alma de los buenos, tras su **muerte**, regresaría a aquel lugar subterráneo.

**SUTALIDIHI.** Indios cherokees. Espíritu del sol.

**TAKUSKANSKAN.** Indios dakotas. Espíritu del viento y señor de los truhanes.

**TCOLAWITZE.** Indios hopis. Espíritu del fuego.

**TEJÓN.** Es un signo positivo de protección.

**TORTUGA.** Era considerada sagrada porque ejercía de protectora con la salud. Muchas tribus no podían comer su carne porque consideraban que traía mala suerte. El caparazón era un regalo inmejorable al pedir la mano de una mujer. Para los indios lakotas era la madre de la tierra, símbolo de protección. Se adapta a cualquier medio porque lleva la casa encima, identificándose con la libertad, la paciencia y la confianza.

**UNA-KUAGSAK.** Reina y diosa del Océano Ártico, dama de la vida y de la **muerte**, y madre de los mamíferos marinos. Tiene un solo ojo.

**URRACA.** Símbolo positivo que representa la decisión y el liderazgo.

**WAKINYAN.** Indios lakotas. Espíritu del trueno. Su función es depurar el mundo y se representa con una línea roja en zig-zag.

**WAKONDA.** Indios sioux. Gran espíritu creador de todas las cosas. Al principio todo eran espíritus, que vagaban por el universo buscando un lugar donde existir. Cuando llegaron a la Tierra, el planeta estaba anegado por el agua, pero emergió una gran isla donde arraigaron las plantas y todas las criaturas.

**WING.** Indios ibos. Según la mitología es la tierra madre, la que proporciona las leyes, protectora de las cosechas y la que recibe a los muertos en su regazo.

**ZORRO.** Signo negativo y de mal agüero. Representa a las personas con carácter ladino y es el símbolo de la traición por antonomasia.

### TEJÓN

Del tejón se obtenían medicinas o amuletos de protección contra los malos espíritus.

### URRACA

Era una ayuda muy apreciada para grandes travesías. La urraca avisaba a los indios de posibles peligros u obstáculos del camino.

### ZORRO

Es uno de los signos de peor naturaleza: mensajero de peligros, enfermedades y muerte. Algunos chamanes usaban el poder del zorro para ahuyentar a la muerte.

# MITOS DE LA CULTURA NORTEAMERICANA

## OJO DE ÁGUILA Y EL BÚFALO BLANCO. *Arizona. Tradición hopi*

Ojo de Águila era un intrépido niño piel roja que quería ser mayor para poder cazar, pero esta actividad estaba encomendada a los mayores de edad, entrenados por un cazador con experiencia durante más de seis lunas. Él ayudaba a su madre y sus hermanos curtiendo las pieles o salándolas para su conservación. Pero también sabía distinguir las diferentes huellas de animales, las voces de apareamiento y fue entrenado en el uso del arco. Pese a esto, los cazadores se negaron a que el muchacho los acompañara y Ojo de Águila decidió seguir al grupo de cazadores de incógnito.

Por la mañana siguió los pasos de los cazadores con sigilo. Al caer la tarde, el grupo de cazadores llegó a las colinas para dar caza a los **ciervos** y prepararon una gran hoguera para soportar el frío y cocinar los alimentos.

Ojo de Águila había olvidado llevar la yesca y el pedernal para poder prender el fuego, por lo que estaba muerto de frío y hambre. Quería ir al campamento, pero el miedo a ser castigado por su desobediencia le hacía dudar. De repente, oyó rugir a un puma, así que corrió al campamento de los cazadores que se enfadaron por la desobediencia, dándole una paliza y riéndose del niño asustado.

Al día siguiente, el jefe del grupo le ordenó que se quedara a cuidar el campamento mientras ellos cazaban. El muchacho se quedó de mala gana y pasados unos minutos el joven abandonó el campamento. Comenzó a caminar y se desató una tormenta de nieve que trajo una densa

### BÚFALO

Es una de las esencias de la cultura india y una de las bases de su espiritualidad. Entre las tribus sioux existe la leyenda del «Búfalo Blanco», que les entregó a los indios la pipa sagrada. Elevado a la categoría de un dios, se le atribuían poderes como la fuerza y espíritu de supervivencia, especialmente apreciado por las tribus de las llanuras.

Ilustración de kachinas o espiritus hopi de *Dolls of the Tusayan Indians* de Jesse Walter Fewkes (1894).

niebla. Perdió el rumbo. Cuando cesaron las inclemencias, y sin saber dónde estaba, vio la silueta de un gran **búfalo** blanco –animal mágico y sagrado entre todas las tribus de pieles rojas–. El miedo se apoderó de él, pero armado de valor se acercó con cautela y la bestia le encaminó hacia su campamento. Una vez puesto a salvo, el **búfalo** desapareció entre la niebla.

Cuando llegó, Ojo de Águila les narró su aventura pero no le tomaron en serio. Pero el jefe, que había viajado al sur, contó que existía un grupo de piel blanca que mataba y destrozaba todo lo que encontraba a su paso. Un frío invierno, el abuelo de Ojo de Águila y su familia huyeron de este enemigo, pero se perdieron sin los víveres necesarios, por lo que el abuelo decidió cazar un animal para mitigar el hambre. Después de buscar y no encontrar ninguna presa, se percató de que había perdido el camino de regreso. Cansado y sin esperanza se le apareció el gran Búfalo Blanco, señalándole el camino de regreso a donde lo esperaba su familia. El jefe afirmó que Ojo de Águila sería el día de mañana uno de sus chamanes o un gran jefe.

### OSO

Asociado al valor, la autosuficiencia, la sabiduría, la intuición, el mundo de sueños y los poderes curativos. Era también un símbolo de introspección.

### LAS CATARATAS SHUSWAP. *Canadá. Leyenda de las tribus Okanagan y Shuswap*

Hace mucho tiempo, cuando el mundo era joven, el **águila**, el **oso**, el **alce**, el **zorro**, el **coyote** y todos los otros animales vivían juntos en paz y armonía. El **coyote** vivía en un hermoso paraje donde no tenía con quien compartir su soledad. Se encontró tan solo que decidió invitar a todos sus amigos a una fiesta que si salía bien, se repetiría una vez al año. Entonces se puso manos a la obra y sin parar construyó rápidos en el río, que terminaban en una cascada; sobre ella colgó un caldero; construyó una trampa para peces; y al lado de la cascada, hizo un asiento de piedra, para mirar como caían los peces en su trampa y dispuestos a ser cocinados.

Llegado el momento, el **coyote** convocó a sus amigos para que fueran a su fiesta y muy pronto confirmaron su asistencia. Una vez reunidos al lado del río se quedaron impresionados por el artefacto que **coyote** había construido allí. Según lo previsto, todo había discurrido a la perfección, acamparon al lado de la catarata. Los salmones cayeron en la trampa que había preparado el **coyote**, los cocinaron en su caldero, y bailaron y se divirtieron con sus juegos. Cuando terminó la fiesta, todos los amigos se despidieron, felicitaron al anfitrión muy agradecidos y prometieron volver al año siguiente.

Aunque este episodio ocurrió hace mucho tiempo, los rápidos y la cascada, el caldero y la silla de piedra se pueden ver aún en el río donde el **coyote** los construyó para su gran fiesta.

### COYOTE

Es uno de los símbolos más importantes de la magia, los poderes especiales y de la sabiduría, su presencia puede ser una trampa.

En la leyenda pima, el hacedor del hombre decide fabricar seres humanos de arcilla cocida. El coyote interviene en el proceso, primero le dice prematuramente que ya están hechos (hombres blancos) y después le persuade para que los deje en el horno más tiempo (hombres negros).

## LAS DECISIONES DE NANABOZHO. *Leyendas de la tribu chippewa*

- **¿Por qué el búfalo tiene joroba?**

En tiempos remotos el búfalo no tenía joroba. Disfrutaba corriendo por las praderas y los **zorros**, sus secuaces, corrían delante de él avisando al resto de los animales más pequeños de la llegada del más fuerte. En sus salidas, un día se dirigió hacia un lugar donde los pajarillos más pequeños habían anidado en el suelo y estos se sintieron amenazados, a pesar de su esfuerzo por llamar la atención y ser considerados, pues los **zorros** ignoraron su presencia y abrieron paso al búfalo, que los pisoteó con sus pesadas patas, sin conmoverse por sus gritos y lamentos.

Pero Nanabozho se enteró de lo ocurrido y se entristeció por los hechos acaecidos y la suerte corrida por los desgraciados animalillos. Indignado, decidió tomar cartas en el asunto y hacer justicia delante del búfalo a quien se enfrentó y golpeó fuertemente en los hombros con un pesado bastón. El búfalo, temiendo recibir otro golpe, escondió la cabeza entre sus hombros. Pero Nanabozho solamente le dijo: «Tú, a partir hoy, siempre llevarás una joroba sobre tus hombros. Y llevarás la cabeza gacha por vergüenza».

Los **zorros,** despavoridos tras haber presenciado el incidente, para escapar de la furia de Nanabozho, escarbaron agujeros en el suelo y se escondieron dentro. Nanabozho los encontró y les castigó diciendo: «Por ser crueles con los pájaros, siempre viviréis en el frío suelo». Desde entonces, los **zorros** tienen sus madrigueras en agujeros en el suelo y los búfalos tienen joroba.

### NANABOZHO
Dios protector de los Animales según la tradición chippewa.

*Otoño en Canadá, indios chippewas.* Cornelius Krieghoff (1865). Óleo sobre lienzo. 35,6 x 55,5 cm.

PUERCO ESPÍN
Son los mensajeros de noticias relacionadas con la supervivencia: la cosecha o la caza.

- **Por qué el puerco espín tiene púas?**

Al principio de los tiempos, cuando el mundo era joven, los puerco espines no tenían púas. Un día que el puerco espín estaba tranquilamente en el bosque, el **oso** quiso comérselo pero este trepó a la copa de un árbol quedando a salvo. Al día siguiente, cuando el puerco espín estaba bajo un espino se dio cuenta de cómo le molestaban las espinas y tuvo una idea genial. Cogió algunas ramas del espino, se las puso en el lomo para protegerse y permaneció a la espera. Cuando el **oso** saltó sobre él, el animalillo se enroscó como una pelota. El **oso** tuvo que desistir al herirse con las espinas.
Nanabozho, que había sido testigo de lo que había ocurrido, llamó al puerco espín y le preguntó cómo había aprendido dicha treta. A lo que el puerco espín respondió que habiendo experimentado en su cuerpo los pinchazos, se le ocurrió que podía aprovecharlos como un arma, ya que no quería seguir siendo la víctima del **oso**.
Nanabozho cogió algunas ramas del espino y puso barro en el lomo del puerco espín, clavando las espinas en el barro e hizo de todo ello parte de la piel del puerco espín. Cuando volvió al bosque apareció el **lobo**, que sin saber la suerte que corría, se abalanzó sobre el animalillo, clavándose las espinas. El oso, cuando vio al puerco espín, ni siquiera se acercó a él, pues ya conocía la eficiencia de su arma. Por este motivo, todos los puerco espines tienen púas.

Representación de tres indios kiowas.

**LA MUJER DEL SOL, LA ABUELA ARAÑA Y LOS GEMELOS.** *Norteamérica. Leyenda kiowa*

Una niña dejó una cesta, con su hermanita dentro, colgada en una rama de árbol mientras jugaba. Un pájaro rojo se posó en la parte más alta del árbol cantando para la bebé. La niñita se sitió atraída por el pájaro y salió de la cesta para atraparlo. Cuanto más ascendía la niña, más crecía el árbol y más lejos estaba el pájaro rojo.

Cuando la niña alcanzó al pájaro era ya una mujer y había alcanzado la casa del Sol. El pájaro se convirtió en un hombre, el mismísimo Sol. Este le dijo que la había visto desde arriba y se había enamorado de ella. Decidieron casarse, pero él solo le pidió que nunca arrancara una determinada planta del huerto.

La mujer tuvo un hijo. Pasaba muchas horas sola en casa y se sentía triste sin su familia. Por curiosidad, arrancó la planta que le había prohibido tocar el sol y por el hueco pudo ver a su pueblo. Su nostalgia fue tan grande que cogió a su hijo y con

una cuerda se descolgó por el agujero. Comenzó a bajar pero, en ese momento, apareció el sol que al verla se dirigió furioso hacia ella y le arrojó un anillo que cortó la cuerda, y la mujer con su niño a la espalda se precipitaron al vacío.

La mujer murió pero el niño no, pues cayó encima de la madre. El niño fue encontrado por la abuela **Araña**, que decidió criarle en su tienda. El niño creció y un día la abuela le dio el anillo del sol explicándole lo que había pasado. Le hizo prometer que no lo iba a tirar al aire nunca, pero un día el niño lo tiró y el anillo volvió a él, dividiéndole en dos personas idénticas. Los dos niños volvieron a casa de la abuela y esta, al verlos, comprendió lo que había pasado.

Los dos jóvenes andaban siempre juntos y, en cierta ocasión, tropezaron con un grupo de bandidos, por lo que se refugiaron en una cueva muy oscura. Los enemigos encendieron un fuego en la puerta para que el humo asfixiara a los dos hermanos, pero ambos pronunciaron un conjuro que les había enseñado su abuela y el humo se diluyó, pudiendo salir de la cueva cuando se marcharon los enemigos, convencidos de que habían acabado con la vida de los dos hermanos.

Tras múltiples andanzas, los **gemelos** encontraron a su familia y se despidieron de la abuela **Araña,** que lloró desconsoladamente y se trasladaron a vivir al poblado de la madre. Cuentan que uno de ellos se fue a bañar al río y se convirtió en un animal acuático; el otro llegó a ser un jefe muy conocido y respetado, que cuando estaba preocupado por algún asunto importante se acercaba a la orilla del río y mantenía conversaciones con un animal acuático que se le acercaba.

## ARAÑAS

Se consideran mensajeras y son siempre una señal positiva, menos las venenosas (araña negra, tarántula, etc.), que avisan de que alguien está diciendo mentiras sobre su persona.

Escena de diferentes tipos de animales antiguos grabados en roca.

### ANTÍLOPE

Ejerce de mensajero o referencia de los humanos. Si un indio se encontraba en una encrucijada, solo tenía que fijarse en el rastro marcado por las huellas de antílope para saber cuál era el camino correcto.

### LOS IROQUESES

La sociedad de los indios iroqueses era una ginecocracia, en la que la mujer tomaba las decisiones tanto domésticas como políticas.

Ilustración de indio navajo con lanza y escudo.

## EL CORAZÓN DEL ANTÍLOPE INTRÉPIDO. *Leyenda navaja*

Hace mucho tiempo existía un hombre que vivía feliz. Recién casado conoció la alegría de recibir un hijo. La fama, la valentía y el honor hicieron que el Consejo de Ancianos lo eligiera como jefe de la tribu, «Antílope intrépido». Gobernaba la tribu con justicia. La felicidad, la paz y la armonía reinaban en la tribu. Pero una mañana su esposa no despertaba, por lo que fue a buscar al chamán de la tribu. Este diagnosticó que la mujer había tomado una planta venenosa desconocida, que la había hecho caer en el sueño eterno. Antílope le preguntó por el antídoto, pero el chamán no tuvo una respuesta.

Como no se resignaba, se dirigió al más anciano de la tribu, quien le indicó la existencia de un hechicero que vivía en una gruta muy escondida y que cultivaba una planta milagrosa, antídoto para todos los venenos. Pero contaban que no entregaba la planta a nadie puesto que consideraba que nadie era merecedor de ella. Le advirtió también de los peligros a los que se tendría que enfrentar por el escarpado camino, pero Antílope no pensaba en nada más que en encontrar al hechicero y a su maravillosa planta.

Anduvo durante varios días en una travesía agotadora en la que llegó a perder el conocimiento. Cuando lo recuperó tuvo que luchar con un enorme **oso**, escalar a la cima de una catarata mientras un **buitre** acechaba su **muerte** y evadir a un águila que le estaba acosando, hasta que llegó a una cueva, a la que se accedía atravesando la fina capa de agua de la catarata. Allí encontró al hechicero, le pidió la planta para despertar a su esposa, a lo que el hechicero contestó: «Nada tiene secretos para mí, sé todo lo que has sufrido en tu camino, y sé que los dioses se pusieron de tu parte y te proporcionaron la rapidez del guepardo para huir del **oso**, que te perseguía; luego, te dieron la fuerza del **oso** para escalar la catarata; más tarde, te dotaron con la astucia del **coyote** para vencer al **águila**; y al final, te concedieron la vista del **águila** para llegar a mi cueva. Los dioses están contigo, pero ¿no crees que sería mejor que te diera la planta a ti, que estás casi muerto después de tu dura odisea?». A lo que Antílope se negó. El hechicero le pidió algo a cambio de los milagrosos poderes de su cultivo y Antílope le ofreció su corazón, tan admirado por los dioses que le ayudaron a llegar hasta allí. Entonces, el hechicero le replicó que hasta ahora, solo él se había hecho merecedor de sus poderes, pues poseía un corazón puro y sincero.

Se ofreció a acompañarle hasta su poblado para curar a su esposa. El hechicero condujo al jefe a su tribu por una senda secreta que solamente él conocía, y dando a oler la

planta milagrosa a la mujer de Antílope, esta despertó de su profundo sueño, a la vez que el mágico hechicero desaparecía por el horizonte.

## LOS SIETE DANZARINES IROQUESES. *Indios iroqueses*

Hace mucho tiempo un grupo de siete niños formaron una organización secreta: por la noche se reunían en torno al fuego y danzaban al ritmo de los tambores. Un día, el pequeño jefe sugirió hacer una comida en la siguiente reunión ante el fuego. Cada uno debía pedir a su madre algo de comida para llevar al banquete (maíz, carne de venado, mazorcas...) pero las madres rechazaron su petición. Los pequeños se sintieron muy infelices al no conseguir la comida para el banquete nocturno. Se reunieron junto al lago, en su lugar secreto y el pequeño jefe dijo a sus guerreros que danzasen lo más fuerte que pudieran y que mirasen al cielo mientras lo hacían. También les dijo que no volvieran nunca la vista atrás, ni aun cuando les gritasen sus padres que volvieran a casa. Cogió su tambor y mientras lo golpeaba, entonó una melodía mágica. Así, los muchachos danzaron y danzaron hasta que sintieron que sus cuerpos se elevaban al cielo.

Sus padres les vieron bailar sobre las copas de los árboles y les ordenaron que regresaran. Uno de los jóvenes volvió la vista atrás y se convirtió en una estrella pequeña y parpadeante, al igual que los demás, que también se transformaron, quedando prendidas en el cielo. Así, cuando se ven crepitar estrellas en la noche durante los fríos del invierno, se dice que son los pequeños guerreros.

Dos ilustraciones de *Leyendas iroquesas para contar a los niños,* de Mabel Pewers (1917).

## EL MITO DE LOS GEMELOS Y EL ORIGEN DEL HOMBRE. *Norteamérica. Tribus iroquesas*

En los orígenes del mundo, una mujer embarazada de **gemelos** se cayó por un agujero desde el mundo superior donde vivía hasta nuestro mundo, que entonces era un desierto. Un gemelo salió con tal fuerza del cuerpo de su madre, que le provocó la **muerte**, anunciando ya la maldad de su espíritu. Su hermano tenía un alma generosa y se dedicó a crear plantas y animales.

El hermano maléfico intentó imitarle pero solo creó reptiles y al hombre, que el bueno rectificó dotándole de alma. El malo retó a su hermano para saber quién iba a dominar el mundo y este perdió. Desde aquel momento estuvo condenado a reinar sobre los muertos y a ser para siempre un espíritu del mal.

Ilustración de *Leyendas iroquesas para contar a los niños,* de Mabel Pewers (1917).

## La creación según el pueblo mataco.

*Indios matacos*

Desde muy antiguo el cielo está arriba y la tierra abajo, entre ambos se sitúa el territorio de los vientos, las nubes y cada estrato tiene sus seres, unidos por un gran árbol que relaciona los diversos mundos. La copa del árbol era el lado de la abundancia. Los hombres de la faz de la tierra iban allí a proveerse de alimentos subiendo y bajando por este «árbol de la vida».

Un día no cumplieron con sus tradiciones solidarias y no entregaron lo mejor a quienes tenían dificultades para escalar el gran árbol. Los ancianos se quejaron y el Gran Fuego lo arrasó todo. Algunos de ellos, junto con los antepasados, vagan por la vía Láctea en forma de estrellas o constelaciones.

Otros se salvaron metiéndose debajo de la tierra y después salieron de ella a través de los agujeros realizados por los **escarabajos**. Procreaban eyaculando juntos en un cántaro de calabaza. En una ocasión, notaron que parte de lo que cazaban o pescaban desaparecía sin motivo aparente. El gavilán les avisó que había extraños seres que venían del cielo. Así, los hombres, provocaron una lluvia de flechas y algunos de estos extraños seres celestes cayeron incrustándose en la tierra. El armadillo los sacó con sus uñas. Estos seres tenían dos bocas dentadas, una en medio de la cara y la otra en medio del cuerpo, por ambas devoraban la comida robada.

El frío hizo que estos seres se acercaran al fuego encendido por los hombres, pero el **águila** les arrojó una piedra que hizo caer todos los dientes de la boca inferior menos uno, que resultó ser el clítoris, pues se trataba de mujeres. Desde entonces nacen niños y niñas, de la unión de hombres y mujeres. El poder de las mujeres es de origen celeste y los hombres detentan el poder terrenal.

## La creación según el pueblo apache. *Leyenda maidu*

El principio del mundo estaba impregando por la oscuridad. De ahí surgió un disco blanco con un pequeño hombre sentado: el Creador. Comenzó a mirar a su alrededor y todo lo que veía se iba iluminando. Creó las nubes y las rellenó con dos gotas de sudor de su rostro, convirtiéndose en un hombre y en una mujer. Así vivieron juntos el Creador, el sol, el hombre y la mujer. Pero la nube se quedó pequeña y decidieron crear la tierra juntando el sudor de las manos de los cuatro.

El Creador empujó con su pie una bola de barro y esta comenzó a crecer. Pero en ella no había montañas, ni ríos, ni árboles... y temblaba constantemente, por lo que el Creador la sustentó sobre cuatro columnas. Aparecieron algunos hombres imperfectos (carecían de ojos, boca, nariz...) para ayudarle a poner un cielo sobre la tierra. El sol y la mujer de la nube fabricaron la «casa del sudor» con cuatro piedras calientes, en ella entraban las criaturas imperfectas y salían con los rasgos definidos. Así el Creador repartió las funciones: cielo-muchacho (responsable del resto de las personas), hija-tierra (encargada de la fertilidad y las cosechas) y muchacha-polen (cuidadora de las personas que están por llegar).

Cuando el Creador ofreció al mundo la diversidad (animales, plantas, accidentes geográficos...) llegó el gran **diluvio**. Entonces creó un árbol gigante para que sus ayudantes pudieran permanecer a salvo. A los doce días el agua retrocedió, entonces descendieron todos y el creador les asignó las tareas convenientes para crear un mundo perfecto. Entonces el Creador y la mujer de la nube se frotaron sus cuerpos y del roce saltaron chispas, que prendieron el fuego a un montón de madera preparada. El Creador entregó a los humanos el fuego y se marchó a vivir con la mujer de la nube.

## GLOOSKAP Y MALSUM. *Indios algonquianos*

Glooskap, el Mentiroso, era elogiado por su astucia, virtud muy apreciada por las tribus. Tenía un hermano **gemelo**, Malsum, el **Lobo**, que era su opuesto y que representaba todo lo malo.

Malsum preguntó a Glooskap de que manera podía perecer, y el hermano mayor, para probar su sinceridad, dijo que la única forma de quitarle la vida era con el tacto de la pluma de un búho. Malsum a su vez confió a Glooskap que solo podría perecer con el golpe certero de la raíz de un helecho.

El malévolo **Lobo**, cogiendo su arco, cazó un búho y, mientras su hermano dormía, lo rozó con la pluma que había cogido del ala. Glooskap murió inmediatamente pero resucitó al poco tiempo. Pero Malsum estaba decidido a acabar con su hermano y destruirlo en la primera ocasión que se le presentara.

Glooskap se encaminó hacia el bosque y, sentándose cerca de un arroyo, murmuró que solo un junco floreciente podría matarle. Lo dijo porque sabía que el **castor** estaba escondido entre los juncos y oiría todo para luego decírselo a Malsum. El **castor** le contó lo que consideraba el secreto de su hermano. El malvado Malsum se alegró tanto que

### CASTOR

Este animal tiene múltiples lecturas. Conlleva poderes buenos pero también conflictos y confusión. Era símbolo del trabajo, de la inteligencia y de la independencia.

Grabado de un campamento con tipis y caballos de los nativos americanos.

prometió al **castor** darle lo que quisiera, pero cuando le pidió tener las alas de una paloma Malsum se rió de él. El **castor** se enfadó y acudió a Glooskap, a quien le contó todo lo sucedido.

Glooskap excavó la raíz de un helecho, y, precipitándose en las profundidades del bosque, buscó a su hermano y, golpeándole con la planta letal, lo mató.

### ÁGUILA

El águila es uno de los signos de mejor suerte entre las tribus indias de Norteamérica. Fue muy apreciado y adquirió un gran valor simbólico por sus cualidades, ya que es el ave que posee mayor envergadura y se caracteriza por un singular vuelo de altura. Proporcionaba la protección, la sabiduría y la riqueza. Se sabía cuándo una plegaria era escuchada por los dioses si al rezar, un águila se posaba cerca.

Era el mensajero directo del único dios indio. Por el contrario y como excepción, el águila pescadora era un símbolo maligno, mensajero de peligros inminentes y accidentes mortales.

## LA MADRE DEL ÁGUILA. *Leyenda esquimal*

Un cazador esquimal estaba tan hambriento que mató a un águila de un disparo para alimentarse. Sin embargo, a su regreso a casa, se sentía tan mal de haberle arrebatado la vida al animal que lo disecó y lo colocó en un lugar de honor. Cada vez que llevaba algo de comer a casa, le ofrecía el primer bocado al águila.

Un día, el cazador se perdió por una ventisca. Mientras esperaba a que la tempestad terminara, dos hombres lo encontraron y lo llevaron a su aldea. Estos hombres llevaban palos cubiertos de plumas. En la aldea, el cazador conoció a una mujer vestida de negro. Inmediatamente se dio cuenta de que ella era la madre del águila que él había matado. La madre del águila le dijo que él había tratado bien a su hijo y lo había honrado apropiadamente. Ella le mostró al cazador la danza del águila, y le indicó que él debería memorizarla y transmitirla.

Después de que la danza terminase, la aldea del águila desapareció y el cazador se encontró de nuevo en medio de la ventisca. Él pudo regresar a su aldea y les relató su encuentro con la familia del águila. También les enseñó la danza y cada año la bailaban, tal y como se les había indicado. Nunca más cazaron águilas y sus redes y trampas estuvieron siempre llenas.

Grabado de un pájaro, animal al que las leyendas le atribuyen poderes extraordinarios, con rica ornamentación en madera.

## SEDNA, LA HIJA DEL MAR. *Mito esquimal*

Sedna era una muchacha joven y hermosa, pero nadie quería casarse con ella pese a tener la edad para hacerlo. Un día vio desde su casa un barco que estaba capitaneado por un apuesto cazador de tierras extrañas, quien se enamoró perdidamente de ella. Fue seducida con palabras y promesas de tesoros, por lo que se marchó con el desconocido. Pero, cuál fue su sorpresa, cuando supo que el cazador no era más que un pájaro mágico que tenía la facultad de cambiar de forma y fue así como la sedujo.

Su padre, al conocer la repentina desaparición de su hija, se aventuró a través del océano para buscarla hasta que la encontró. Sedna estaba sola y aprovecharon padre e hija para huir de ahí.

Cuando el pájaro regresó y supo de la huida de su amada, enfurecido, fue en su búsqueda. El pájaro, con sus poderes mágicos, desencadenó una tremenda tempestad. El anciano comprendió que lo sucedido había sido la voluntad sobrenatural del mar, y que era este quien reclamaba a su hija y aterrorizado, hizo lo que debía hacer. Así pues, lanzó a Sedna fuera del barco, para consumar el sacrificio. Ella, desesperada, nadó con todas sus fuerzas y trató de amarrarse a las orillas del barco, pero el padre le cortó los dedos con un hacha.

Los primeros dedos de Sedna se transformaron en focas; los segundos en *okuj* (focas de las profundidades); los terceros en morsas y el resto en ballenas. Así, el océano calmó la furiosa tormenta después del sacrificio y todo quedó en paz.

Desde entonces, Sedna, la reina de las focas, vivió en el fondo del océano, en una región llamada Adliden, donde van las almas de los muertos para someterse al juicio y a la sentencia que a todos nos espera en ultratumba.

### SEDNA

Instalada en las profundidades del mar, es la protectora de las focas, las morsas y las ballenas; también es la encargada de repartir justicia en el juicio final.

# MÉXICO Y CENTROAMÉRICA

## SERES FANTÁSTICOS DE LA CULTURA CENTROAMERICANA

**AH PUCH.** México. Dios maya de la **Muerte** y señor del noveno infierno.

**ALUXES.** México. Son pequeños seres fantásticos de la cultura maya que aparecen en la hora del sueño. Son traviesos y mantienen su carácter infantil durante toda su existencia. Cuando perciben la presencia de los hombres huyen despavoridos, pues les inquieta su cercanía. Se divierten con el fuego, lanzan piedras, tiran del rabo a los perros y provocan enfermedades livianas si se enfadan con alguien. Solo se contentan con quienes les regalan comida o tabaco, protegiendo y cuidando sus casas en compensación. Nunca duermen o lo hacen con los ojos abiertos.

**AZTLÁN.** Lugar mítico del valle de México donde se localiza el origen del pueblo azteca o mexicano. Literalmente tomado del náhualt, significa «lugar de las garzas».

**BIEMBIENES.** República Dominicana. Son seres salvajes que viven escondidos en las montañas. Se pasean desnudos y se comunican con gruñidos. Su aspecto es muy feo, deforme y poco corpulento. Trepan por árboles y barrancos y atacan en grupos desordenados, aunque hay quienes afirman que son inofensivos. Lo que sí parece seguro es que salen de noche de sus guaridas en busca de alimentos. Cuando regresan, dejan sus huellas al revés para que nadie descubra su paradero. Se dicen que algunos comen los mondongos (carne humana). Las personas que se acercan a su territorio son espantadas con terribles gritos.

**BRUJAS.** República Dominicana. Seres femeninos y nocturnos de alma perversa que se convierten en aves emisoras de sonidos espantosos. Su manjar preferido es la sangre de los niños, extraída por el ombligo o por el dedo gordo del pie con una caña vegetal que provoca la muerte a la criatura. No atacan a los **gemelos** ni a los niños bautizados (la sangre de estos les provoca vómitos). Para apresarlas se necesita a los «tumbadores», personas con poderes que consiguen atraparlas hasta las luces del alba, momento en que se convierten en mujeres normales. Para protegerse de ellas se debe colocar una escoba con el palo hacia abajo o dejar un saco de sal abierto en la casa, pues la sal les deja las articulaciones paralizadas.

AH PUCH

Se representa como una figura con las vértebras expuestas y semblante cadavérico. Sobre su cabeza tiene un caracol, símbolo azteca del nacimiento, que expresa la relación entre nacimiento y muerte. Preside sobre el Oeste, hogar de la muerte y región hacia la que se dirige siempre con la puesta de sol. Su símbolo es para el día cimi del calendario, que significa «muerte».

**CAMAXTLI.** México. Deidad azteca que representa al dios de la Guerra, de la Caza y del Destino. Se le considera creador del fuego y es uno de los cuatro dioses fundadores del mundo. Estaba muy ligado a **Mixcoatl** y al dios de la Estrella de la mañana. Se transformó de dios de la Caza en dios de la Guerra por poseer el dardo del relámpago, símbolo de la destreza guerrera divina. Su color es el rojo.

Representación de Camaxtli del *Códice Tovar*.

**CANANCOL.** México. Muñeco de cera que por el día hace de espantapájaros y por la noche toma vida propia para proteger la siembra. Solo rinde cuentas a su amo. Se fabrica con la ayuda de un mago y se encomienda a los dioses del Sol y de la Lluvia. Ataca a los ladrones con piedras. Cuando se recoge la cosecha se hace una comida en agradecimiento y posteriormente es incinerado.

**CAPILLA DEL CRISTO.** Puerto Rico. En torno al año 1750, según cuenta la leyenda, se celebró una carrera de caballos a lo largo de una calle. Uno de los participantes no pudo detener su caballo y se cayó por un precipicio que había al final. El gobernante invocó al Santo Cristo de la Salud y, el joven que cayó precipitado, se salvó. En agradecimiento ordenó construir la capilla del Cristo.

**CENTÉOTL.** México. Dios azteca creador del Maíz y de otras semillas. Dios del Sustento o «esencia primera». Llamado también Xochipilli. Como actividad secundaria se erige como protector de las artes (danza, música y flores).

**CIGUAPAS.** República Dominicana. Mujeres embaucadoras que poseen poderes mágicos.

**CIHUATETEOTL.** México. Diosa azteca protectora de las mujeres muertas en el parto o «gran madre». Las mujeres que dejaban su vida por un hijo eran tan veneradas como los guerreros muertos en acto de servicio.

**COATLICUE.** México. Diosa madre, progenitora de los dioses aztecas y conocida como «la de la falda de **serpientes».** Diosa de la Tierra y del Fuego, madre de los dioses y de las estrellas de los cielos del sur. Se asocia a la primavera. Es madre de **Coyolxauqui.** Mágicamente preñada por una bola de plumas, hizo enfurecer a sus hijos, que la decapitaron. Por este motivo, el dios **Huitzilopochtli** emergió de su vientre y acabó con la vida de muchos de sus hermanos.

### CENTÉOTL

Los dioses que presidían la agricultura constituían un grupo especial, ya que cada uno de ellos personificaba un solo aspecto de la planta del maíz. El creador del maíz fue Centéotl, pero la diosa principal del Maíz era Chicomecóahuatl; lo mismo que Xilonen, ella representaba el xilote o mazorca verde.

### COATLICUE

Los aztecas llamaban a Coatlicue «la madre de todos los dioses», y representaba la muerte y la vida al mismo tiempo.

CHAC

Chac es una deidad benévola, asociada a la creación y a la vida. El culto a Chac todavía permanece con gran fuerza en la religión maya actual.

**COMEGENTE.** República Dominicana. Asesino muy sanguinario acusado de canibalismo, mantuvo aterrorizada a la población durante un largo período. Su aspecto era de un ser de raza negra y de gran corpulencia. Cuentan que estudió hechicería en Haití, donde aprendió el don de la ubicuidad. Mataba a sus víctimas con un bastón, y afirmaba que no se le podía atrapar porque en cuanto sus pies tocaban un río, se evaporaba por el aire dejando un hedor insoportable. Es un ser legendario y se afirma que todavía deambula por los caminos.

**COSHEENSHEN.** México. Indios nahuas. Cabeza juguetona que anda rodando, huele a piña y suena como un sonajero. Llama la atención de niños y perros, pero quien la toca se vuelve de piedra, porque en realidad es el diablo.

**COYOLXSAUHQUI.** México. Diosa azteca que representa la Tierra y la Luna, dotada de poderes mágicos con los cuales puede provocar grandes daños. Decapitó a su madre, **Coatlicue,** cuando esta quedó embarazada y murió de igual manera en manos de su hermano **Huitzilopochtli**, dios del Sol, nacido del vientre de **Coatlicue**.

**CHAC.** México. Dios maya de la Lluvia y de los Truenos, dotado de una nariz muy larga. Siempre va acompañado de **ranas** que anuncian la llegada de las precipitaciones.

**CHALCHIUHTLICUE.** México. Diosa del Agua y señora azteca de ríos, lagos y arroyos. Conocida como «la de la falda de jade», es la protectora de los recién nacidos y de los matrimonios. Personifica el ardor y la belleza juvenil, y se representa como un río junto al que crece una chumbera (símbolo del corazón humano). Fue hermana y esposa de **Tláloc**, dios de la Lluvia, quien desató las inundaciones que destruyeron el cuarto mundo como castigo para los malvados. Según los aztecas, nos encontramos en el quinto mundo. Era venerada por los aguadores mexicanos y aquellos cuyo trabajo les mantiene en contacto con el agua. Su apariencia se resalta con una aureola de plantas acuáticas y en la mano derecha lleva un jarrón con una cruz que representa los cuatro puntos cardinales.

Representación de Chalchiuhtlicue del *Códice Borgia.*

**CHICOMECOAHUATL.** México. Diosa azteca de la Agricultura y del Maíz. También es diosa de la Crianza, representando la plenitud y la parte femenina del maíz. Cada septiembre, una virgen

era sacrificada por los sacerdotes que la decapitaban y recogían toda su sangre para verterla sobre una figura de la diosa. Posteriormente, le arrancaban la piel a tiras y uno de los sacerdotes se vestía con sus restos. Aparece representada como una chica llevando flores, una mujer cuyo abrazo trae la **muerte** o una madre portando el sol a modo de escudo.

CHICOMECOAHUATL
La diosa principal del maíz era Chicomecohuatl (siete serpientes), cuyo nombre aludía al poder fertilizante del agua, elemento que los aztecas representaban con una serpiente.

**DILUVIO.** Cuba. En el origen del mundo la **muerte** no existía. Los hombres que nacían se iban acumulando y parecía que todo iba a estallar. Por este motivo, los hombres invocaron a la diosa Icu y esta les anunció fuertes lluvias para despejar el mundo. Quien quisiera salvar su vida debía trepar al tejado de su casa, a las ramas de los árboles o subir a las montañas. Cuando comenzó a llover, los más jóvenes treparon a las alturas rápidamente. Cuando la lluvia cesó, la población había disminuido, ya que muchos ancianos no pudieron trepar para salvarse.

**DUENDES.** Costa Rica. Personajes que apenas alcanzan el medio metro, ataviados con un sombrero gigante y con trajes multicolores. Pasean en grupos y pueden hacerse invisibles para cometer sus tropelías. Tienen poderes mágicos y son muy traviesos, lo que les acerca a los más pequeños, a quienes atraen engañándoles con regalos para luego extraviarlos. La mejor manera de ahuyentarlos de una casa es poner música muy alta.

**DUPPY.** Jamaica. Son los espíritus de los muertos a los que se les invoca en las ceremonias budús para castigar a un enemigo. Con un trozo de ropa o un mechón de pelo de la futura víctima se puede hacer que el duppy haga enfermar a la persona elegida.

**EHÉCATL.** México. Dios azteca del Viento que puso en movimiento al sol. Trajo el amor a la humanidad y está simbolizado por un árbol que crece en el primer lugar que pisó la tierra.

**EK CHUAK.** México. Dios maya de la Guerra y de los Comerciantes del cacao. Sus rasgos físicos más destacados son el color negro de su piel, sus enormes labios y su cola de alacrán.

**ENDEMONIADO.** Cuba. Persona con carácter agrio a la que nadie soporta, lo que la recluye en soledad. Suelen padecer raras enfermedades y ataques de histeria. Al morir, en vez de encontrarle los órganos vitales, se le encuentra una masa dura y compacta.

Representación de Ehécatl del *Códice Borgia*.

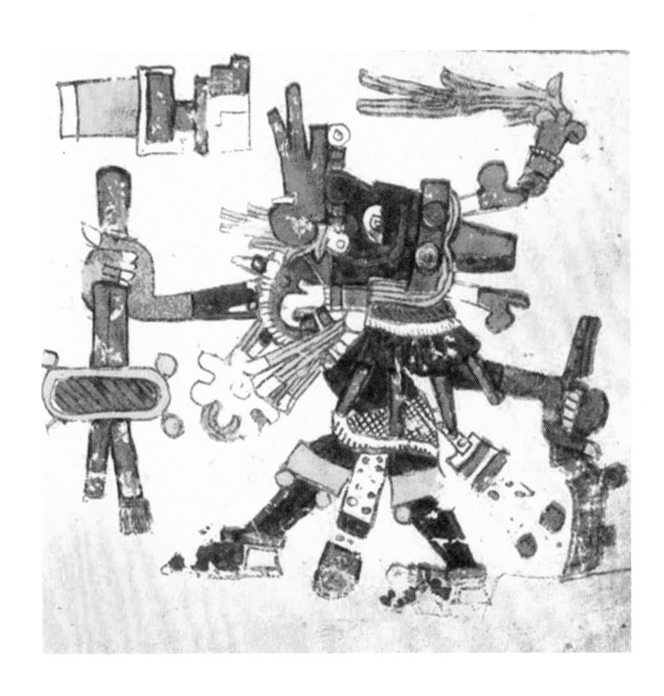

HUEHUETÉOTL
Para los aztecas, el dios del Fuego, Huehuetéotl, fue el primer compañero de la humanidad. Era representado como un anciano fatigado, vestido de oro, negro y rojo, los colores de las llamas.

HUITZILOPOCHTLI
Se representa como un colibrí con sus plumas en la cabeza, la pierna rodeada de cascabeles, la cara negra y una serpiente en la mano.

**FRAILE SIN CABEZA.** Costa Rica. Un monje franciscano vivía solitario en su monasterio, pero como no llegó a adaptarse a las exigencias monásticas, se cortó la cabeza con una espada. Hoy el monasterio es un colegio y dicen que se presenta a los estudiantes mostrándoles su cabeza ensangrentada.

**GALIPOTE.** República Dominicana. También se denomina zángano. La tradición mágica cuenta la existencia de hombres que pueden convertirse en animales u objetos violentos e inmunes, pues, gracias a su mimetismo, se transforman en lo que más les conviene en cada momento. Aseguran que solo les gusta hacer maldades a la gente. Para protegerse de ellos se ha de llevar siempre un amuleto.

**GUCUMATZ.** México. Dios maya supremo del Cielo y de la Creación, se le conoce como «**serpiente** Quetzal».

**GÜIJE.** Cuba. Asociado al mundo de los gnomos, personaje desnudo que vive en los ríos o en los troncos de las ceibas. Su presencia puede ser beneficiosa o perjudicial. Se representa como un enano burlón o como un delincuente.

Representación del dios Huitzilopochtli del *Códice Florentino*.

**HANINCOL.** México. Mito maya. Comida de milpa (cereal) que se ofrece a los dioses para agradarlos o desagraviarlos.

**HUEHUETÉOTL.** México. Dios azteca de la Luz, del Fuego y de los Volcanes que se erigió como símbolo del tiempo. Se representa como un **coyote** viejo. Dirigía el Calpulli, que era el punto de unión entre la tierra y el cielo.

**HUITZILOPOCHTLI.** México. Dios azteca de la Guerra y de las Tempestades. Cuentan cómo debajo de una montaña vivía una viuda llamada **Coatlicue**, que tenía una hija, **Coyolxauhqui**. La madre cada día subía una colina para hacer una ofrenda a los dioses. Un día mientras oraba le cayó encima una bola de plumas de colores. Se sintió tan atraída por la inmensa gama de colores que se la guardó en el seno, con la intención de ofrecérsela al sol. Pasado un tiempo, se dio cuenta de que estaba encinta. Sus hijos, incitados por **Coyolxsauhqui**, empezaron a humillarla. Aunque **Coatlicue** se sintió atemorizada, muy pronto sería tranquilizada por el ser que albergaba en su seno. Sus hijos, sin embargo, considerándose deshonrados, acordaron asesinarla. Pero uno de ellos, Quauitlicac, se apiadó de ella y confesó la deslealtad de sus hermanos al nonato Huitzilopochtli. Con la intención de asesinar a la madre, los hermanos, encabezados por **Co-**

**yolxsauhqui**, lanzaron los dardos que acabarían sesgando la vida de **Coatlicue**. Quauitlicac fue a avisar a Huitzilopochtli para narrarle los acontecimientos acaecidos, y este salió con un escudo resplandenciente y una lanza azul. Destrozó a Coyolsauhqui con un destello de luz de **serpiente** y los otros asesinos fueron perseguidos hasta su **muerte**, ya que la mayoría perecieron en un lago, donde se habían lanzado desesperadamente.

**HUNAB-KU.** Dios creador y único maya, ocupando el lugar principal en el panteón. No pudo ser representado debido a su incorporeidad.

**HURAKAN.** México. Dios maya creador. Junto con **Gucumatz** pronunció la palabra que dio origen al mundo.

**IGÚ.** Término yoruba, usado en Cuba, para nombrar a algunos espíritus malévolos.

**INDIOS DE LAS AGUAS.** República Dominicana. Según la leyenda, son seres fantásticos que viven en las cuevas aledañas a los pueblos. Son muy hermosos (tez morena, ojos negros y grandes, cuerpo armónico y unos largos cabellos). Para muchos son seres inofensivos y generosos. Tienen poderes mágicos y conocen los secretos de las hierbas y de los minerales.

**ITZAMNA.** México. Dios Creador y «señor de los cielos», junto con su padre **Hunab Ku**. Representa el fuego y el ciclo vital (vida-**muerte**-vida) de los seres naturales. Creó la escritura, el calendario, el arte, los libros y la civilización.

**ITZARNÁ.** México. Dios maya del Firmamento, que se representa como un monstruo celeste: especie de cocodrilo o **serpiente** bicéfala. Regía el día y la noche, a la vez que se le relacionaba con la luna y el sol, la lluvia, la agricultura, el maíz, la medicina y la adivinación. Con el tiempo llegó a ser el dios de la Sabiduría, pues se le atribuyó el invento de la escritura jeroglífica y la hechura de códices. Se le creía hijo de **Hunab-Ku**. En los códices Itzarná aparece en forma de viejo arrugado, con un solo diente y una enorme nariz.

**IXBALANQUÉ.** México. Dios maya, hermano **gemelo** de Hunahpú, vinculado al mito cosmogónico.

**IXCHEL.** México. Diosa maya de la Luna, de las Aguas, de los Partos, de la Medicina y de las Artes textiles. Conocida como «la esposa del Arco Iris» y como compañera del sol, su influencia se manifestaba en las mareas, las lluvias que producían inundaciones, en la menstruación y en la presencia de ciertas enfermedades. Se representa como una mujer endemoniada.

### HUNAB-KU

Aunque a este dios se le atribuyó el origen de todas las cosas, nunca fue adorado por su naturaleza incorpórea.

### ITZAMNA

Este dios que tanto contribuyó al desarrollo de la civilización, generalmente se le representa con las mejillas hundidas y la nariz prominente.

Detalle de un relieve en bronce de Lee Lawrie situada en una de las puertas de entrada de la Biblioteca del Congreso John Adams, Washington, D.C.

Representación de Ixbalanqué junto a su hermano Hunahpú.

**IXTITLAN.** México. Dios azteca de la Danza.

**IXTLILTON.** México. Dios de la Medicina y de la Curación, y por esto se le consideraba hermano de **Macuilxochitl**, el dios del Bienestar y de la Buena Suerte. El templo consagrado a este dios siempre estuvo muy concurrido, especialmente por padres que tenían hijos enfermos para aplicarles el *tlilatl,* unas aguas impregnadas de barro negro con propiedades medicinales, con el objetivo de que estos recuperaran su salud. Los familiares a cambio organizaban grandes festejos y bailes ceremoniales como muestra de agradecimiento, en los que se repartían generosamente buenos alimentos y el licor de pulque, que se servía en unas jarras, que normalmente se colocaban en los patios de las casas. Cuando estas estaban sucias se podía interpretar como que el anfitrión era un hombre de vida perniciosa; en estos casos, los sacerdotes haciendo uso del decoro, lo mostraban con una máscara para protegerle del escarnio de los amigos.

**IZTARÚ.** Costa Rica. La hija de un cacique fue llevada a la cima del volcán y ofrecida en sacrificio ante su dios, para detener la furia de otro cacique. Dicen que ella hizo estallar la tierra, y con ella a toda la gran montaña. Todos los pueblos de alrededor sintieron su furia y las tierras del caciqu, enfrentado al padre de la joven, se vieron anegadas por la ceniza y sus habitantes envueltos en un lodazal. Entonces el instigador prometió y cumplió ser más pacífico.

**JUPIA.** República Dominicana. Mujer fantasmal que frecuenta los montes en las noches silenciosas, asustando a quienes se encuentra por el camino.

**KINICH AHAU.** México. Gobernandor del cosmos, formado por el cielo, la tierra y la gran ceiba que les sirve de unión. Es hijo de **Hunab-Ku**. En su condición de gran jefe, solucionó todos los problemas de los mayas e incluso distribuyó las tierras entre los pueblos. Se le representaba como pequeño monstruo celeste. Según algunos historiadores su esposa era **Ixchel**.

**KUKULCÁN.** México. Dios maya de los Vientos.

**LLORONA.** Costa Rica. Hace mucho tiempo, una muchacha marchó del campo a la ciudad para servir en una casa. El hijo mayor abusó de

IXCHEL

Era patrona de la fecundidad, la procreación, el nacimiento de los niños, la medicina, la adivinación y los tejidos.

KINICH AHAU

A este dios se le asociaba con el jaguar, el más poderoso habitante de la selva. Se le representaba como un hombre joven, lleno de vida y vigor como el sol naciente.

ella y la dejó embarazada, por lo que tuvo que volver a su pueblo. Su familia no perdonó su «pecado» y ella dio a luz en la soledad al lado del río, abandonando a su criatura al nacer. Cuando fue consciente de lo que había hecho, comenzó a gritar y a llorar hasta el día de hoy, que en las noches de luna creciente se oye su lamento y se observa su imagen siguiendo el curso del río tratando de recuperar a su pequeño.

MACUILXÓCHITL
Su nombre significa «cinco flores» y «origen de las flores».

**MACUILXÓCHITL.** México. Dios azteca del Fuego, de la Danza y de la Música; es decir, de todos los placeres mundanos, incluso la buena suerte en los juegos de azar. Su culto se extendió por la zona del sur, donde se le suele representar con cara de pájaro, con el pico abierto y, junto a este, una especie de **mariposa**, y coronando la cabeza una cresta muy alta.

**MAPOU.** Haití. Es un árbol mágico muy grande, lugar de encuentro para todos los demonios que existen.

**MICTLANTECUHTLI.** México. Dios azteca de las Tinieblas, conocido como «el señor del reino de los muertos» o «señor de Mictlan», la zona más profunda del submundo azteca. Tiene carácter regenerador y reformador. Gobernaba la región norte, zona tenebrosa y dominada por el frío. Su casa se denomina *Tlalxicco* (ombligo de la tierra). Se retrata como un esqueleto o como una figura que lleva una calavera con dientes considerables. Los animales que lo simbolizan son: la **araña**, la **lechuza** y el **murciélago**.

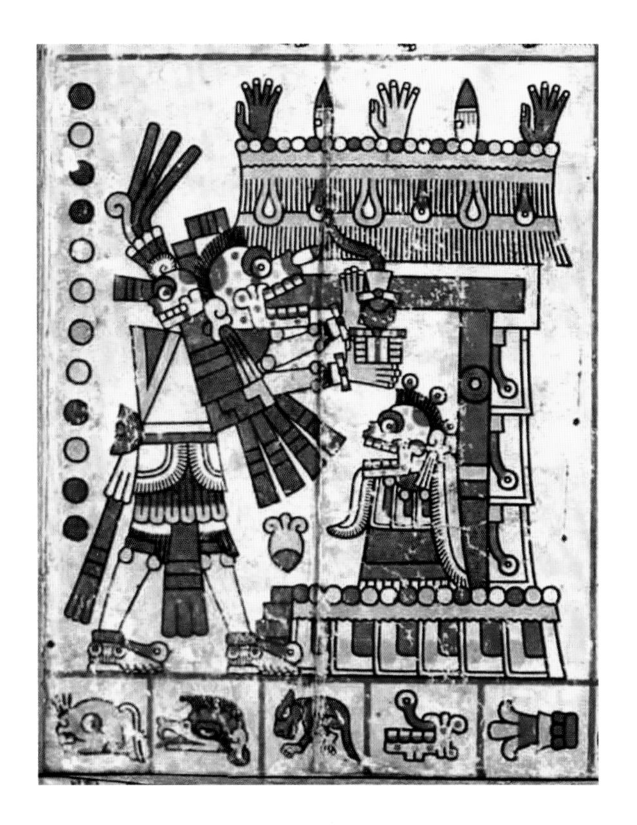

Representación de Mictlantecuhtli en el *Códice Fejervary-Mayer.*

**MÍXCOATL.** México. Dios azteca de las Nubes, de la Caza, de la Guerra y de la Estrella polar. Hijo de Cihuacoatl y padre de **Queatzalcóatl** en su unión con Xochiquetzal y de **Huitzilopochtli** en su unión con **Coatlicue**. Se le representa con las características del **ciervo** o del conejo.

**MUERTE.** Costa Rica. Se representa con una larga barba, lo que pone de manifiesto su edad; muestra unos ojos blancos y ciegos, por este motivo no puede elegir a sus víctimas; sus pies son como los de los caballos, pues cuentan con la virtud de la rapidez; y siempre va acompañada por su azada, con la cual señala a su próxima víctima.

MUERTE
La azada, como atributo identificador de la muerte, simboliza la destrucción y fue el instrumento utilizado por Cronos para castrar a su padre, Urano, y destronarle.

**MURCIÉLAGO.** México. El murciélago pidió plumas al cielo para abrigarse. Como el Creador no tenía ninguna que darle, le encomendó que

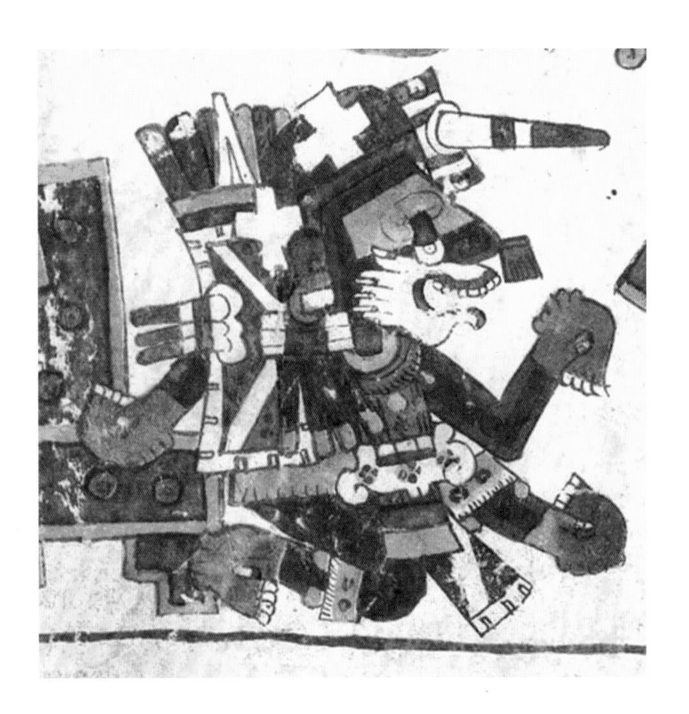

Representación de Nanahuatl del *Códice Borgia*.

pidiera una pluma a cada una de las aves existentes en la tierra. El murciélago recogió hermosas plumas que exhibía vanidoso. Tan bello lucía que el resto de aves comenzaron a envidiarle. Una bandada de pájaros subió al cielo para decirle al Creador que el murciélago era un engreído. Dios le castigó, dejándole otra vez desnudo. Desde entonces sólo vuela por la noche y muy rápido para no mostrar su fealdad.

**NANAHUATL.** México. Este pobre leproso es el patrón de las enfermedades de la piel, sobre todo de la destructora lepra. Se pensaba que las personas afectadas por este mal eran las elegidas por la luna para su servicio. En la lengua nahua, «leproso» era sinónimo de «divino».

**NARIZ DE LOS NEGROS.** Cuba. Cuando Dios creó a los hombres no tenían nariz. En seguida enmendó su olvido por lo que envió a la tierra una bolsa con narices para que se las repartieran. Todos se amontonaron para conseguir una y así poder respirar. Los que cogieron las de arriba consiguieron una nariz fina, pero los que se retrasaron se tuvieron que conformar con las narices pisoteadas, quedando chatos.

**OCTLI.** México. Patrono azteca de los bebedores y de los adictos.

**OMACATL.** México. Dios de la Alegría y de la Diversión, su nombre significa «dos juncos». Era una deidad venerada por los ricos, que celebraban espléndidas orgías en su honor. El ídolo de la deidad se colocaba en la cámara donde tenían lugar estos actos y había que rendirle gran respeto, pues una terrible enfermedad, cuyos síntomas eran mareos, se podía apoderar en poco tiempo de los invitados. El ídolo de Omacatl tenía un agujero en la zona del estómago donde las provisiones se almacenaban. Se le representaba siempre rechoncho, pintado de blanco y negro, y con papeles de colores colgando. Una capa con franjas de flores y su cetro eran los otros símbolos de la realeza que llevaba este Dioniso mexicano.

**OMETÉOTL.** México. Deidad de la antítesis, cuya representación es la unión de lo femenino con lo masculino. Los aztecas llamaban al polo masculino ometecuhtli y al femenino omecihuatl; la unión de estas esencias integradas opuestas forman Ometeótl (ome, dos; tetl, piedra; y otl, huevo).

### MURCIÉLAGO

Aunque este mamífero ha sido despreciado en muchas culturas, en Oriente es un símbolo de felicidad. Cinco murciélagos representan a las cinco Dichas: riqueza, longevidad, tranquilidad, salud y muerte dulce.

**OMETOCHTLI.** México. Venerado bajo la forma de un conejo, era el dios de la Bebida y de la Embriaguez. Los dioses jefes del pulque (bebida mexicana) eran Patecatl, Tequechmecauiani, Quatlapanqui (el abrecabezas) y Papaztac (el enervado). Eran dioses del libertinaje y a ellos se sacrificaba a los ebrios intoxicados.

Vasija azteca donde aparece representado Ometochtli bajo la forma de un conejo.

**OPERITO.** República Dominicana. Fantasma nocturno de forma humana, que se distinguía por carecer de ombligo al no ser engendrado en el útero materno.

**OPIAS.** República Dominicana. Almas de hombres muertos, espíritus del aire que aparecen de forma incorpórea durante las noches.

**OPOCHTLI.** México. Era el dios sagrado de los Pescadores y de los Cazadores de pájaros. Durante un período de la historia azteca fue una deidad importante, puesto que los aztecas vivían en pantanos y dependían de una dieta diaria basada en peces y pájaros. Los pescadores y los cazadores de pájaros celebraban fiestas en ocasiones especiales en honor a Opochtli, con un licor llamado *octli*. Se organizaba una procesión en la que desfilaban los mayores que adoraban al dios, pues probablemente estos quisieron solventar algún problema de subsistencia. Se le representaba como un hombre pintado de negro, con la cabeza decorada con plumas de pájaros salvajes y coronado por una diadema de papel en forma de rosa. Iba revestido con un papel verde que le caía de la rodilla y calzaba sandalias blancas. En la mano izquierda llevaba un escudo pintado de rojo con una flor blanca en el centro con cuatro pétalos colocados en forma de cruz y en la mano derecha portaba el cetro en forma de copa.

### OMETOCHTLI

Ometochtli significa literalmente «dos conejos», y bajo esta forma animal se le veneraba.

**PADRE SIN CABEZA.** Costa Rica. Se aparece a las personas de mala vida para llevarlas por buen camino. Primero se topan con un templo que tiene una gran puerta. Si la persona entra, encuentra una sala enorme donde un sacerdote canta misa en latín. Normalmente, se arrepienten de los pecados y a la hora de consagrarse ven que el sacerdote tiene la cabeza ensangrentada entre sus manos. El arrepentido huye despavorido quedándose sin habla y cambiando su forma de vida para siempre.

Grabado de un calendario azteca.

**PALMAS DE LAS MANOS Y PLANTAS DE LOS PIES.** Cuba. Dios creó a todos los hombres negros. Después, decidió colocar una laguna de aguas heladas para que quien quisiese ser blanco se bañara. Los que más resistieron el frío del agua salieron blancos y los que no aguantaron mucho salieron mulatos. Por eso los negros tienen blancas las palmas de las manos y las plantas de los pies, pues solamente sumergieron en la laguna esa parte de su cuerpo.

**PUENTE DE PIEDRA.** Costa Rica. Un carretero quiso cruzar un río que tenía demasiado caudal. Como le pareció muy difícil, invocó al diablo ofreciendo su alma a cambio de un puente, pero con la condición de que fuera realizado antes del canto del gallo. El diablo aceptó el reto y construyó el puente. Cuando el diablo estaba finalizando, el hombre fue a su carreta y sacó un gallo a patadas que del susto cantó. El carretero cargó de nuevo la carreta y ya sobre el puente dijo adiós al diablo.

Representación del dios Quetzalcóatl.

QUETZALCÓALT

El dios creador de la Humanidad representaba a la dualidad por naturaleza. Mitad aire y mitad tierra, la serpiente emplumada era una de las deidades prehispánicas más importantes, protagonista principal de muchos de los grandes mitos mesoamericanos, siendo culto muy antiguo.

**PUKUJ.** Indios mayas. Espíritu invisible que era dueño de todo, tanto de lo material como de lo inmaterial. Cuando estaba de mal humor enfrentaba a los amigos y provocaba las guerras. Los hombres estaban descontentos con su tiranía, por lo que pusieron en la entrada de su casa un garrafón de aguardiente. El pujuk lo bebió de un trago y se quedó adormilado. Varios hombres se abalanzaron sobre él y lo ataron de pies y manos con sogas. Gritos, amenazas y promesas atronaron a los presentes, que se marcharon dejándoselo al guardián. Este, al estar solos, se apiadó de él y le cortó las ataduras. Desde entonces vaga por los campos haciendo enloquecer a quien se encuentra.

**QUETZALCÓATL.** México. Dios azteca, tolteca y de otros pueblos centroamericanos. Conocido como la «**serpiente** emplumada», representa el poder creador, la luz, el agua, la vida, la bondad, la sabiduría, el viento y es el protector de la agricultura. Gobernó durante el quinto mundo, creando a los humanos de este período. Según la leyenda, descendía de la diosa virgen **Coatlicue** y **Mictlan**. Se dedicaba a recoger los huesos de seres humanos de épocas anteriores. Después los rociaba con su propia sangre para dar nacimiento a los seres de la nueva era. Introdujo el cultivo del maíz, el calendario en la cultura azteca y por todo esto se ha convertido en el patrón de las artes y de las labores manuales.

**SEGUA.** Costa Rica. Demonio femenino. Su presencia es hermosa, con curvas pronunciadas, grandes pechos y piernas bien formadas. Los hombres de vida nocturna y bebedores son sus víctimas preferidas al encontrarlos solos de vuelta a casa. Cuando estos le piden fuego para encender un cigarro, se transforma en un ser de grandes dientes y ojos endemoniados.

**TAAGA HUELLA.** México. Indios nahuas. Fantasmagórica presencia de luz que se mueve entre los árboles como una llama, volando como un cohete.

**TATAGUA.** Cuba. Había una india muy bella quien amaba las fiestas y deleitaba a todos con sus cantos y con sus bailes. Se casó y tuvo seis hijos. Pasados los años, no se adaptaba a la vida familiar. Mientras su marido trabajaba en el campo, ella se iba a fiestas dejando solos a sus hijos en casa. Estos, al no tener comida, lloraban hasta que Mabuya, dios del Mal, los escuchó y los transformó en árboles venenosos. Cuando la india regresó, encontró seis árboles en lugar de sus hijos y ella fue transformada en una «tatagua», **mariposa** nocturna que entra por las noches a las casas para recordar a las madres que jamás deben abandonar a sus hijos.

**TEZCATLIPOCA.** México. Dios azteca de la Noche, de las Tinieblas y del Norte, más conocido como «dios del espejo humeante», se le representa con un espejo mágico que desprende humo, arma para atacar a sus enemigos. Es el patrono de los hechiceros por sus misteriosos poderes. También, como señor de la Tierra y de los bienes terrenales, es el enemigo natural del dios **Quetzacóatl**. Representa la fuerza tentadora que arrastra al hombre hacia el mal. Pone a prueba el corazón humano con sus tentaciones, por lo que tiene la capacidad de castigar el mal y recompensar el bien. Como dios de la Belleza y de la Guerra, señor de los héroes y de las mujeres hermosas, cuentan que en cierta ocasión sedujo a Xochiquetzal, diosa de las Flores y esposa del dios Xochipilli, ya que la consideraba su pareja perfecta siendo él un dios guerrero muy atractivo.

Representación del dios Tezcatlipoca del *Códice Florentino*.

**TIJEAN PETRO.** Haití. Dios maligno, que apresa a los niños indefensos y desaparece entre los cocoteros.

**TLÁLOC.** México. Dios azteca de la Lluvia, de los Rayos y del Fuego. Como dios de la Agricultura sus dominios eran fértiles y abundantes en todas las siembras. Acogía en su seno a todos aquellos que habían muerto partidos por el rayo, ahogados por inundaciones, leprosos... Es la pareja de la reina de las aguas, **Chalchiutlicue**. Cada año se sacrificaban muchos niños en su honor, sumergiéndoles en el agua hasta que se ahogaban. Su origen es anterior a los aztecas, ya que existen datos sobre su culto en la cultura tolteca. Presidió la tercera de las cinco eras en que se divide el mundo azteca.

Representación del dios Tláloc del *Códice Florentino*.

Escultura de Tlatecutlil en el Museo del Templo Mayor en México.

**TLATECUTLIL.** México. Deidad azteca del ocaso, mitad sapo y mitad **lagarto**, que cada día engulle al sol al ponerse en el horizonte.

**TLAZOLTÉOTL.** México. Diosa azteca de la Fecundidad y de la Procreación, protectora en el momento del parto y «esencia madre», símbolo de los recién nacidos. También era conocida como «la devoradora de suciedad» ya que, según la leyenda, se aparece a los hombres en su lecho de **muerte** y allí le confiesan todas sus miserias para depurar su alma, con lo que ella guarda toda esta información en su interior.

**TONACACÍHTUATL.** México. La Luna azteca desposada con **Tonacatecutli**, siendo ambos padres de los dioses.

**TONACATECUTLI.** México. El Sol azteca desposado con **Tonacacíhuatl**, siendo padres de todos los dioses. Es símbolo de la prosperidad y de la abundancia.

**TULEVIEJA.** Costa Rica. Vieja con un gran sombrero hecho de hojas de tule (especie vegetal), con los pechos al descubierto, patas de gavilán, alas de **murciélago**, rostro de bruja y cargada siempre de leña. Se acompaña de un pequeño mono blanco de ojos rojos que es la encarnación del diablo. Cuando la vieja alza el vuelo, cae sobre su víctima, despedazándola sin piedad. Personaje utilizado para asustar a los más pequeños.

Representación de Xilo Nen del *Códice Magliabechiano*.

**XAMAN.** México. Dios de la Estrella polar, de la paz y de la abundancia, conocido entre los mayas como «el guía de los mercaderes».

**XILO NEN.** México. Representación azteca del maíz tierno y que también es la protectora de la germinación de esta semilla.

**XIPE TOTEC.** México. Símbolo azteca de la renovación. Misterioso dios azteca de la Agricultura y de las Estaciones, símbolo de la **muerte** y la resurrección de la naturaleza. Para estimular el crecimiento de la humanidad y su entorno, se corta a sí mismo en tiras para ofrecérselas a los hombres como alimento, al igual que ocurre con las semillas de maíz que pierden la cáscara para permitir un crecimiento más rápido de la cosecha.

Xipe Totec es también dios de Occidente y patrón de los orfebres. Fue el responsable de ciertas enfermedades que cayeron sobre el hombre, como las plagas, la ceguera y la sarna.

Representación de Xiuhcóatl, Museo Nacional de Antropología de México.

**XIUHCÓATL.** México. **Serpiente** de fuego coronada de estrellas que acompaña al sol durante su viaje cósmico por la bóveda celeste.

**XIUHTEHCUTLI.** México. Dios del Fuego. También llamado «dios viejo» pues es la deidad de mayor edad en el panteón de los aztecas. Personifica la luz en las tinieblas, el calor en el frío y la vida en la **muerte**. Al final del ciclo de 52 años (el siglo azteca), se temía que los dioses rompiesen la relación que los vinculaba con el género humano.

**XOCHITONAL.** México. **Caimán** del reino de los muertos. Debe ser vencido por el espíritu del muerto que va a encontrarse con el Señor de los muertos.

**XÓLOTL.** México. Dios del Rayo y **gemelo** de **Queatzalcóalt**, que conducía a los muertos en su último viaje hasta Mictlan. Es el encargado de empujar al sol hacia las aguas del océano a la caída de la tarde y de guiarlo y protegerlo en su recorrido por el mundo subterráneo durante un viaje que está plagado de peligros. Se representa como un esqueleto o como un hombre con cabeza de perro.

**YACATECUTLI.** México. Patrón de los comerciantes. Su símbolo es un bastón que lleva el viajero en su ruta y el culto que se le ofrece es a base de flores e incienso.

**YUM KAAX.** México. Dios maya de las Cosechas y del Maíz.

**ZANCU.** República Dominicana. Humano convertido en ave nocturna. Dicen que este ser succiona la sangre de los niños durante las noches y los somete sexualmente. Puede hacerse invisible y solo te puedes deshacer de él atacándolo con una rama de palo con forma de cruz.

**ZOTZILAHA CHIMALMAN.** México. Figura siniestra, es el príncipe de las legiones mayas de la oscuridad y el dios-**murciélago**, que habita en la «casa de los **murciélagos**», una horrible caverna en el camino hacia las moradas de la oscuridad y la **muerte**.

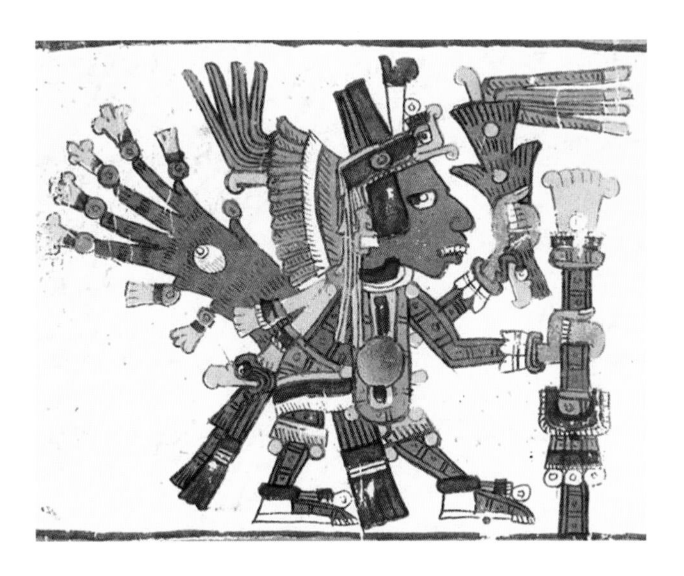

Representación de Yacatecutli del *Códice Borgia*.

# MITOS DE LA CULTURA CENTROAMERICANA

### EL VALLE DEL YUMURI

Está ubicado en las cercanías de la ciudad de Matanzas y es considerado uno de los paisajes más pintorescos de Cuba, con ocho kilómetros de diámetro. En el fondo discurre un río del mismo nombre, y en sus márgenes existieron diferentes asentamientos de aborígenes cubanos. El valle está rodeado por un borde montañoso de ciento cincuenta metros de altura, interrumpido al oeste. Las cimas de muchas de estas elevaciones son excelentes miradores naturales, desde los cuales se puede divisar todo el esplendor del valle.

## UN CAMINO PARA LOS ENAMORADOS. *Cuba*

Un joven celebraba con su tribu el nacimiento de su primera hija, a la cual llamaron Coalina. Todos venían a agasajarle y a darle la enhorabuena, hasta que llegó un anciano que le dijo que debía de tener mucho cuidado con esa niña y no dejarla enamorarse jamás, pues solo acarrearía la desgracia.

Coalina fue creciendo y volviéndose cada vez más hermosa, tanto que había enamorado a muchos indios. Pero su padre, recordando la profecía del viejo, la escondió en una cueva de las montañas que rodean el valle Yumuri. La fama de su belleza creció hasta que llegó a los oídos de un joven llamado Nerey, quien al tener noticia de la belleza de la joven, se enamoró perdidamente. Solo pensaba en ir a verla. Un día no aguantó más y decidió partir en busca de su idealizada amada.

Después de un largo y penoso viaje, llegó a la puerta de la cueva; entonces, la tierra tembló, pero eso no le disuadió y prosiguió en su empeño. Cuando ambos se vieron, también ella comenzó a sentir los síntomas inequívocos del amor. Él se acercó, ella miro hacia una montaña cercana y vio al anciano de blancos cabellos que le sonreía. Coalina y Nerey se abrazaron y, en ese momento, la tierra tembló violentamente abriéndose la montaña en dos. Una enorme sima que llegaba hasta el centro de la tierra los hizo caer mientras se abrazaban. Este lugar se conoce como el abra del Yumuri, y dicen que en las noches de luna llena, cuando el viento sopla fuerte, va murmurando los nombres de los enamorados.

Ilustración que nos muestra un puente de lianas en una región salvaje de América Central. Original, del dibujo de De Pontelli, publicado en *L'Illustration*, Journal Universel, París, 1860.

**LOS PÁJAROS DE COLORES.** *Cuba. Leyenda taína*

Era el día del cumpleaños del rey y los pájaros acudían en bandadas para su celebración. Volaban sobre el desierto y se refrescaban con las nubes. Cuando llegaron a palacio, cada uno tomó su puesto y, por orden, besaron al rey, salvo un hermoso pájaro blanco al que llamaban Odilere, sinónimo de belleza. Con su actitud arrogante, no saludó al monarca.

Todos, envidiosos por su planta y molestos por su soberbia, lo criticaban, pero el rey, al verlo tan blanco, lo llamó y Odilere se acercó y le hizo una reverencia. El resto de pájaros, como protesta, le tiraron puñados de ceniza, cacao, azufre, tinta... quedando Odilere transformado en un arco iris, más hermoso todavía que cuando era blanco.

El rey, al verlo tan hermoso, lo coronó y nombró a la paloma su mensajera oficial, ya que no participó en el altercado. La envidia de los pájaros feos provocó el nacimiento de los pájaros de colores.

TAÍNOS

«Bueno» y «noble» componen el nombre de este grupo indígena del Caribe nada belicoso. Adoraban a los dioses de la naturaleza, especialmente a los dioses del Mar y de la Fertilidad. Se les atribuyen muchas leyendas, aunque de dudosa procedencia, porque no tiene tradición escrita.

**LEYENDA DEL DÍA Y LA NOCHE.** *República Dominicana. Leyenda taína*

Sol estaba enamorado de Montaña y le regaló el arco iris para abrillantar el cielo azul. Ella se hacía collares de niebla para lucir coqueta delante de él.

En cierta ocasión, Sol le descubrió a su amada una caverna cubierta de espesa vegetación por la que no podía entrar, algo que no podía permitir, así que reunió toda su energía enviando todos sus rayos, pero no pudo adentrarse.

Se decidió a llamar a su hermano Viento, quien con ayuda de Lluvia, intentó adentrarse quebrando toda la vegetación de los alrededores. La cueva permaneció cerrada y sin luz.

Cuando se calmaron Viento y Lluvia, salió de la cueva una etérea mujer desnuda en la sombra, con el cabello muy largo, era una ciguapa. Gritó y Sol regresó en ese mismo instante. Intentó abrasarla con sus ojos de fuego y ella luchó por ocultarse. Entonces, sus pies quedaron presos por las raíces brotadas y girados para siempre.

Ella desafió a Sol enviándole lanzas de hielo desde sus ojos. Entonces Montaña salió en defensa de su amado, temblando toda ella y sus criaturas. Sol se recuperó, pero ciguapa quedó cegada para siempre y con los pies volteados. Se precipitó y su negra melena lo cubrió todo: había nacido Noche.

Desde entonces, Sol sale y besa a Montaña, la rodea de cielo y de arco iris. Después se marcha, dando paso a la noche.

## EL CABALLO DEL ARCO IRIS. *Guatemala*

Un viejo tenía una granja al pie de la montaña donde vivía con sus tres hijos. Una noche escucharon ruidos en su huerto; cogieron linternas y escopetas y se asomaron. Lo que vieron les dejó atónitos: un tropel de caballos de todos los colores pisoteaban todas sus hortalizas. Comenzaron a disparar, pero en seguida se dieron cuenta de que las balas no les hacían daño. Cuando los caballos se cansaron, abandonaron el huerto dejándolo maltrecho.

Los hombres tuvieron que volver a sembrar y decidieron hacer guardia durante toda la noche para proteger las matas. El hijo mayor, una de estas noches de guardia, cayó en un sueño muy profundo y a la mañana siguiente el huerto se malogró de nuevo. Lo mismo le ocurrió al mediano y finalmente le tocó al pequeño. Este colgó una hamaca entre dos árboles y la llenó de hojas de ortiga. Se tumbó, pero cuando le entraba el sueño, el roce con las hierbas hacía que pudiera vencerlo. De repente, entraron de estampida los maravillosos caballos. El muchacho tomó una cuerda y lazó al más hermoso. El caballo forcejeaba, pero no pudo escaparse; lo fue calmando hasta dejarlo manso. Los otros caballos huyeron despavoridos. El caballo prendido le ofreció un trato: si lo soltaba, le concedería un deseo. Pero el muchacho desconfió de él. Para que lo creyese, el caballo cantó y al momento crecieron las mejores verduras en el huerto. Tras prometer que nunca asaltaría el huerto de su padre, lo soltó.

Ilustración de estampida de caballos, publicada en *Le Tour du Monde*, París, 1860.

Cuando el padre y los otros dos hijos comprobaron el estado del huerto, el padre corrió a abrazarlo, pero los hermanos mayores envidiosos, abandonaron la casa. Por este motivo, el padre enfermó de tristeza y el hijo menor salió a buscar a sus hermanos. Estos, cuando lo vieron llegar, lo tiraron en un pozo muy profundo. El muchacho se acordó de su caballo mágico y lo llamó, acudiendo al instante para salvarlo. Corrió de nuevo para alcanzar a sus hermanos y estos decidieron tomarlo como sirviente. Un día leyeron un cartel que decía: «Quien gane mañana la argolla de oro en la carrera de cintas a caballo, se casará con la princesa». Era una prueba muy difícil, pero los hermanos decidieron participar dejando al pequeño haciendo la comida.

Entonces, el joven llamó de nuevo a su amigo y este acudió para participar en la carrera. Cuando llegaron al palacio, ningún caballero había logrado todavía la argolla de oro. El hermano se anunció como último participante y los asistentes se sorprendieron al ver cómo un joven vestido de rica seda y oro sobre un caballo, que parecía el arco iris, se llevaba la argolla de oro. La boda se realizó al día siguiente. Mandó llamar a su padre y a sus hermanos, los perdonó. El caballo de siete colores desapareció como por encanto.

## EL SOMBRERÓN. *Guatemala*

Era una noche clara y en la ciudad reinaba el silencio. Por el barrio de la Parroquia vieja pocas personas se atrevían a deambular. De repente, se escuchó el caminar de unas mulas que anunciaban la llegada de alguien. El ladrido de los perros se convertía en alaridos.

Se vio la imagen de un carbonero vestido de negro con un enorme sombrero de alas anchas que casi lo ocultaba por completo. El hombrecillo se detuvo frente a un viejo palomar, amarró sus mulas y empezó a cantar una canción de amor.

Los vecinos empezaron a murmurar sobre el atrevido caballero que creían que le cantaba a una hermosa joven de ojos verdes y cabellos largos color miel. Las serenatas nocturnas se repitieron y el misterioso enamorado seguía insistiendo en la puerta de la joven. Mientras, ella se conmovía profundamente con el canto de su pretendiente a quien nunca había visto, hasta que un día abrió su ventana y el pequeño enamorado pudo por fin entrar.

Todos querían conocer al hombre que la cortejaba y una noche, una vieja se acurrucó tras la ventana de su casa y pudo ver al pequeño carbonero de gran sombrero, entrando por la ventana.

Así supo que era el mismísimo Sombrerón. Las vecinas corrieron a casa de la mamá de la joven, para advertirle del peligro que corría su hija. Le aconsejaban que se marcharan de allí porque el **duende** nunca le iba a dejar en paz y menos ahora que ella le había hecho caso.

La muchacha ingresó en un convento. La primera noche que llegó el Sombrerón en busca de su amada y no la encontró, se asustó tanto, que regresó rápidamente por la misma calle y se perdió. Mientras, la joven rezaba ante el altar y soñaba con su joven enamorado. Cuando entraba a su celda, seguía escuchando el taconeo de sus zapatos y su voz inflamada de amor.

Tras los muros del convento, la hermosa muchacha se fue apagando hasta que una noche se durmió para

### EL SOMBRERÓN

Otra versión del mito de «El sombrerón» es muy conocida en Antioquía y en Medellín (Colombia). Este personaje va montado en una mula negra, con un sombrero alón y con un traje negro. Cabalga a toda velocidad con unos perros encadenados, y aparece los viernes de Cuaresma. Nadie sabía de dónde salía, ni cuál era su misión. Muchos quisieron averiguarlo, pero cuando sentían el estruendo de su cabalgadura, las cadenas que tintinean y los ladridos de los perros, prefirieron no arriesgarse.

siempre. La angustiada madre llevó el cadáver de su hija al barrio para el velatorio. Muchos amigos se hicieron presentes para despedirse por última vez. Al llegar la noche, apareció un hombrecito con su guitarra y sus cuatro mulas. Lágrimas como puños resbalaban por debajo de su sombrero. Lágrimas de dolor que se pulverizaban en el silencio. El llanto se escuchaba por toda la casa y toda la gente empezó a llorar condolida por el sufrimiento del Sombrerón.

Nadie recuerda ahora en qué momento se apagó aquel llanto, pero desde entonces todas las noches de Santa Cecilia, aparecen amarradas a un poste de luz cuatro mulas cargadas con redes de carbón. Y es que se cuenta que el corazón y el alma del Sombrerón nunca olvida a las mujeres que ha querido.

### LA LLORONA

El mito de la Llorona también existía en México, y hundía sus raíces en la mitología de los antiguos mexicanos. Sahagún en su Historia (libro 1.°, *cap. IV*), habla de la diosa Cihuacoatl, la cual «aparecía muchas veces como una señora compuesta con unos atavíos como se usan en Palacio; decían también que de noche voceaba y bramaba en el aire... Los atavíos con que esta mujer aparecía eran blancos, y los cabellos los tocaba de manera que tenía como unos cornezuelos cruzados sobre la frente».

## LA LLORONA. *Guatemala*

Una noche, cuatro sacerdotes miraban el cielo estrellado y la luna en busca de los secretos de la astronomía y, de repente, se oyó un grito lastimoso y sobrecogedor, como de una mujer en agonía. Pensaron que era Cihuacoatl y que la diosa les estaba buscando para darles una señal. Miraron hacia el este y reconocieron una figura blanca arrastrando un vestido de seda.

Cuando todo quedó en silencio, los sacerdotes interpretaron que aquel grito y aqella visión significaban que la destrucción del mundo estaba próxima. Informaron al emperador Moctezuma con estas palabras: «Hombres vendrán por el este y te someterán junto a tu pueblo, será una época triste, tu raza desaparecerá y nuestros dioses serán humillados por otros dioses».

Representación del emperador Moctezuma del *Códice Durán*, capítulo LXIII.

Al llegar los españoles, apareció una mujer vestida de blanco que cruzaba las calles impulsada por el viento. Lanzaba un grito lastimero que partía el alma y que no paraba de repetir hasta que llegaba al lago y desaparecía.

—¡Ay! mis hijos...

Todos la temían como a un fantasma, llegando a decirse que anunciaba la muerte. Unos decían que era una mujer desengañada, otros que una amante abandonada con hijos... Pero la historia más conocida transmitida oralmente es la de un noble que engañó y que abandonó despiadadamente a su criada estando esta embarazada y a la que llamaron siempre la Llorona.

**CUARTO SOL.** *México. Leyenda náhuatl*

Los dioses estaban muy contentos por haber creado la tierra, el agua, el fuego y la región de los muertos (Mictlán). Pero se dieron cuenta de que el sol alumbraba muy poco y no calentaba. Se reunieron en consejo para crear de nuevo al sol. **Tezcatlipoca** se ofreció para ser el sol y empezó a alumbrar la Tierra, comenzando el primer Sol o la primera era.

Representación de los dioses Quetzalcóatl y Tezcatlipoca del Códice Borbónico.

**Queatzalcóalt**, al verlo, sintió deseos de ser él quien alumbrara al mundo, así que corrió hasta donde estaba **Tezcatlipoca** y lo derribó del cielo con un fuerte golpe haciéndolo caer al agua. **Queatzalcóalt** se transformó en sol. Este fue el segundo Sol.

**Tezcatlipoca** se convirtió en tigre y derribó a **Queatzalcóalt** de un zarpazo, este enfurecido soltó todos los vientos y los ciclones. La gente corría asustada y los dioses los convirtieron en monos. Como ya habían inventado dos veces al hombre, estaban muy desanimados, pues su proyecto no terminaba de resultar exitoso. De repente **Tláloc** les manifestó que él sería el sol, que él alumbraría la tierra. Este fue el tercer Sol.

Todo parecía marchar bien pero, siendo el dios de la Lluvia **Tláloc**, hizo que cayera fuego del cielo, convirtiendo los ríos en llamas. Todo el mundo corrió muerto de miedo y los dioses transformaron a las perso-

### EL SOL

El astro fue concebido como un gran guerrero entre los náhuatl, que rememoraban el relato mítico en cada amanecer: el sol, como águila victoriosa, ascendía al cielo para vencer a los astros de la noche diariamente.

## EL QUINTO SOL

El mito del quinto Sol, sirvió a los fines de la nobleza náhuatl: el Sol debía mantenerse vigoroso con el fin de que la especie humana no pereciera. La guerra era el medio para obtener el alimento divino. Los ejércitos victoriosos se convertían en los salvadores de la humanidad, ya que con su esfuerzo nutrían al quinto Sol.

nas en aves para que se pudieran salvar. Los dioses se preguntaban qué hacer y fue cuando **Queatzalcóalt** propuso a **Chalchiuhtlicue**, diosa del Agua, para lucir como astro solar. Este fue el Cuarto sol.

Tampoco dio resultado, pues solo hubo inundaciones y lluvias y los hombres solicitaban ser peces para salvarse. Los dioses los convirtieron en peces y en diversos animales acuáticos. Como llovió durante días y días, el cielo cayó sobre la tierra. **Queatzalcóalt** y **Tezcatlipoca** se convirtieron en árboles para levantarlo. Los dioses quedaron muy tristes porque habían fallado en su intento de crear al sol y en consecuencia, habían acabado con la raza humana.

Fragmento del calendario Toanlpohualli, basado en la leyenda del Quinto Sol.

QUINTO SOL.*México. Leyenda náhuatl*

Durante el quinto Sol, bajo la adoración de **Queatzalcóalt**, los dioses se reunieron y decidieron establecer una nueva especie humana que poblara la tierra. **Queatzalcóalt** se dirigió a **Mictlantecuhtli** y le dijo que venía en busca de los huesos que estaban bajo su custodia. Este no quería entregárselos, por lo que le pidió superar una prueba.

Tenía que hacer sonar el caracol que le ofrecía y darle cuatro vueltas alrededor del círculo interior. Pero el caracol no tenía agujero alguno por donde **Queatzalcóalt** pudiera entrar a darle vueltas. Entonces llamó a los gusanos para que hicieran los huecos y a las **abejas** para que entraran e hicieran sonar el caracol. Al oírlo, a **Mictlantecuhtli** no le quedó más remedio que entregarle los huesos. Inmediatamente se arrepintió porque los huesos pertenecían a las generaciones pasadas y su lugar estaba allí, en Mictlán.

**Queatzalcóalt** no cedió y al encaminarse hacia donde estaban aquellos huesos, envió a su doble y les hizo creer que volvía para regresarlos a la vida. Estaban por separado los huesos de mujer y los huesos de hombre, solo era cuestión de amarrarlos para llevárselos. **Queatzalcóalt** ascendía ya del Mictlán y **Mictlantecuhtli** pensó que aún tenía tiempo para recuperar los objetos preciosos y ordenó a sus servidores cavar un hoyo. Dándose mucha prisa, se adelantaron a **Queatzalcóalt**, que cayó muerto en sus profundidades. Este, al caer, soltó los huesos, que rápidamente se esparcieron por toda la superficie.

Pero **Queatzalcóalt** resucitó y recogió de nuevo los restos. Fuera le esperaba la doncella Quilaztli, quien molió los huesos y los colocó en una vasija de belleza singular, mientras **Queatzalcóalt** descansaba de su misión.

Entonces se reunieron los dioses y **Queatzalcóalt** vertió su sangre sobre el polvo de los huesos. Todos hicieron penitencia y, por fin, decretaron el nacimiento de los humanos.

## MAÍZ HUICHOL. *México*

Los huicholes estaban saturados de comer siempre lo mismo y querían algo que se pudiera tomar cada día, pero de muy distintas maneras. Un muchacho oyó hablar del maíz y de los ricos guisos, de las tortillas y de la sopa que con este cereal se preparaba. Pero el maíz se hallaba muy lejos, al otro lado de la montaña. Eso no lo desanimó y comenzó a andar encontrándose una fila de **hormigas**. Sabía que eran las guardianas del maíz, por lo que las siguió.

Después de caminar, el joven se quedó dormido y las **hormigas** se comieron toda su ropa, dejándole tan solo con su arco y flechas. Sin ropa y con mucha hambre, el joven se lamentó. Un pájaro se posó en un árbol cercano y el joven le apuntó con su arco pero este le increpó diciéndole que él era el padre del maíz. Lo invitó a su casa, donde recibiría todo lo que andaba buscando. Cuando llegó se encontró con sus hijas, cinco doncellas muy bellas, llamadas Mazorca Blanca, Mazorca Azul, Mazorca Amarilla, Mazorca Roja y Mazorca Negra.

Mazorca Azul lo cautivó con su belleza y dulzura, pronto se casaron y regresaron al pueblo. Como no tenían casa, durmieron un tiempo en el lugar dedicado a los dioses. Como cosa de encantamiento, la casa de los recién casados se llenaba todos los días con mazorcas que la adornaban como flores. La gente venía de todas partes, pues Mazorca Azul les regalaba mazorcas a manos llenas. La esposa enseñaba a su marido cómo sembrar el maíz y cómo cuidarlo. Al enterarse de las delicias de la comida nueva, muchos animales intentaron robarla. Mazorca Azul enseñó a la gente que debía prender fogatas cerca de las milpas para asustar a las criaturas que andaban en busca de los elotes tiernos. Los ancianos cuentan que Mazorca Azul, una vez que enseñó a las personas todo cuanto sabía sobre el maíz, se molió a sí misma y de esta manera entregó a la humanidad el riquísimo atole (bebida caliente de harina de maíz).

### MAÍZ HUICHOL

La siembra, el crecimiento y la recolección de los frutos iban acompañados de rituales y ceremonias propiciatorias, ya que los dioses tenían su parte benéfica, como enviar el agua a la tierra, pero también podían enviar granizo, sequía o lluvias torrenciales, provocando la destrucción de las plantas. Por ello, era necesario mantener contentos a los dioses para evitar que ocurrieran catástrofes.

Representación de Centéotl, dios azteca del maíz.

**XTABAI.** *México. Mito maya*

Vivían en un mismo pueblo dos mujeres. Xkeban era hermosa, pero entregada a los placeres del amor, por lo que era repudiada y Utz-Colel, que era austera y bella, gozaba del respeto del vecindario. Xkeban era humilde y compasiva con los pobres mientras Utz-Colel los despreciaba.

Xkeban murió sola, arropada por sus animales y su cadáver exhaló un perfume tan intenso que impregnó todo el pueblo. A su entierro solo acudieron los más desharrapados. Al poco tiempo, murió la virginal Utz-Colel, y de su cadáver salió un hedor insoportable que marchitó todas las flores del pueblo. Todos pensaron que era cosa del diablo.

Pasado el tiempo, Xkeban se convirtió en una florecilla sencilla y olorosa mientras que Utz-Colel se transformó en un cardo con una hermosa flor, pero sin olor. Transformada en cardo, siguió envidiando a la otra mujer y pensó que, entregándose a los hombres, olería como ella, no dándose cuenta que la virtud de Xkeban era la generosidad. Utz-Colel regresó al mundo como mujer, gracias a los malos espíritus, con el nombre de **Xtabai**. Desde entonces se dedica a seducir a los hombres para asesinarlos durante el frenesí.

XTABAI

Se dice que la florecilla que naciera en la tumba de Xkeban es la actual flor xtabentún, flor humilde y bella, que se da en forma silvestre en las cercas y caminos, entre las hojas del agave.
Tzacam es el nombre del cactus erizado de espinas y de mal olor que nació sobre la tumba de la Utz-Colel.

**EL AGUA Y EL AMOR.** *México*

Bolochen es un pueblo que, aunque creció en torno a nueve pozos, periódicamente padecía de sequía. Tenían como jefe a un astuto y valeroso guerrero que se enamoró de una hermosa doncella. La madre de la chica se sintió temerosa de perderla, pues era un amor correspondido y decidió esconderla a los ojos del enamorado en el lugar más recóndito que conocía.

La desaparición de la doncella provocó que el jefe se olvidase de su pueblo; rogó a los dioses y pidió ayuda a sus gentes para la búsqueda de la joven. Alguien escuchó un sollozo en una gruta cercana; el rastreo se centró en ella. El guerrero entró y solo encontró una enorme sima de bordes de cristal, pero el sollozo se percibía. Decidieron construir una enorme escalera con árboles y lianas. Efectivamente, en el fondo se encontraba la muchacha. Fue sacada y con ella volvió la alegría. Dentro de la gruta encontró siete estanques formados en la roca: Chacha (agua roja), Pucuelha (tiene olas como el mar), Sallab (salto de agua), Akabha (agua oscura), Chocoha (agua caliente), Ociha (agua lechosa) y Chimaisha (con muchos insectos).

Desde entonces no importa nada, ni tan siquiera se acordaban de **Chac** y de las jugarretas que de vez en cuando les hacía cuando les castigaba con la sequía.

### GARITA DEL DIABLO. *Puerto Rico*

En prevención a los ataques piratas, la capital de este país se rodeó de castillos rodeados de murallas y muchas garitas de vigilancia. Una de dichas garitas estaba muy alejada y solitaria, y reposaba sobre un impresionante acantilado. Una noche el soldado Flor de Azahar estaba velando dicha garita. Como de costumbre, los gritos de contraseña de los soldados se escuchaban de trecho en trecho pero, al llegar a esta garita, nadie contestó. Solo se escuchaba el viento silbar y el mar con su rumor.

Flor de Azahar era un soldado español muy destacado por su belleza y Diana era una mestiza muy hermosa. Ambos estaban enamorados. Se conformaban con mirarse y hablarse con los ojos pues a él la ordenanza le prohibía acercarse a ella, y a ella, se lo prohibía su madre. Se comunicaban a través de la guitarra del joven soldado y se lanzaban mensajes en clave:

*Mañana cuando anochezca,*
*vete a buscar a tu amor,*
*porque lejos de tus brazos,*
*se le muere el corazón.*

A la noche siguiente, Diana se levantó sigilosamente y salió discretamente de su casa para buscar a su amor. Cuando se encontraron en la garita, decidieron huir lejos y vivir juntos para siempre. Diana le había llevado un traje civil. Él dejó en la garita el fusil, la cartuchera y el uniforme y, sin hacer el menor ruido, huyeron hacia la sierra. Allí, a escondidas, construyeron su hogar y vivieron juntos el resto de sus días.

Dicen que en la garita, por las noches, se escucha el rasgueo de la guitarra y una risa disuelta que se entremezcla con el viento. La voz popular dice que son Diana y Flor de Azahar, que de esta manera se burlan de los que inventaron la leyenda de la garita del Diablo.

#### LA GARITA DEL DIABLO

La garita del Diablo está en El Espigón, fortaleza de San Cristóbal, que domina la vieja ciudad de San Juan de Puerto Rico. La función de la fortaleza era la de defender la ciudad de los ataques terrestres, pero también proteger la costa norte. Los trabajos de construcción empezaron en 1634 y terminaron en el siglo XVIII.

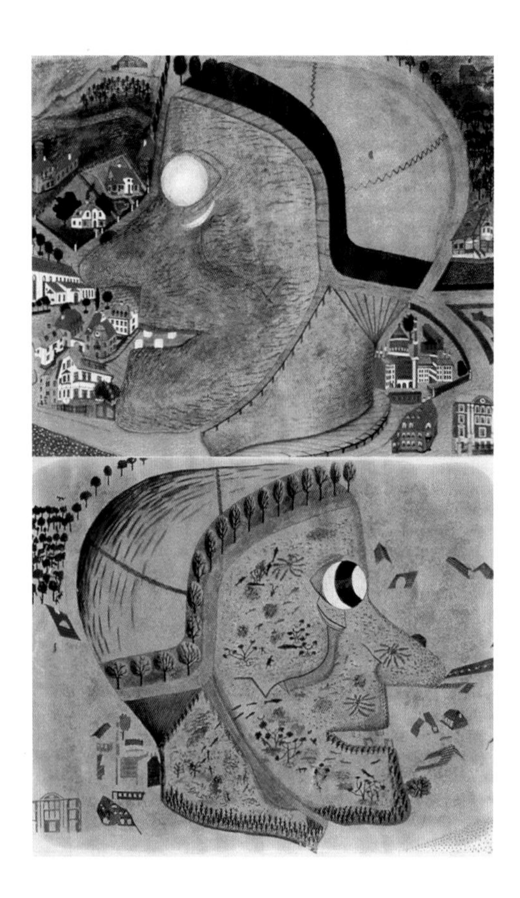

*Cabeza de bruja*, August Natterer. 1915. Prinzhorn Collection, Heidelberg, Alemania.

# SUDAMÉRICA

## SERES FANTÁSTICOS DE LA CULTURA SUDAMERICANA

**ACHIKEE.** Perú. Anciana malvada que devoraba a los niños. Cuentan que secuestró a dos niños vagabundos y hambrientos prometiéndoles ricas viandas. Sin embargo, les dio de comer piedras calientes. La perversa anciana se comió a uno de los hermanos y el otro, recogiendo los huesos de su hermano, huyó. El dios Teeta Mañuco le tendió una cuerda por donde subir al cielo para reconstruir a su hermano a partir de sus huesos. Achikee consiguió subir también por la cuerda, pero un ratón royó la soga con sus dientes haciéndola caer hasta estrellarse sobre unas piedras. De su sangre nacieron las zarzamoras y las plantas espinosas.

**AILEN MULELO.** Argentina. Fuego fatuo. Cuando un quechua se encontraba con dichas fosforescencias pensaba que era la aparición de un espíritu o «alma en pena» en busca de la redención a través del contacto con los vivos. Ante el temor de su presencia, se evitaba el paso por el lugar donde se decía que habían aparecido. La única manera de librarse de ellos era la oración.

**AMALIVACA.** Venezuela. Dios tamanaco creador del mundo y de los hombres. Mientras vivió con los indios los dotó de inmortalidad. Se habla de una gran inundación en la que Amalivaca cogió una canoa para valorar y arreglar los desastres del **diluvio** con ayuda de su hermano Vochi. Comprobaron que solo hubo una pareja superviviente de este gran desastre, siendo la encargada de repoblar el mundo. Se fueron a una colina y desde allí comenzaron a arrojar los frutos de una palmera, saliendo de sus semillas los hombres y las mujeres que repoblaron el mundo.

**AMAN.** Brasil. Indios amazónicos. Animal mítico que vive en los cerros desde donde hace sonar un cuerno. Si alguien le responde se enfada y lo busca para encerrarlo en su cueva y dejarlo allí para siempre.

**AILEN MULELO**

Ailen Mulelo significa «brasa ardiente que anda o camina»; pues aillen es «brasa» y amulen es «andar, deambular, caminar, etc.». También se lo conoce con el nombre de boitatá.

**AMARÚ.** Perú. Mito quechua. Violenta **serpiente** alada con cabeza de llama y cola de pez. De su hocico emana la niebla de los cerros, del movimiento de sus alas nace la lluvia, de su cola se desprende el granizo y de los reflejos de sus escamas nace el arco iris. Renace la vida cuando parece extinguida, reverdece la tierra y llena de agua los manantiales. Se creía que todo estaba escrito en sus escamas: la vida, las cosas, las historias, las realidades, los sueños...

**ANCHIMALLÉN.** Argentina. **Duende** de la mitología mapuche. Muestra rasgos de enano, no tiene vísceras y exhibe una cola luminosa.

**ANHANGÁ.** Brasil. Espíritu maligno tupí-guaraní. No obstante, es el protector de la caza y su principal función es castigar a los indios que cazan más de lo necesario para su consumo o a los que persiguen a las hembras en período de gestación.

ANHANGÁ

Es un espectro diabólico que aterroriza a los indios. Puede adoptar aspecto de animal (caballo blanco) o de hombre, pero su carácter siempre es maligno.

**ARASY.** Paraguay. Madre del cielo con morada en la Luna. Ayudó a **Tupá** a crear todo el universo.

**ARCO.** Venezuela. Deidad acuática y dual (creador y destructor, sanador y provocador de enfermedades).

**ARE.** Colombia. Dios Creador según los indios muza.

**ASIAJ.** Es el demonio en los Andes. Se representa como un extraño animal con orejas grandes y larga cola. Aparece donde hay alguien que no ha sido bautizado.

**AWANCHA.** Brasil. Indios amazónicos. Personaje mítico que vive en la copa de los árboles. Su figura es como la de un niño negro que amenaza con succionar la sangre.

**BACHUÉ.** Colombia. Leyenda muisca o chibcha. Bachué era la progenitora de la humanidad. Cuentan que una mañana de primavera emergió una hermosa mujer de una laguna llevando a un niño de tres años. Bachué se encargó de él hasta que se convirtió en hombre para desposarle. La fecunda Bachué tuvo los hijos de cuatro en cuatro, de cinco en cinco... y durante muchos años la pareja recorrió el mundo para poblarlo. Cuando envejecieron volvieron a su laguna y se convirtieron en **serpientes**.

Escultura de la diosa Bachué en Bogotá.

**BOCHICA.** Colombia. Dios chibcha a quien se le rinde tributo bebiendo y bailando hasta el amanecer. Cuentan que hace mucho tiempo las lluvias se prolongaron porque Chibchacún se enfadó al ver que la gente no adoraba suficientemente a los dioses. En uno de sus enfados, mandó unas grandes nubes negras cargadas de agua que cubrieron el cielo, acompañadas de rayos y truenos. Comenzó a llover a cántaros, por lo que arroyos y ríos se desbordaron aniquilando todo lo que encontraban a su paso. Las personas tuvieron que huir a lo alto de las colinas acompañadas por el miedo, el frío y el hambre. Aunque pedían perdón, el agua continuaba aumentando. Bochica se apiadó de su pueblo y rompió las rocas que apresaba el agua con su bastón de oro, formando un salto. Además, condenó a Chibchacún a cargar la tierra sobre sus hombros. Cuando este se cansa, cambia de hombro la tierra y es cuando ocurren los terremotos.

**BOITATÁ.** Mito guaraní, ligado a las leyendas diluvianas. En el **diluvio** universal, muchos animales fueron arrastrados y ahogados por el agua. Pese a todo, algunos consiguieron sobrevivir, entre los que se encontraba Boitatá, una gran **serpiente** para quien la tragedia significaba un auténtico banquete, pues se alimentaba de animales muertos. Lo que más sabroso le parecía eran los ojos, que al estar hechos de luz, según los comía, también podía absorberla. La luz llegaba a su estómago ardiendo y sus ojos empezaron a brillar hasta que se incendió toda ella. Muchos de los que la vieron han quedado ciegos.

**BUFEO.** Brasil. Indios amazónicos. Es mitad hombre y mitad delfín. Los blancos ayudan a los pescadores y entregan a los ahogados. Los rojos buscan gente para sus prácticas sexuales. Las mujeres, ni siquiera fuera del agua están a salvo, pues los bufeos machos salen en forma humana a las ciudades atraídos por el olor de la menstruación. En muchos casos, asisten a fiestas, enamoran a las chicas y las dejan embarazadas. El hijo tendrá forma de bufeíto y habrá que arrojarlo al río. El bufeo hembra ataca a los hombres que viven solos o a los soldados, los secuestran y después son encontrados muy lejos del sitio de origen sin recordar cómo llegaron ahí. La carne de bufeo no se come, pero en cambio sirve para elaborar un brebaje mágico que ayuda a enamorar al sexo opuesto.

BOCHICA

Parece ser que la leyenda de Bochica tiene su origen en sucesos reales. La sabana de Bogotá estuvo habitada por los indios muiscas, quienes pertenecían a la familia chibcha, y quienes además poblaron las altiplanicies de la cordillera Oriental. Bochica fue el fundador, legislador y padre protector de los muiscas. Aun sin determinarse los pormenores de su llegada a la sabana, lo cierto es que llegó por los llanos orientales de Colombia a tomar posesión de Sogamoso, y de todos los lugares hermosos y sagrados que habitaron la extendida y numerosa nación de los muiscas. Bochica intervino en la dirección de las obras que se realizaron para facilitar el paso al río Funza tras un gran diluvio, y tras regresar a Sogamoso, murió. Una vez muerto, se le veneró como divinidad y se construyeron con el tiempo, en los lugares más célebres, templos suntuosos. El templo de Sogamoso dedicado al sol, pasó a ser el centro de su religión y el más privilegiado.

Ilustración de las viviendas de los indios Orejone en Amazonas, Brasil, dibujado por Riou a partir de una fotografía. *Le Tour du Monde*, Diario de viaje de 1881.

**CABRA-CABRIOLA.** Brasil. Acude por la noche a suplantar al niño en el seno materno; después de satisfacer su sed con el líquido amniótico, devora al feto.

**CONDENADOS.** Tradición indígena. Son seres del otro mundo. Cuando alguien muere de forma violenta es rechazado por Dios y entonces debe purgar sus pecados vagando una temporada entre los vivos. Esto puede ocurrir en los siguientes casos: suicidios amorosos, muerte de ladrones, muertes bruscas... El condenado busca llevarse a alguien con él, para robarle su alma y encontrar su salvación. Uno puede librarse de ellos con oraciones.

**COQUENA.** Argentina. Divinidad del noroeste protectora de las vicuñas y guanacos, mamíferos que habitan en los Andes meridionales. Cuentan que pastorea nocturnamente por las sierras transportando rebaños cargados con oro y plata en bolsas atadas con **serpientes**. Quien se encuentra con él se convierte en aire. Puede aportar muchos bienes o castigos, en función del comportamiento de cazadores y ganaderos.

**COSTÉ.** Colombia. Apresaba a los indios perdidos en el monte y se los llevaba a su casa para castrarlos y engordarlos. Cuando los indígenas estaban suficientemente gordos, los destrozaba y se los comía bebiéndose su sangre. Su madre era una vieja muy flaca porque solo podía comer los huesos restantes. Por esto, la vieja vivía muy enfadada con su hijo, porque no le daba comida suficiente, así que decidió ayudar a un indio a escapar de su muerte segura. Este rodó por el monte y contó en su poblado lo ocurrido. Por la noche, fueron más de cincuenta indios con escopetas y mientras dormía, consiguieron matarlo.

**COTUPEYE.** Argentina y Chile. Sortilegio emitido por el **machi** para sanar el «mal de ojo» a los niños.

**CUNUÑUNUN PISHCO.** Ecuador. Enviado de Satanás. En el «país de los sordos» nadie se explicaba por qué todos padecían esta minusvalía. Parece ser que en la vecina selva había un frondoso árbol que crecía a las orillas del río. Un día al año sus hojas caían en el agua y se convertían en peces que se devoraban entre sí, hasta que quedaba uno solo; este se transformaba en un enorme pájaro negro cuyos graznidos se escuchaban en muchos kilómetros. Este monstruo es Cunuñunun Pishco, personaje del infierno disfrazado de pájaro por orden de Satanás, para ensordecer de por vida a quienes contradicen las leyes dictadas por Pacha Rúrac, el Hacedor del mundo. Nace al anochecer y vuela en círculos cada vez más amplios mientras atrona con sus gritos la demarcación.

CABRA-CABRIOLA

De origen africano, ser con aspecto de cabra y modales de duende.

COSTÉ

Pese a su aspecto humano, tenía en los brazos unas enormes cuchillas con las que cortaba todo lo que quería.

Estatua antigua de un guerrero inca.

Ilustración antigua de nativos de Brasil danzando. Publicado en *Magasin Pittoresque*, París, 1843.

CURUPIRA

El curupira tiene los pies virados, lo que impide saber de dónde viene o para dónde va.

CHENCHE

Tiene un duro caparazón en el que no puede incidir ningún machete.

**CURUPÍ.** Deidad guaraní. Hombre fortachón con grandes bigotes que anda por el monte a la hora de la siesta caminando a cuatro pies y arrastrando un exagerado miembro viril con el que enlaza a sus víctimas. Persigue sobre todo a mujeres que, con solo verlo, se vuelven locas. Dicen que su cuerpo es de una sola pieza (sin articulaciones) y tiene los pies al revés. Es antropófago, prefiriendo carne de niños y de mujeres.

**CURUPIRA.** Duende popular de Brasil. Es un enano verde que exhibe una melena roja como el fuego y emite extraños sonidos. Es el protector de la caza y castiga de modo sistemático a los cazadores que matan más de lo necesario para su consumo. Se puede negociar con él, acepta alimentos (sin ajo ni pimenta) o tabaco.

**CHENCHE.** Colombia. Espanto de los indios. Es un animal tan alto como un perro y con patas similares a las del cangrejo que habita en las ciénagas.

**CHERUFE.** Argentina. Nombre de un monstruo gigantesco y antropófago que habita en las montañas y es capaz de provocar terremotos y erupciones.

**CHES.** Venezuela. Dios andino de los Cultivos que se invoca para conocer el futuro de la cosecha y se le rinden sacrificios para que esta sea buena. Proporciona el bien y el castigo. Habita páramos y lagunas.

**CHIQUI.** Argentina, Bolivia y Perú. Es el padre de los sacrificios; se le invoca cuando se inicia un proyecto pues, si no se hace así, las cosas salen al revés de lo que queremos. Este demonio, de origen calchaquí, era el causante de guerras, sequías, huracanes, pestes, temblores... siendo la causa de las desgracias humanas en general.

**CHONCHÓN.** Mito de la Patagonia. Ave nocturna que tiene el tamaño de una paloma grande. Los brujos araucanos lo convierten en un espíritu maligno que se representa con cabeza humana y enormes orejas que mueve como si fueran alas. Se dice que suele revolotear alrededor de los enfermos y que, a veces, cuando los encuentra solos, los mata y absorbe su sangre.

**CHULLA CHAQUI.** Brasil. Indios amazónicos. Personaje dual, demonio o **duende**. Tiene un pie humano y otro animal (venado, **cabra** o algún otro). Es el espíritu protector de los animales y plantas. Castiga a quien caza demasiadas presas, pero protege a los curanderos. Le gusta mofarse de los indios haciéndoles perderse en la selva, pero sin causarles daño. Es inofensivo. Representa la antítesis de la sociedad. Habita en sitios despoblados y no tiene padres, por lo que no tiene ombligo. Espantarlo resulta muy fácil, haciendo la señal de la cruz o soplando el humo de tabaco.

**DUENDE.** Colombia. Persigue a los niños para llevarlos hacia las montañas lejos de sus familias, dándoles de comer excremento de caballo. Solo la música les ahuyenta.

**ELAL.** Argentina. Personaje central de la mitología tehuelche. Hijo del gigante **Nóshtex** y de una nube, es el héroe creador y educador.

**EMESEK.** Amazonas. Indios jíbaros. Espíritu dañino, alma vengadora de un enemigo muerto, que viene del inframundo para continuar la lucha con el que todavía tiene cuentas que arreglar.

**FIURA.** Argentina. Ser mitológico araucano que mide entorno a medio metro, tiene los pies enormes y fuertes brazos. Su aspecto es desagradable y se caracteriza por su malignidad y ferocidad manifiestas. Su perversidad le hace disfrutar de difundir el mal entre los integrantes de la tribu. Su mal aliento retuerce los miembros de las personas. Vive en zonas pantanosas y cuando se baña canta melodías sugerentes para acercar a sus víctimas. Se puede seguir su rastro por las deposiciones que deja sobre las raíces salientes de los árboles.

### DUENDE

Ángel expulsado del cielo por envidioso. Este extraño ser tiene los pies del revés para despistar el rastro.

### EMESEK

Su magia trata de controlar a su enemigo pertinaz e invisible anulando definitivamente su capacidad de daño y esclavizándolo; obligándolo a servir a la prosperidad material y familiar de quien logró vencerlo.

Estatua de Fiura en Ancop, Chile.

Ilustración de un gato negro, símbolo de la superstición.

**FURUFUHUÉ.** Argentina y Chile. Ser mitológico relacionado con el viento. Es un pájaro con el cuerpo cubierto de escamas, que solo puede ser visto de espaldas al sol. No se sabe dónde anida, pero cuentan que su potente silbido puede oírse desde cualquier lugar de la Tierra.

**GATO.** Tradición andina. El gato, sobre todo el negro, representa al demonio que aparece para llevarse a los **condenados**. Tener un gato en casa es un escudo ante la presencia de espíritus malignos. Para evitar problemas con los gatos lo mejor es bautizarlos, cortándoles la punta del rabo y de las orejas. El gato negro maltratado por su dueño es el más peligroso, se transforma a las doce de la noche y al caminar deja en sus huellas chispas de fuego para entrevistarse con el diablo.

**GUALICHO.** Bolivia y Chile. Genio araucano del mal.

**GUARMI VOLAJUN.** Ecuador. Presencia nocturna conocida también por «la voladora». Cuando aparece, la saludan los aullidos de los perros y la gente se apresura para verla volar provocando curiosidad, pero no miedo. Viaja dentro de una hoguera cuyas llamas no iluminan el paisaje, solo a ella. Es una hechicera, hija de antiguos dioses. Se trata de una bella mujer con melena larga y roja, que tiene su mansión en el lucero del alba, de donde viene cuando la luna está ausente. Nadie sabe por qué y para qué se aparece.

**HATU RUNA.** Ecuador. Versión quechua del licántropo. Es un poderoso brujo que puede adoptar, según su conveniencia, cualquiera de sus dos estados: el de *hatu* (**lobo**) y el de *runa* (hombre). Prefiere el atardecer para convertirse en hatu feroz, merodeando los páramos en busca de víctimas para poder arrancarles el corazón. Nadie puede escapar de su ataque.

**HOMEM-MARINHO.** Brasil. Nadador que merodea las playas y devora los dedos, narices y miembros íntimos de los bañistas.

**HUAYRA TATA.** Argentina y Bolivia. Dios de los Vientos y de los Huracanes. Habita las cumbres de cerros y simas. Cuando duerme, las aguas de lagos y ríos también descansan tranquilas. Su esposa era **Pacha Mama**, y este la fecunda quitándole el agua al lago Titicaca para luego dejarla caer sobre ella en forma de lluvia.

**HUECUVÚ.** Chile. Genio del mal, con forma humana o animal, que interviene destruyendo todo lo que el hombre construye, y le conduce a la enfermedad para que no pueda llevar a cabo sus proyectos.

### GUALICHO

También puede denominar a ciertos brebajes destinados a enamorar a otra persona.

### HUECUVÚ

En los pasos entre las cordilleras de Chile se suele encontrar una gran cantidad de animales muertos y osamentas, lo que es atribuido por los indígenas exclusivamente a la obra del Huecuvú.

**IGPURIARA.** Brasil. Criatura con forma humana que vive en las riberas de los ríos. Al capturar a sus víctimas, las abraza y besa con tal ferocidad que termina por despedazarlas.

**INTI.** Dios quechua del Sol, el primero del panteón, también llamado «Siervo de Viracocha». Era el supremo ser del agua, la tierra y el fuego, los tres elementos en los que se basó la creación del universo. Su esposa y hermana era Quilla, la luna. Se le representaba con la forma de una elipse de oro con rayos y la luna tenía forma de disco de plata. El Sol era adorado y se acudía a él en busca de favores como obtener una buena cosecha, la curación de una enfermedad, etc.

Representación del dios Inti.

**IRAMPAVANTO.** Brasil. Indios amazónicos. Demonio que se presenta en forma de atractiva mujer con un guacamayo en el hombro. Seduce a los hombres que van solos por la selva y, una vez consumada la relación, les informa de su verdadera identidad. Si este se asusta, será golpeado hasta morir, enfermar o volverse loco. También pueden aparecerse, en forma de varón, a una mujer, con unos resultados similares.

**IVUNCHE.** Ser de la mitología araucana. Es un **duende** con la cabeza vuelta hacia atrás. Hijo de una bruja que lo tiene esclavizado. Anda sobre una sola pierna, pues la segunda le nace de la nuca y no le sirve para desplazarse. De pequeño le dislocaron una pierna y por eso la lleva recogida; también se le tuerce el otro pie en dirección contraria a la marcha, por lo que tiene que utilizar bastón. Se le describe desnudo y peludo, con el cuerpo hinchado debido a las palizas que recibe de su madre. No puede hablar, apenas se oyen sus quejas cuando es apaleado. Además, es sordo. Hay muchos como él y su encuentro no tiene mayores consecuencias para el afortunado.

**JAPEUSÁ.** Paraguay. Cultura guaraní. Hijo desobediente de **Tupá** que hacía las cosas al revés ganándose el desprecio de la familia por haber envenenado, por imprudencia, a su hermano. Después de esto se suicidó ahogándose y su cuerpo se transformó en cangrejo, para marchar hacia atrás.

**JEPÁ.** Colombia. Boa peligrosa que vive en los charcos y se alimenta de indígenas.

**KARISIRI.** Bolivia. Se describe como un ser humano rubio, gigante, malvado y nocturno. Cuando una persona lo encuentra empieza a sentirse mareada y, entonces, aprovecha para chuparle toda la grasa del cuerpo, dejándolo en estado de agonía.

Ilustración antigua de una escena de indios contemplando la actuación de un curandero o médico hechicero.

### KATSIVORERI

Atacará a cualquier ser humano que encuentre, asiéndolo con sus poderosas a manos y clavándole su gigantesco pene en el cuerpo; de este modo mata a su víctima o la convierte en otro katsivoreri.

### MACHIS

Los machis conocían sus poderes por las revelaciones de un espíritu a través de los sueños. Entonces iniciaban un largo proceso de instrucción por parte de una machi anciana. Curaban enfermos, controlaban el clima, predecían acontecimientos, descubrían secretos... Estudiaban miles de fórmulas, oraciones, ensalmos, conjuros, cantos y bailes. También conocían el valor de las plantas y mostraban un conocimiento profundo de la anatomía humana.

**KASÓNKATI.** Brasil. Indios amazónicos. Puede tomar la forma de mula o de ser humano. Tiene un hueco en ambas rodillas por el cual sopla produciendo un ruido inmenso. Le gusta matar a la gente moliéndole los huesos.

**KATSIVORERI.** Brasil. Indios amazónicos. Son seres pequeños, negros y con alas. De ellos emana una luz que puede ser vista cuando flotan en el aire al hacer sus correrías nocturnas.

**KÓKESKE.** Argentina. Se trata del frío, hermano de la nieve y amo de los hielos, según la mitología tehuelche.

**KÓOCH.** Argentina. Dios creador de la Patagonia en la mitología tehuelche.

**KUAI-MARE.** Venezuela. Indios waraos. Es el dios principal y conocido como «el feliz que habita arriba». Blanco, con cabellos largos, ojos grandes, orejas tan sumamente largas que se extienden desde Oriente hasta Occidente, con pendientes brillantes. Se viste con una túnica que flota en el aire, produciendo la brisa que agita el agua de los ríos. Cuando camina, produce los movimientos sísmicos.

**KÚWAI.** Venezuela. Indios hiwi. Dios Creador del mundo. Para crear al primer hombre usó el barro, pero el agua lo deshizo; el segundo lo hizo de cera de **abeja**, pero el sol lo derritió; el tercero, y definitivo, lo hizo de madera y un ratón se encargó de diferenciar los dos sexos para asegurar la reproducción.

**MAAUIA.** Brasil. Alma de los indios viejos y sabios que andan por la noche, saltando sobre una pierna y gritando como un **Matinta Pereira**.

**MACHI.** Argentina y Chile. Para los araucanos, médico hechicero. Conforman una casta, siendo consejeros de los jefes. Su poder se basa en el conocimiento de la medicina (doctores) y en sus relaciones con los espíritus (sacerdotes). Traían la paz o la guerra, las lluvias en sequía y mediaban entre los hombres y los demonios. Hacían vida solitaria y se retiraban en cuevas para llevar una vida ascética. Suelen ser mujeres, recibiendo su puesto a través del *machitun* (ceremonia de iniciación).

**MACUÑ.** Chile. Chaleco que usan los brujos con forma de corpiño para volar, alumbrarse y detectar la presencia humana. Esta prenda era realizada con piel humana extraída de los cadáveres y curtida con hierbas.

**MADRESELVA.** Colombia. Mito indígena. Es la deidad que cuida de los montes y las selvas, persiguiendo a los cazadores, pescadores y aserradores. Su aspecto es el de una mujer con manos largas y huesudas, el cuerpo cubierto de hojas y una gran melena de musgo que cubre su rostro, dejando ver solamente sus enormes colmillos y ojos encendidos. Vive en los montes y cuando hay tormenta siembra el terror con sus quejidos penetrantes. Hace perder a los niños y los esconde debajo de las cascadas en las montañas. También persigue a los hombres malos, perdiéndolos en el monte. Para ahuyentarla hay que insultarla y no mostrarle miedo. También se utiliza el humo del tabaco o una medalla.

### MANCO CAPAC

La dinastía de los Incas hunde sus raíces en un pasado legendario. En general, los historiadores están de acuerdo en dividir el período inca en dos fases: el imperio legendario y el imperio histórico. El primero empezaría con Manco Capac, hacia el año 1200 de nuestra era, al que seguirían siete incas: Sinchi Roca, Lloque Yupanqui, Mayta Capac, Capac Yupanqui, Inca Roca, Yahuar Huaca y Viracocha. Manco Capac conquistó Cuzco y se estableció en la parte baja de la ciudad, el «Hurin Cuzco», mientras que los demás ocuparon el «Hanan Cuzco», la parte alta.

**MÁIP.** Argentina. Según la mitología tehuelche, uno de los tres espíritus malignos, hijos de la Oscuridad. Representa al viento helado que puede matar a hombres y a animales, y apagar el fuego.

**MAMA QUILLA.** Madre Luna inca. Esposa del Sol y madre del firmamento, de ella se tenía una estatua en el templo del Sol, a la cual una orden de sacerdotisas le rendía culto, dicha orden se extendía a lo largo de toda la costa.

**MANCO CAPAC y MAMA OCLLO.** Perú. Primeros pobladores de la Tierra, hijos del Sol y que nacieron en el lago Titicaca, según la leyenda inca sobre el origen de su Imperio. Manco Capac se dedicó a fecundar la tierra con su bastón de oro, formó arroyos, construyó casas... Mama Oclla se dedicó a enseñar a las mujeres a manipular los alimentos.

**MANKÓITE.** Brasil. Indios amazónicos. Poderoso demonio que presenta forma humana, con grandes melenas y viejas ropas. Quien lo ve sufre una muerte instantánea. Vive en los riscos que dominan los ríos y su especialidad es capturar las almas de los niños.

**MÃO-DE-PELO.** Brasil. Duende peludo de origen africano, invocado por quienes sufren y disfrutan de los niños. Es un anciano negro, presto a devorar el pene de los niños o cortarlo de un tajo certero.

Ilustración de la planta, las flores y el fruto del mate.

**MARANGATÚ.** Paraguay. Cultura guaraní. Hijo de **Tupá**. Virtuoso, bondadoso y padre de Keraná, diosa del Sueño.

**MAREIWA.** Venezuela. Indios waraos. Hijo del trueno. Fue el único poseedor del fuego, cobijado en una cueva, lejos de los hombres. Un joven warao le robó dos brasas y fue también quien extendió el conocimiento del fuego entre todos los hombres.

**MATE.** Argentina. El origen de esta hierba se atribuye a varias divinidades. Tupú, el genio del bien, llegó a la casa de un viejo muy pobre que, a pesar de su miseria, le dio de comer y de beber y lo albergó en su casa. En agradecimiento le dejó la hierba. Otra versión es la de *Yasi* y *Araí* (la luna y la nube), que estaban en el bosque y fueron atacadas por un jaguar. Un cazador las auxilió y ellas, como premio, le dieron la hierba benéfica y protectora. Finalmente, el guerrero Maté estaba descansando una noche, cuando vino la diosa Sumá y le dio un ramo verde de hierba, diciéndole que lo plantara y que después lo dejara secar para triturar las hojas que le darían una deliciosa bebida.

**MATINTA PEREIRA.** Mito procedente del Amazonas. Indio con una sola pierna que siempre lleva un sombrero rojo. Va acompañado de una mujer vieja y muy fea, que va de puerta en puerta pidiendo tabaco. Dicen que quien consiga arrancarle el gorro de su cabeza tendrá conquistada la felicidad.

**MILLALOBO.** Chile. Dueño absoluto de los mares y gobernador de todos sus habitantes, nace del apareamiento entre una mujer y una foca, durante las luchas entre las **serpientes** míticas; habita en lo más profundo del mar. Tiene como amante a Hunchula, hija de una **machi**, y pasea con ella por lugares solitarios. Es el padre de **Pincoya** y de las sirenas.

MILLALOBO

El millalobo es un humano con cuerpo de lobo marino de piel brillante.

**MIQUILO.** Argentina. Travieso por excelencia, se describe llevando poncho y un gran sombrero negro, con una mano de hierro y la otra de lana. Cuentan que se aparece a los hombres y les pregunta con qué mano quieren que les pegue. Si se elige la de lana, como generalmente sucede, se siente un golpe fuerte, y suave cuando se elige la de hierro.

**MIQUILO**
Duende pequeño que aparece en las siestas estivales para asustar a los niños que están en el campo.

**MIRONI.** Brasil. Indios amazónicos. Demonio que toma la forma de una mula, con enormes ojos y pene gigantesco. Ataca a los hombres solitarios en el bosque, clavándoles su miembro en el cuerpo. La víctima muere y resucita como uno de los suyos. Este demonio ataca solo a los varones, ya que le asustan los senos de las mujeres.

**NHANDÚ-TATÁ**
Su presencia revela dónde hay tesoros enterrados y escondidos.

**MOHÁN.** Mito colombiano enraizado en costumbres indígenas. Era un hechicero que tuvo una visión sobre la llegada de los españoles y la conquista. Se refugió en el monte y se convirtió en el dios de los Ríos. Se describe como un gigante indio, viejo y de aspecto satánico —cuerpo peludo, greñas, ojos brillantes, boca enorme y uñas largas—. Dicen que es juguetón, mujeriego y libertino y que persigue a las mujeres jóvenes y bellas. Es además antropófago, chupa la sangre a los niños y se los come asados. Pero al mismo tiempo es también un ser benéfico, pues cuida a los peces y a los pescadores.

**MUÑECAS.** Ecuador. Los campesinos serranos mantienen un ritual de fertilidad por el que decoran las patatas como si fueran muñecas con vida. Las mujeres indias duermen con estas representaciones para ser fecundas, pues creen que todos los seres, incluso los inanimados, tienen espíritu. Es un simple razonamiento mágico: si una mujer estéril acuna repetidas veces y durante algún tiempo una figura de bebé entre sus brazos, podrá entonces concebir uno de verdad.

**NAIPÚ.** Brasil. Según la leyenda guaraní el origen de las cataratas de Iguazú está en el amor no correspondido de un dios hacia Naipú, una bella muchacha de la ribera del río. Ella se enamoró de un mortal y huyó con él en una canoa; el dios, enfurecido, provocó las cataratas para evitar su huida.

**NHANDÚ-TATÁ.** Brasil. Sombra típica de los campos.

**NÓSHTEX.** Argentina. En la mitología tehuelche, es uno de los gigantes que habitaban en la isla creada por **Kóoch**. Raptó a Nube, con quien engendró a **Elal**, luego la asesinó y persiguió a **Elal** hasta la Patagonia.

NUNSÍ
Se comen el cuerpo y el alma de quien se baña en sus pozos.

PAKIO
Su presencia entre los hombres anuncia el inicio de las guerras.

Monolito Bennett del templo de Kalasasaya, en Tiahuanaco, Bolivia.

**NUNSÍ.** Colombia. Peces que viven en el fondo de los pozos de los grandes ríos. Salen de noche y tienen ojos resplandecientes como fuego.

**OATOMÍA.** Colombia. Animal que vive en los cerros, dentro de la tierra. Desde sus cuevas jalea a la gente y le succiona la sangre como un tábano.

**ODO'SHA.** Venezuela. Espíritu maligno, dueño del bosque, del viento, demonio de la montaña y señor del ensueño. Clava espinas en la lengua de los que se atreven a salir de noche.

**OSABARA.** Colombia. Culebra que se parece al **pipío** y que vive en las ciénagas.

**OSEMMA.** Venezuela. Indios yukpas. Dios de la Agricultura. Tenía el cabello muy largo, decorado con flores y granos de maíz. Utilizaba una **ardilla** de intérprete para comunicarse con los indios, enseñándoles a cultivar la tierra. Cuando decidió marcharse comenzó a empequeñecer hasta que la tierra se lo tragó, desencadenándose entonces el primer terremoto.

**OYÉCHARI.** Brasil. Indios amazónicos. Son demonios gigantes con el cuerpo a rayas. Residen en los ríos y arroyos juntando los desperdicios de los alimentos que encuentran. Practican la brujería provocando enfermedades a quienquiera que haya comido el alimento original.

**PACHA MAMA.** Argentina, Bolivia y Perú. Divinidad ancestral quechua. Deidad máxima, es la madre tierra y de la reproducción. Pacha significa «universo» y «tiempo», y Mama es «madre». Vive en una cumbre donde hay un lago que rodea a una isla. Puede asociarse a la Virgen María cristiana. El primer día de agosto, para la celebración, se entierra una olla de barro con comida cocida, coca, alcohol, vino y cigarros para alimentarla. Su altar se denomina «apacheta», un montículo de piedras preferentemente de color blanco. Ante él los indios dejan sus ofrendas y piden que se aparten las desgracias de su camino y salud para los viajes.

**PACHACUTEJ.** Perú. Dios inca de todas las cosas y Hacedor supremo. Tuvo dos hijos, Inca y Mamauchic.

**PAGKI.** Brasil. Indios amazónicos. Es la anaconda, que vive en el río con Tsugki, el señor de las aguas. Su cola produce remolinos y por eso hay que navegar en silencio, para no despertarlo. Cuando sale a la tierra le acompaña el viento huracanado.

**PAKIO.** Brasil. Indios amazónicos. Animal tan grande como el jaguar. Se aparece cuando se toman alucinógenos (ventanas de comunicación con el inframundo).

**PAPAGAYO.** Cultura maya. Aglutina gran valor simbólico. Por sus plumas rojas se considera símbolo del fuego y de la energía solar. Su plumaje tiene usos decorativos rituales entre todos los pueblos de América ecuatorial y tropical.

**PINCOYA.** Chile. Protectora de mariscos y peces costeros. Las hechiceras, con sus poderes, la controlaban y, mediante siembras mágicas y otros rituales, lograban que Pincoya fertilizara las áreas de pesca o marisqueo. Era la hija de **Millalobo**.

**PIPÍO.** Colombia. **Culebra** de cabeza bestial que vive en las cuevas próximas a los ríos y devora a los hombres.

**PIRURUY.** Ecuador. Juego relacionado con las fiestas en honor de los difuntos que tiene como objetivo comunicarse con el finado durante el velatorio a través del lenguaje de los dados. Se apostaban los enseres del fallecido durante toda la noche en la cual no se podía dormir. Ganaba quien tenía más puntos o por una sola jugada (dado en posición vertical). Este rito tenía como propósito el aplacar la pena, la angustia y el terror que toda muerte provoca. Creían que la suerte con los dados significaba la buena o mala relación con el difunto. Se aprovechaba la ocasión para zanjar diferencias y dejar que el espíritu se fuera en paz.

**PISHTACO.** Mito andino. Hombre que tiene como oficio matar a las personas para extraerles la grasa y venderla, que se empleaba para lubricar campanas y máquinas, hacer remedios... Viven normalmente en montañas lejanas y escasamente pobladas.

**PISIBURA.** Colombia. Es un animal que cambia de forma. Siempre anda buscando jaleo y es capaz de oler al hombre desde muy lejos, entonces lo persigue hasta alcanzarlo y no deja ni rastro de él.

**POMBERO.** Brasil. **Duende** cuya apariencia es un misterio. Es el señor de los pájaros y de la noche. Muy pocos lo han visto, pero es el **duende** más popular. Se transforma fácilmente en indio, árbol o cualquier animal; puede hacerse invisible, atravesar el ojo de las cerraduras, correr a cuatro patas, imitar el canto de las aves... Vive en el monte y lo recorre a la hora de la siesta buscando niños a los que secuestra y abandona lejos de su casa, trastornados o muertos. Durante la noche, despierta a

### PINCOYA

Aparecía siempre desnuda, mostrando sus hermosas curvas adornadas con su cabellera pajiza.

### POMBERO

Parece ser que el pombero tiene origen brasileño, pues la voz es netamente afrobrasileña, además de que pombeiro significa «espía» en portugués.

PUQUIALES
Si alguien se cae en un puquial enfermará de chacho, enfermedad por la que el cuerpo se deshidrata sin remedio.

QUIBUNGO
El quibungo deja caer en su bolsa a los niños que persigue, para comérselos después.

las mujeres con caricias poseyéndolas. Es travieso: desordena la casa, extravía las llaves, dispersa a los animales, roba tabaco, desparrama el maíz...

**PORASY.** Paraguay. Cultura guaraní. Hija de **Tupá**. Madre o diosa de la Hermosura, de gran fuerza física. Se sacrificó para redimir a su pueblo de la dominación de sus siete hermanos maléficos.

**PUQUIALES.** Ojos de agua desde donde afloran las aguas subterráneas. Al atardecer se vuelven dominio del demonio. Nadie osa acercarse por ahí, pues el diablo lo atraparía y se lo llevaría bajo tierra. Para esto utiliza disfraces muy variados y persuasivos: si quiere atrapar a un varón se convertirá en sirena; a un niño, en un muñeco; etc.

**PURU.** Venezuela. Indios sálivas. Dios de todo lo bueno.

**QARQACHA.** Mito andino. Es una persona de apariencia normal que por la noche se transforma debido a sus relaciones incestuosas, y es castigada en vida por los dioses. De noche se convierte en animal, generalmente una llama, para asustar a las personas. Sus gritos son aterradores. Para atacarlo hay que hacerlo en grupo, atándole una cuerda; luego se espera que llegue el día para que adopte su forma original y reconocerlo.

**QUIBUNGO.** Animal fantástico brasileño, de origen bantú. Tiene una enorme cabeza y un agujero en el lomo, en forma de bolsa, que se abre al torcer el cuello; el resto del cuerpo es de hombre.

**RUNAUTURUNCO.** Argentina. Trozo de piel de tigre que posee la cualidad mágica de transformar un hombre en un tigre. El hombre se ha de revolcar sobre él y entonar una oración secreta. Cuando se levante lo hará en forma de felino. Realmente se trata de un pacto con el diablo.

**SACHA RUNA.** Personaje quechua de aspecto humano que vive camuflado en la selva. Solo lleva un taparrabos. Es alto y corpulento y, aunque no sabe hablar, comprende y se hace entender por telepatía. Tiene los pies con el talón hacia delante. Los indios le temen, pues se los lleva a su cueva con amenazas inaudibles, pero efectivas en la mente. Una vez allí, los obliga a tomar parte de orgías sexuales. Pocos han logrado escapar después de su llamada.

**SACHAYOJ ZUPAY.** Argentina. Mito benévolo de la selva según el cual existe un espíritu errante que cruza los campos llevando consigo obsequios para quienes consigan encontrarlo.

**SALAMANCA.** Argentina y Chile. Lugar secreto donde se practicaba la brujería en las noches de los sábados. Allí se reúnen hechiceros,

adivinos y brujos con animales colaboradores y espíritus convocados con la finalidad de divertirse y planear maldades. Se iluminaban con lámparas de aceite humano. Allí se realizaban conjuros y maldiciones. Hay que conocer las palabras secretas para poder entrar, pues si no es así, la entrada permanece invisible. Si se conocen, se puede entrar pasando por una especie de laberinto donde se sufren experiencias terroríficas. Se debe sortear el *arunco,* chivo maloliente; una enorme culebra colgante de cuya boca salen babas de sangre; y un basilisco de ojo centelleante.

**SAN LA MUERTE.** Argentina. También se conoce como «Señor de la buena Muerte» y «Señor la Muerte». Culto pagano para conseguir trabajo o conservarlo, encontrar cosas perdidas, conseguir el amor, vengar una afrenta...

**SURRANABE**
Enorme gusano que devoraba a los hombres y a los animales.

**SASHINTI.** Brasil. Indios amazónicos. Demonio de delgadez extrema. Cuando se aparece a alguien, le rompe el cuerpo a pedazos, luego los vuelve a juntar y sopla para revivirlo. La víctima, recordando todo el horror que ha pasado, vuelve a su hogar para enfermarse y morir.

**SHONKATINÍRO.** Brasil. Indios amazónicos. **Demonio de las aguas** que vive en los remolinos y en los malos pasos de los ríos, donde aguardan para ahogar y devorar a los viajeros que pasan cerca.

*Navegando los rápidos en Oiapoque, Brasil.* Dibujo de Riou a partir de un boceto del Dr. Crevauz, Grabado de *Le Tour du Monde.* Diario de viaje, 1880.

**SURRANABE.** Colombia. Toda la gente le tenía miedo, por lo que una vez se juntaron cuatro mellizos y lo mataron con una lanza. En el punto donde lo mataron se formó una laguna.

**TAMORYAYO.** Venezuela. Indios yukpas. Dios Creador que vivía en las nubes, de donde bajó para situar el firmamento donde está hoy. Luego creó al primer hombre; al verlo solo le preguntó si quería compañía. Este dijo que sí, por lo que cortó un árbol en dos y ambas partes se convirtieron en dos mujeres. Cogió a una de ellas, le hizo cosquillas y con la risa consiguió que le entrara el alma en el cuerpo. Sorprendido y satisfecho, hizo lo mismo con la otra mujer. Con el tiempo consiguió dejarlas encinta y así comenzó la tribu de los yukpas.

**TIMBIO.** Colombia. Al alba, en las calles desiertas, se escuchan sus lamentos y el ruido de sus cadenas provocando el horror.

**TIUMÍA.** Colombia. Los indios hicieron un muñeco grande de madera y lo echaron al río pensando que Tiumía lo arponearía. Así ocurrió, pero no pudo desprenderlo del arpón ni tragarlo. Se atragantó y los indígenas aprovecharon para capturarlo y matarlo.

**TRAUCO.** Chile. Personaje mitológico parecido a un gnomo que habita los bosques. Se viste con un traje de plantas trepadoras y un bonete. Come los frutos de los matorrales y tiene una fuerza tremenda. Su mirada es de terribles consecuencias para el hombre (al que odia le tuerce la boca o el cuello solo con mirarle). Le gustan las muchachas vírgenes, emitiendo un fluido sexual que las seduce sin remedio. Cuando las madres sospechan su presencia, dejan sobre una mesa un puñado de arena. El trauco disfruta contando los granos y se olvida de sus hijas vírgenes y de los niños.

TIMBIO

Espectro malévolo que tiene su origen en las tierras donde los españoles llevaron a cabo la conquista.

TRAUCO

Generalmente causa pavor su presencia y es la disculpa que dan algunas solteras para justificar su embarazo.

**TUMÉ ARANDÚ.** Paraguay. Cultura guaraní. Hijo de **Tupá**. Gran sabio y el profeta, padre de la sabiduría.

**TUNCHE.** Pertenece a las creencias de los indios de la selva peruana; es un anciano, delincuente sexual, que después de violar a sus víctimas, las devora.

**TUPA o TUPAVÉ.** Paraguay. Dios supremo de los guaraníes. Creó la luz y el universo. Habitaba en el sol y se casó con **Arasy**. Ambos crearon los mares y ríos, los bosques, las estrellas y todos los seres del universo, incluida la primera pareja humana de arcilla mezclada con el zumo de una hierba fabulosa, sangre de un ave nocturna, hojas de plantas sensitivas y un ciempiés. Así se explica el origen de la raza americana, con el nacimiento de Sypavé, madre, y Rupavé, padre.

**UMA. Bruja** que vive con la cabeza escindida de su cuerpo. En este órgano volador se concentra toda su vida, y en el cuerpo mantiene una vida latente, que se manifiesta en la sangre burbujeante de su cuello. Sale siempre de noche y cuando encuentra a un hombre, comienza el combate, que solo ganará si pone cenizas en el cuello, donde la sangre hierve. Pero si la **bruja** logra pasar por entre las piernas del hombre, lo mata. Contra ella el hombre tiene un arma: las espinas, con las que se tiene que cubrir los hombros y la entrepierna.

**UWITSUTSU.** Brasil. Indios amazónicos. Ave monstruosa que por las noches entra en las casas y chupa la sangre de quien se encuentra. Vive en lo más alto de los cerros. Tiene plumaje blanco y pico largo.

**VIRACOCHA.** Incas. El dios creador andino y «maestro del mundo». Creó al hombre y transcurrido un tiempo volvió a visitarlo. Estos no le reconocieron y no le rindieron el culto que merecía. Como castigo, les envió una lluvia de fuego que fulminó a los peores. Se marchó prometiendo que volvería. Fue la primera divinidad de los tiahuanacos, proveniente del lago Titicaca. Surgió del agua, creó el cielo y la tierra.

**YACURUNA.** Brasil. Indios amazónicos. Con forma humana y alguna deformación, son seres antisociales convertidos en demonios. Buscan relaciones sexuales con los hombres para luego arrastrarlos a las profundidades del río. Su hamaca es la boa, su mesa la **tortuga** acuática y su vestimenta son pieles de animales. Para protegerse de ellos hay que rezar o acudir a los curanderos.

Representación del dios Viracocha, situado en la Puerta del Sol, del templo de Kalasasaya, en Tiahuanaco, Bolivia.

**YAGUAR SHIMI.** Mito extendido en los Andes. Joven y hermosa mujer dotada de infinito poder de seducción. Su vestimenta es un vestido blanco bordado con oro y con caracteres incaicos. Al hombre que encuentra, primero lo enamora y lo complace sin reservas, pero luego devora a su pareja.

**YASTAY.** Argentina. Genio protector de los animales. Protege a los cazadores pobres que cazan para alimentarse y castiga a los que cazan sin necesitarlo. Su comida preferida es el *cocho*, harina de maíz tostado, con harina de *quintitaco*, algarrobo dulce.

**YASY YATERÉ.** Brasil. Enano rubio y barbudo que recorre el campo desnudo, con un sombrero de paja y un bastón de oro dotado de poderes mágicos. Vive en la selva y rapta a los niños para jugar un tiempo con ellos y abandonarlos luego en el monte, envueltos en enredaderas. Su apetito sexual es desmesurado, secuestra muchachas hermosas para satisfacerlo, y de esas uniones nacen niños de hábitos reprobables.

**YETÁITA.** Argentina y Chile. Espíritu maligno. Se utiliza para asustar a los niños pequeños. Se les aparece un supuesto yetáita, normalmente un familiar, y cuando el niño está asustado, se le revela el secreto: «No soy un yetáita, pero si te portas mal aparecerá el auténtico».

### VIRACOCHA

Viracocha fue un dios nómada y tenía un compañero alado, el pájaro Inti, gran conocedor de los acontecimientos futuros.

### YETÁITA

Se dice a los niños que procura castigos en la cabaña de la iniciación, especialmente a los niños malos.

**PATAGONIA**
La región de la Patagonia debe su nombre, al parecer, a los indios tehuelches: su gran estatura y su físico desarrollado hicieron que los primeros españoles que llegaron a la región les llamaran «patagones», de Patagón, nombre de un gigante muy popular en las novelas de la época.

# MITOS DE LA CULTURA SUDAMERICANA

## KÓOCH CREA EL MUNDO. *Mito patagónico*

Al principio de los tiempos todo era oscuridad, allí se había instalado el dios Kóoch. Muy pronto conocería el sufrimiento y la soledad, y tanto lloró que se formaron los mares. Al percibir que el agua lo estaba inundando todo suspiró, provocando el viento que diluyó las nubes y agitó el océano. Esto hizo que apareciese la luz. Quiso ver el resultado y chasqueó los dedos con tal fuerza que de la chispa nació el sol, quien formó las nubes y estas, las tormentas. A la vez vieron la luz el trueno y el relámpago.

Kóoch se decidió a terminar su obra. Hizo surgir del agua una isla en la que dispuso a todos los animales. Era una tierra de paz y belleza hasta el nacimiento de los gigantes, los hijos de Oscuridad. Uno de ellos raptó a una nube y sus hermanas comenzaron a buscarla. Enfadadas, provocaron una estruendosa tormenta. Cuando Kóoch se enteró, anunció un castigo para el raptor: si la nube estaba preñada, el niño llegaría a ostentar un poder mayor que el de su padre.

Cuando se enteró, el gigante tuvo miedo, pues ya había fecundado a la nube, así que decidió despedazar a los dos. Un pequeño animal subterráneo salvó al bebé, enviándolo a una tierra más allá del mar, escoltado por cientos de animalitos. Un hermoso pájaro elevó al niño y lo dirigió hacia el oeste, hacia la tierra salvadora de la Patagonia.

Ilustración de un campamento patagonio publicado en el libro *Viaje a la Patagonia austral emprendido bajo los auspicios del Gobierno Nacional 1876-1877*, de Francisco Josué Pascasio.

## EL ORIGEN DE LA FLORES DORADAS. *Argentina*

Un joven, que andaba pastoreando, se encontró en el suelo unos restos de animales, a modo de rastro, que concentraron su atención. Siguió las huellas y se adentró en una misteriosa cueva en la que entró gateando. Observó que las piedras que se le pegaban a las manos eran pepitas de oro.

Cuando llegó a su tribu contó a sus amigos lo ocurrido y decidieron ir juntos a dicho lugar para recoger el tesoro, pero cuando llegaron a la puerta de la cueva vieron a un extraño ser, mitad hombre y mitad anaconda. Todos murieron de la impresión menos el pastor que, tras lo ocurrido, formó cuadrillas para atrapar al monstruo. Muchos hombres con palos lo rodearon y lo apresaron, cargándolo en una carreta para matarlo. El monstruo no ofreció resistencia y les dijo que no lo matasen, pues les daría oro en abundancia, pero si lo asesinaban el lago inundaría sus sembrados y sus casas, se quedarían sin nada y más tarde llegarían los terribles seísmos.

La bestia comenzó a escupir pepitas de oro que la gente recogía a puñados. Volvieron a cargar a la criatura en el carro para llevarlo a su cueva, pero al llegar al destino, el paisaje ya no era el de antes y al mirar al carro, la enigmática criatura había desaparecido. Cuando quisieron recuperar su pepitas de oro estas se habían convertido en flores. El bosque se cubrió de estas pequeñas flores doradas conocidas como *kuram-filu* o huevos de culebra.

Ilustración de la Calceolaria crenatiflora, de J. MacNab (1833) publicada en el *Curtis's Botanical Magazine*, vol. 60 [ser. 2, vol. 7].

## EL NACIMIENTO DE LOS PICAFLORES. *Argentina*

Hace muchos años vivían en armonía Painemilla y Painefilu, dos bellas hermanas. Se separaron porque Painemilla se casó con un inca y se marchó con su amor a tierras extrañas. Pronto quedó encinta y uno de sus sacerdotes predijo que nacerían un varón y una hembra, ambos con un pelo de oro. Cuando se acercaba el momento del parto, Painefilu se acercó al palacio para hacer compañía a su hermana.

Pero todo se complicó por los celos de Painefilu hacia la vida fácil de su hermana, sentía envidia por todo lo suyo, especialmente por el embarazo y por el amor que el inca sentía por ella. Disimulaba sus sentimientos, pero se sentía herida en lo más profundo de su ser.

El nacimiento de los sobrinos la enloqueció y fue capaz de hacer creer a su hermana que había dado a luz una pareja de **gatos**; mientras, introdujo a los recién nacidos en un cofre y los tiró en un río. Painemilla estaba horrorizada con lo sucedido, pues sabía que su marido no la perdonaría nunca. El inca, al enterarse, mató a los gatitos y envió a su mujer

### LAS LEYENDAS

Cuando los conquistadores llegaron a América, un mundo nuevo se abrió ante sus ojos, su imaginación fue más allá y bastaban unas palabras exóticas o gestos de los indios para crear una leyenda. Las hubo por doquier, como Las siete ciudades de Cíbola, La fuente de la juventud, El Dorado, etc.

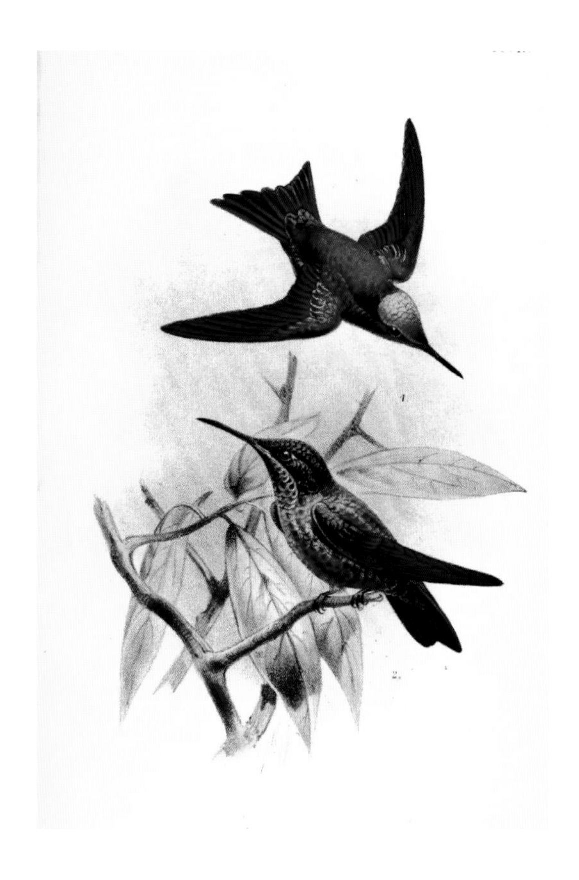

a una cueva para no verla jamás. Painefilu siguió viviendo con él.

El cofre con los niños vagó por el río, pero protegido con una espuma que Antü, dios del Sol, le proporcionaba desde el cielo, hasta que fue encontrado por una pareja de ancianos. Cuando estos abrieron el cofre descubrieron a los hermosos mellizos de los que destacaba un pelo de oro entre su cabellera. Los ancianos los cuidaron con primor.

En cierta ocasión, el inca paseaba por la orilla del río penando por los acontecimientos y vio a dos muchachos que jugaban en el bosque. Recordó que podían ser sus hijos y les acarició el pelo, descubriendo así el pelo de oro que correspondía, según la profecía del sacerdote. Mágicamente, se reconocieron los tres. El muchacho acusó a su padre por expulsar a su madre del palacio y le exigió que ella volviera a casa. Painemilla volvió y la familia no se separó jamás.

El castigo a Painefilu fue llevado a cabo por sus sobrinos, que la ataron sentada en una enorme piedra. El chico tiró hacia el cielo una piedra transparente y pidió justicia a Antü. Un rayo cayó sobre Painefilu quedando reducida a cenizas. Un trocito de su corazón no llegó a quemarse, convirtiéndose en **colibrí** o picaflor, que según los mapuches, predice la muerte.

### LOS PICAFLORES

El picaflor (colibrí) ya llamó la atención de Cristóbal Colón, que lo describe sucintamente en su cuaderno de bitácora como una rareza entre los animales exóticos que llamaron su atención. Los picaflores (Trochilidae) comprenden unas 320 especies, que habitan solo en América, en ambientes tropicales. Los colibríes (palabra de origen náhuatl) comparten con los insectos el brillo metálico de su cuerpo, el batir invisible de sus alas y su morfología especializada en alimentarse del néctar de las flores. No son ariscos como el resto de los pájaros si se intenta cogerlos y tampoco son esquivos como la mosca.

## DIFUNTA CORREA. *Argentina*

En el siglo pasado un joven criollo fue reclutado involuntariamente para ir a la guerra. Su mujer, de apellido Correa, quedó abatida con la noticia, porque su marido tenía que incorporarse enfermo y muy debilitado. Así pues, cogió a su hijo y siguió las huellas del batallón donde estaba su esposo. Tras mucho caminar quedó exhausta, sedienta y agotada, por lo que se dejó caer en lo alto de una pequeña colina.

Unos arrieros pudieron observar cómo animales de carroña revoloteaban en torno al cerro. Se acercaron y encontraron a la madre muerta pero al niño aún con vida, amamantándose de los pechos de la difunta. Recogieron al niño, y dieron sepultura a la madre. Cuando se supo lo ocurrido, comenzó la peregrinación de lugareños hasta la tumba de la «difunta Correa» y, pasado un tiempo, se convirtió en un santuario en el que se hacían ofrendas. El milagro se extendió, por lo que los hombres del campo le piden protección para sus cosechas; los arrieros la consideran su protectora; y las madres que por su debilidad carecen del necesario alimento para sus bebés, le dedican oraciones fervientes a ella para que nutra sus pechos escuálidos.

## HUAMPI. *Argentina. Leyenda calchaquí*

El gobernador de varias tribus era un feroz cazador que no apreciaba a los animales, no respetaba a las crías ni a las hembras preñadas, y por su culpa la zona se iba despoblando, quedando empobrecida la fauna del lugar.

Una mañana fue a cazar y se encontró por los caminos a Llastay, dios protector de las Aves. Este estaba muy enfadado por el afán desmesurado del gobernador de asesinar sin control ni piedad a sus criaturas y, sobre todo, por la falta de respeto hacia lo que la Madre Tierra proporciona para beneficio de todos los mortales. El dios le avisó de un gran castigo si mantenía su actitud destructora.

El cazador se asustó con dicha amenaza, pero al poco tiempo reincidió. Así, la Madre Tierra se transformó en persona y le habló para decirle que si seguía matando le castigaría con la escasez, tanto de alimentos para comer, como de pieles para protegerse de los rigores invernales. Cuando desapareció la Madre Tierra, un fuerte huracán llamado Huampi se levantó en todos los dominios que no respetó el malvado cazador. Desde entonces sopla el viento por los valles andinos y una voz humana recuerda el castigo al cazador cruel pidiendo compasión con los animales y respeto a las leyes de la caza.

### DIFUNTA CORREA

El mito de la difunta Correa es un relato indígena que no pudo ser reinterpretado por la Iglesia católica, pues no existe un mito equivalente de mamar de un cadáver (tomar vida de la muerte).

### CHARANGO

La palabra charango posiblemente deriva del quéchua chajhucu, que quiere decir «alegre», «bullanguero», «hablador» y «de charanga» —del latín changere—, que significa lo mismo.

## DE CÓMO UN QUIRQUINCHO CONSIGUIÓ CANTAR. *Bolivia*

Un entrañable armadillo viejo era muy aficionado a la música. Le gustaba pasar las horas escuchando y admirando el cantar de las **ranas** que se burlaban de él por su incapacidad para el canto. Cierto día, apareció una bandada de alegres canarios que lo embelesaron con sus trinos mientras las **ranas** morían de envidia por la belleza de su trino y de sus canciones.

El animalillo, deseoso de arte, se acercó a la choza de un mago para decirle que quería cantar como los canarios, las **ranas** o los **grillos**. El hechicero aceptó, pero a cambio le pidió su vida. Al día siguiente, el armadillo apareció en la charca de las **ranas** en manos del mago, entonando de forma maravillosa. Las **ranas** envidiosas fueron tras él, sin darse cuenta que se había convertido en charango, instrumento de cuerda fabricando con su caparazón.

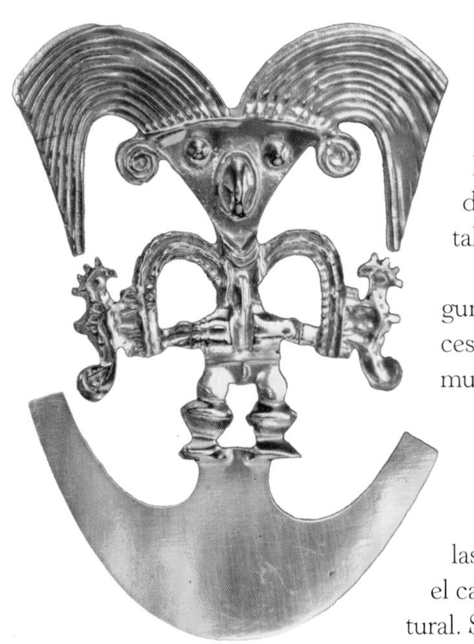

## EL DORADO. *Colombia*

Esta historia comienza en la ciudad de Guatavita, muy cerca de la actual. Es la historia de un cacique cuya mujer fue sorprendida en adulterio y por esto, condenada al peor de los suplicios: día y noche era perseguida por un grupo de indios que cantaban coplas relatando su delito con todos los detalles. No paraban de atormentarla.

La desesperación y la culpa hicieron que se lanzase a una laguna, donde murió ahogada junto a su pequeña hija. Tras los sucesos, el cacique se llenó de remordimientos y quiso expiar la muerte de su esposa pidiendo consejo a los sacerdotes de confianza. Estos le dijeron que su mujer vivía todavía y que habitaba en un hermoso palacio situado en el fondo de la laguna; que su alma estaría salvada si le ofrecía todo el oro del mundo.

Así lo hizo durante varias veces al año. Los indios portaban las ofrendas y las lanzaban al agua, siempre de espaldas, mientras el cacique se desnudaba y cubría su cuerpo de un pegamento natural. Se rociaba con oro en polvo, luego subía a una balsa y se internaba hasta el medio de la laguna donde se entregaba a lamentos y oraciones. Después se bañaba para dejar el oro en polvo que cubría su cuerpo. El ritual se repitió sucesivamente de manera infinita.

Y así fue como comenzó la leyenda de El Dorado, nunca se supo ubicar la laguna, pero los conquistadores más ambiciosos perdieron su paciencia, y algunos la vida, por encontrar este legendario tesoro.

### EL DORADO

El conquistador Gonzalo Jiménez de Quesada sometió fácilmente, con menos de 200 hombres, a la población chibcha, que rondaban el millón. Pero nunca halló las grandes riquezas del Dorado que buscaba y tuvo que conformarse con un título militar honorario.

### FURA-TENA

Las famosas esmeraldas colombianas de Muzo son las más finas y hermosas del mundo, pues en realidad son las lágrimas de una diosa, la infiel y arrepentida Fura. La sangre de Zarbi, convertida en las aguas del río Minero, son las encargadas de descubrir, clarificar, lavar y abrillantar las esmeraldas.

## LA LEYENDA DE FURA-TENA Y EL ORIGEN DE LA HUMANIDAD. *Colombia. Leyenda muza*

Pese al entusiasmo de haber creado el mundo, el dios **Are** notaba que algo faltaba en su creación. Junto al río vio unos juncos y, de forma descuidada, tomó uno y creó una figura tan bella que la llamó Fura (mujer). Intentó repetirla con otro junco más grande del que le salió Tena (hombre). Al toser sobre las figuras estas cobraron vida convirtiéndose en una hermosa pareja humana. **Are** les anunció que su vida sería feliz, que no conocerían dolor, ni enfermedad, ni muerte... si le respetaban y le eran siempre fieles. Así, la pareja vivía en un precioso valle en la felicidad más absoluta.

Pero un fatídico día apareció un bellísimo joven llamado Zerbi. Este buscaba una joya muy extraña y singular, que proporcionaba la eterna juventud, belleza y felicidad. Pidió a Fura que le ayudara en la búsqueda y ella accedió. Anduvieron buscando muchos años, pero no tuvieron éxito. Durante este tiempo, Fura se sintió atraída hacia Zerbi, a quien sedujo. Así, quedó desobedecido el mandato divino de fidelidad. Como castigo, Fura comenzó a tener remordimientos y una tristeza que no conocía hasta entonces, siendo consciente del pecado que había cometido al desobedecer el mandato de **Are**. Abandonó a Zerbi y regresó a su hogar, donde su esposo, al verla, supo todo lo ocurrido y pudo ver las consecuencias del pecado de su esposa: la vejez y la enfermedad.

Cada día envejecía progresivamente, la pena y la vergüenza embargaron su alma. Tena no pudo soportarlo y decidió acabar con su propia vida clavándose un cuchillo en su corazón; ella lo tomó en sus brazos y se mantuvo junto a su cuerpo permaneciendo en ayunas durante varios días.

Fura mantenía sobre sí misma el cuerpo inanimado de su esposo y le miraba y tocaba mientras lloraba sin consuelo. Cada lágrima que salía de los ojos de Fura se convertía en una joya. Mientras Tena moría, el dios **Are** convirtió a Zerbi en una gran roca, que veía con amargura el llanto de su amada. Zerbi pidió perdón a **Are** y solicitó poder auxiliar a Fura en estos duros momentos. Le fue concedido: de sus entrañas de piedra brotó una cascada que separó a Fura y a Tena, transformándolos en dos moles de piedra conocidas como Fura-Tena, para recordarnos el trágico destino del ser humano.

### ORINOCO

Las primeras referencias al río Orinoco aparecen en la relación del tercer viaje de Colón, pero se considera «oficialmente» a Diego de Ordaz, compañero de Hernán Cortés en la conquista de México, como el primer descubridor y explorador del gran río entre 1531 y 1532, cuando lo remontó hasta la desembocadura del Meta y los raudales de Atures.

## CÓMO NACIÓ EL RÍO ORINOCO. *Leyenda yekwana. Colombia*

El dios Wanadi creó a los hombres, las plantas y los animales pero, al principio de todos los tiempos, solo existía un río en la Tierra. Los indios yekwana eran los únicos habitantes de la Tierra, pero se morían de sed porque no existía más agua que las del único río, cuyo cauce discurría demasiado lejos del poblado.

Los indios decidieron enviar a Kashishi, la **Hormiga** divina del cielo, en busca de agua. Esta viajó durante varios días mientras los indios, esperando, morían deshidratados. Después de varias jornadas la **Hormiga** llegó al agua. Era un río tan grande que tenía olas como en el mar.

Grabado antiguo con una vista del río Orinoco.

**EL ORIGEN DEL MAÍZ**
Las últimas investigaciones sobre el origen del maíz, cereal que hasta hace poco se creía de origen mexicano, confirman que existen vestigios mucho más antiguos en Sudamérica, concretamente, en el norte de Paraguay, parte del Matogrosso brasileño y en la región de Chiquitos en Bolivia.

Cuando regresó, les indicó el único camino donde podrían encontrar agua. Los hombres ya no morían de sed, pero el agua estaba muy lejos de donde ellos vivían. El brujo de la tribu rezó a Wanadi y este se compadeció de sus esfuerzos, trazando con dos dedos de su mano derecha un gran surco de este a oeste formando el río Orinoco y sus afluentes. El Orinoco es un surco del dedo de Wanadi.

**LEYENDA DE LA LUZ.** *Leyenda muisca o chibcha. Colombia*

Un cacique y su sobrino gobernaban sobre la tierra siendo siempre noche cerrada, condenando la vida de los indios a la tristeza y al miedo.

Para resolver esta horrible situación, el cacique decidió que su sobrino subiera a los cielos para buscar luz y traerla a la tierra. El joven se lanzó a las alturas y se transformó en un nuevo y desconocido astro luminoso, se convirtió en el sol. Su tío no quedó satisfecho, pues la mitad del día se hallaba aún en tinieblas, recordándole que abajo estaba la humanidad, muerta de frío y tristeza. Fue entonces cuando el cacique se decidió a hacer lo mismo que su sobrino, perdiéndose en la bóveda celestial. Recogió todos los restos de luz que había en el espacio y se convirtió en la luna, para alegrar a las personas durante la ausencia del sol.

Representación del almacenamiento del maíz en el *Códice Florentino.*

**PIRACÁ Y EL ORIGEN DEL MAÍZ.** *Colombia*

Hace muchos años, los chibchas padecieron una gran miseria. Piracá, un padre de familia preocupado por los suyos, decidió hacer trueque con sus últimas mantas por oro en bruto para moldearlo en forma de dioses y luego venderlos. A la mañana siguiente fue al mercado y consiguió el oro en forma de lagrimitas, pero camino de su casa cayó en un enorme bache del camino. Un pájaro bajó y le arrebató la bolsa donde lo llevaba, y en su vuelo de huida algunas lágrimas se le cayeron. Piracá se incorporó para recogerlas y apareció **Bochica**, quien le pidió que no lo cogiera, sino que las enterrara porque al regresar al lugar, pasados quince días, iba a encontrar una sorpresa.

A los quince días, en el lugar en que **Bochica** le recomendó sembrar los granos de oro, Piracá encontró abundantes y hermosas plantas que no conocía. De ellas colgaban gruesos granos del color del oro, era el maíz. Desde ese momento, la familia de Piracá y muchas familias más cultivaron el maíz, por lo que el hambre desapareció para siempre de este poblado chibcha.

## UNA FIESTA DE ALTURA. *Chile*

Se iba a celebrar una fiesta de animales en el cielo para lo que el sapo adiestraba su voz y preparaba sus melodías. Se encontró con un **buitre**, a quien le comentó que lo habían invitado para amenizar la velada con su croar. El **buitre**, receloso, le dijo que él también estaba invitado para lo mismo. Al día siguiente, el **buitre** se limpiaba sus negras plumas preparándose para la fiesta y estuvo templando su guitarra toda la noche. Se encontraron de nuevo y el sapo le dijo que él salía antes hacia el cielo porque caminaba muy lento, pero en un descuido, el sapo se metió en la guitarra del **buitre**.

Ilustración naturalista antigua de dos buitres.

Cuando el ave llegó al cielo, el resto de animales le preguntaron por el sapo, a lo que respondió que no creía que le fuera posible llegar, pues su salto no alcanzaba el cielo. Le preguntaron por qué no lo había traído, a lo que respondió que no le gustaba cargar piedras. Abandonó la guitarra un momento y el sapo aprovechó para salir de su escondite y aparecer ante los invitados. Lo recibieron asombrados por su fuerza mientras el **buitre** lo miraba con desconfianza. En la fiesta se disfrutó de comida, baile y cante. Todos mostraron sus habilidades: el **buitre** tocaba la guitarra mientras el sapo cantaba desahogadamente. Cuando todo terminó, el sapo aprovechó otro descuido para introducirse de nuevo en la guitarra.

En el vuelo de regreso, el **buitre** notó que su guitarra pesaba demasiado y pudo divisar al sapo acurrucado en el fondo del instrumento. Sacudió su guitarra hasta que el sapo salió por los aires cayendo sobre unas rocas y lastimándose. Tardó mucho en recuperarse. El golpe había sido tan fuerte que la espalda se le quedó para siempre con manchas negras y llena de unas protuberancias ingratas e irreversibles. Nunca más volvió a cantar con la ligereza que lo hacía en el pasado y hoy su croar es desafinado.

## DIOSES DE LA LUZ. *Chile. Leyenda mapuche*

Antes del fuego los mapuches vivían en cavernas, siempre atemorizados ante el peligro de erupciones volcánicas y de seísmos. Tenían que comer los alimentos crudos y para abrigarse se apiñaban con los animales domésticos.

Sus divinidades y demonios eran luminosos, como el poderoso Cheruve (dios de las Lavas). El Sol y la Luna eran dioses buenos, portadores de vida y los ancestros vivían en la bóveda celeste nocturna, en la que cada abuelo era una estrella.

En una gruta vivía la familia de Caleu, un indio que vio en el cielo una enorme y luminosa estrella con una gran cola dorada; no se lo comentó a

nadie, pues no sabía su significado. Pero el resto de los indios no tardó en verla. Como llegaba el fin del verano, las mujeres (su mujer y su hija) treparon la montaña para buscar frutos en el bosque con los que alimentarse en otoño. Allí se les hizo de noche y se escondieron en una gruta, descubriendo la estrella con la cola dorada.

La Tierra comenzó a temblar y, con ella, una lluvia de piedras que al chocar echaban chispas. Ellas lo consideraban un regalo de los antepasados. Una chispa cayó sobre un leño seco y comenzó a arder. Las mujeres se tranquilizaron al ver la luz hasta que fueron encontradas por los hombres. Estos encendieron pequeñas ramas para poder iluminarse en el regreso a sus casas. Esa noche descubrieron que con el pedernal se podía hacer fuego para alumbrarse, calentarse y cocer los alimentos.

### LOS MAPUCHES

Los mapuches —término que significa «gente de la tierra»— tienen un origen mítico en la lucha entre las serpientes Kai Kai y Ten Ten, pelea que derivó en un diluvio de más de tres meses de duración, que les obligó a refugiarse en un cerro cercano al río Biobío, a partir del cual poblaron la Tierra. Siempre se resistieron a la colonización española, y su lengua –sonora, dulce y rica– dejó muchos vocablos en el español.

### LAMPARITAS DEL BOSQUE

Los mapuches llamaban al chibcha *mudai,* bebida alcohólica hecha a base de manzana. El canelo, por su parte, era un árbol sagrado para el pueblo mapuche. El copihue es una planta trepadora que se da al sur de Chile y que produce flores acampanadas de color rojo, aunque también hay variedades blancas y rosadas, pero estas son más escasas. Se ha convertido en la flor nacional de Chile.

## LAMPARITAS DEL BOSQUE. *Chile. Leyenda mapuche*

Dentro del volcán vivía un mago atormentado por su propia maldad porque todos le temían y acusaban de sus desgracias a veces con razón y otras no. Cuando la noche estaba muy oscura, bajaba de la cima dejando restos de fuego volcánico para orientarse en su vuelta, pues no tenía medida con la bebida. El paisaje se llenaba de pequeñas luminarias rojas.

Cuando estaba borracho de chibcha, bebida alcohólica de manzana, se deprimía y preguntaba por el motivo de su maldad. Se entristecía y se ponía a llorar sin consuelo. Arrastrándose por las cuestas, llegaba a casa sin acordarse de apagar las lamparitas rojas que adornaban las laderas en las noches de los períodos de sequía.

Pero llegó una época de lluvias más larga de lo normal, lo que enfureció al mago por no poder encender sus guías luminosas para bajar y beber la chibcha que el cuerpo le pedía. Enojado, arrojó piedras, cenizas y lava; enterró sus dedos en los sembrados de papas pudriendo la cosecha del año ante el horror de los indios. Los hombres del poblado se reunieron para tomar medidas ante la futura hambruna, por lo que convinieron aliarse con todas las criaturas de la tierra y los espíritus del bosque para expulsarle de la zona.

Cada familia pidió colaboración a su animal protector, conversaron con todos los animales y con los espíritus de los árboles. El espíritu de un árbol propuso apagar las lamparitas rojas para provocar la pérdida del mago y que se fuese hacia otro lugar. Todo el pueblo comenzó a fabricar chibcha en cantidades nunca vistas, cántaros y cántaros que despedían

un olor tan fuerte que ascendió a la cima y despertaron al hechicero. Este se dirigió hacia el pueblo, dejando más lamparitas que nunca, pues sabía que la borrachera iba a ser impresionante. Regresó totalmente borracho, las lucecitas se apagaban y movían a su paso por la acción conjunta de todas las fuerzas del bosque. Desorientado, cayó exhausto sobre la tierra y nunca más volvió a molestar a nadie. Las luces que entre todos le quitaron se convirtieron en las flores de copihue (campanitas rojas de la selva).

Las erupciones volcánicas eran el mayor temor de los indios mapuches hasta que una chispa de lava les dio el regalo del fuego.

### EL PÁJARO QUE TRAJO EL FUEGO. *Ecuador*

Los jíbaros se comían crudos los alimentos y no podían alumbrarse porque no conocían el fuego. Este fenómeno que tanto ha cambiado la vida del hombre, fue descubierto por la mujer de Taquea.

En cierta ocasión, la mujer estaba en su huerto trabajando y encontró un pájaro con las alas mojadas que no podía volar. La mujer se compadeció del animal y lo llevó a casa con la intención de calentarlo junto al fuego. El pajarillo sacudió sus alas y, sin querer, las prendió y echó a volar, posándose en unas ramas secas cercanas a la aldea de los jíbaros. Estos salieron rápidamente de sus chozas y, contentísimos por aquel regalo divino, fueron prendiendo pequeñas teas para llevarlas a casa. Fue entonces cuando comenzaron a cocinar los alimentos, a alumbrarse de noche y a organizar sus reuniones en torno a una hoguera enorme.

### NUNKUI, CREADORA DE LAS PLANTAS. *Ecuador. Leyenda shuar*

Cuando los indios shuar comenzaron a poblar Ecuador solo podían alimentarse de unchuk, pues en esta tierra árida no crecía la hierba.Nuse era una mujer que no cesaba de buscar alimentos para sus hijos. Siguió el curso del río hasta quedar exhausta y se tumbó en la tierra. Cuando despertó, vio sobre el agua unas rodajas de un alimento desconocido. Lo saboreó y comprobó que era dulce y reanimador. Corrió a socorrer el hambre de sus hijos, pero antes se encontró a Nunkui, diosa de la Vegetación. Esta le dijo que conocía la hambruna de su pueblo y que, por la valentía demostrada, nunca les faltaría el sustento.

Mágicamente, se cubrió todo de ramajes olorosos y paisajes majestuosos. Los jíbaros no volvieron a pasar hambre y Ecuador se cubrió de suculentas selvas.

#### INDIOS SHUAR

Los shuar, conocidos como los jíbaros, eran temidos por otros indígenas a causa de su combatividad y su afición a los cultos sanguinarios; pero si son conocidos, es por dos motivos: el curare, veneno mortal que sabían preparar y con el que untaban las puntas de sus lanzas, y por su costumbre ancestral de reducir las cabezas de sus enemigos para aplacar las almas de los difuntos.

**LOS LOROS DISFRAZADOS**

Las abuelas de las tribus concluyen así la historia de los loros disfrazados: «Aquellos loros misteriosos fueron dioses de las antiguas selvas y sus virtudes y poderes benéficos se transmitieron a sus descendientes».

## LOS LOROS DISFRAZADOS. *Ecuador*

Cuando aconteció el gran **diluvio** solo se salvaron dos hermanos, un niño y una niña que se refugiaron en una montaña mágica que crecía según avanzaban las aguas, dejando una isla que nunca se cubría. Cuando todo el mundo estuvo a cubierto, ellos se resguardaron en una cueva de la isla, pero en seguida fueron conscientes de que no tenían nada que comer.

Durante varios días recorrieron el poco espacio que tenían y no encontraron nada que ingerir. Pero una tarde, al volver a la cueva, se sorprendieron al ver un mantel de hojas frescas con frutas, carnes, maíz y todos los alimentos que habían soñado durante todos estos duros días de hambre y desesperanza.

A partir de ese día, se repetía el milagro y al despertar, encontraban los manjares sin saber de qué manera llegaban hasta allí. La curiosidad de los niños fue creciendo y un día se escondieron entre unos matorrales para conocer la identidad de quien les estaba alimentando y salvando de una muerte segura. Tras esperar unos momentos, aparecieron unos hermosos guacamayos disfrazados de personas. Los niños salieron de su escondite entre risas y burlas por el aspecto de los pájaros. Entonces, los loros se enfadaron y se llevaron la comida y decidieron no volver.

Los niños comprendieron que habían sido unos desagradecidos y pasaron todo un día gritando pidiendo perdón a los cuatro vientos. Los loros volvieron y se hicieron sus amigos. Pasado el tiempo, los niños querían volver a sus cabañas, una vez vueltas las aguas a sus cauces; quisieron llevarse un guacamayo para poder seguir disfrutando de su belleza pero, al bajar, toda la bandada siguió a los hermanos y, al llegar al valle, las aves se convirtieron en seres humanos alegres y hermosos.

**LA HIERBA MATE**

El origen de la hierba mate tiene siempre un carácter divino y mítico. Un poema paraguayo atribuye incluso a Santo Tomás esta dádiva a los indios:

*En recuerdo de mi estada*
*una merced os he de dar,*
*que es la hierba paraguaya*
*que por mí bendita está.*

## LA HIERBA MATE. *Paraguay. Mito guaraní*

La solitaria Luna quería bajar a la Tierra para poder pisar las verdes praderas y descender las colinas hasta llegar al mar. Como se sentía presa en el espacio lloró lágrimas de plata, provocando la piedad de las nubes. Estas decidieron formar un telón para dejar la noche más oscura que la boca de un **lobo** y así, la Luna, podría bajar sin que nadie se diese cuenta.

Voló y tocó las colinas llenas de flores y perfumes. Cuando llegó al río se vio su redonda y pálida carita reflejada en las aguas; la traviesa, se dio un baño. Pero apareció un jaguar, que al verla, creyó que era una tortilla de maíz y se avalanzó sobre ella. El cuchillo de un cazador evitó el ataque y acogió en su casa a la Luna, dándole de comer la última mazorca de maíz de su cosecha.

La Luna regresó a su puesto apenada por la precaria situación de sus salvadores, derramando de nuevo lágrimas de plata. Al amanecer, estas habían germinado y creado unos arbustos desconocidos en la puerta de sus amigos. Como estos tenían mucha hambre cogieron las hojas e hicieron una infusión que les hizo sentirse más animados. El arbusto se desarrolló por todas partes haciéndose famoso y conociéndose como hierba mate.

### LOS GUARANÍES
Este pueblo indio ocupó los territorios comprendidos entre el sur de Brasil, el norte de Argentina y Paraguay, país al que pertenece, y donde su lengua es reconocida oficialmente en la actualidad.

## EL ORIGEN DEL MAÍZ. *Paraguay. Cultura guaraní*

Hubo una época en la que se padeció una sequía tan grande que los ríos se secaron, muriendo los peces por asfixia y las aves por la sed; y llegó la tan temida hambre.

Los indios rogaban a **Tupa** que trajera la lluvia, pero el sol seguía abrasando la tierra. Dos guerreros, Avatí y Ne, conmovidos por el llanto de los niños, entraron en acción. Un mago les aconsejó que no se olvidasen de que la intervención de **Tupa** era imprescindible y que él estaba en la tierra buscando a un hombre que quisiera dar su vida por los demás, para que de su cuerpo surgiera la planta que les diera de comer a todos, incluso en tiempo de sequía.

Representación de hombre con la planta del maíz en el *Códice Fejervary-Mayer.*

Los dos guerreros convinieron que uno de ellos debía de quedar vivo para buscar un sitio donde enterrar a su amigo, para que de su cuerpo naciera la planta y así obtener la vida eterna por su sacrificio. Los dos amigos buscaron y encontraron el lugar y el elegido para el sacrificio fue Avatí. Así, Ne cavó la tierra y llorando, lo enterró. Todos los días visitaba la tumba, regaba la tierra con la poca agua que llevaba el río. Las palabras de **Tupa** se cumplieron. De la tierra brotó una planta que creció, floreció y dio sus primeros frutos. Ne llevó a su gente a conocer la planta y les explicó lo ocurrido. Entre todos ellos se encontraba el mago para confirmar la historia aconsejándoles sembrar y cuidar los cultivos en honor a Avatí. También les prometió que **Tupa** mandaría lluvia para que nunca más volviese a haber hambre en este pueblo.

### EL INCA
Pachacutec es el primer inca histórico, iniciándose con él el período imperial o de expansión de los incas.
Antes de la derrota de los chancas se le conocía con el nombre de Inca Yupanqui, y posteriormente se le llamó Pachacutec, que significa «el que transforma la tierra».
Su gobierno se extendió entre 1438 y 1471. Le sucedió su hijo Túpac Yupanqui.

## EL INCA. *Perú. Cultura inca*

**Pachacutec** el Príncipe tuvo dos hijos aprovechando un hermoso eclipse donde se juntaron el sol y la luna. De esta unión nacieron un varón y una hembra, predestinados a dominar y a civilizar el mundo, entonces habitado por salvajes.

El hijo del sol se dirigió a todos desde lo alto de una colina y arengó a las masas para trabajar en favor de una sociedad organizada y justa. Los hombres le siguieron y le apodaron «el Inca» mientras que a su hermana, que hizo lo mismo con las mujeres, la llamaron Mamauchic, que significa «madre». Todos adoraban al Inca y, con su trabajo, crearon la ciudad de Cuzco, desarrollando el urbanismo, la agricultura... y creando una nueva sociedad. Pachacutec decidió entonces que su hijo ya había cumplido su misión, por lo que quiso que retornara a su reino. Así, el Inca enfermó y su pueblo no le abandonó hasta su muerte. Después fue olvidado, pero sus consignas se cumplieron fielmente.

Dibujo de las *Crónicas de Martín* de Murúade Pachacútec y su hijo heredero Túpac Yupanqui.

**LA CAUTIVA.** *Perú. Leyenda inca*

Túpac Yupanqui era el hijo del sol. En cierta ocasión, mientras celebraba con su pueblo la victoria sobre una tribu de rebeldes, un enorme **buitre** herido cayó desde el pico más alto de las montañas y manchó la nieve con su sangre, muriendo en la caída. El sacerdote que allí estaba avisó que aquel incidente anunciaba grandes desgracias: la llegada de un pueblo invasor. La fiesta siguió y, como era costumbre, se le entregó al príncipe una bella cautiva. La muchacha expresaba su tristeza por estar lejos de su amado y por la imposición de tenerse que entregar al conquistador. Entre la muchedumbre pudo comprobar que su amado también estaba prisionero.

Al llegar la noche cundió la alarma en el campamento, pues la hermosa cautiva fue sorprendida huyendo con su amado, quien murió intentando defenderla. Túpac Yupanqui ordenó la muerte para la esclava infiel y ella escuchó alegre la sentencia, porque lo que más deseaba era reunirse con su amado y así poder saborear el amor eterno. Desde entonces, en el sitio donde fue inmolada la cautiva se ve una roca que tiene las mismas formas que la india. Se asegura que nadie puede atreverse a pasar de noche por allí sin ser devorado por el fantasma de la piedra.

**GUAMANSURI Y LA CREACIÓN.** *Perú*

Guamansuri fue enviado por Ataguju, dios Creador, a una zona habitada por los guachemines para trabajar a su servicio en los campos. Estos guachemines tenían una hermana recluida a quien Guamansuri sedujo y dejó embarazada. Cuando los hermanos se dieron cuenta de lo ocurrido capturaron y mataron al autor de la falta. Lo quemaron y dispersaron sus cenizas por el cielo, retornando Guamansuri junto a Ataguju.

Bajo una estrecha vigilancia, la muchacha dio a luz dos huevos y murió tras el parto. Los guachemines tiraron los huevos a la basura pero de ellos nacieron dos chillones niños que fueron recogidos y criados por su tía.

Uno de los niños se llamó Piguerao y el otro fue el gran señor Catequil, ídolo honrado y temido. Este buscó el cadáver de su madre y cuando lo encontró, lo abrazó y con esto resucitó. Así la madre pudo darle unas hondas que Guamansuri le había dejado para poder matar a los guachemines. Catequil mató a muchos y a los que no pudo matar, los expulsó a otras tierras. Cuando terminó su tarea subió al cielo para informar a Ataguju de que la tierra estaba limpia de guachemines y le pidió que crease a los indios para poder aprovechar las tierras. El gran dios le dijo que fuese a las tierras altas de Guacat, que de aquellas tierras saldrían los indios si los extraía con herramientas de oro y plata.

**M.ª LIONZA.** *Venezuela. Indios caquetios*

Un jefe indio tuvo la desgracia de tener una hija muy hermosa, pero de ojos claros, rasgo considerado de mal augurio para la tribu. Pese a ello, el jefe no tuvo el valor de matarla y la escondió en su casa. Cuando se hizo mujer, salió a pasear hacia una laguna donde vio su rostro reflejado y se lo mostró al dueño de la laguna, una anaconda. Esta se enamoró de la bella María y la raptó. Por su mala acción, la bestia fue castigada, hinchándose hasta abarcar toda la laguna y, expulsando toda el agua por su excesivo volumen, inundó todo el territorio de la tribu. Los indios desaparecieron y la **serpiente** reventó, por lo que la muchacha se convirtió en dueña del agua y protectora de los peces. Con el tiempo extendió sus poderes sobre la naturaleza, la flora y la fauna.

El culto a María Lionza es anterior a la llegada de los españoles a Venezuela, en el siglo XV. Los indígenas que habitaban el actual estado de Yaracuy, veneraban a Yara, diosa de la Naturaleza y del Amor. El mito de Yara fue modificado por la religión católica, que la recubrió con el manto de la virgen cristiana y le dio el nombre de Nuestra Señora María de la Onza del Prado de Talavera de Nivar. Sin embargo, con el paso del tiempo, sería conocida como María de la Onza, es decir, María Lionza.

**MÉRIDA.** *Venezuela. Indios mirripuyes*

Caribay fue la primera mujer genio de los bosques, hija del sol y la luna. Caribay vio volar cinco **águilas** blancas, enamorándose de sus plumas. Se fue tras ellas atravesando valles y montañas. Se paró en un risco desde donde vio cómo las **águilas** se perdían en las alturas. Invocó a Chía y volvió a verlas, descendieron a un risco y se quedaron inmóviles. Caribay se acercó a ellas para quitarles algunas plumas y adornarse con ellas pero, un repentino frío glacial entumeció sus manos y las **águilas** se congelaron convirtiéndose en cinco masas enormes de hielo. Caribay huyó aterrorizada. Las **águilas** despertaron y sacudieron sus alas, quedándose toda la montaña cubierta con su blanco plumaje. Esta leyenda simboliza los cincos riscos de nieves perpetuas que se pueden ver desde la ciudad de Mérida, en los Andes venezolanos, donde se dice que el viento es el canto triste y dulce de la hermosa y coqueta Caribay.

GUAMANSURI

La historia de Ataguju, Guamansuri, Catequil y la creación de los indios de Huamachuco fue recogida por los primeros agustinos en el norte de Perú, y su interpretación ha estado influida por el punto de vista cristiano.
Gran parte de los acontecimientos parece que se desarrollaron en el territorio de la guaranga de Guacapongo: la llegada de Guamansuri, la seducción de Cautaguan y el nacimiento (o salida del cascarón) de Catequil y Piguerao. La derrota de los guachemines por parte de Catequil tiene lugar en toda la provincia y aquellos que pudieron salvar sus vidas fueron expulsados.

# OTRAS CULTURAS

Escena de caza de humanos y antílopes representada en esta pintura sobre roca, en las montañas Drakensberg, Sudáfrica.

## ÁFRICA

### SERES FANTÁSTICOS DE LA CULTURA AFRICANA

**ABASSI.** Nigeria. Dios Creador. Quiso poblar la tierra con un hombre y una mujer, pero aconsejado por su esposa, Atai, temerosa de que las criaturas les superasen en sabiduría, les prohibió trabajar y engendrar hijos. La pareja respetó el mandato divino. Pero, pasado un tiempo, llegó el aburrimiento, así que comenzaron a realizar algunas tareas y ella quedó embarazada. Desatada la furia de Atai, castigó a los hombres y sembró la discordia entre los hijos.

**ADROA.** Zaire y Uganda. Gran dios del Dualismo, creador del cielo y de la tierra que representa el bien y el mal.

**AGAYU.** Nigeria. Cultura orisha. Representa la paternidad, siendo el padre de **Changó**.

**AREBATI.** Zaire. Tribus pigmeas. Dios creador del cielo y de la luna. También se le atribuye la creación del hombre, cubriendo figurillas de barro con piel y rellenándolas de sangre.

**ASA.** Kenia. Dios de la Fuerza. De naturaleza dual, representa la crudeza y la piedad al mismo tiempo.

**BABALUAYE.** Nigeria. Cultura orisha. Dios de la Enfermedad. Se le implora para pedir la sanación y se le representa con dos perros. Se encarga de conducir a los muertos a su sepultura.

**BILOKO.** Zaire. Espíritus fabulosos que viven en los huecos de los árboles del bosque. Se visten con hojas silvestres y están calvos. Les crece la hierba por todo el cuerpo.

**BUMBA.** Zaire. Dios creador del mundo. Según la leyenda, al principio solo había oscuridad y Bumba se encontraba solo, por lo que se sintió mal y comenzó a vomitar, naciendo de su vómito el sol. Con el sol, la luz llegó al mundo y su calor secó las aguas primitivas. Siguió vomitando y creó la luna y las estrellas. En otra crisis aparecieron los seres vivos, los fenómenos naturales y el hombre. Esas criaturas a su vez fueron capaces de procrear a otras. De todos estos seres solo el rayo daba problemas, por lo que lo encerró en el cielo dejando a la humanidad sin fuego. Bumba encargó a sus tres hijos terminar su obra.

**CGHENE.** Nigeria. Divinidad relacionada con el cosmos. Era un dios alejado del hombre, por lo que fue poco adorado.

**CHANGÓ.** Nigeria. Cultura orisha. Dios de los Relámpagos, Truenos, Fuegos y Placeres mundanos. Se le representa como un hacha doble.

**CHUKU.** Nigeria. Dios creador que representa el sol y la lluvia, y origen de todo lo bueno. Cuenta la leyenda que esta divinidad envió a la tierra a un mensajero para enseñar al hombre cómo podía vivir después de muerto: para ello, debía tender el cuerpo en el suelo y cubrirse con cenizas, y solo con eso resucitaría. Pero el mensajero se retrasó tanto que cuando llegó a la tierra había olvidado el mensaje. Así que entregó al hombre un mensaje equivocado: debía enterrar el cuerpo en la tierra si quería resucitar. Desde entonces la muerte se ha instalado en la tierra para siempre.

**DENG.** Sudán. Es el dios del Cielo, de la Fertilidad y de la Lluvia.

**BILOKO**

Presenta un enorme hocico por el que se alimenta de hombres vivos o muertos. Muestra garras largas y afiladas que clava para hechizar a los hombres que se encuentra y no están protegidos contra su magia.

**DJOK.** Uganda y Zaire. Espíritus que representan a los antepasados. Se manifiestan en forma de serpientes y de rocas grandes. Generalmente se les invoca cuando la cosecha necesita lluvia, realizándose un sacrificio en su honor.

**DZIVA.** Zimbabue. Deidad femenina de carácter benévolo.

### ENGAI

Engai fue el padre de los tres primeros hombres. Los envió a la tierra con tres regalos: el primer hijo recibió una flecha para cazar, el segundo un azadón para cultivar y el tercero una vara para conducir los rebaños.

### IMANA

Al principio los hombres eran inmortales. Mientras Imana cazaba todo el mundo se escondía para que la Muerte (animal salvaje) no encontrase a nadie en quien refugiarse. Una vez, una vieja fue a su huerto y la Muerte, que huía de Imana, se introdujo en su cuerpo. La mujer murió y, días después de ser enterrada, se vieron grietas en la sepultura pues intentó luchar con la Muerte. Tres días más tarde no había ninguna grieta, la Muerte había ganado y se había convertido en inexorable para todos los humanos.

**ECHÚ.** Nigeria. Cultura orisha. Nexo de unión entre dioses y orishas.

**EKAO.** África oriental. Mujer virgen, caída del cielo, que dio a luz un hijo; este contrajo matrimonio con otra mujer y fueron los padres de la humanidad.

**ELEGGUA.** Nigeria. Cultura orisha. Dios de los Caminos y de las Puertas del mundo, que ejerce de mediador entre lo divino y lo humano.

**ENGAI.** Religión masái. Dios supremo, dueño de la vida y de la muerte. Tiene dos representaciones: Engai negro (benévolo) y Engai rojo (vengativo). El negro se manifiesta en el trueno y es portador de las lluvias que benefician a las cosechas; el rojo se muestra en el relámpago y atrae las sequías, el hambre y la muerte.

**EXU O HACIA.** Nigeria. Cultura orisha. Diablo venerado por temor y no por devoción; su culto exigía sacrificios con sangre.

**FARO.** Mali. Dios del Cielo y del Agua. Curiosa historia que narra cómo Faro quedó «embarazado» de la roca del Universo, pariendo a todos los antecesores de la Humanidad. Su tarea consiste en reajustar periódicamente el cosmos, volviendo a la Tierra cada cuatrocientos años para comprobar que todo funciona correctamente. Faro creó el agua, las palabras, las herramientas, la agricultura y la pesca. Los espíritus omnipresentes le sirven como mensajeros y representantes.

**IFA.** Nigeria. Tradición yoruba. Dios de la Sabiduría, del Conocimiento y de la Adivinación.

**IMANA.** Ruanda. Dios de la Bondad y de la Generosidad.

**JEZANNA.** Zimbabue. Resplandeciente diosa de la Luna dorada, de las cosechas y rebaños abundantes, y de los niños sanos.

**KAANG.** Cultura bosquimana. Dios creador de todas las cosas. Huyó del mundo por no soportar la desobediencia de los primeros seres humanos. Por ello envió el fuego y la destrucción a la Tierra. Es el dios de los Fenómenos naturales y se encarna en la mantis religiosa y en el gusano.

**KALUNGA.** Angola, Zaire y Zambia. El dios ancestral, que todo lo ve y todo lo sabe, se erige como juez de los muertos, destacando por su compasión y su sabiduría.

**KHONVOUM.** África central. Culturas pigmeas. Dios creador que gobierna el cielo y que se encarna en el arco iris. Durante la noche recoge fragmentos de estrellas para arrojarlos al sol y que este pueda salir al día siguiente con toda su luz. Creó al hombre blanco con barro blanco, al hombre negro con barro de este color y a los pigmeos con barro rojo.

**KIANDA.** Angola. Dios del Mar y de los Peces.

**KISHI.** Angola. Espíritu maligno. Es un demonio con dos caras: una cara representa a un hombre y la otra a una hiena.

**KUTUGUANGOS.** Nigeria. Mitología mayombera. Cuentos de tradición oral sobre el origen del mundo, a partir del cual nació el hombre, los npungos (fuerzas etéreas que realizan tareas divinas), la muerte, los males, el cosmos y las relaciones de ese mundo con **Nzambi.**

**LABONGO.** Sudán. Luo fue el primer hombre, nació de la tierra creado por su padre, el dios Jok.

**LEZA.** Dios de África central. Creó el mundo e impuso la ley de la costumbre. Gobierna el cielo y los agentes atmosféricos.

**MAMLAMBO.** Zulu. Diosa de los Ríos.

**MBERE.** Dios que creó al hombre con barro modelado en forma de lagarto. Lo introdujo en el mar y al octavo día, este desapareció, emergiendo del agua el ser humano.

**MBOMBA.** Zaire. Dios primitivo, creador de la vida y de la muerte. Se representa como un gigante blanco que rige el caos del universo. Sus hijos son los astros y la Humanidad.

### LABONGO

El dios Jok tenía una hija, Kilak, que un día se internó en el bosque y ella sola engendró a Labongo, considerado hijo del diablo, Lubanga.
Cuando Labongo nació, tenía campanillas alrededor de las muñecas y los tobillos y disfrutaba continuamente de la música. Llegó a ser el jefe de su pueblo.

Grabado en roca de bosquimanos durante una cacería en Sudáfrica.

**MUKURU.** Namibia. Cultura bosquimana. Dios creador o héroe mitológico caracterizado por su humanidad. El dios Mukuru se encontraba solo en el cielo y decidió mostrar su amabilidad dando la lluvia de la vida, sanando a los débiles y sosteniendo a los ancianos.

**NZAMBI.** Nigeria. Mitología mayombera. Los hombres se aburrían porque no tenían problemas. Nzambi les enseñó a cantar y bailar al son del tambor para amenizar sus días. El primer problema surgió porque las mujeres querían que los tambores fueran más grandes y le propusieron a los hombres fabricarlos con madera de la gran ceiba. Los hombres talaron el sagrado árbol y crearon uno tan grande que con su reverberación se formaron nuevas montañas. Nzambi, enfadado, les quitó el instrumento. Desde entonces los hombres no pueden subir al cielo y les castigó con las enfermedades, la muerte, el calor, el frío y la obligación de trabajar.

**OBÁ.** Nigeria. Cultura orisha. Esposa de **Ogún** que rige los vientos y los cementerios.

**OBATALÁ.** Nigeria. Cultura orisha. Símbolo de la reproducción bisexual, representa la pureza, la sabiduría, la compasión y la justicia. **Olorun** creó el universo y Obatalá la Humanidad.

**OCHUN.** Nigeria. Cultura orisha. Diosa de los Ríos, del Conocimiento, del Amor y de la Fecundidad. Se acude a esta diosa cuando se tienen dificultades económicas.

**ODUDUA.** Benin y Nigeria. Cultura orisha. Dios del Cielo y creador del mundo.

**OGÚN.** Nigeria. Cultura orisha. Dios del Hierro, de la Guerra y de la Tecnología. Abre los caminos limpiándolos con su machete. Es enemigo natural de **Changó**.

**OLODUMARE.** Nigeria. Cultura orisha. Dios creador, padre omnipotente y «señor del cielo».

**OLOFI.** Nigeria. Cultura orisha. El Todopoderoso.

**OLOKUN.** Nigeria. Cultura orisha. Dios de los Océanos que castigó a la Humanidad despechado por el poco respeto que le profesaban.

### NZAMBI

Dios supremo y creador del Universo. Vivía solo en el cielo y decidió crear la tierra y los hombres para entretenerse. Estableció un gran árbol sagrado, la ceiba, como punto de encuentro entre lo humano y lo divino.

### ODUDUA

Fue el primer gobernante yoruba. Se deslizó por una cadena portando un gallo, un puñado de tierra y una semilla. La tierra cayó al agua, pero el gallo la rescató para convertirla en el territorio yoruba y de la semilla creció un árbol con 16 ramas que son los 16 reinos.

Amenazó con hundir la Tierra con una de sus inmensas olas. La Humanidad imploró a **Obatalá** y fue escuchada, se interpuso entre la gran ola y la Humanidad. Olokun, montado en una gran ola de plata, obedeció y renunció a su plan genocida. Cuentan que cuando el mar se pone bravo, es que Olokun está molesto.

**OLORUN.** Nigeria. Cultura orisha. Dios del Cielo. Solo se le invoca para pedir su bendición. Cuando una persona muere, su alma entra a formar parte del reino de los antepasados, ubicado en el cielo y que ejercen influencia en los asuntos terrenales.

**ORUMBILA.** Nigeria. Cultura orisha. Dios de la Sabiduría y de la Adivinación. Fue el único testigo de la creación del universo, por lo que se erige como conocedor de nuestros destinos.

**OSHOSI.** Nigeria. Cultura orisha. Dios de la Guerra que protege a los guerreros novatos. Es cazador y traductor para **Obatalá**, con quien tiene una relación particularmente estrecha.

**OYA.** Nigeria. Cultura orisha. Diosa de los Vientos y de las Puertas del cementerio. Acompañó a **Changó** en la guerra, comportándose como guerrera feroz y compartiendo el fuego.

**PAMBA.** Angola y Namibia. Dios creador y sustento de la vida.

**SAJARA.** Malí. Dios del Arco Iris. Se representa junto a un árbol con forma de tridente, donde se sacrifica un carnero.

**SHOKPONA.** Nigeria. Cultura orisha. Dios de la Viruela.

**TEME y BIO-MAW.** Cada persona tiene dos almas: una eterna (Teme) y otra que muere con el cuerpo (Bio-Maw). La primera se desliga del cuerpo muerto y se convierte en sombra sobre la que no se puede caminar, porque podría atacar el alma de un hombre vivo. La presencia de los antepasados puede ser beneficiosa o perjudicial. Una forma de recordar a los espíritus es echar al suelo un poco de agua y de comida.

**UMVELINQANGI.** Sur de África. Pueblo zulú. Dios omnipresente, que se manifiesta en forma de trueno y terremoto. Creador de los primeros juncos de los que emergieron el resto de dioses.

SHOKPONA

Producía tanto temor que se evitaba pronunciar su nombre. Sus sacerdotes tenían un inmenso poder, incluso algunos de ellos preparaban una poción que arrojaban en casa de un enemigo para producirle alguna enfermedad. Con la desaparición de la viruela su culto se ha desvanecido.

WELE
Creó los cuerpos celestes, la tierra y la Humanidad. Es una divinidad dual que representa la bondad y la maldad, lo blanco y lo negro, etc.

**UNUMBOTTE.** Togo. Es la divinidad creadora.

**UWOLOWU.** Togo. Dios creador de los humanos. Hizo primero a una mujer con quien tuvo un hijo, el primer hombre.

**WELE.** Kenia. Dios supremo del panteón.

**YEMAYA.** Nigeria. Cultura orisha. Diosa de los Mares y de los Lagos, y dominadora de la maternidad porque es la madre de todos. Hija de **Olokum** (dios del Mar). Toda vida comenzó en el mar, el líquido amniótico dentro del vientre de la madre es una representación del mar, donde el embrión se debe transformar y evolucionar en forma de pez antes de convertirse en un bebé. También es la reina de las brujas, llevando dentro de ella secretos profundos y oscuros. Se representa como un matrona con senos exuberantes y se simboliza en una piedra blanca guardada entre conchas.

**YEWA.** Nigeria. Cultura orisha. Diosa del Cementerio. Era hija de **Olofi**, quien presumía de su pureza. En una ocasión con **Echú** y **Changó**, comentaban sobre la coquetería de las mujeres y, **Olofi** aludió al excepcional caso de su hija. **Changó**, eterno seductor, la visitó y esta no pudo evitar mirarlo a su hermosa cara. La virgen se sintió tan mal por su acto que pidió a su padre que la enviase a un lugar de reposo eterno; desde entonces es la diosa de este lugar.

# MITOS DE LA CULTURA AFRICANA

## UNA PRUEBA DE INGENIO. *Tradición africana (Benin)*

En un poblado vivían un anciano y su hermosa hija. Cuando llegó la edad de casamiento de la joven, fueron muchos los pretendientes que se acercaron a pedir su mano. El padre, que era muy desconfiado y celoso, se negaba siempre a entregar a su hija a quienes él consideraba unos interesados.

Para disuadirles de la idea, ponía a prueba a cada uno de los aspirantes, que consistía en traer una caja fabricada exclusivamente con agua. La mayor parte de ellos, debido a la imposibilidad de conseguirlo, desistían del intento de casamiento, llegando a la conclusión de que el viejo no tenía interés alguno en casar a su hija.

Hasta que un día apareció un joven muy seguro de su amor hacia la bella joven. El anciano le puso la misma prueba que a los demás, a lo que el muchacho respondió que ya la tenía preparada pero que necesitaba una cuerda fabricada con el humo de un cigarro del anciano. El viejo ya no tuvo más remedio y le concedió la mano de su hija, había sido el pretendiente más inteligente y simpático de todos los alrededores.

### BENIN

En Benin hay 42 grupos étnicos: Fon, Adja, Yoruba y Bariba entre otros. El setenta por ciento de la población profesa religiones indígenas y un treinta por ciento se reparte a partes iguales entre musulmanes y cristianos.

## LA CASA DEL SOL Y LA LUNA

El Sol y la Luna formaron un matrimonio perfecto viviendo el uno solo para el otro, en su casita de la Tierra. Pasado un tiempo, la Luna comenzó a echar de menos a su amigo Océano, así que la Luna y el Sol lo invitaron a su casa.

Pero el Océano era tan grande que cuando quiso entrar en la casa de sus amigos, no cabía. Así que lo inundó todo de agua y peces mientras la casa se elevaba. Siguió forzando y los dos astros tuvieron que elevarse, primero al techo y después al tejado.

Naturalmente, el educado Océano se disculpaba y los anfitriones, que tampoco deseaban ser descorteses con él, insistieron en que entrase.

El Sol y la Luna se elevaron desde el tejado al cielo y su casa se perdió en las aguas del océano. Desde entonces el Sol y la Luna decidieron que su casa era el cielo.

### RELIGIÓN LUVALE

Las entidades religiosas principales son el dios creador, **Kalunga**, y los espíritus de los antepasados, Mahamba. Estos espítitus pueden pertenecer al individuo, la familia o la comunidad, y es preciso atenderlos si no se quiere que acarreen la desgracia personal o colectiva. Hay espíritus malignos que pueden ser manipulados por hechiceros para provocar enfermedades. Para neutralizar esta actividad y recobrar la salud, los individuos consultan normalmente con un médico-adivino (Nganga), quien intenta descubrir la fuente del problema del paciente. La forma más común de adivinación entre los luvales se realiza mediante la lectura de la forma en que caen unos 60 objetos depositados en un cesto.

### LANDA Y NGANGELA. *Relato luvale*

El hambre se había apoderado del poblado de Landa por lo que este requería la ayuda de su mujer para poder trabajar el campo doblemente. Así, decidió matar un leopardo para poder cambiar su piel y conseguir dos azadas. Su pueblo practicaba el trueque, lo que le llevó a rasgar la piel en dos mitades para que parecieran dos pieles, pues dos azadas costaban en el mercado dos pieles de leopardo.

Ngangela necesitaba abrigo para él y su mujer. Fue al mercado pensando en cambiar su azada de dos palos por dos pieles para abrigo. Cuando Landa y Ngangela se encontraron, se intercambiaron sus productos pensando ambos que habían conseguido sacar provecho de la situación, pero cuando llegaron a sus casas comprobaron lo sucedido, se habían engañado y ambos habían perdido. Ambos, arrepentidos, pidieron el perdón de **Kalunga**.

### LA ASTUTA LIEBRE SE PONE A PRUEBA

El genio del bosque se encargaba de organizar la vida de todos sus habitantes, buscando el equilibrio entre todos sus componentes. En cierta ocasión, la liebre se dirigió a él pidiéndole tener más inteligencia. El genio no la hizo mucho caso, pero le pidió superar tres pruebas: llenar una calabaza de pájaros rojos, otra de leche de gamo y encontrar una serpiente tan larga como un palo.

Mientras la liebre se sentó en la orilla de un lago a pensar, apareció una bandada de pajarillos rojos. La liebre los retó a meterse en la calabaza y los pájaros cayeron en la trampa. Luego apareció un gamo y, con la misma técnica, el gamo lo rellenó para demostrar que era capaz. Más tarde apareció una serpiente y la liebre le dijo que alguien le había dicho que era tan larga como el palo que allí había, pero ella, la liebre, no lo creía. La serpiente se estiró para demostrar lo larga que era y la liebre aprovechó para atarla.

Superadas las tres pruebas, fue en busca de su recompensa. El genio, asombrado, decidió no concederle más inteligencia pues, si lo hacía, podía arrebatarle su puesto en la jerarquía del bosque.

## WABIMA, LA DE LOS HERMOSOS DIENTES TALLADOS

En muchos pueblos africanos existe la ancestral costumbre de moldear los dientes para destacar la belleza de las jóvenes. Uno de los rasgos más preciados es que las piezas estén perfectamente separadas, para lo cual se liman si es necesario. También se tallan con piedras preciosas o se les dibujan relieves.

Cuenta la leyenda que en cierta ocasión, en un poblado zaireño hubo un concurso de belleza en el que la ganadora sería la joven que tuviera la dentadura más perfecta. La dentadura de Wabima, hija del hechicero, era famosa por su belleza, partiendo como favorita. Pero la muchacha no se conformó y marchó a un poblado vecino, buscando una talladora de dientes para perfeccionarla aún más. La talladora retocó la forma de sus dientes pero la instó a no abrir la boca antes del concurso.

Paseando por el bosque encontró a un grupo de amigas que jugaban y exhibían sus preciosas dentaduras. Ella se mantuvo callada y con la boca cerrada, lo que irritó tanto al resto de jóvenes que no tuvo más remedio que mostrar el trabajo de la talladora. Todas quedaron fascinadas por la belleza de su dentadura, pero Zelitama, que también era una de las preferidas para el concurso, la agarró y la tiró a un río cercano para ahogarla. Con serias amenazas de muerte, prohibió a las demás hablar sobre los hechos acaecidos.

Por la noche, el hechicero buscaba a su hija y preguntó a todas las amigas por ella. Todas negaron haberla visto. Así la malvada Zelitama fue elegida la joven más hermosa, consiguiendo casarse con un joven hermoso y rico, jefe del poblado vecino. Este joven jefe, una tarde paseaba por la zona donde ahogaron a Wabima, y oyó la voz de una sirena. Dio la voz de alarma y por la noche todos sabían la noticia, incluso el padre de Wabima, que no dejó nunca de llorar por el recuerdo de su hija.

El anciano hechicero fue a buscar al jefe para pedirle que capturara a la sirena y ambos se encaminaron hacia el río. Aunque la sirena no aparecía, no desistieron en su empeño, hasta que una mañana la vieron saltar y con la ayuda de unos pescadores la capturaron. Efectivamente, pudieron comprobar que era Wabima, quien, según narraba lo ocurrido, se convertía de nuevo en la hermosa mujer que era. Zelitama fue acusada de brujería y fue quemada viva, al igual que el resto de jóvenes implicadas. El jefe se casó con Wabima, la de los hermosos dientes tallados.

BAJANG
Se dice que si se le escucha aullar por la noche es que un niño va a morir. Sale del vientre de los bebés enterrados y solo es detectado por perros adiestrados por hechiceros.

DANHYANG DESA
Se dice que todos los bienes proceden de él, de igual manera que los castigos proceden de sus ofensas. Suele castigar con cosechas penosas.

# POLINESIA Y AUSTRALIA

## DIOSES Y SERES FANTÁSTICOS

**BAJANG.** Malasia. Espíritu maligno encarnado en la mofeta.

**BARONG.** Balí. Espíritu protector que las mujeres asocian al limonero y los hombres al tigre.

**BATARA GURU.** Indonesia. Gran dios creador de la Tierra.

**DANHYANG DESA.** Java. Especie de genio protector que vive en el árbol más grande de cada pueblo.

**DEGEI.** Fidji. Dios con forma de serpiente que castiga a los vagos y recompensa a los laboriosos después de la muerte.

**DJANGGAU.** Australia. Diosa de la Fertilidad que, junto a su hermana, aporta la vida desde los orígenes.

**DRUPADI.** Java. Es una buena arquera, esposa del rey Yudistira, que se vestía como un guerrero para poder participar en las batallas.

**DURGA.** Balí. Es la diosa de la Muerte y de la Enfermedad. Casada con **Waruna**.

**HANTU AIR.** Malasia. Dios del Mar.

**HARRIMIAH.** Australia. Hermano gemelo de **Perindi**, quien abusó de él. Este hecho lo entristeció tanto que se enterró bajo la arena. El manzano y la zarza son sus protectores.

**HAU.** Australia. Mitología maorí. Dios del Viento.

**HAUMEA.** Hawai. Diosa de la Matronas, que también asiste a las parturientas.

**HOUMEA.** Australia. Mitología maorí. Era una mujer caníbal que se tragó a sus hijos y, al enterarse, su marido la forzó a vomitarlos, abandonándola después. Ella los siguió bajo la apariencia de un ciervo. Cuando el marido se dio cuenta de que estaba detrás, la mató haciéndola tragar piedras calientes.

Antigua deidad de Hawái.

**INA.** Polinesia. Gran diosa del Mar, de la Curación y de la Muerte. Es la hechicera de doble cara que derrota a la Luna.

**KALA.** Java y Balí. Dios del Tiempo y de la Muerte. Se aparecía a las personas cuando estaban a punto de morir.

**KALAMAINU Y KILIOA.** Polinesia. Son dos lagartos con forma de mujer que encierran las almas de los muertos.

**KAPO.** Hawai. Dios de la Fertilidad.

**KINIE GER.** Australia. Bestia asesina y despiadada.

**NGENDI.** Fidji. Dios de la Fertilidad que enseñó a los hombres a usar el fuego.

**PERINDI.** Australia. Gemelo de **Harrimiah**, muy malvado, a quien violó y desprestigió siempre delante de las mujeres.

**PUCKOWE.** Australia. Espíritu de la abuela que vive en el cielo, musa de curanderos.

**RAJA ANGIN.** Malasia. Dios del Viento.

**RAJA GURU.** Malasia. Dios de los Cazadores.

**RAJA INDAINDA.** Malasia. Dios del Trueno que ejercía como espía y mensajero de otros dioses.

**RAKA.** Polinesia. Dios del Viento.

**RATI-MBATI-NDUA.** Fidji. Es el dios del Mundo que devora a los muertos, aunque carece de brazosm está dotado de grandes alas.

**UMA.** Balí. Diosa del Arroz.

**WAITIRI.** Australia. Maorí. Diosa que bajó a la tierra y se casó con un humano y enseñó a los hombres cómo cazar con flechas.

**WARUNA.** Balí. Dios de los Océanos, del Mar, de la Lluvia y del Agua que reina en el Oeste y está casado con **Durga**.

**WHOWIE.** Australia. La criatura más terrible de la existencia. Mide siete metros de altura, tiene seis piernas, cabeza de rana y cola. Atacaba y devoraba todo lo que se le cruzaba.

### KINIE GER

Con cabeza y cuerpo de gato y extremidades humanas, vagaba matando gente, animales y pájaros inocentes. Fue asesinado por el búho y el cuervo, que le tendieron una emboscada cuando se dirigía a beber de un pozo.

### RAJA GURU

Atrapa las almas con sus perros adiestrados haciéndolas morir al instante.

Máscara de madera de un aborigen australiano.

# MITOS DE LA CULTURA AUSTRALIANA

## EL TIEMPO DE LOS SUEÑOS (TJUKURPA). *Australia. Cultura aborigen anangu*

Para los anangus el «tiempo de los sueños» fue una época mágica en la que se formó la Tierra y la Naturaleza y gracias a los *wondjina* (espíritus creadores) nació el mundo actual.

Al principio de los tiempos la única «vida» existente estaba compuesta por una enorme bola de seres informes e inacabados (proyectos de plantas, de animales, de humanos...). La divinidad creadora decidió amasarla, esculpiendo todas las formas naturales de forma muy básica y así nacieron los *wondjina*.

La esencia divina se había esparcido entre todos los seres animados e inanimados (humanos, animales, plantas, minerales, estrellas, aire y agua), conformando una sola familia, la «vida».

Enriquecidos por la sabiduría divina, los *wondjinas* conformaron el mundo actual. Realizando miles de viajes, moldearon la gran llanura australiana creando los ríos y las montañas, estableciendo las normas de parentesco entre tribus e impregnando a los pueblos de solidaridad y amor a la naturaleza.

Con el fin del «tiempo de los sueños» desaparecieron los *wondjinas*, dando paso a los hombres actuales, cuya función es salvaguardar los resultados de la creación. Ellos crearon la montaña sagrada de Uluru. Como cada persona se ligó al animal o vegetal del que habían salido, el pueblo anangu desde entonces tiene la divina tarea de conservar y cuidar la sagrada roca Uluru.

ULURU

En el corazón del desierto australiano se alza el montículo rojizo de Uluru, el centro de lo que los aborígenes australianos llaman el «tiempo del sueño», la época del comienzo de todo. El parque nacional de Uluru es uno de los lugares turísticos más visitados; casi en el centro geográfico de Australia, al sur del territorio norte. Aquí es donde se puede ver la famosa Ayers Rock (Uluru), símbolo de las leyendas aborígenes. El Ayers Rock es la mayor masa rocosa del mundo, con una circunferencia de 9,5 kilómetros cuadrados y con una altura de 348 metros.

**La luz de Yhi.** *Australia. Cultura aborigen karraur*

Durante el «tiempo de los sueños» la diosa Yhi dormía eternamente. Un pequeño ruido hizo abrir sus ojos, iluminando el mundo. Curiosa, bajó a la Tierra y mientras la recorría, sus pies hacían germinar la tierra.

En su viaje se enfrentó a los malos espíritus y a la oscuridad, resultando victoriosa. Creó a los insectos más juguetones y hermosos para olvidar el mal momento que había pasado. También creó el agua (de la que nacieron los peces) y, en general, cualquier forma de vida.

Yhi se marchó cuando había terminado su labor de llenar todo de luz y vida, y se transformó en el sol, prometiendo volver todos los días para ver a sus criaturas.

Cuando creó al hombre lo dejó solo a su suerte. Como ella vio que no era feliz, le buscó una compañera, fabricada con el tallo de la flor más hermosa.

### Totemismo

Todos los pueblos aborígenes australianos sienten una mágica y divina conexión con la Naturaleza. Ellos se sienten parte integrante de ella, lejos del antropocentrismo. Desarrollan sus cultos a través de tótems (piedras, lluvia, flores, animales...). Sus objetivos son la armonía entre los pueblos y entre el hombre y la Naturaleza.

**El ejemplo de Platypus.** *Australia*

Antes de la creación del hombre habitaba en Australia un extraño ser al que llamaban Platypus. Aunque su piel era parecida a la de los mamíferos, ponía huevos como los pájaros y nadaba como los peces. Por lo tanto, sus cualidades le unían a todas las criaturas de la naturaleza de algún modo.

Biame era el dios creador de la Tierra y las especies, estableció tres clanes distintos: clan de los mamíferos y los reptiles (liderado por el canguro), clan de los pájaros (liderado por el águila) y clan de los peces.

Todos vivían en paz y armonía hasta un día que empezaron a discutir sobre la supremacía entre ellas y se disputaban la adhesión del dios Platypus.

Platypus se encontró apurado pues no quería elegir, él sentía que pertenecía a todos los grupos y amaba a todos sus componentes. Primero agradeció a todos su demostración de cariño hacia él, pero no se unió a ninguno de los clanes ni se separó de ninguno de ellos. Les convenció de que ninguno de los grupos era mejor que el otro, simplemente distintos. Les dio la lección sabia de que todos los seres de la Tierra son iguales y deben permanecer unidos para que exista un equilibrio.

# ÍNDICE